DANIEL QUINN

Ismaels Geheimnis

Buch

Vor fast zehn Jahren erschien in Amerika ein Buch, das zu einem Kultbuch wurde. Dies hatte seine guten Gründe, denn »Ismael« ist ein in allen Aspekten ungewöhnlicher Roman. Nicht nur die Figuren sind ungewöhnlich – ein erwachsener Mann, Alan Lomax, und ein Gorilla –, sondern auch das Thema ist ausgefallen – der Gorilla und Alan, Lehrer und Schüler, streiten über den Zustand unserer Welt und über die Frage, wie der Mensch das Paradies in eine Hölle verwandeln konnte. Ismael, der Gorilla, weiß darauf eine einleuchtende Antwort; er erzählt eine überraschend andere Geschichte der Evolution, die zurückreicht bis an jenen biblischen Tag, da sich der Homo sapiens im mörderischen Bruderstreit zur Krone der Schöpfung machte. Am Ende von »Ismael« verschwindet der Gorilla, und obwohl Alan ihn verzweifelt sucht, verliert sich die Spur des Menschenaffen.

Nun hat der Autor Daniel Quinn ein zweites Buch geschrieben, nicht eine Fortsetzung im klassischen Sinn, sondern ein »Parallelbuch«. Denn Ismael, so erfahren wir nun, hatte damals außer Alan noch eine Schülerin, nämlich die zwölfjährige Julie. Eigentlich fand Ismael Julie viel zu jung, um sich mit ernsthaften philosophischen Themen auseinanderzusetzen, aber die selbstbewußte Julie, eine der bezauberndsten kindlichen Romanfiguren seit Huckleberry Finn – ließ nicht locker und erstaunte mit ihren provokanten Fragen und oft verblüffend einfachen Antworten sogar Ismael. Und als der Menschenaffe spürte, daß seine Zeit nahte, vertraute er sich nicht Alan an, sondern Julie. In ihr sah er, vielleicht auch gerade wegen ihres Alters, eine Hoffnungsträgerin.

Autor

Daniel Quinn, ein ehemaliger Trappistenmönch, war viele Jahre im Verlagswesen tätig, bevor er Schriftsteller wurde. Über dreizehn Jahre lang beschäftigte er sich mit dem Stoff seines Romans »Ismael«, der 1991 den Turner Tomorrow Prize gewann.

Im Goldmann Verlag außerdem lieferbar

Ismael (42376)

Daniel Quinn

Ismaels Geheimnis

Roman

Deutsch
von Gloria Ernst

GOLDMANN

Die Originalausgabe erschien 1997 unter dem Titel
»My Ishmael«
bei Bantam Books, New York

Umwelthinweis:
Alle bedruckten Materialien dieses Taschenbuches
sind chlorfrei und umweltschonend.
Das Papier enthält Recycling-Anteile.

Deutsche Erstausgabe Januar 1999

Umschlaggestaltung: Design Team München
Umschlagfoto: AKG, Berlin
Satz: deutsch-türkischer fotosatz, Berlin
Druck: Elsnerdruck, Berlin
Verlagsnummer: 44202
Redaktion: Susanne Korell
CV · Herstellung: Katharina Storz/Str
Made in Germany
ISBN 3-442-44202-8

1 3 5 7 9 10 8 6 4 2

Hallo, ihr da

Ich finde es ziemlich miserabel, im Alter von sechzehn Jahren aufzuwachen und festzustellen, daß man reingelegt wurde. Nicht, daß es etwas Besonderes wäre, in diesem Alter reingelegt zu werden. Es scheint, als wäre jeder im Umkreis von fünfzig Meilen geradezu versessen darauf, einen zu verschaukeln. Allerdings werden nur wenige Sechzehnjährige auf diese Art und Weise verschaukelt. Nur wenige geraten überhaupt in die spezielle Lage, auf diese Art und Weise verschaukelt zu werden.

Dafür bin ich dankbar, wirklich.

Aber diese Geschichte handelt nicht von mir im Alter von sechzehn Jahren. Sie handelt von Geschehnissen, die passierten, als ich zwölf war. Das war damals eine ziemlich üble Zeit für mich.

Meine Mutter beschloß gerade, endgültig Alkoholikerin zu werden. In den vergangenen drei oder vier Jahren hatte sie noch versucht, mir vorzumachen, sie sei lediglich eine Gesellschaftstrinkerin. Aber sie war nun wohl zu der Überzeugung gelangt, daß ich inzwischen die Wahrheit kannte, warum also sollte sie mir weiter etwas vormachen? Sie hat mich nicht nach meiner Meinung gefragt. Hätte sie es, hätte ich ihr gesagt: »Bitte gib weiter vor, es wäre nicht so, Mom. Vor allem in meiner Gegenwart, okay?«

Aber in dieser Geschichte geht es nicht um meine Mutter. Ich erwähne das nur, weil ihr das verstehen müßt, wenn ihr den Rest verstehen wollt.

Meine Eltern ließen sich scheiden, als ich fünf war, aber ich werde euch nicht mit dieser Geschichte langweilen. Ich kenne diese Geschichte ja nicht einmal richtig, denn Mom erzählt sie ganz anders als Dad. (Klingt das vertraut?)

Jedenfalls heiratete Dad wieder, als ich acht war. Fast hätte Mom dasselbe getan, aber der Typ entpuppte sich als Widerling, und so ließ sie ihn wieder sausen. Damals begann sie, gewaltig zuzunehmen. Zum Glück hatte sie einen guten Job: Sie leitet noch heute den Schreibpool in einer großen Rechtsanwaltskanzlei. Und dann gewöhnte sie sich an, »nach der Arbeit noch kurz auf einen Drink zu gehen«. Es wurde immer ein ziemlich langer Drink.

Trotzdem quälte sie sich jeden Morgen um halb acht aus dem Bett, ganz gleich wie schlecht es ihr auch ging. Ich denke, sie machte es sich zum Grundsatz, erst nach der Arbeit mit dem Trinken zu beginnen. Außer am Wochenende natürlich – aber das will ich nicht weiter vertiefen.

Ich war kein besonders glückliches Mädchen.

Zu jener Zeit glaubte ich noch, es würde helfen, wenn ich die gehorsame Tochter spielte. Sobald ich aus der Schule kam, versuchte ich, das Haus wieder in jenen Zustand zu bringen, in dem Mom es gern gehabt hätte, wenn ihr noch etwas daran gelegen gewesen wäre. Das hieß vor allem, die Küche zu putzen, denn dazu hatte keine von uns beiden die Zeit, bevor wir zur Arbeit oder zur Schule gingen.

Wie dem auch sei, als ich eines Tages die Zeitung vom Boden aufhob, fiel mein Blick auf den Kleinanzeigenteil. Da stand:

Lehrer sucht Schüler
mit ernsthaftem Verlangen,
die Welt zu retten.
Persönliche Bewerbung erwünscht.

Dahinter standen die Nummer eines Raumes und der Name eines schäbigen Bürogebäudes in der Innenstadt.

Daß ein Lehrer einen Schüler suchte, fand ich merkwürdig. Es ergab einfach keinen Sinn. Wenn die Lehrer, die ich kannte, einen Schüler suchen würden, so wäre das, als würde ein Hund einen Floh suchen.

Dann sah ich mir den zweiten Teil des Satzes noch einmal an: *mit ernsthaftem Verlangen, die Welt zu retten*. Ich dachte: Der Typ verlangt wirklich nicht viel.

Das Verrückte war, daß dieser Lehrer seine Dienste nicht wie alle anderen anpries. Die Anzeige sah aus wie diejenigen, mit welchen um irgendwelche Dienstleistungen nachgefragt wurde. So, als würde der Lehrer den Schüler brauchen, nicht umgekehrt. Ein Schauder lief mir über den Nacken, und mir stellten sich am ganzen Kopf die Haare auf.

»Also«, sagte ich zu mir selbst, »das könnte ich tatsächlich machen. Ich könnte die Schülerin dieses Typen werden. Ich könnte nützlich sein!«

Etwas in der Art jedenfalls. Es klingt albern, aber diese Anzeige ließ mich sogar im Traum nicht los. Ich wußte, wo das Bürogebäude stand. Alles, was ich mir merken mußte, war die Raumnummer. Trotzdem riß ich die Anzeige heraus und legte sie in eine Schublade meines Schreibtisches. Falls ich stürzte, mir den Kopf anschlug und das Gedächtnis verlor, würde ich sie dort eines Tages auf jeden Fall wiederfinden. Es muß ein Freitagabend gewesen sein, denn am nächsten Morgen lag ich im Bett und dachte noch einmal über diese Anzeige nach. Ich hatte tatsächlich einen Tagtraum, der sich mit dieser Anzeige beschäftigte.

Zu dem Tagtraum komme ich später noch.

Zimmer 105

Glücklicherweise versuchte Mom nicht, mich an der kurzen Leine zu halten. Sich selbst erlaubte sie schließlich auch alles, deshalb glaubte sie vermutlich, kein Recht zu haben, ihre Tochter an die Kandare zu nehmen.

Nach dem Frühstück sagte ich zu ihr einfach: »Ich gehe kurz mal weg«, und sie erwiderte: »Okay.«

Nicht: »Wohin denn?« Oder: »Wann bist du wieder zurück?«

Einfach nur: »Okay.«

So nahm ich den Bus in die Innenstadt.

Wir wohnen in einer recht anständigen kleinen Stadt. (Ich werde ihren Namen nicht verraten.) Man kann hier an einer roten Ampel halten, ohne daß einem gleich der Wagen unterm Hintern weggeklaut wird. Nur selten wird jemand aus einem fahrenden Auto heraus erschossen. Auf den Dächern lauern auch keine Heckenschützen. Es war also nichts Besonderes, an einem Samstagvormittag allein in die Innenstadt zu fahren.

Ich kannte das Gebäude, das in der Anzeige genannt war. Es war das Fairfield Building. Ein entfernter Onkel von mir hatte dort früher ein Büro gehabt. Es befand sich in guter Lage und war zugleich billig. Mit anderen Worten: Es war heruntergekommen.

Die Eingangshalle weckte Erinnerungen. Sie sah genauso aus wie sie roch, nach nassen Hunden und Zigarren. Ich brauchte eine Weile, um herauszufinden, wohin ich mich wenden mußte. Im Erdgeschoß befand sich nur eine einzige Reihe von Büroräumen. Nummer 105 war nicht dabei. Schließlich fand ich den Raum auf der Rückseite neben der Laderampe, gegenüber vom Lastenaufzug.

Ich sagte mir: Das kann nicht sein. Aber da war er, der Raum Nummer 105.

Und ich fragte mich: Was mache ich hier überhaupt? Diese Tür ist samstags bestimmt nicht offen. Aber sie war es.

Ich trat in ein riesiges, leeres Zimmer. Dann atmete ich tief durch und wäre fast aus den Latschen gekippt. Hier roch es nicht nach nassen Hunden und Zigarren. Hier roch es nach Zoo. Es störte mich nicht. Ich mag Zoos.

Aber wie ich schon sagte, der Raum war leer. Links an der Wand stand ein durchgebogenes Bücherregal und rechts ein einzelner Polstersessel. Die Sachen sahen aus wie Überbleibsel von einem Flohmarkt.

Ich sagte mir: Der Typ ist ausgezogen.

Dann betrachtete ich die hohen, schmutzigen Fenster, die zur Gasse hinausgingen. Die staubigen Neonröhren, die an der Decke hingen. Die abblätternden, eitergelben Wände.

Dann sagte ich mir: Okay, ich ziehe ein.

Es war mir durchaus ernst damit. Diesen Raum konnte unmöglich jemand haben wollen. Warum also sollte dann nicht ich dort einziehen? Ein Sessel war ja schon einmal da, und mehr brauchte ich vorerst nicht.

Über eines war ich mir dann allerdings doch nicht klar. Der Sessel stand direkt gegenüber einer dunklen Glasscheibe, die sich in der Mitte der rechten Wand befand. Die Scheibe erinnerte mich an die Fenster, durch die Zeugen hindurchsehen, um Verdächtige bei einer Gegenüberstellung zu identifizieren. Dahinter mußte ein weiterer Raum liegen, weil sich neben dem Fenster eine Tür befand.

So beschloß ich, mir das Ganze genauer anzusehen. Ich drückte meine Nase gegen die Glasscheibe und schirmte die Augen mit den Händen ab, und …

Da lief offensichtlich ein Film.

Etwa drei Meter von der Scheibe entfernt saß ein toller, riesiger, dicker Gorilla und kaute an einem Zweig. Er starrte mich an, und plötzlich wußte ich: Das ist kein Film.

»Au«, sagte ich und machte einen Satz rückwärts.

Ich war zwar verblüfft, aber nicht direkt erschrocken. Vermutlich hätte ich erschrocken sein sollen. Ich meine, in einem Film hätte sich eine Frau an meiner Stelle die Lunge aus dem Leib geschrieen. Aber der Gorilla saß einfach da. Ich weiß nicht, vielleicht war ich einfach auch nur zu naiv, um zu erschrecken. Trotzdem warf ich einen Blick über meine Schulter, um sicherzugehen, daß der Weg zur Eingangstür frei war.

Dann ließ ich meinen Blick vorsichtig wieder zurückwandern, um zu sehen, ob der Gorilla sich auch nicht vom Fleck rührte. Er rührte sich nicht. Er zuckte nicht einmal mit einem Muskel, sonst wäre ich sofort weg gewesen.

In Ordnung. Ich mußte mir einen Reim darauf machen.

Der Lehrer war nicht ausgezogen. Ich meine, kein Mensch würde aus einer Wohnung ausziehen und vergessen, seinen Gorilla mitzunehmen. Also war der Lehrer nicht ausgezogen. Vielleicht war er einfach nur mal kurz rausgegangen, zum Essen oder so.

Und hatte vergessen, die Tür zuzusperren. Oder so.

Der Lehrer würde bald zurückkommen. Wahrscheinlich. Vielleicht.

Ich sah mich wieder um und versuchte dabei immer noch, herauszufinden, was hier eigentlich los war.

Der Raum, in dem ich mich befand, wurde nicht als Wohnraum genutzt – kein Bett, keine Kochmöglichkeit, kein Kleiderschrank oder dergleichen. Also wohnte der Lehrer hier nicht. Aber der Gorilla wohnte offensichtlich hier, in dem Raum auf der anderen Seite der Glasscheibe.

Warum? Wie kam das?

Ach zum Teufel, vermutlich darf jeder sich einen Gorilla halten, wenn er will.

Aber warum hält sich jemand einen Gorilla auf diese spezielle Art und Weise?

Ich sah wieder in den anderen Raum hinein und bemerkte etwas, was mir beim ersten Mal entgangen war. Es war ein Poster an der Wand hinter dem Gorilla. Darauf stand:

Gibt es
ohne den Menschen
Hoffnung
für den Gorilla?

Das fand ich eine wirklich interessante Frage. Sie schien allerdings nicht besonders knifflig zu sein. Selbst mit zwölf wußte ich bereits, was auf der Welt so vor sich ging. Wenn wir so weitermachten, würde es mit Sicherheit bald keine Gorillas mehr geben. Also lautete die Antwort ja. Ohne den Menschen gäbe es Hoffnung für den Gorilla.

Der Affe im angrenzenden Zimmer grunzte, als hielte er nicht viel von meinen Überlegungen.

Ich fragte mich, ob das Poster zum Unterrichtsstoff gehörte. In der Zeitungsanzeige hatte gestanden: *mit ernsthaftem Verlangen, die Welt zu retten*. Das ergab Sinn. Die Welt zu retten würde gewiß auch heißen, die Gorillas zu retten.

Und die Menschen nicht? Das schoß mir plötzlich durch den Kopf. Ihr wißt, wie es ist, wenn einem plötzlich irgendwelche Gedanken durch den Kopf schießen. Es ist, als kämen sie einfach aus dem Blauen. Dieser Gedanke aber kam aus dem Weltraum. Ich will damit sagen, daß ich Fremde von Freunden unterscheiden kann. Das hier war ein Fremder.

Ich sah den Affen an. Der Affe sah mich an – da wußte ich es.

Ich löste mich in Luft auf, so schnell nämlich war ich aus dem Zimmer verschwunden. In der einen Sekunde sah ich den Gorilla an, in der nächsten stand ich schon heftig atmend draußen auf dem Bürgersteig.

Ich war nicht weit vom Stadtzentrum entfernt, wo sich erstaunlicherweise immer noch ein paar Kaufhäuser halten. Ich mußte unter Menschen sein, oder besser, ich wollte unter Menschen sein, während ich nachdachte.

Der Gorilla hatte zu mir gesprochen – in meinem Kopf.

Das war es, worüber ich nachdenken mußte.

Ich brauchte mich nicht zu fragen, ob es wirklich passiert war. Es war passiert. Etwas Derartiges konnte ich mir nicht ausdenken. Und warum sollte ich mir so etwas überhaupt ausdenken? Etwa, um mich selbst zum Narren zu halten?

Ich durchdachte das Ganze, während ich im Pearson's mit dem Fahrstuhl rauf und runter fuhr. Sechs Stockwerke rauf. Sechs Stockwerke runter. Sehr beruhigend. Niemand kümmert sich um dich. Niemand stört dich. Du fällst niemandem auf. Im Erdgeschoß muß man einfach nur den »Aufwärts«-Knopf drücken. Schmuck und Kurzwaren. Damenbekleidung. Herrenbekleidung. Haushaltswaren. Spielzeug. Möbel. Oben muß man den »Abwärts«-Knopf drücken. Möbel. Spielzeug. Haushaltswaren. Herrenbekleidung. Damenbekleidung. Schmuck und Kurzwaren. Alles zieht in friedlichem Zeitlupentempo an einem vorbei.

Lehrer sucht Schüler mit ernsthaftem Verlangen, die Welt zu retten. Ich sage: »Du meinst, die Welt zu retten, und damit die Gorillas.«

Und der Gorilla sagt: Und die Menschen nicht?

Wo war der Lehrer, während all das passierte?

Was wäre passiert, wenn der Lehrer dagewesen wäre?

Wie sah der Plan aus? Welche Idee stand dahinter?

Ich hatte einen exotischen Lehrer vor Augen, der sich ein exotisches Haustier hielt.

Einen Affen, der telepathische Botschaften übermittelte. Ziemlich exotisch.

Lehrer sucht Schüler mit ernsthaftem Verlangen, die Welt zu retten und der Fähigkeit, mit einem telepathischen Affen klarzukommen.

He – das war doch ich, aber haargenau.

Ich ging eine Cola trinken. Es war noch nicht einmal Mittag.

Ich nehme es mit dem Affen auf

Als ich zu Raum 105 zurückkehrte, legte ich eine Hand auf die Klinke und preßte mein Ohr an die Tür.

Ich hörte die Stimme eines Mannes.

Ich konnte nicht verstehen, was er sagte. Er war meterweit von der Tür entfernt, und er sprach in die falsche Richtung. Zumindest stellte ich mir das vor.

»Brummel ummel mummel«, sagte er. »Brumm bumm ummel brummel.«

Schweigen. Eine ganze Minute Schweigen.

»Brumm brummel ummel brumm«, fuhr der Mann fort. »Brumm brumm mummel brumm brummel.«

Schweigen. Diesmal nur eine halbe Minute lang.

»Brummel?« fragte der Mann. »Bummel brummel brumm brummelbrumm.«

So ging es weiter. Es war wirklich spannend, ihm zuzuhören. Es ging weiter und weiter.

Ich überlegte, ob ich einfach hineingehen sollte. Es war eine reizvolle Idee – na ja, zumindest als Idee.

Dann überlegte ich, ob ich später noch einmal wiederkommen sollte, aber das war nicht einmal als Idee reizvoll. Wer wußte schon, was ich dann vielleicht verpaßte?

So hörte ich weiter zu. Die Minuten schleppten sich dahin wie regnerische Nachmittage. (Diesen Vergleich habe ich einmal in einem Aufsatz verwendet. *Die Minuten schleppten sich dahin wie regnerische Nachmittage.* Der Lehrer schrieb *gut*!! an den Rand. Was für ein Blödmann.)

Plötzlich hörte ich die Stimme des Mannes direkt hinter der Tür.

»Ich weiß nicht«, sagte er gerade. »Ich weiß es wirklich nicht. Aber ich werde es versuchen.«

Ich rannte über den Flur und lehnte mich an eine Tür.

Eine weitere Minute verstrich. Dann sagte der Mann: »Okay«, und öffnete die Tür.

Er trat in den Flur hinaus, sah mich, und blieb eine Sekunde lang starr stehen, als wäre ich eine Kobra, die sich zum Angriff aufgerichtet hat. Dann beschloß er offensichtlich, mich zu ignorieren. Er schloß die Tür hinter sich und machte sich auf den Weg nach draußen.

Ich fragte: »Sind Sie der Lehrer?«

So wie er die Stirn runzelte, hätte man meinen können, daß das eine schwierige Frage war. Schließlich nahm er seinen Verstand zusammen und überlegte angestrengt, was er sagen wollte. Zuletzt straffte er die Schultern und antwortete: »Nein.«

Offensichtlich wollte er viel mehr sagen – vielleicht Tausende von Worten mehr. Aber alles, was er im Augenblick herausbrachte, war: Nein.

Ich sagte sehr höflich: »Vielen Dank.«

Er sah mich an und legte dabei seine Stirn in noch tiefere Falten. Dann drehte er sich um und marschierte davon.

In der Schule ist jeder Typ, den du nicht leiden kannst, ein Wichser. Wichser gehört allerdings nicht zu den Worten, die ich häufig verwende. Vermutlich hebe ich es mir für besondere Anlässe auf, wie diesen Typen eben. Dieser Typ war eindeutig ein Wichser. Ich konnte ihn auf Anhieb nicht ausstehen, ich weiß nicht, warum. Er war ungefähr so alt wie meine Mutter, billig und häßlich angezogen. Einer dieser dunklen, intensiven Typen, wenn ihr wißt, was ich meine. Ich schwöre, ich hatte nicht gewußt, wie ein schlechter Haarschnitt aussieht, bis ich seine Frisur sah. Alles an ihm signalisierte: »Achtung Intellektueller – Abstand halten«.

Ich wandte meine Aufmerksamkeit wieder der Tür vor mir zu. Mir fiel nichts ein, was ich vorher noch hätte bedenken müssen, also trat ich einfach ins Zimmer.

Es hatte sich nichts verändert, trotzdem war alles anders, jetzt, wo ich begriffen hatte, was los war. Was ich durch die Tür gehört hatte, war ein Gespräch zwischen dem Wichser und dem Affen gewesen. Natürlich hatte ich nur den Wichser reden gehört, weil der Affe ja telepathisch kommunizierte.

Der Wichser war nicht der Lehrer. Also mußte der Affe der Lehrer sein.

Aber da war noch etwas. Der Wichser hatte keine Angst gehabt. Das war wichtig. Es bedeutete, daß der Affe nicht gefährlich war. Wenn ein solcher Wichser keine Angst hatte, dann brauchte ich auch keine zu haben.

Jetzt, wo ich wußte, daß er da war, war es nicht schwierig, den Gorilla hinter der Scheibe zu entdecken. Er saß genau dort, wo er vorhin gesessen hatte.

»Ich komme wegen der Anzeige.«

Schweigen.

Vielleicht hatte er mich nicht gehört. Ich ging zum Sessel und wiederholte meinen Satz.

Der Affe starrte mich schweigend an.

»Was ist los?« fragte ich. »Du hast doch vorhin auch mit mir geredet.«

Er schloß ganz, ganz langsam die Augen. Es ist wirklich nicht leicht, so langsam die Augen zu schließen. Ich dachte, vielleicht schläft er gerade ein oder so.

»Was ist los?« fragte ich wieder.

Der Affe seufzte. Ich weiß nicht, wie ich dieses Seufzen beschreiben soll. Die Wände müßten sich unter der Last dieses Seufzers biegen. Ich wartete, dachte, daß er jetzt gleich etwas sagen würde. Nach einer vollen Minute aber saß er immer noch einfach nur da.

Da fragte ich: »Hast nicht du die Anzeige in die Zeitung gesetzt?«

Er kniff die Augen zu, als wolle er nicht an diese Sache erinnert werden. Schließlich aber öffnete er sie wieder und sagte etwas. Wie zuvor hörte ich es in meinem Kopf, nicht in meinen Ohren.

»Ich habe die Anzeige aufgegeben«, räumte er ein. »Aber nicht für dich.«

»Was heißt das, nicht für mich? Ich habe dort nicht gelesen: ›Diese Anzeige ist für alle außer für Julie Gerchak gedacht.‹«

»Tut mir leid«, sagte er. »Ich wollte sagen, daß ich die Anzeige nicht für Kinder in die Zeitung gesetzt habe.«

»Kinder!« Das machte mich richtig wütend. »Du bezeichnest mich als Kind? Ich bin zwölf Jahre alt. Ich bin alt genug, um Autos zu klauen. Ich bin alt genug für eine Abtreibung. Ich bin alt genug, um mit Crack zu dealen.«

Der große, riesige, dicke Affe begann sich zu winden, das schwöre ich bei Gott. Ich hatte mit meinen Worten tatsächlich Eindruck auf ihn gemacht. Ich legte mich gerade ernsthaft mit einem tausend Pfund schweren Gorilla an.

Er wand sich wieder. Dann nahm er einen neuen Anlauf. Er beruhigte sich und begann zu sprechen.

»Es tut mir leid, dich einfach so fortzuschicken«, sagte er. »Du bist ganz offensichtlich niemand, den man so einfach wieder wegschickt. Die Tatsache, daß du alt genug bist, um Autos zu stehlen, ist hier jedoch nicht von Bedeutung.«

»Weiter«, forderte ich.

»Ich bin Lehrer«, sagte er.

»Das weiß ich.«

»Ich kann als Lehrer allerdings nur einer gewissen Art von Schülern helfen, nicht allen. Ich kann niemanden in Chemie, Algebra, Französisch oder Geologie unterrichten.«

»Deswegen bin ich auch nicht gekommen.«

»Das waren nur Beispiele. Was ich meine, ist, daß ich nur ganz bestimmte Dinge vermitteln kann.«

»Was willst du damit sagen? Soll das heißen, daß ich diese ›bestimmten Dinge‹ nicht brauche?«

Er nickte. »Genau das meine ich. Das, was ich anzubieten habe, ist nichts, was für dich nützlich wäre … im Augenblick.«

Es dauerte nur den Bruchteil einer Sekunde, und in meinen Augen brannten Tränen, aber das wollte ich ihn nicht sehen lassen.

»Du bist genau wie alle anderen«, warf ich ihm vor. »Du bist ein Lügner.«

Das ließ seine Augenbrauen in die Höhe schießen. »Ein Lügner?«

»Ja. Warum sagst du mir nicht die Wahrheit? Warum sagst du nicht: ›Du bist doch nur ein Kind – für niemanden von Nutzen. Komm in zehn Jahren wieder. Dann bist du es vielleicht wert, daß ich dir meine Zeit widme.‹ Sag mir das ins Gesicht, und du wirst kein Wort mehr von mir hören. Sag mir das ins Gesicht, und ich drehe mich auf der Stelle um und gehe nach Hause.«

Er seufzte wieder, sogar noch tiefer als vorher. Dann nickte er, nur ein einziges Mal.

»Du hast vollkommen recht«, gab er zu. »Ich habe gelogen. Und ich hatte gehofft, daß du das nicht merken würdest. Bitte nimm meine Entschuldigung an.«

Ich nickte.

»Aber die Wahrheit wird dir möglicherweise auch nicht besonders gefallen«, fuhr er fort.

»Was ist die Wahrheit?«

»Nun, das werden wir herausfinden. Wie ist dein Name? Julie?«

»Richtig.«

»Und du magst es nicht, wenn man dich wie ein Kind behandelt?«

»Richtig.«

»Dann setz dich, und ich werde dir Fragen stellen, als wärst du erwachsen.«

Ich setzte mich.

»Was hat dich hierhergeführt, Julie? Und bitte sag jetzt nicht, daß es meine Anzeige gewesen sei. Das haben wir schon abgehakt. Was willst du? Was machst du hier?«

Ich öffnete den Mund, brachte aber nichts heraus, nicht eine einzige Silbe. Eine halbe Minute vielleicht saß ich da und starrte ihn mit offenem Mund an. Dann sagte ich: »Was ist mit dem Typen, der vorhin hier war? Hast du den auch gefragt, was er will? Hast du den auch gefragt, was er hier macht?«

Da tat der Gorilla etwas sehr Merkwürdiges. Er hielt sich die rechte Hand direkt vor die Augen. Es sah aus, als wolle er für ein Versteckspiel zu zählen anfangen. Das Komische daran war, daß er sein Gesicht nicht wirklich berührte. Er hielt sich seine Hand wenige Zentimeter von der Nase entfernt vors Gesicht, als würde er eine winzige Nachricht lesen, die in seiner Handfläche stand.

Ich wartete.

Nach etwa zwei Minuten ließ er die Hand sinken und sagte: »Nein, ich habe ihn das nicht gefragt.«

Ich saß einfach da und klimperte aufgeregt mit den Wimpern.

Der Gorilla leckte sich über die Lippen – nervös, schien es mir. »Ich denke, man kann getrost sagen, daß ich nicht darauf vorbereitet bin, den Bedürfnissen von jemandem deines Alters gerecht zu werden. Ich denke, das kann man getrost sagen. Ja.«

»Du meinst, du gibst auf? Ist es das, was du mir sagen willst? Ich soll gehen, weil du aufgibst?«

Der Gorilla starrte mich an. Ich konnte nicht erkennen, ob dieses Starren hoffnungsvoll oder böse war.

Da fragte ich: »Glaubst du nicht, daß ein zwölfjähriges Mädchen ein ernsthaftes Verlangen haben könnte, die Welt zu retten?«

»Das bezweifle ich nicht«, erwiderte er, obwohl es sich anhörte, als kämen ihm diese Worte ziemlich schwer über die Lippen.

»Warum willst du dann nicht mit mir reden? In deiner Zeitungsanzeige stand, daß du Schüler suchst. Das stand doch dort?«

»Das stand dort.«

»Nun, du hast eine Schülerin. Da bin ich.«

Wir torkeln an die Startlinie

Ein endloser Augenblick verstrich. Ich habe das einmal in einem Buch gelesen: *Ein endloser Augenblick verstrich.* Das hier aber war wirklich ein langer Augenblick. Schließlich sprach der Gorilla weiter. »Also gut«, sagte er und nickte. »Fangen wir an und sehen wir, wohin uns das führt. Ich heiße Ismael.«

Er schien irgendeine Reaktion von mir zu erwarten, für mich aber waren das nur Silben. Es hätte keinen Unterschied gemacht, wenn er gesagt hätte, sein Name sei Krawumm. Meinen Namen kannte er bereits, also wartete ich einfach. Schließlich fuhr er fort.

»Noch einmal zurück zu dem jungen Mann, der eben hier war – er heißt übrigens Alan Lomax. Ich sagte, ich hätte nicht gefragt, was er wollte. Aber ich habe ihn gebeten, mir eine Geschichte zu erzählen, die erklären würde, warum er herkam.«

»Eine Geschichte?«

»Ja. Ich bat ihn um seine Geschichte. Und jetzt bitte ich dich um deine.«

»Ich weiß nicht, was genau du mit Geschichte meinst.«

Ismael runzelte die Stirn, als hätte er den Verdacht, ich würde mich dumm stellen. Vielleicht tat ich das ja auch, wenigstens ein bißchen.

Er fuhr fort: »Deine Klassenkameraden machen heute nachmittag etwas anderes, nicht wahr? Was immer sie auch machen, du machst es nicht.«

»Ja, das stimmt.«

»Also. Dann erklär mir, warum du nicht dasselbe machst

wie deine Klassenkameraden. Wie unterscheidet sich deine Geschichte von der ihren? Was treibt dich am Samstag nachmittag in dieses Zimmer?«

Jetzt verstand ich, was er meinte, aber das half mir auch nicht weiter. Von was für einer Geschichte redete er? Wollte er von der Scheidung meiner Eltern hören? Von den Besäufnissen meiner Mutter? Von den Schwierigkeiten, die ich in der Schule mit Mrs. Monstro hatte? Von meinem Ex-Freund Donnie?

»Ich möchte verstehen, wonach du suchst«, sagte er und beantwortete damit alle meine Fragen, als hätte ich sie laut ausgesprochen.

»Ich kapiere das nicht«, erklärte ich ihm. »Die Lehrer, die ich kenne, fragen einen nicht, wonach man sucht. Sie ziehen einfach ihren Unterricht durch.«

»Ist es das, was du hier zu finden hoffst? Einen Lehrer, der genauso ist wie diejenigen, die du kennst?«

»Nein.«

»Dann hast du Glück, Julie, denn ich bin nicht wie sie. Ich bin das, was man einen mäeutischen Lehrer nennt. Ein mäeutischer Lehrer ist jemand, der bei seinen Schülern Hebamme spielt. Weißt du, was eine Hebamme ist?«

»Eine Hebamme ist jemand, der bei der Geburt eines Kindes hilft.«

»Das ist richtig. Eine Hebamme hilft einem Kind, das in seiner Mutter herangewachsen ist, auf die Welt. Ein mäeutischer Lehrer hilft Ideen, die in seinen Schülern herangewachsen sind, auf die Welt.« Der Gorilla starrte mich intensiv an, während ich nachdachte. Schließlich fuhr er fort. »Glaubst du, daß in dir auch irgendwelche Ideen heranwachsen?«

»Ich weiß nicht«, antwortete ich. Das entsprach der Wahrheit.

»Glaubst du, daß überhaupt irgend etwas in dir heranwächst?«

Ich sah ihn so ausdruckslos an, wie ich konnte. Langsam begann er mir angst zu machen.

»Sag mir eins, Julie: Wärst du, wenn du vor zwei Jahren meine Anzeige gelesen hättest, auch hierhergekommen?«

Das war einfach. Ich sagte nein.

»Dann hat sich in den letzten Jahren also etwas verändert«, fuhr er fort. »Etwas in dir hat sich verändert. Und genau darüber möchte ich etwas erfahren. Ich muß verstehen, was dich hierhergeführt hat.«

Ich starrte ihn eine Weile an, dann sagte ich: »Weißt du, was ich mir die ganze Zeit sage? Ich meine immerzu, zwanzig Mal am Tag. Ich sage mir: Ich muß hier raus.«

Ismael runzelte verwirrt die Stirn.

»Ich dusche, spüle das Geschirr ab oder warte auf den Bus, und dabei schießt mir durch den Kopf: Ich muß raus hier.«

»Was bedeutet das?«

»Ich weiß es nicht.«

Er grunzte. »Natürlich weißt du es.«

»Es bedeutet ... Lauf um dein Leben.«

»Ist dein Leben in Gefahr?«

»Ja.«

»Wer bedroht es?«

»Jeder. Leute, die mit Maschinengewehren in Klassenzimmer stürmen. Leute, die Flugzeuge und Krankenhäuser bombardieren. Leute, die Nervengas in U-Bahnen pumpen. Leute, die giftige Abwässer in unser Trinkwasser leiten. Leute, die die Wälder abholzen. Leute, die die Ozonschicht zerstören. Ich weiß nicht so genau über all das Zeug Bescheid, weil ich bei so etwas am liebsten weghöre. Weißt du, was ich meine?«

»Ich bin mir nicht ganz sicher.«

»Ich meine, glaubst du, ich weiß, was eine Ozonschicht ist? Ich weiß es nicht. Aber es heißt, wir würden Löcher hineinstechen, und wenn die Löcher erst groß genug sind, werden wir sterben wie die Fliegen. Es heißt, die Regenwälder seien die Lunge des Planeten, und wenn wir sie abholzen, werden wir ersticken. Glaubst du, ich weiß, ob das stimmt? Ich weiß es nicht. Einer meiner Lehrer sagte, daß aufgrund dessen, was wir diesem Planeten antun, täglich zweihundert Tier- und Pflanzenarten aussterben. Das habe ich mir gemerkt – für so etwas habe ich ein gutes Gedächtnis –, aber glaubst du, ich weiß, ob das auch wahr ist? Ich weiß es nicht. Ich nehme an, daß es stimmt. Derselbe Lehrer sagte, daß wir täglich fünfzehn Millionen Tonnen Kohlendioxid in die Luft blasen. Glaubst du, ich weiß, was das bedeutet? Ich weiß es nicht. Alles, was ich weiß, ist, daß Kohlendioxid giftig ist. Ich weiß nicht, wo ich es gelesen oder gehört habe, aber die Selbstmordrate unter Teenagern hat sich in den letzten vierzig Jahren verdreifacht. Glaubst du, ich laufe herum und suche bewußt nach all diesem Zeug? Nein. Aber es springt mich überall an. Die Menschen fressen die Welt bei lebendigem Leibe auf.«

Ismael nickte. »Also mußt du raus hier.«

»Genau.«

Ismael gab mir ein paar Sekunden Zeit zum Nachdenken, dann sagte er: »Das erklärt aber nicht, warum du zu mir gekommen bist. In meiner Anzeige steht nichts davon, daß es darum geht, wie man hier rauskommt.«

»Ja, ich weiß. Es klingt, als würde ich Unsinn reden.«

Ismael zog eine Augenbraue hoch und sah mich schräg an.

»Ich muß darüber nachdenken«, erklärte ich ihm.

Ich stand auf und drehte mich um, um den Rest des Zimmers zu betrachten. Es gab jedoch nicht viel zu sehen. Da waren nur die hohen, schmutzigen Fenster, die eiterfarbenen Wände und das müde aussehende Bücherregal am anderen Ende des Raumes. Ich ging zu dem Bücherregal hinüber, aber ich hätte mir den Weg sparen können. Da stand eine ganze Reihe von Büchern über die Evolution, über Geschichte und Vorgeschichte und über Urvölker. Da stand ein Buch über die Kultur der Schimpansen, das ganz interessant aussah, aber ich fand kein Buch über Gorillas. Da standen ein paar archäologische Atlanten. Da stand ein Buch mit dem längsten

Titel, den ich je gesehen hatte, so ähnlich wie *Der zivilisatorische Aufstieg des Menschen am Beispiel der Urvölker der Neuen Welt von der Frühzeit bis zum Aufkommen des Industriestaates.* Da standen drei Bibelübersetzungen, was mir für einen Affen doch etwas übertrieben erschien. Aber da stand nichts, womit ich es mir vor dem Kamin hätte gemütlich machen wollen, wenn ich einen Kamin gehabt hätte. Ich stöberte herum, so lange ich konnte, dann kehrte ich zum Sessel zurück und setzte mich wieder.

»Du wolltest eine Geschichte von mir hören. Also, ich habe keine Geschichte zu erzählen, aber ich kann dir einen Tagtraum verraten.«

»Einen Tagtraum?« sagte Ismael halb fragend.

Ich nickte, und er sagte, ein Tagtraum sei ihm auch recht.

»Heute früh hatte ich folgenden Tagtraum: Ich dachte mir, daß es doch toll wäre, wenn ich zum Raum 105 im Fairfield Building fahren würde, hineinginge und dort diese Frau am Empfang säße und mich ansähe und –«

»Warte«, sagte Ismael. »Entschuldige, wenn ich dich unterbreche.«

»Ja?«

»Du ... hudelst.«

»Ich hudle?«

»Du rast. Prescht voran, stürmst dahin.«

»Du meinst, ich bin zu schnell?«

»Ja, viel zu schnell. Wir stehen nicht unter Zeitdruck, Julie. Wenn du diese Geschichte erzählen willst, dann laß sie sich bitte langsam entfalten – genauso langsam, wie sie sich heute früh in deinem Kopf entfaltet hat.«

»Na gut«, sagte ich. »Ich verstehe, was du meinst. Soll ich noch einmal anfangen?«

»Ja, bitte. Aber diesmal ohne zu hudeln. Nimm dir einen Augenblick Zeit, sammle deine Gedanken. Entspann dich, und laß die Erinnerung zurückkommen. Faß das Ganze nicht zusammen. Erzähl es so, wie es passiert ist.«

Einen Augenblick Zeit nehmen? Entspannen? Die Erinnerung zurückkommen lassen? Ihm war anscheinend nicht klar, was er da von mir verlangte. Ich saß im Sessel, gewiß, aber ich konnte mich nicht entspannt zurücklehnen, denn wenn ich das tat, würden meine Füße geradeaus über den Sesselrand ragen und ich würde mir wie eine Sechsjährige vorkommen. Ich mußte mit den Füßen Bodenkontakt haben, weil ich in der Lage sein mußte, binnen einer halben Sekunde zu verschwinden. Und wenn ihr glaubt, ihr würdet etwas anderes empfinden, dann schlage ich vor, ihr nehmt vor einem ausgewachsenen Gorilla Platz und probiert es einfach einmal aus. Die einzige Möglichkeit, mich zu entspannen und die Erinnerung an den Tagtraum zurückkommen zu lassen, hätte für mich darin bestanden, es mir in einer Ecke des Sessels gemütlich zu machen und die Augen zu schließen – und dazu war ich in Gegenwart eines tausend Pfund schweren Affen einfach noch nicht bereit.

Ich bedachte Ismael mit einer Art hochnäsigem, ungeduldigem und zugleich finsterem Blick. Er schluckte ihn, grübelte ein bißchen darüber nach und machte dann etwas, angesichts dessen ich fast lauthals losgelacht hätte.

Er nahm zwei Finger, legte sie aufs Herz und hielt sie dann, genau wie ein Pfadfinder, feierlich hoch, damit ich sie sehen konnte: Ich schwöre.

Zum Teufel, ich lachte lauthals los.

Der Tagtraum

In meinem Tagtraum zog ich für meinen Besuch im Fairfield Building nichts Besonderes an – genausowenig, wie ich es später bei meinem wirklichen Besuch tat. Das wäre nämlich uncool gewesen. Genauso uncool wäre es gewesen, wenn ich meine schmuddeligsten Sachen angezogen hätte, also entschied ich mich für den Mittelweg. Es gibt viele Mädchen, die hübscher sind als ich, häßlicher als ich, größer als ich, kleiner als ich, dicker als ich, dünner als ich – und vielleicht erscheint es ihnen sinnvoll, sich wegen ihrer Kleidung den Kopf heiß zu machen, mir aber nicht.

Das Fairfield Building war in meinem Tagtraum ein wenig gepflegter als in Wirklichkeit. Und Raum 105 befand sich in meinem Tagtraum auch nicht im Erdgeschoß gegenüber einer Laderampe. Man mußte in der Eingangshalle einen Fahrstuhl nehmen (auch den Fahrstuhl hatte jemand geschrubbt, so daß die hübschen Messingverzierungen nur so blitzten.)

An der Tür zu Raum 105 stand kein Schild, nichts. Ich zerbrach mir eine Weile den Kopf darüber. Ich wollte, daß die Tür irgendeine verlockende Aufschrift trug, wie zum Beispiel GLOBALE MÖGLICHKEITEN oder KOSMISCHE UNTERNEHMUNGEN, aber nein, sie blieb hartnäckig leer. Schließlich trat ich ein. Eine junge Frau sah von einem Schreibtisch auf. Sie war keine Empfangsdame, sie trug keine Sekretärinnenkleidung, sondern etwas, das zwar legerer wirkte, aber mehr Chic hatte. Sie saß auch nicht am Schreibtisch, sondern stand darübergebeugt und packte eine Kiste.

Neugierig blickte sie hoch, als kämen nur selten Besucher durch diese Tür. Ob sie mir behilflich sein könne?

»Ich komme wegen der Anzeige«, sagte ich zu ihr.

»Ach, die Anzeige«, erwiderte sie und richtete sich dabei auf, um mich jetzt genauer zu mustern. »Ich wußte gar nicht, daß sie noch immer geschaltet ist.«

Mir fiel nichts ein, was ich darauf hätte sagen können, also blieb ich einfach stehen.

»Warte eine Sekunde«, bemerkte sie und verschwand in einem Flur. Eine Minute später kehrte sie in Begleitung eines Mannes zurück, der etwa so alt war wie sie, zwanzig oder fünfundzwanzig. Er war im selben Stil gekleidet, trug keinen Anzug, sondern etwas Legeres – eher eine Art Wanderkleidung als einen Geschäftsanzug. Die beiden musterten mich ausdruckslos, bis ich mich wie ein Möbelstück zu fühlen begann, das man zur Ansicht geliefert hat.

Schließlich sagte der Mann: »Du kommst wegen der Anzeige?«

»Genau.«

Die Frau meinte daraufhin: »Du weißt, daß sie wirklich gern noch jemanden hätten.« Ich hatte keine Ahnung, wer »sie« waren.

»Ich weiß«, nickte er. Dann: »Gehen wir in mein Büro und unterhalten uns darüber. Ich bin übrigens Phil, und das ist Andrea.« In seinem Büro nahmen wir Platz, und er erklärte: »Der Grund für unser Zögern ist, daß wir Leute suchen, die für eine Zeit von hier fortgehen können. Für eine ziemlich lange Zeit, genaugenommen.«

»Das ist kein Problem«, erklärte ich ihm.

»Du verstehst nicht«, sagte Andrea. »Wir sprechen hier von Jahren, vielleicht sogar Jahrzehnten.«

»Wirklich?«

»Wirklich.«

»Das würde mir nichts ausmachen«, erklärte ich.

(»Du siehst«, sagte ich zu Ismael, »daß keiner von beiden

sagte, ich sei zu jung, oder es wäre besser, wenn ich ein Junge wäre, oder ich sollte wirklich daheimbleiben und mich um meine Mutter kümmern oder ich sollte die Schule beenden oder etwas Derartiges.« Er nickte, um mir zu bedeuten, daß ihm dieser wichtige Punkt nicht entgangen war.)

Die beiden wechselten wieder einen Blick, dann fragte Phil, wie lange es dauern würde, bis ich bereit sei.

»Du meinst, zum Aufbruch?« Er nickte. »Ich bin bereit. Deshalb bin ich ja da.«

»Großartig«, erklärte Andrea. »Wie du siehst, sind wir hier gerade beim Zusammenpacken. Wenn du eine Stunde später gekommen wärst, wären wir schon weggewesen.«

Zwar bezogen sich beide auf die Anzeige, aber keiner von ihnen erwähnte auch nur mit einer Silbe deren wichtigstes Wort, welches *Lehrer* lautete. Das beunruhigte mich ein wenig. Ich fragte mich, ob das mit dem Lehrer nur eine Art Köder gewesen war, behielt das aber für mich. Erwachsene reagieren ziemlich gereizt, wenn man sie fragt, mit welcher Masche sie einen rumkriegen wollen. Also hielt ich den Mund und half ihnen dabei, Kisten zu einem riesigen Suburban hinunterzutragen, der in der Gasse hinter dem Gebäude geparkt war.

Nach einer Stunde Fahrt befanden wir uns mitten im Nirgendwo (einem unspezifischen Nirgendwo, das auf keiner Karte verzeichnet ist). Es sah wie solche Gegenden aus, in denen die alten Horror-Science-Fiction-Filme mit Riesenspinnen und Mördermäusen gedreht worden waren. Vermutlich war dies sogar die Gegend. Immerhin in meinem Tagtraum.

Unser Ziel war eine Art kleines Militärlager, Soldaten gab es aber nicht. Wir fuhren hinein. Die Leute dort winkten und fuhren dann mit ihren jeweiligen Tätigkeiten fort. Es war leicht zu erkennen, daß es zwei Gruppen gab – den Stab, der wie Phil und Andrea eine Art khakifarbene Uniform trug, und die Rekruten, die irgendwie zusammengewürfelt wirkten, wie Spaziergänger an einem Samstagnachmittag.

Phil und Andrea setzten mich vor einem Gebäude ab, wo mich ein paar Rekruten hereinbaten und mir ein Bett und einen Spind zuwiesen. Niemand erklärte mir irgend etwas, und ich stellte keine Fragen. Ich dachte mir, daß alle meine Fragen irgendwann einmal beantwortet werden würden. Schließlich machte ich aber deutlich, daß ich keine Ahnung von dem hatte, was hier ablief. Die Rekruten waren schockiert, daß Phil und Andrea mich nicht aufgeklärt hatten, und ich fragte: »Warum sagt ihr es mir denn nicht?« Da kratzten sie sich am Kopf und drucksten herum. Dann aber nahm schließlich eine von ihnen die Sache in die Hand und fragte: »Warum suchst du einen Lehrer, wenn du die Welt retten willst?«

»Weil ich nicht weiß, was ich dafür tun muß.«

»Aber welcher Lehrer sollte es denn wissen?«

»Ich habe keine Ahnung«, sagte ich zu der Frau. Sie war Mitte Vierzig und hieß Gammaen.

»Glaubst du, es könnte irgendein Regierungsbeamter sein oder so?«

Ich erwiderte, daß ich das nicht glaubte, und als sie mich nach dem Grund fragte, erklärte ich: »Wenn jemand aus der Regierung wüßte, wie die Welt zu retten ist, dann hätte man es doch schon längst getan, oder?«

»Warum glaubst du, daß die Leute allgemein nicht wissen, wie man die Welt rettet?«

»Ich weiß nicht.«

»Glaubst du denn, daß im gesamten Universum niemand weiß, wie man auf seinem Planeten lebt, ohne ihn dabei zu zerstören?«

»Keine Ahnung«, bekannte ich.

An diesem Punkt wußten sie erst einmal nicht weiter mit mir. Schließlich versuchte es ein anderer. Er sagte: »Überall im Universum gibt es Wesen, die wissen, wie man lebt, ohne alles zu zerstören.«

»Ach ja?« sagte ich. Ich wollte nicht besserwisserisch klingen, aber das war das erste Mal, daß ich so etwas hörte – und das sagte ich ihm auch.

»Es ist aber so«, sagte er. »Im Universum gibt es Tausende von bewohnten Planeten – vielleicht Millionen –, und deren Bewohner kommen alle ganz gut klar.«

»Das tun sie?«

»Das tun sie. Sie zerstören ihren Planeten nicht, plündern ihn nicht aus und verseuchen ihn auch nicht.«

»Das ist ja toll«, bemerkte ich. »Aber was hilft uns das?«

»Es würde uns doch helfen, wenn wir wüßten, wie sie es machen, nicht wahr?«

»Sicher.«

Eine Sekunde lang sah es so aus, als wüßten sie wieder nicht weiter, dann aber sagte Gammaen: »Dann werden wir eben dorthin fliegen, um es zu erfahren«, erklärte sie.

»Wer?«

»Wir. Die Rekruten – du, wir.«

»Wohin fliegen wir?« fragte ich, da ich immer noch nicht begriff, worauf sie hinauswollte.

»Ins Universum«, wiederholte sie.

Schließlich wurde es mir klar: Wir warteten darauf, daß man uns abholte.

Man rechnete damit, daß wir jahrzehntelang unterwegs sein würden. Wir würden nicht zur Schule gehen. Wir würden Planeten besuchen, beobachten – es herausfinden.

Und wir würden das, was wir gelernt hatten, zu den Menschen auf der Erde zurückbringen.

Das war der Plan.

Und das war mein Tagtraum gewesen.

Begegnung mit Mutter Kultur

»Dumm, was?«

Ismael runzelte die Stirn. »Warum sagst du das?«

»Ich meine, es war ein Tagtraum. Ein Hirngespinst. Banaler Unsinn. Quatsch.«

Er schüttelte den Kopf. »Keine Geschichte ist ohne jede Bedeutung, man muß nur danach zu suchen wissen. Das trifft auf Kinderreime und Tagträume genauso zu wie auf Romane und epische Gedichte.«

»Also gut.«

»Dein Tagtraum ist weder banaler Unsinn noch Quatsch, Julie, das kann ich dir versichern. Mehr noch, er hat bewirkt, was ich mir erhofft hatte: Ich habe dich um eine Geschichte gebeten, die erklären würde, was du hier machst, und die hast du mir geliefert. Jetzt begreife ich, wonach du suchst. Oder genauer, jetzt begreife ich, was du zu lernen erwartest. Ohne diese Information hätten wir gar nicht beginnen können.«

Ich verstand nicht ganz, worauf er hinauswollte, sagte ihm aber, ich sei froh, das zu hören.

»Trotzdem«, fuhr er fort, »bin ich mir noch nicht sicher, wie ich mit dir weitermachen soll. Ob es dir nun bewußt ist oder nicht, du stellst mich vor ein besonderes Problem.«

»Wieso?«

»Ich bin nicht wie die Lehrer in deiner Schule, Julie, die euch nur das beibringen, was ihr nach dem Willen eurer Eltern wissen sollt – Dinge wie Mathematik, Geographie, Geschichte, Biologie und so fort. Wie ich vorhin erklärt habe, bin ich ein Lehrer, der für seine Schüler die Hebamme spielt und ihnen hilft, die Ideen zu Tage zu fördern, die in ihnen herangewachsen sind.« Ismael hielt einen Augenblick inne und überlegte, dann fragte er, worin meiner Meinung nach der Unterschied zwischen mir und Alan Lomax bestand – in Hinblick auf die Bildung.

»Ich nehme an, er hat einen High-School- und wahrscheinlich auch einen Collegeabschluß.«

»Das stimmt. Und was folgt daraus?«

»Also weiß er einiges, was ich nicht weiß.«

»Richtig«, sagte Ismael. »Dennoch wachsen in euch beiden dieselben Ideen heran.«

»Woher weißt du das?«

Über seine Lippen huschte ein Lächeln. »Weil ihr beide von Geburt an derselben Mutter gelauscht habt. Ich meine damit natürlich nicht eure leibliche Mutter, sondern vielmehr eure kulturelle Mutter. Mutter Kultur spricht durch die Stimme eurer Eltern zu euch – die ebenfalls von Geburt an der Stimme von Mutter Kultur gelauscht haben. Sie spricht durch Zeichentrick-, Märchen- und Comicfiguren zu dir. Sie spricht durch Nachrichtensprecher, Lehrer und Präsidentschaftskandidaten zu dir. Du hast ihr bei Talkshows zugehört. Du hast sie in Schlagern, Werbemelodien, Vorträgen, politischen Reden, Predigten und Witzen gehört. Du bist in Zeitungsartikeln, Lehrbüchern und Comicstrips auf ihre Gedanken gestoßen.«

»Ach ja,« sagte ich. »Ich glaube, ich weiß, was du meinst.«

»Das ist natürlich kein Merkmal, das deiner Kultur allein zueigen ist, Julie. Jede Kultur hat ihre eigene nährende und erhaltende pädagogische Mutter. Die Ideen, die in dir und Alan genährt wurden, unterscheiden sich von jenen, die in den Naturvölkern genährt wurden, den Menschen, die immer noch so leben wie ihre Vorfahren vor zehntausend Jahren – zum Beispiel die Huli auf Papua-Neuguinea oder die Macuna-Indianer in Ostkolumbien.«

»Ja, ich verstehe.«

»Jene Dinge, die aus dir und Alan herauskommen sollen, sind dieselben, sie befinden sich aber in einem unterschiedlichen Entwicklungsstadium. Alan lauscht Mutter Kultur schon zwanzig Jahre länger als du, deshalb ist das, was sich in ihm findet, natürlich fester verankert und weiter ausgeformt.«

»Das leuchtet mir ein. So wie ein Fötus mit sieben Monaten weiter entwickelt ist als einer mit zwei Monaten.«

»Genau.«

»Und was jetzt?«

»Jetzt geh und laß mich darüber nachdenken, wie ich mit dir fortfahren soll.«

»Wohin soll ich gehen?«

»Irgendwohin. Wohin du willst. Nach Hause, falls du ein Zuhause hast.«

Jetzt war ich es, die die Stirn runzelte. »Falls ich eines habe? Wieso denkst du, daß ich keines hätte?«

»Ich denke gar nichts«, erwiderte Ismael kühl. »Du hast Anstoß daran genommen, daß ich dich als Kind bezeichnet habe, und du hast mir erklärt, du seist alt genug, um Autos zu stehlen, abzutreiben oder mit Crack zu dealen. Daher hielt ich es für das beste, keine Vermutungen über deine Wohnverhältnisse anzustellen.«

»Sag mal«, fragte ich. »Nimmst du immer alles wörtlich?«

Ismael nahm sich einen Augenblick Zeit, um sich am Unterkiefer zu kratzen. »Vermutlich schon. Du wirst sehen, daß ich einen gewissen Sinn für Humor habe, daß mir komische Übertreibungen jedoch meistens entgehen.«

Ich würde mir das merken – womit ich einer gewissen komischen Übertreibung nachgab. Dann fragte ich ihn, wann ich wiederkommen sollte.

»Komm, wann immer du willst.«

»Morgen?«

»Durchaus«, sagte er. »Sonntage sind für mich keine Feiertage.«

Das leise Zucken um seinen Mund verriet mir, daß das wohl eine Art Scherz sein sollte.

Als ich nach Hause kam, war Mom bereits angenehm benebelt. Vermutlich hält sie es für eine ihrer Mutterpflichten, sich dafür zu interessieren, wie ich meine Zeit außer Haus verbringe, also erkundigte sie sich, wo ich gewesen sei. Ich tischte ihr die Lüge auf, die ich mir schon zurechtgelegt hatte, nämlich, daß ich Sharon Spanley, eine Freundin, besucht hätte.

Hat jetzt vielleicht irgendwer erwartet, ich würde ihr die Wahrheit erzählen? Daß ich einen gemütlichen kleinen Plausch mit einem Affen abgehalten hatte?

Ich kann mich beherrschen.

Der Fluch des Menschen

Als ich am nächsten Vormittag vor Raum 105 stand, legte ich erst einmal mein Ohr an die Tür und horchte. Ich wollte wissen, ob Alan, der Wichser, vor mir da war. Erst als ich mich vom Gegenteil überzeugt hatte, trat ich ein.

Es hatte sich nichts verändert – der Geruch, den ich jetzt als Gorillageruch identifizierte, warf mich wieder fast um. Damit will ich nicht sagen, daß ich diesen Geruch nicht mochte. Im Gegenteil. Ich wünschte, ich hätte eine Flasche voll davon, um mich damit zu betupfen, bevor ich auf eine Party gehe. Das würde die Leute aufrütteln und ihr Interesse wecken.

Ismael saß dort, wo ich ihn verlassen hatte. Ob er sich überhaupt woanders aufhalten konnte? Hinter dem Zimmer, in das ich hineinblicken konnte, befand sich vermutlich noch ein weiterer Raum, denn das Zimmer hinter der Scheibe bot schon für einen Menschen zu wenig Platz zum Wohnen, geschweige denn für einen Gorilla.

Ich setzte mich, und wir sahen einander an.

»Was machst du, wenn Alan kommt, während ich hier bin?« fragte ich.

Ismael zog eine Grimasse. Vermutlich hielt er meine Frage für überflüssig. Trotzdem beantwortete er sie – mit der Gegenfrage, was er meiner Meinung nach denn tun sollte.

»Du sollst ihm sagen, er solle später wiederkommen.«

»Ich verstehe. Und ist das auch das, was ich dir sagen soll, falls du hier eintriffst, während Alan noch da ist?«

»Ja.«

»Wenn Alan vor deinem Eintreffen hier ist, soll ich dir sagen, daß du später wiederkommen sollst?«

»Richtig.«

Er schüttelte nachdenklich den Kopf. »Ich werde mit ihm darüber sprechen müssen. Ich kann dir zwar sagen, du sollst später wiederkommen, ihm aber kann ich das nicht sagen. Nicht, ohne das zuerst mit ihm besprochen zu haben.«

»Ich möchte aber nicht, daß du das tust«, sagte ich zu ihm. »Wenn Alan kommt, während ich hier bin, dann gehe ich halt einfach.«

»Aber warum? Was hast du gegen ihn?«

»Ich weiß nicht. Ich will nur einfach nicht, daß er etwas von mir weiß.«

»Was soll er denn nicht von dir wissen?«

»Er soll gar nichts von mir wissen. Ich will nicht einmal, daß er von meiner Existenz weiß.«

»Das kann ich dir nicht garantieren, Julie. Wenn er genau jetzt durch die Tür käme, dann würde er doch erfahren, daß du existierst.«

»Das ist mir klar. Aber das ist nur meine erste Wahl«, sagte ich zu ihm. »Wenn das nicht geht, dann werde ich mich mit dem Zweitbesten begnügen.«

»Und was ist das Zweitbeste.«

»Was immer sich auch ergibt, wenn ich hinausgehe. Das ist auf jeden Fall das Zweitbeste.«

Ismael zog plötzlich die Oberlippe hoch und entblößte dabei eine Reihe goldbrauner Zähne, so groß wie Daumen. Ich brauchte eine Sekunde, um zu erkennen, daß das ein Lächeln war.

»Ich gelange allmählich zu der Überzeugung, daß du einen Charakter hast, der dem meinen sehr ähnelt, Julie.«

Ich starrte ihn mit offenem Mund an.

»Auch wenn du jetzt noch nicht verstehst, was ich meine, eines Tages wirst du es verstehen.«

Er hatte recht, damals verstand ich es nicht. Jetzt, vier Jahre später, glaube ich zumindest, es zu verstehen.

Wie dem auch sei, als unser Eingangsgeplänkel vorbei war, lehnte sich Ismael in seinem Gestrüppbett zurück und legte los. »Du glaubst also, daß irgend jemand im Universum wissen muß, wie man lebt, ohne seinen Planeten zu zerstören. Das ist es, worauf dein Tagtraum hinzuweisen scheint.«

»Nun ... so richtig glaube ich es eigentlich nicht.«

»Dann sagen wir besser, daß es dir plausibel erscheint. Es scheint dir naheliegend, daß, falls es anderswo im Universum intelligentes Leben gibt, irgendwelche Lebewesen wissen müssen, wie man lebt, ohne den eigenen Planeten zu zerstören.«

»Stimmt.«

»Warum erscheint dir das naheliegend, Julie?«

»Ich weiß nicht.«

Der Affe runzelte die Stirn. »Bevor du sagst, ›Ich weiß nicht‹, solltest du dir einen Moment Zeit nehmen, um zu prüfen, ob du es nicht vielleicht doch weißt. Und selbst wenn du feststellst, daß du es tatsächlich nicht weißt, versuche wenigstens eine Antwort zu finden.«

»Also gut. Du willst wissen, warum es naheliegend scheint, daß Geschöpfe auf anderen Planeten wissen, wie man lebt, ohne den eigenen Planeten auszubeuten.«

»Richtig.«

Ich dachte eine Weile darüber nach und meinte dann, daß das eine wirklich gute Frage sei.

»Die ganze Kunst besteht darin, gut Fragen zu stellen, Julie. Es sind dies Informationen, die ich dir ganz zu Anfang entlocken muß. Sie werden die Basis für unsere gesamte spätere Arbeit darstellen.«

»Ich verstehe«, sagte ich, und überlegte weiter. Nach einer Weile bekannte ich: »Das ist schwer zu erklären.«

»Einfache Dinge zu erklären ist fast immer am schwierigsten, Julie. Jemandem zu zeigen, wie man einen Schnürsenkel bindet, ist einfach. Es ihm zu erklären, ist hingegen beinahe unmöglich.«

»Ja«, lachte ich. »Das stimmt.« Ich grübelte weiter nach. Schließlich meinte ich: »Ich weiß nicht, warum es mit diesem Beispiel funktioniert, aber es funktioniert einigermaßen. Nehmen wir an, du läßt von einem Dutzend verschiedener Firmen ein Dutzend Eiswürfelmaschinen aufstellen. Es wird sich herausstellen, daß ein oder zwei dieser Eiswürfelmaschinen keinen Pfifferling wert sind. Die meisten aber werden ganz gut funktionieren.«

»Warum ist das so?«

»Weil einfach nicht zu erwarten ist, daß jede dieser Firmen inkompetent ist. Die meisten von ihnen müssen zumindest über eine Art durchschnittlicher Kompetenz verfügen, um überhaupt im Geschäft bleiben zu können.«

»Mit anderen Worten, wenn du in einer Welt leben würdest, wo viele Leute Eiswürfelmaschinen bauen, von denen aber keine einzige funktioniert, würdest du diese Welt für außergewöhnlich halten. Wenn du andere Welten besuchst, würdest du erwarten, dort Leute anzutreffen, die wissen, wie man funktionsfähige Eiswürfelmaschinen baut. Mit wieder anderen Worten, Funktionsstörungen erscheinen dir als etwas Unnormales. Normal ist es für dich, wenn etwas funktioniert. Nicht normal ist es, wenn etwas versagt.«

»Ja, das stimmt.«

»Wie kommst du auf diese Idee, Julie? Woher hast du den Eindruck, daß es normal ist, wenn etwas funktioniert?«

»Puh«, seufzte ich. Woher hatte ich diesen Eindruck? »Vielleicht kommt es daher: Alles andere in diesem Universum scheint zu funktionieren. Die Luft funktioniert, die Wolken funktionieren, die Bäume funktionieren, die Schildkröten funktionieren, die Bazillen funktionieren, die Pilze funktionieren, die Vögel funktionieren, die Löwen funktionieren, die Würmer funktionieren, die Sonne funktioniert, der Mond funktioniert – das gesamte Universum funktioniert! Jedes verdammte Ding darin funktioniert – außer uns. Warum? Was macht uns zu einer solchen Ausnahme?«

»Du weißt, was euch zur Ausnahme macht, Julie.«

»Ach ja?«

»Ja. Dies wird das erste Stück Wissen sein, das ich bei dir zutage fördere. Was hat Mutter Kultur dazu zu sagen? Was unterscheidet euch von Schildkröten, Wolken, Würmern, der Sonne und den Pilzen? Sie alle funktionieren, und ihr nicht. Warum funktioniert ihr nicht, Julie? Was macht euch so besonders?«

»Wir sind besonders, weil eben alles andere funktioniert. Und weil wir besonders sind, funktionieren wir nicht.«

»Ich stimme dir zu, daß das, was du von Mutter Kultur diesbezüglich erfährst, eine Art Kreisschluß ist. Aber es wird nützlich sein, wenn du diesen Ausnahmestatus definierst.«

Ich sah ihn eine Weile argwöhnisch an, dann bemerkte ich: »Schildkröten, Wolken, Würmer und die Sonne haben keinen Fehler. Deshalb funktionieren sie. Wir aber haben einen Fehler. Und deshalb funktionieren wir nicht.«

»Gut. Aber woran liegt das, Julie? Worin besteht euer Fehler?«

Ich überlegte einige Zeit. Schließlich fragte ich: »Sieht so der mäeutische Unterricht aus?«

Ismael nickte.

»Das gefällt mir. So etwas hat noch nie jemand mit mir gemacht. Also, unser Fehler besteht darin, daß wir zivilisiert sind. Ich denke, das ist es.« Als ich jedoch weiter darüber nachdachte, verlor diese Antwort etwas von ihrer Gewißheit. »Zum Teil jedenfalls«, meinte ich zu ihm. »Aber da ist auch etwas mit der Art, wie wir zivilisiert sind. Wir sind nicht zivilisiert genug.«

»Und wie kommt das?«

»Wir sind nicht zivilisiert genug, weil wir einen Fehler haben. Es ist, als hätten wir einen Tropfen Gift in uns, und mehr als dieser eine Tropfen Gift ist nicht nötig, um alles, was wir tun, zu vergiften.« Ich muß wohl ausgesehen haben, als sei noch mehr in mir verborgen, weil Ismael mich schließlich aufforderte, ich solle fortfahren.

»Das ist es, was ich höre, Ismael. Ist es in Ordnung, wenn ich dich Ismael nenne?«

Der Gorilla nickte und sagte: »So heiße ich ja.«

»Ich höre folgendes: Um zu überleben, müssen wir uns zu einer höheren Form weiterentwickeln. Ich bin nicht ganz sicher, woher ich das höre. Es scheint irgendwie in der Luft zu schwingen.«

»Ich verstehe.«

»Die Form, in der wir uns im Augenblick befinden, ist einfach zu primitiv. Wir sind einfach zu primitiv. Wir müssen uns zu einer höheren, engelähnlichen Form entwickeln.«

»Um so gut wie Pilze, Schildkröten und Würmer zu funktionieren?«

Ich lachte und sagte: »Ja, das ist komisch. Aber ich glaube, daß ist tatsächlich die Vorstellung, die dahinter steht. Wir funktionieren nicht so gut wie Pilze, Schildkröten und Würmer, weil wir zu intelligent sind, und wir funktionieren nicht so gut wie Engel oder Gott, weil wir nicht intelligent genug sind. Wir befinden uns in einem merkwürdigen Zwischenstadium. Es war bei uns alles in Ordnung, als wir weniger als Menschen waren, und es wird wieder alles in Ordnung sein, wenn wir mehr als Menschen sind. So wie wir im Augenblick sind, sind wir jedoch Versager. Menschen taugen einfach nichts. Die Form an sich taugt nichts. Ich denke, das ist es, was Mutter Kultur zu sagen hat.«

»Dann ist – laut Mutter Kultur – der Fehler also die Intelligenz selbst.«

»Ja. Die Intelligenz ist es, die uns zur Ausnahme macht, nicht wahr? Motten können die Welt nicht kaputtmachen. Katzenfische können die Welt nicht kaputtmachen. Dazu braucht man Intelligenz.«

»Und wie gehst du in diesem Fall mit deiner Tagtraum-Suche um? Suchst du nach Engeln, wenn du dich auf den Weg ins Universum machst, um zu lernen, wie man leben muß?«

»Nein. Das ist komisch.«

Ismael legte den Kopf schief und sah mich fragend an.

»Ich suche nach intelligenten Lebewesen, wie wir es sind – die aber wissen, wie sie leben müssen, ohne ihren Planeten zu zerstören. Wir sind sogar eine noch größere Ausnahme, als ich dachte.«

»Fahr fort.«

»Es ist, als wären wir verflucht. Alle Völker dieses einen Planeten.«

Ismael nickte. »Es ist jedenfalls die Auffassung der Menschen deiner Kultur, daß die Menschheit verflucht ist – irgendwie schlecht konstruiert oder mit einem grundlegenden Fehler behaftet oder sogar mit einem göttlichen Fluch belegt.«

»Das ist richtig.«

»Deshalb ist es in deinem Tagtraum notwendig, im Universum nach dem Wissen Ausschau zu halten, nach dem ihr sucht. Bei euch selbst könnt ihr es nicht finden, weil ihr verflucht seid. Um das nötige Wissen zu finden, um zu leben, ohne diesen Planeten zu zerstören, müßt ihr jemanden ausfindig machen, der nicht verflucht ist. Und es gibt keinen Grund anzunehmen, daß alle Lebewesen im Universum verflucht sind. Du hast das Gefühl, daß irgend jemand dort draußen wissen muß, wie man lebt, ohne seinen Planeten zu zerstören.«

»Das stimmt.«

»Du siehst also, Julie, dein Tagtraum ist alles andere als leeres Gewäsch. Und ich bin sicher, daß die Reise, von der du geträumt hast, euch in Kontakt mit Tausenden von Völkern bringen würde, für die es kein Problem ist, auf ihrem Planeten zu leben, ohne ihn zu zerstören.«

»Ja? Und warum?«

»Weil der Fluch, mit dem euer Tun belegt ist, örtlich sehr,

sehr begrenzt ist – trotz allem, was Mutter Kultur euch lehrt. Er betrifft nicht im entferntesten die ganze Menschheit. Tausende von Völkern haben hier gelebt, ohne die Erde zu zerstören, Julie. Ganz problemlos. Ohne jede Anstrengung.«

Natürlich sah ich ihn erstaunt an. »Du meinst ... Atlantis zum Beispiel?«

»Ich meine nichts, das so weit hergeholt wäre wie Atlantis, Julie. Atlantis ist eine Legende.«

»Dann habe ich keine Ahnung, wovon du sprichst. Nicht die geringste.«

Ismael nickte langsam. »Das merke ich. Nur wenige von euch wüßten jetzt, wovon ich spreche.«

Ich wartete darauf, daß er mir einen weiteren Hinweis gab, und als dieser nicht kam, sagte ich: »Willst du mir nicht sagen, wer diese Leute sind?«

»Eigentlich nicht, Julie. Du besitzt diese Information nämlich bereits, und wenn ich jetzt in dich hineingreife und sie hervorzerre, dann wärst du zwar beeindruckt, würdest aber nichts dabei lernen. Die Hebamme hat die Aufgabe, ihrer Patientin dabei zu helfen, das Kind zu gebären, nicht es selbst zu gebären.«

»Du sagst, ich wüßte bereits, wer diese Leute sind?«

»Daran habe ich nicht den geringsten Zweifel, Julie.«

Ich zuckte mit den Achseln, verdrehte die Augen und spulte das ganze übliche Register ab. Schließlich bat ich ihn weiterzumachen.

»Deine Kultur«

Ismael sagte: »In deiner Kultur herrscht die tiefverwurzelte Vorstellung, daß bei euch keine Weisheit zu finden ist. Das ist es, was auch dein Tagtraum sagt. Ihr wißt, wie man wunderbare elektronische Geräte baut, ihr wißt, wie man Raumschiffe ins All schickt, ihr wißt, wie man Atome spaltet. Aber das schlichteste und notwendigste allen Wissens – das Wissen, wie man leben soll – das existiert bei euch einfach nicht.«

»Ja, so scheint es.«

»Diese Vorstellung ist keineswegs neu, Julie. Sie besteht in deiner Kultur schon seit Jahrtausenden.«

»Entschuldige«, sagte ich. »Du sagst ständig ›deine Kultur‹ oder ›die Angehörigen deiner Kultur‹. Ich bin mir dabei nie sicher, wen oder was du damit meinst. Warum sagst du nicht einfach: ›ihr Menschen‹ oder ›ihr Amerikaner‹?«

»Weil ich nicht von Menschen oder von Amerikanern spreche. Ich spreche von den Angehörigen eurer Kultur.«

»Das mußt du mir erklären.«

»Weißt du, was eine Kultur ist?«

»Ich bin mir nicht sicher, wenn ich ehrlich bin.«

»Das Wort ›Kultur‹ ist ein Chamäleon, Julie. Es besitzt keine eigene Farbe, sondern nimmt die Farbe seiner Umgebung an. Wenn du von der Kultur der Schimpansen sprichst, meinst du etwas ganz anderes, als wenn du von der Kultur von General Motors sprichst. Man kann mit Fug und Recht behaupten, daß es nur zwei grundlegend verschiedene menschliche Kulturen gibt. Genauso kann man mit Fug und Recht behaupten, daß es Tausende menschlicher Kulturen gibt. Anstatt daß ich dir zu erklären versuche, was Kultur für sich genommen bedeutet (was fast unmöglich ist), werde ich dir erklären, was ich damit meine, wenn ich sage ›deine Kultur‹. In Ordnung?«

»Prima.«

»Im Grunde werde ich es dir sogar noch einfacher machen. Ich werde dir zwei Faustregeln nennen, anhand derer du die Angehörigen eurer Kultur erkennen kannst. Hier ist die erste: Daß du dich unter den Angehörigen deiner Kultur befindest, weißt du, wenn die ganze Nahrung irgend jemandem gehört. Wenn sie ausnahmslos unter Verschluß gehalten wird.«

»Hmm«, sagte ich. »Es ist nur schwer vorstellbar, daß es anders sein könnte.«

»Aber es war einmal ganz anders. Die Nahrung war einmal genausowenig das Eigentum von jemandem, wie die Luft oder das Sonnenlicht das Eigentum von jemandem sind. Sicher verstehst du das.«

»Ja, ich denke schon.«

»Du scheinst nicht besonders beeindruckt zu sein, Julie, aber die Nahrung wegzusperren war eine der großen Neuerungen eurer Kultur. Keine andere Kultur in der Geschichte hat je die Nahrung weggesperrt – und sie wegzusperren ist der Grundstein eurer Ökonomie.«

»Wie kommt das?« fragte ich. »Warum ist das der Grundstein?«

»Nun, wenn die Nahrung nicht unter Verschluß wäre, würde doch niemand mehr arbeiten, Julie.«

»Oh. Ja. Richtig.«

»Wenn du nach Singapur, Amsterdam, Seoul, Buenos Aires, Islamabad, Johannesburg, Tampa, Istanbul oder Kyoto fährst, wirst du feststellen, daß sich die Menschen dort in ihrer Kleidung, ihren Hochzeitsbräuchen, in ihrer Freizeitgestaltung, ihren religiösen Zeremonien und so weiter deutlich unterscheiden. Aber sie alle gehen ganz selbstverständlich davon aus, daß ihnen die Nahrung erst einmal vorenthalten wird. Sie gehört jemandem, und wenn du etwas haben willst, dann mußt du es kaufen.«

»Ich verstehe. Du behauptest also, daß all diese Menschen derselben Kultur angehören.«

»Ich spreche hier von grundlegenden Dingen, und es gibt nichts Grundlegenderes als Nahrung. Es ist für dich sicher schwer zu verstehen, wie absonderlich ihr in dieser Hinsicht seid. Du hältst es für absolut normal, daß ihr für etwas arbeiten müßt, das allen anderen Lebewesen auf diesem Planeten frei zur Verfügung steht. Ihr allein sperrt die Nahrung weg und schuftet dann, um sie wiederzubekommen – und bildet euch auch noch ein, daß etwas anderes völlig absurd wäre.«

»Ja, das ist absonderlich, wie du es nennst. Aber es ist nicht allein unsere Kultur, die die Nahrung wegsperrt, sondern die Menschheit.«

»Nein, Julie. Ich weiß, daß Mutter Kultur lehrt, die Menschheit hätte die Nahrung weggesperrt, aber das ist eine Lüge. Das habt allein ihr getan, eine einzelne Kultur, nicht die gesamte Menschheit. Wenn wir mit dem Unterricht fertig sind, wird es für dich keinen Zweifel mehr daran geben.«

»Okay.«

»Hier ist die zweite Faustregel, mit deren Hilfe du die Angehörigen eurer Kultur erkennen kannst: Sie empfinden sich als Mitglieder einer Rasse, die einen grundlegenden Fehler hat und von Natur aus zu Leid und Elend verdammt ist. Weil sie einen grundlegenden Fehler haben, erwarten sie, daß Weisheit ein seltenes Gut und deshalb nur schwer zu erlangen sei. Weil sie von Natur aus verdammt sind, überrascht es sie auch nicht, daß sie inmitten von Armut, Ungerechtigkeit und Verbrechen leben. Es überrascht sie auch nicht, daß sie ihren Planeten unbewohnbar machen. Sie sind vielleicht empört darüber, aber es überrascht sie nicht, weil sie nichts anderes erwarten. Sie halten es für genauso plausibel wie ihre Nahrung unter Verschluß zu halten.«

»Würde es dir etwas ausmachen, wenn ich zumindest eine Minute lang einen Gegenstandpunkt vertrete?«

»Keineswegs.«

»Es gibt bei uns in der Schule einen Lehrer, der uns immer ganz mitleidig ansieht, weil er Buddhist ist. Was Bewußtsein, spirituelle Erleuchtung und so weiter angeht, ist er uns meilenweit voraus. Die ›Angehörigen unserer Kultur‹ sind für ihn die Menschen der westlichen Welt. Die Menschen, die im Osten leben, gehören für ihn einer vollkommen anderen Kultur an.«

»Ich nehme an, daß er selbst ein Mensch der westlichen Welt ist.«

»Ja, das ist er. Was hat das damit zu tun?«

Ismael zuckte mit den Achseln. »Die Menschen der westlichen Welt halten den Osten oft für einen einzigen großen buddhistischen Tempel, was genauso wäre, als wenn man den Westen für ein einziges großes Kartäuserkloster hielte. Wenn der Lehrer, den du erwähnt hast, den Osten besuchen würde, dann würde er gewiß viel Neues erfahren. Als erstes würde er jedoch feststellen, daß auch dort die Nahrung unter Verschluß gehalten wird, und als zweites, daß die Menschen dort genau wie im Westen als jämmerliches, zerstörungswütiges, gieriges Pack gelten. Genau dies zeichnet sie als Angehörige eurer Kultur aus.«

»Gibt es auf der Welt wirklich Menschen, die sich nicht für ein erbärmliches, zerstörungswütiges, gieriges Pack halten?«

Ismael dachte einen Augenblick nach, dann sagte er: »Laß mich die Frage an dich zurückgeben. Hattest du vor, auf deiner Phantasiereise nach anderen verfluchten Lebewesen zu suchen?«

»Nein.«

»Gehst du davon aus, daß jede intelligente Lebensform im Universum verflucht ist?«

»Nein.«

Ismael musterte mich einen Augenblick und sagte dann:

»Ich gestehe, daß deine Frage damit unbeantwortet bleibt. Laß mich also folgendermaßen darauf antworten. Selbst in deinen jungen Jahren bist du wahrscheinlich schon Vertretern einer gewissen Art von Mensch begegnet, die überzeugt sind, daß an allem Schlimmen, was ihnen im Leben geschieht, irgend jemand anderer schuld ist – sie selbst jedenfalls sind nie schuld. Falls du einem solchen Menschen noch nicht begegnet bist, garantiere ich dir, daß das eines Tages geschehen wird. Ein solcher Mensch lernt nicht aus seinen Fehlern, denn soweit es ihn betrifft, macht er ja keine. Er sucht nach den Gründen für seine Probleme, da er glaubt, die Ursache dafür seien die anderen, und die kann er ohnehin nicht beeinflussen. Um es ganz einfach zu sagen; er gibt für alles, was in seinem Leben schiefgeht, anderen die Schuld. Er sagt sich nie: ›Das Problem ist das, was ich selbst tue.‹ Er sagt: ›Das Problem ist das, was die anderen tun. Die anderen sind schuld an meinen Problemen – und da ich sie nicht ändern kann, bin ich hilflos.‹«

»Ja, so jemanden kenne ich«, sagte ich zu ihm. Ich sah allerdings keine Veranlassung, ihm zu gestehen, daß dieser jemand meine Mutter war.

»Eure gesamte Kultur hat diese Art, mit euren Schwierigkeiten umzugehen, übernommen. Ihr sagt nicht: ›Das Problem ist das, was wir tun.‹ Ihr sagt immer: ›Das Problem liegt in der menschlichen Natur selbst. Die menschliche Natur ist an all dem schuld – und da wir diese nicht ändern können, sind wir hilflos!‹«

»Ich habe begriffen.«

»Und ich habe jetzt ebenfalls etwas begriffen, Julie«, bemerkte Ismael. »Lehrer brauchen Schüler, damit die ihnen helfen, ihre eigene Entdeckungsreise fortzuführen.«

Ich sah ihn mit fragend hochgezogenen Augenbrauen an.

»Du hast mich ein Dutzend Mal sagen hören, daß die Angehörigen deiner Kultur glauben, sie würden zu einer mit einem Fehler behafteten, verfluchten Rasse gehören.«

»Das stimmt«, sagte ich zu ihm.

»Jetzt verfüge ich dank deiner Hilfe über eine viel bessere Formulierung: Die Angehörigen deiner Kultur geben stets der menschlichen Natur die Schuld für ihre Probleme. Es stimmt immer noch, daß ihr glaubt, ihr würdet einer mit einem Fehler behafteten, verfluchten Rasse angehören, jetzt aber verstehen wir beide besser, warum ihr das glaubt. Es dient einem Zweck. Es gibt euch die Möglichkeit, die Schuld von euch abzuwälzen und auf etwas zu schieben, das außerhalb eures Einflußbereiches liegt – eben der menschlichen Natur. Ihr seid schuldlos. Der Fehler liegt in der menschlichen Natur selbst, und die könnt ihr nicht ändern.«

»Richtig. Ich verstehe.«

»Laß mich zuerst einmal festhalten, daß ›die menschliche Natur‹ etwas ist, worüber die Angehörigen eurer Kultur Bescheid zu wissen behaupten, was ich im übrigen keineswegs für mich in Anspruch nehme. Wann immer ich diesen Begriff verwende, tue ich es im Sinne von Mutter Kultur, denn mir ist das Konzept als solches fremd. Es gehört zu einem epistemologischen System, das für eure Kultur einzigartig ist. Jetzt zieh kein Gesicht. Es wird dir bestimmt nicht schaden, wenn du ein neues Wort lernst. Die Epistemologie beschäftigt sich mit dem, was erkennbar ist. Für die Angehörigen deiner Kultur stellt ›die menschliche Natur‹ etwas Greifbares dar. Für mich jedoch ist sie ein Objekt aus dem Reich der Mythen, ein Objekt, das so wie der Heilige Gral oder der Stein der Weisen erfunden wurde, nur damit man danach suchen kann.«

»Wenn du meinst,« sagte ich zu ihm. »Aber ich weiß nicht, warum du all das so betonst.«

Sein Gesicht verzog sich zu einem Lächeln. »Ich spreche durch dich zur Nachwelt, Julie.«

»Wie bitte?«

»Lehrer leben durch ihre Schüler weiter. Das ist ein weiterer Grund, weshalb sie sie brauchen. Du scheinst ein ungewöhnlich gutes Gedächtnis zu haben. Du erinnerst dich an das, was du gehört hast, mit ungewöhnlicher Klarheit.«

»Ja, das ist wohl wahr.«

»Du wirst diejenige sein, die an mich erinnert. Du wirst meine Worte über die Grenzen dieses Zimmers hinaustragen.«

»Wohin werde ich sie tragen?«

»Wohin du gehst – wohin auch immer das sein mag.«

Eine Weile dachte ich stirnrunzelnd darüber nach. Dann fragte ich: »Was ist mit Alan? Ist er auch jemand, der an dich erinnert?«

Ismael zuckte mit den Achseln. »Ich hatte so manche Schüler. Einige haben nichts von mir mitgenommen, einige wenig und einige viel. Aber keiner von ihnen alles. Jeder nimmt so viel mit, wie er oder sie mitzunehmen vermag. Verstehst du das?«

»Ich glaube schon.«

»Was sie dann mit dem, was sie mitnehmen, anfangen, liegt völlig außerhalb meiner Kontrolle. Größtenteils habe ich keine Ahnung, was sie damit anfangen oder ob sie überhaupt etwas damit anfangen. Vor kurzem erhielt ich von einem meiner Schüler einen Brief. Er hat die merkwürdige Idee, nach Europa auszuwandern und sich dort als eine Art Wanderprediger oder Vortragsreisender zu etablieren.«

»Wäre dir etwas anderes lieber gewesen?«

»Oh, darum geht es doch überhaupt nicht. Jeder muß tun, was im Rahmen seiner Möglichkeiten liegt. Ich bezeichne die Idee deshalb als merkwürdig, weil sie für mich unbegreiflich ist. Ich weiß nur, wie man Leute durch den Dialog erreicht. Ich kann mir einfach nicht vorstellen, mein Wissen in einem Vortragssaal weiterzugeben. Aber das ist mein Fehler, und nicht der seine.«

»Aber was hat das alles mit Alan und mir zu tun?«

»Als ich dich als jemanden bezeichnete, der an mich erinnern wird, hast du gefragt, ob Alan dies ebenso tun würde. Ich wollte dir verständlich machen, daß das, was ich dir mitgebe, sich sehr von dem unterscheidet, was ich ihm mitgebe.

Keine zwei Reisen sind gleich, weil keine zwei Schüler gleich sind.«

»Das leuchtet mir ein.«

»Wir haben einen kleinen Abstecher gemacht, um dir zu zeigen, wie du die Angehörigen deiner Kultur erkennst. Sehen wir jetzt einmal, ob wir zur Hauptstraße zurückkehren können. Ich sagte, in deiner Kultur würde die tiefverwurzelte Vorstellung herrschen, daß bei euch keine Weisheit zu finden sei, und daß diese Vorstellung seit Jahrtausenden besteht.«

»Ja, daran erinnere ich mich.«

»Begreifst du, warum ich dem widerspreche?«

»Nein, eigentlich nicht.«

»Dein Tagtraum nimmt es als selbstverständlich hin, daß man Weisheit anderswo suchen muß – Lichtjahre von diesem Planeten entfernt. Deshalb mußtest du dir einen Tagtraum konstruieren. Du spürst instinktiv, daß der Schlüssel zu dem Geheimnis hier nicht zu finden ist.«

»Ja, das stimmt. Ich verstehe, was du damit meinst.«

»Was ich dir gern als nächstes begreiflich machen möchte, ist, daß ihr über dieses Wissen nicht verfügt, weil es noch nie vorhanden war. Die Menschheit erblickte nicht mit Mängeln behaftet das Licht der Welt. Dieses Wissen ging ausschließlich bei den Angehörigen deiner Kultur verloren.«

»Aber warum soll ich das begreifen?«

»Weil ... Hast du jemals etwas verloren? Einen Schlüssel, ein Buch, ein Werkzeug, einen Brief?«

»Sicher.«

»Weißt du noch, wie du bei der Suche vorgegangen bist?«

»Ich versuchte mich daran zu erinnern, wo ich die Sache zuletzt noch gehabt hatte.«

»Natürlich. Wenn du weißt, wo du etwas verloren hast, dann weißt du auch, wo du danach suchen mußt, stimmt's?«

»Ja.«

»Das ist es, was ich dir jetzt zeigen will: wo und wann ihr den Schlüssel zu dem Geheimnis verloren habt, in dessen Besitz jede andere Spezies auf diesem Planeten ist – und jede andere intelligente Lebensform im Universum, falls es sie gibt.«

»Ismael«, rief ich aus, »wir müssen wirklich eine Ausnahme sein, wenn jede andere Lebensform im Universum etwas weiß, was wir nicht wissen.«

»Ihr seid in der Tat eine Ausnahme, Julie. In diesem Punkt stimmen deine Mutter Kultur und ich vollkommen überein.«

Die Geschichte der Menschheit in siebzehn Sekunden

Ismael sagte: »Es gibt bei jedem Schüler nur einen Punkt, an dem man ansetzen kann, Julie, und dieser Punkt ist derjenige, an dem sich der Schüler gerade befindet. Verstehst du, was ich meine?«

»Ich denke schon.«

»Im Grunde ist für mich die einzige Möglichkeit zu erfahren, wo du gerade stehst, die, daß du es mir selbst sagst. Und genau das ist es, worum ich dich jetzt bitten werde. Es ist erforderlich, daß du mir sagst, was du von der menschlichen Geschichte weißt.«

Ich stöhnte, und Ismael fragte mich nach dem Grund. »Geschichte gehört nicht gerade zu meinen Lieblingsfächern«, bekannte ich ihm.

»Das kann ich verstehen«, sagte er, »denn ich weiß, wie die Lehrer in euren Schulen sie zu lehren gezwungen sind. Aber ich bitte dich nicht wiederzugeben, was du in der Schule gelernt hast (oder auch nicht). Selbst wenn du keinen einzigen Tag in der Schule verbracht hättest, hättest du allein dadurch, daß du zwölf Jahre lang in dieser Kultur deine Augen und Ohren offengehalten hast, eine Vorstellung von dem, was hier geschehen ist. Selbst jemand, der nichts anderes getan hat, als den Comicteil in der Zeitung zu lesen, hat das.«

»Also gut«, seufzte ich und knüpfte dann eine gedankliche Verbindung. »Ist es Mutter Kulturs Version der menschlichen Geschichte? Ist es das, worum du mich bittest?«

Ismael nickte. »Genau darum bitte ich. Ich muß wissen,

wieviel du davon verinnerlicht hast. Um es genauer zu sagen, du selbst mußt wissen, wieviel du aufgenommen hast.«

Also begann ich darüber nachzudenken. Nach etwa drei Minuten begann Ismael ungeduldig hin und her zu rutschen, was bei seiner Größe ziemlich eindrucksvoll wirkte. Ich sah ihn fragend an.

»Mach es bitte nicht zu kompliziert, Julie. Das hier ist keine Klassenarbeit, die benotet wird. Gib mir einfach einen allgemeinen Überblick, den jeder versteht. Ich verlange keinen Aufsatz mit tausend Wörtern, nicht einmal mit fünfhundert. Fünfzig genügen mir.«

»Ich versuche gerade herauszufinden, wie ich die Pyramiden und den zweiten Weltkrieg in dem Ganzen unterbringen soll.«

»Beginnen wir mit dem Gerüst. Wenn wir das erst einmal haben, können wir alles ›unterbringen‹, was wir wollen.«

»In Ordnung. Die Menschen tauchten vor etwa – fünf Millionen Jahren auf diesem Planeten auf?«

»Drei Millionen gilt als allgemein akzeptierter Schätzwert.«

»Okay, drei Millionen. Die Menschen tauchten vor etwa drei Millionen Jahren auf. Sie waren Sammler. Ist das das richtige Wort?«

»Ja, das ist richtig.«

»Also, sie waren Sammler. Nomaden. Sie lebten von dem, was das Land bot, ähnlich wie früher bei uns die Indianer.«

»Gut. Weiter.«

»Das taten sie bis vor etwa zehntausend Jahren. Dann gaben sie aus irgendeinem Grund das Nomadenleben auf und begannen mit dem Ackerbau. Stimmt das – vor zehntausend Jahren?«

Ismael nickte. »Zukünftige Funde werden das vielleicht einmal weiter nach hinten verschieben, zum jetzigen Zeitpunkt aber sind zehntausend Jahre eine allgemein akzeptierte Größe.«

»Gut. Sie wurden also seßhaft und begannen mit dem

Ackerbau, und das war dann im Prinzip der Beginn der Zivilisation. Alles das. Städte, Nationen, Kriege, Dampfschiffe, Fahrräder, Mondraketen, Atombomben, Nervengas und so weiter.«

»Ausgezeichnet«, sagte der Gorilla. »Ich hatte Alan gebeten, dieselbe Frage zu beantworten, aber er brauchte dazu fast zwei Stunden.«

»Wirklich? Warum?«

»Zum Teil, weil er ein Mann ist und ein bißchen angeben mußte. Und zum Teil, weil er Mutter Kultur schon so lange lauscht, daß er ihre Stimme für seine eigene hält. Es fällt ihm schwer, das eine vom anderen zu unterscheiden.«

»Ach ja«, sagte ich und versuchte, dabei nicht allzu selbstgefällig zu klingen.

»Jedenfalls haben wir schon jetzt die grundlegende Lüge herausgearbeitet: Vor ungefähr zehntausend Jahren gaben die Menschen ihr Leben als Sammler auf und wurden seßhaft, um als Ackerbauern zu leben.«

Ich sah ihn eine Minute an, dann fragte ich, welcher Teil dieser Aussage falsch sei. »Das Datum stimmt doch, oder?«

Er nickte.

»Das mit dem Sammlerleben stimmt auch, oder? Ich meine, bevor die Menschen Ackerbauern wurden, waren sie Sammler, richtig?«

Er nickte wieder.

»Dann begannen sie mit dem Ackerbau. Das ist doch auch richtig, oder?«

»Ja.«

»Wo ist dann die Lüge?«

»Die Lüge verbirgt sich in genau dem Teil der Aussage, an den du als einziges noch nicht gedacht hast.«

»Wiederholst du das Ganze bitte noch einmal?«

»›Vor ungefähr zehntausend Jahren gaben die Menschen ihr Leben als Sammler auf und wurden seßhaft, um als Ackerbauern zu leben.‹«

»Ich sehe da nicht einmal Platz für eine Lüge.«

»Genausowenig wie es die meisten Angehörigen deiner Kultur sehen würden. Es ist schließlich die Art und Weise, wie eure Kultur die Geschichte interpretiert, also ist sie natürlich völlig normal für dich. Du siehst, daß sie (oder eine Variante davon) in all deinen Lehrbüchern wiederholt wird. Du wirst vielleicht bemerken, daß die Geschichte immer wieder in Zeitungsberichten und Zeitschriftenartikeln auftaucht. Wenn du die Augen offenhältst, wirst du zwei oder drei Mal pro Woche in der einen oder anderen Form auf sie stoßen. Du hörst, daß sie unablässig von Historikern wiederholt wird, die sie bestimmt als Lüge erkennen könnten, wenn sie sie nicht einfach aus alter Gewohnheit heraus ständig wiederholen würden.«

»Aber wo ist die Lüge?«

»Die Lüge steckt in dem Wort ›Menschen‹, Julie. Es waren nicht ›die Menschen‹, die das taten, es waren die Angehörigen deiner Kultur – einer einzigen Kultur unter Zehntausenden. Es ist eine Lüge, daß euer Handeln das Handeln der Menschheit als Ganzes ist. Die Lüge ist, daß ihr die Menschheit seid, daß eure Geschichte die Geschichte der Menschheit ist. Die Wahrheit ist, daß vor zehntausend Jahren ein einziges Volk das Sammlerleben aufgegeben hat und als Ackerbauern seßhaft wurde. Die übrige Menschheit – die anderen neunundneunzig Prozent – machten genauso weiter wie zuvor.«

Ich fiel ein oder zwei Minuten in eine Art Loch, dann sagte ich: »Also, mir erscheint es eher so, als wäre das einfach der nächste Schritt in der menschlichen Evolution gewesen. Der *Homo Sammler* starb aus und der *Homo Ackerbauer* übernahm das Ruder.«

Ismael nickte. »Das ist sehr scharfsichtig, Julie. Diesen Punkt hatte ich übersehen. Richtig, das ist genau der Eindruck, den man bekommen muß, aber natürlich stimmt das nicht.«

»Woher willst du das wissen?«

»Erstens, weil der *Homo Sammler* nicht ausstarb – und noch immer nicht ausgestorben ist. Und zweitens, weil Sammler und Ackerbauern keineswegs verschiedenen Spezies angehören. Biologisch sind sie nicht zu unterscheiden. Der Unterschied zwischen ihnen ist einzig und allein kulturell bedingt. Wenn das Baby eines Sammlers unter Ackerbauern aufwächst, wird es Ackerbauer werden. Wenn das Baby eines Ackerbauern unter Sammlern aufwächst, wird es Sammler.«

»Aber trotzdem war es, als ob … ich weiß nicht. Es war, als ob die Band eine neue Melodie anstimmen würde, und die Menschen würden überall auf der Welt danach zu tanzen beginnen.«

Ismael nickte und sagte: »Ich weiß, daß das so aussieht, Julie. Eure Geschichtsbücher haben das Ganze in der Tat sehr vereinfacht. In Wirklichkeit handelt es sich aber um eine äußerst dichte und komplexe Angelegenheit – darüber hinaus um eine, die in eurer Kultur jeder unbedingt kennen sollte. Eure Zukunft hängt nicht davon ab, ob ihr über den Niedergang Roms, den Aufstieg Napoleons, den Amerikanischen Bürgerkrieg oder auch die beiden Weltkriege Bescheid wißt. Eure Zukunft hängt davon ab, daß ihr darüber Bescheid wißt, wie es dazu kam, daß ihr so seid, wie ihr seid, und das ist es, was ich dir zu zeigen versuche.«

Ismael hielt inne und bekam für etwa zehn Minuten einen glasigen Blick. Schließlich machte er ein finsteres Gesicht und schüttelte den Kopf, worauf ich ihn fragte, was los sei.

»Ich versuchte gerade einen Weg zu finden, wie ich dir das Ganze anhand eines einzigen Beispiels verständlich machen könnte, Julie, aber ich glaube, das geht so nicht. Es muß anhand mehrerer verschiedener Beispiele, von denen ein jedes darauf angelegt ist, ein anderes Thema herauszuarbeiten, erklärt werden. Erscheint dir das plausibel?«

»Nein, nicht besonders, um ehrlich zu sein. Aber ich bin durchaus bereit, dir zuzuhören.«

»Gut. Hier ist ein Beispiel, das auf deiner Metapher von der

Melodie und den Tänzern basiert. Auch wenn es vielleicht phantastisch erscheinen mag, so ist es doch nicht annähernd so phantastisch wie die Geschichte, die in deinen Schulbüchern erzählt wird und die, historisch betrachtet, ungefähr so brauchbar ist wie Grimms Märchen.«

im Cottaschen „Morgenblatt“, meist anonym, veröffentlicht wurden. So begann die schriftstellerische Laufbahn der materiell verarmten, aber intellektuell reich ausgestatteten Adligen.

In ihren Geschichten spiegeln sich wichtige Ereignisse aus Sachsen, dem heutigen Sachsen-Anhalt, Thüringen und ihrer Heimatstadt Weißenfels wieder. In Weißenfels schrieb sie ihr Hauptwerk „Die letzte Recklenburgerin“, ein Familienroman, welcher schon zu ihrer Zeit im Ausland (Holland, Dänemark, Amerika) publiziert wurde.

Louise von François stand mit vielen bedeutenden Schriftstellern und Kritikern ihrer Zeit in Verbindung. Ihre umfangreiche Korrespondenz mit Marie Ebner-Eschenbach, Gustav Freytag oder Conrad Ferdinand ist heute noch erhalten. 1880 wurde sie Pensionärin der Schillerstiftung.

Die Gedenkstätte befindet sich in einem Privathaus, Promenade 25.

Werke (Auswahl)

Die letzte Recklenburgerin (1871)
Frau Erdmuthens Zwillingssöhne (1873)
Geschichte der preußischen Befreiungskriege in den Jahren 1813-15 (1873)
Stufenjahre eines Glücklichen (1877)
Der Katzenjunker (1879)
Der Posten der Frau – ein Lustspiel (1882)

Erzählungen und Novellen

Die goldene Hochzeit
Das Jubiläum und andere Erzählungen
Zur Geschichte meines Großvaters

von *Louise*
François

Marie Louise von François,
geboren am 27.6.1817 in Herzberg,
gestorben am 25.9.1893 in Weißenfels,
war eine deutsche Erzählerin und
Schriftstellerin.

Sie stammte aus einem Hugenottengeschlecht und wuchs in wohlhabenden Verhältnissen auf. Nach dem Tod ihres Vaters, einem preußischen Major, verlor Louise durch die Fahrlässigkeit ihres Vormundes ihr Vermögen. Fortan lebte sie bei einem Onkel, dem preußischen General Karl von François. Ihre Verlobung mit dem Grafen Goertz wurde aus Geldnot gelöst.

Als 1855 ihr Onkel verstarb, kehrte Louise von François zu ihrer Mutter nach Weißenfels zurück und fing im Alter von 38 Jahren mit dem Schreiben von kleinen Novellen an, die dann

Melodien und Tänzer

»Terpsichore gehört im Universum zu jenen Planeten, die du gern besuchen würdest,« sagte Ismael. »Die Bewohner dieses Planeten, der übrigens nach der Muse des Tanzes benannt ist, tauchten auf die übliche Weise in der Gemeinschaft des Lebens auf. Eine Zeitlang lebten sie wie alle anderen und aßen einfach das, was sie fanden. Nachdem sie jedoch ein paar Millionen Jahre so gelebt hatten, stellten sie fest, daß es sehr einfach war, das Wachstum jener Pflanzen zu fördern, von denen sie sich am liebsten ernährten. Man könnte sagen, daß sie ein paar einfache Schritte fanden, die zu diesem Ergebnis führen würden. Sie waren zu diesen Schritten nicht gezwungen, um am Leben zu bleiben, aber wenn sie sie taten, stand ihnen ihre Lieblingsnahrung leichter und in größerer Menge zur Verfügung. Diese Schritte waren natürlich die Schritte eines Tanzes.

Ein paar Tanzschritte, nur drei oder vier Tage im Monat vollführt, bereicherten ihr Leben außerordentlich und machten fast keine Mühe. Genau wie hier auf der Erde gehörten die Bewohner dieses Planeten nicht einem einzigen Volk, sondern vielen Völkern an, und im Laufe der Zeit entwickelte jedes einzelne Volk seine eigene Einstellung zu diesem Tanz. Einige tanzten weiterhin an drei oder vier Tagen im Monat lediglich ein paar Schritte. Andere fanden es sinnvoll, noch mehr von ihrer Lieblingsnahrung zur Verfügung zu haben, also tanzten sie jeden zweiten oder dritten Tag ein paar Schritte. Wieder andere sahen keinen Grund, weshalb sie nicht zum überwiegenden Teil von ihrer Lieblingsnahrung leben sollten, also tanzten sie jeden Tag ein paar Schritte. Das lief Zehntausende von Jahren so weiter. Die Bewohner dieses Planeten wähnten sich in der Obhut der Götter und überließen denen alles. Aus diesem Grund nannten sie sich die Lasser.

Schließlich sagte sich eine Gruppe von Lassern jedoch: ›Warum sollten wir nur zum Teil von der Nahrung leben, die wir am liebsten essen? Warum leben wir nicht ganz davon? Wir brauchen doch nichts anderes zu tun, als dem Tanzen mehr Zeit zu widmen.‹ Also ging diese Gruppe dazu über, mehrere Stunden am Tag zu tanzen. Weil sie glaubte, sie würde ihr Wohl in die eigenen Hände nehmen, werden wir sie ab jetzt die Nehmer nennen. Die Ergebnisse waren sensationell. Die Nehmer wurden von ihrer Lieblingsnahrung regelrecht überschwemmt. Bald bildete sich eine Managerklasse heraus, die sich um die Ansammlung und Lagerung der Überschüsse kümmerte – was vorher, als jeder nur ein paar Stunden in der Woche getanzt hatte, überhaupt nicht nötig gewesen war. Die Manager aber waren viel zu beschäftigt, um selbst noch zu tanzen, und da ihre Arbeit so anspruchsvoll war, sah man sie bald als gesellschaftliche und politische Führer an. Nach ein paar Jahren stellten diese Führer der Nehmer jedoch fest, daß die Nahrungsproduktion allmählich zurückging. Sie prüften, was da schieflief, und fanden heraus, daß die Tänzer nachließen. Statt mehrere Stunden am Tag zu tanzen, tanzten sie nur noch ein oder zwei Stunden täglich, manchmal sogar noch weniger. Die Führer fragten nach dem Grund.

›Was hat die ganze Tanzerei denn für einen Sinn?‹ sagten die Tänzer. ›Um die Nahrung zu bekommen, die wir brauchen, ist es nicht erforderlich, daß wir sieben oder acht Stunden am Tag zu tanzen. Es ist reichlich Nahrung für alle da, selbst wenn wir nur eine Stunde am Tag tanzen. Wir sind nie hungrig. Warum also sollten wir es uns nicht bequem machen und das Leben leicht nehmen, so wie früher auch?‹

Die Führer sahen das natürlich ganz anders. Wenn die Tänzer zu ihrem früheren Lebensstil zurückkehrten, dann waren auch sie gezwungen, das zu tun, und das gefiel ihnen ganz und gar nicht. Sie überlegten hin und her und probierten verschiedenes aus, um die Tänzer dazu zu bringen, wieder länger zu tanzen. Sie versuchten sie zu ermutigen, zu beschwatzen, zu verlocken, zu beschämen oder zu zwingen, aber nichts funktionierte. Bis einer von ihnen auf die Idee kam, die Nahrung wegzusperren.

›Was für einen Sinn soll das haben?‹ fragte man ihn.

›Die Tänzer tanzen im Augenblick nur deshalb nicht, weil sie bloß die Hand auszustrecken brauchen, um sich die Nahrung zu nehmen, die sie haben wollen. Wenn wir die Nahrung aber wegsperren, ist das nicht mehr möglich.‹

›Aber wenn wir die Nahrung wegsperren, werden die Tänzer verhungern!‹

›Nein, nein, ihr versteht mich nicht‹, sagte der andere lächelnd. ›Wir werden das Tanzen an die Nahrungszuteilung binden – eine bestimmte Menge Nahrung für eine bestimmte Zeit Tanzen. Wenn die Tänzer also ein bißchen tanzen, erhalten sie ein bißchen Nahrung, und wenn sie viel tanzen, erhalten sie viel. Auf diese Weise werden die Faulpelze immer hungrig sein, und Tänzer, die viele Stunden lang tanzen, werden einen vollen Bauch haben.‹

›Die Leute werden sich eine solche Regelung nicht gefallen lassen‹, erklärte man ihm.

›Ihnen bleibt gar keine andere Wahl. Wir werden die Nahrung in Lagerhäusern wegsperren, und die Tänzer werden entweder tanzen oder verhungern.‹

›Die Tänzer werden einfach in die Lagerhäuser einbrechen.‹

›Dann werden wir unter den Tänzern Wachen rekrutieren, die wir vom Tanzen entbinden und statt dessen die Lagerhäuser bewachen lassen. Wir bezahlen sie auf dieselbe Weise wie die Tänzer: mit Nahrung. Eine bestimmte Menge Nahrung für eine bestimmte Anzahl von Stunden Wachdienst.‹

›Das funktioniert nie‹, erklärte man ihm.

Merkwürdigerweise aber funktionierte es. Es funktionierte sogar besser als zuvor, denn da die Nahrung jetzt unter Verschluß war, gab es immer viele Tänzer, die bereit waren zu tanzen, und viele waren froh, wenn man ihnen erlaubte, zehn, zwölf, sogar vierzehn Stunden am Tag zu tanzen.

Die Nahrung unter Verschluß zu halten, hatte jedoch noch andere Konsequenzen. So hatten zum Beispiel früher normale Körbe genügt, um den produzierten Nahrungsüberschuß aufzubewahren. Für die riesigen Überschüsse, die jetzt produziert wurden, waren sie aber nicht stabil genug. Statt der Korbflechter wurden jetzt Töpfer gebraucht, und diese mußten lernen, größere Gefäße als zuvor herzustellen. Was wiederum bedeutete, daß man größere und leistungsfähigere Brennöfen bauen mußte. Da einige der Tänzer dagegen aufbegehrten, daß die Nahrung jetzt unter Verschluß gehalten wurde, mußten die Wachen mit besseren Waffen ausgerüstet werden, was bedeutete, daß die Werkzeugmacher nach besseren Materialien suchen mußten, mit denen die Steinwaffen der Vergangenheit ersetzt werden konnten – Kupfer, Bronze und so fort. Sobald Metalle als Material für Waffen in Gebrauch kam, fanden auch andere Kunsthandwerker Verwendung für den neuen Werkstoff. Ein jedes neue Handwerk brachte ein weiteres hervor.

Die Tänzer zu zwingen, zehn oder zwölf Stunden am Tag zu tanzen, hatte jedoch eine noch wichtigere Konsequenz. Das Bevölkerungswachstum hängt direkt mit der Verfügbarkeit von Nahrungsmitteln zusammen. Wenn man die Nahrungsmenge, die der Population einer Spezies zur Verfügung steht, erhöht, so wird diese Population wachsen – vorausgesetzt, sie hat Raum, um sich auszubreiten. Und natürlich hatten die Nehmer viel Raum, um sich auszubreiten – nämlich den ihrer Nachbarn.

Sie waren durchaus bereit, sich friedlich mit ihren Nachbarn zu einigen, und sagten zu den Lassern, die um sie herum lebten: ›Warum fangt ihr nicht auf dieselbe Weise zu tanzen an wie wir? Seht, wie weit wir es dadurch gebracht haben. Wir besitzen Dinge, von denen ihr nicht einmal zu träumen wagt. Eure Art zu tanzen ist schrecklich ineffizient und unproduktiv. Unsere Art zu tanzen ist die Art, auf die man tanzen soll. Also laßt uns in eurem Gebiet siedeln, und wir zeigen euch, wie es geht.‹

Einige der Nachbarn fanden das eine gute Idee und machten sich die Lebensweise der Nehmer zu eigen. Andere aber sagten: ›Uns geht es doch auch so gut. Wir tanzen ein paar Stunden in der Woche und haben kein Interesse daran, mehr zu tanzen. Es ist doch verrückt, fünfzig oder sechzig Stunden in der Woche zu tanzen und sich dabei völlig zu verausgaben. Aber das ist eure Sache. Wenn es euch Spaß macht, dann tut es. Wir aber werden das nicht machen.‹

Die Nehmer breiteten sich um diese Lasser herum aus und isolierten sie schließlich. Eines dieser Durchhaltevölker waren die Singe. Sie tanzten ein paar Stunden am Tag, um die Nahrung zu produzieren, die sie am liebsten aßen. Zuerst lebten sie weiter wie zuvor. Dann jedoch begannen ihre Kinder, die Kinder der Nehmer um die Dinge zu beneiden, die diese besaßen. Sie erboten sich deshalb, ein paar Stunden am Tag für die Nehmer zu tanzen und ihnen dabei zu helfen, die Nahrungslager zu bewachen. Ein paar Generationen später hatten sich die Singe dem neuen Lebensstil völlig angepaßt und vergaßen vollkommen, daß sie einmal Singe gewesen waren.

Ein anderes Durchhaltevolk waren die Kemke. Auch sie tanzten nur ein paar Stunden in der Woche und liebten einen mußevollen Lebensstil. Sie waren entschlossen, nicht zuzulassen, daß mit ihnen dasselbe wie mit den Singe passierte, und hielten an diesem Entschluß fest. Bald aber kamen die Nehmer zu ihnen und sagten: ›Seht, wir können euch nicht das ganze Land inmitten unseres Territoriums überlassen. Ihr macht keinen effizienten Gebrauch davon. Entweder ihr fangt an zu tanzen, so wie wir es tun, oder wir werden euch in eine Ecke eures Gebietes umsiedeln müssen, damit wir den Rest nutzen können, so wie es sich gehört.« Die Kemke aber weigerten sich, so zu tanzen wie die Nehmer, also kamen die Nehmer und siedelten sie in einer Ecke ihres eigenen Landes an, die sie ein ›Reservat‹ nannten, was heißen sollte, daß es für die Kemke reserviert war. Die Kemke aber waren daran gewöhnt, ihren Nahrungsbedarf zum größten Teil durch Sammeln zu decken, und ihr Reservat war einfach nicht groß genug, um ein Volk von Sammlern zu ernähren. Die Nehmer sagten zu ihnen: ›In Ordnung, wir werden euch mit Nahrung versorgen. Alles was ihr tun müßt, ist, in eurem Reservat zu bleiben und uns nicht in die Quere zu kommen.‹ Also begannen die Nehmer, die Kemke mit Nahrung zu versorgen. Allmählich verlernten die Kemke zu jagen und zu sammeln, und je mehr sie das verlernten, desto abhängiger wurden sie natürlich von den Nehmern. Sie begannen sich wie wertlose Bettler zu fühlen, verloren ihre Selbstachtung, verfielen dem Alkohol, wurden depressiv, und ihre Selbstmordrate stieg und stieg. Schließlich gab es für ihre Kinder nichts mehr, was sie noch in ihrem Reservat gehalten hätte. Sie verließen das Reservat, um für die Nehmer zehn Stunden täglich zu tanzen.

Wieder ein anderes Durchhaltevolk waren die Waddi, die nur ein paar Stunden im Monat tanzten und mit diesem Lebensstil absolut glücklich und zufrieden waren. Sie hatten gesehen, was mit den Singe und den Kemke geschehen war und waren entschlossen, sich den Nehmern zu widersetzen. Ihrer Überzeugung nach hatten sie sogar noch mehr zu verlieren als die Singe und die Kemke, die ja schon vorher für ihre Lieblingsnahrung ziemlich viel getanzt hatten. Also lehnten die Waddi mit der Begründung, sie seien glücklich, so wie sie seien, einfach dankend ab, als die Nehmer sie aufforderten, sich ihrer Lebensphilosophie anzuschließen. Als die Nehmer ihnen dann schließlich erklärten, sie müßten in ein Reservat übersiedeln, erwiderten die Waddi, daran hätten sie kein Interesse. Die Nehmer erklärten, daß den Waddi gar keine Wahl bliebe: Wenn sie nicht freiwillig ins Reservat übersiedelten, dann würde man sie eben mit Gewalt umsiedeln. Die Waddi entgegneten, daß sie Gewalt mit Gewalt begegnen würden. Sie machten die Nehmer darauf aufmerksam, daß sie bereit seien, zu kämpfen und zu sterben, um sich ihre Lebensweise zu bewahren. Die Waddi sagten: ›Seht, ihr besitzt doch schon alles Land in diesem Teil der Welt. Den kleinen Teil, in dem wir leben, braucht ihr doch gar nicht. Alles, worum wir bitten, ist, daß wir weiter so leben dürfen, wie wir es wollen. Wir werden euch keinerlei Schwierigkeiten machen.‹

Aber die Nehmer sagten: ›Ihr versteht uns nicht. Eure Lebensweise ist nicht nur uneffizient und verschwenderisch, sie ist auch falsch. So wie ihr darf man einfach nicht leben. Man soll so leben wie wir Nehmer leben.‹

›Woher wollt ihr das denn wissen?‹ fragten die Waddi.

›Das liegt doch auf der Hand‹, sagten die Nehmer. ›Seht euch nur an, wie erfolgreich wir sind. Wenn wir nicht so leben würden, wie man leben soll, dann wären wir auch nicht so erfolgreich.‹

›Uns kommt ihr aber alles andere als erfolgreich vor‹, erwiderten die Waddi. ›Ihr zwingt die Leute, zehn bis zwölf Stunden am Tag zu tanzen, nur um nicht zu verhungern. Ein solches Leben ist entsetzlich. Wir tanzen nur ein paar Stunden im Monat und sind nie hungrig, weil uns genügend Nahrung zur Verfügung steht. Wir haben ein leichtes, sorgenfreies Leben, und das ist, was wir erfolgreich nennen.‹

Die Nehmer sagten: ›Erfolg ist etwas ganz anderes. Ihr werdet sehen, was Erfolg ist, wenn wir euch unsere Truppen schicken, um euch in das Reservat zu treiben, das wir euch zuteilen.‹

Und die Waddi lernten in der Tat, was Erfolg war – oder zumindest, was die Nehmer für Erfolg hielten –, als deren Soldaten anrückten und sie aus ihrer Heimat vertrieben. Die Soldaten der Nehmer waren weder mutiger noch geschickter als die Waddi, aber sie übertrafen sie zahlenmäßig und konnten beliebig Ersatz heranschaffen, was den Waddi nicht möglich war. Die Invasoren besaßen auch modernere Waffen und, was das wichtigste war, unbeschränkte Nahrungsmittelvorräte, über die die Waddi nicht verfügten. Die Soldaten der Nehmer mußten sich niemals Gedanken um ihre Nahrung machen, da aus ihrem Land täglich frischer Nachschub eintraf, der dort ständig und in großer Menge produziert wurde. Als sich der Krieg dahinzog, wurde die Streitmacht der Waddi immer kleiner und immer schwächer, und es dauerte nicht lange, bis die Invasoren sie vollkommen ausradiert hatten.

Dieses Schema galt nicht nur in den folgenden Jahren, sondern in den zukünftigen Jahrhunderten und Jahrtausenden. Die Nahrungsproduktion wurde rücksichtslos gesteigert, und die Population der Nehmer wuchs unaufhörlich, so daß die Nehmer sich genötigt sahen, ein Land nach dem anderen zu annektieren. Wo sie sich auch hinwandten, sie stießen auf Völker, die ein paar Stunden wöchentlich oder monatlich tanzten, und all diese Völker wurden vor dieselbe Alternative wie die Singe, die Kemke und die Waddi gestellt: *Schließt euch uns an und laßt uns eure Nahrung wegsperren – oder wir vernichten euch.* Letzten Endes gab es für diese Völker jedoch gar keine Alternative, denn diese Völker wurden vernichtet, was immer sie auch taten, ob sie sich nun entschieden, sich anzupassen, ob sie zuließen, daß man sie in ein Reservat trieb, oder ob sie sich den Invasoren mit Waffengewalt entgegenstellten. Die Nehmer hinterließen nichts als Nehmer, während sie sich im Sturmschritt über die Welt ausbreiteten.

Nach ungefähr zehntausend Jahren war es schließlich soweit, daß fast die gesamte Bevölkerung von Terpsichore aus Nehmern bestand. Es gab nur noch ganz wenige Lasser-Völker, die in Wüsten und Dschungeln versteckt lebten, in Gebieten, die die Nehmer entweder nicht in Besitz nehmen wollten oder zu denen sie bislang noch nicht vorgedrungen waren. Und unter den Nehmern gab es niemanden, der daran zweifelte, daß die Lebensweise der Nehmer die Lebensweise war, nach der man leben sollte. Was konnte denn schöner sein, als die Nahrung unter Verschluß zu wissen und acht, zehn oder zwölf Stunden am Tag zu tanzen, nur um am Leben zu bleiben?

In der Schule lernten ihre Kinder folgende Geschichte: Leute wie sie hatte es seit etwa drei Millionen Jahren gegeben, aber die längste Zeit davon waren sie sich der Tatsache, daß sie die Verfügbarkeit ihrer Lieblingsnahrung durch Tanzen vergrößern konnten, nicht bewußt gewesen. Diese Tatsache war erst vor etwa zehntausend Jahren entdeckt worden, und zwar von den Gründern ihrer Kultur. Nachdem die Nehmer ihre Nahrung freudig weggesperrt hatten, begannen sie unverzüglich damit, zehn bis zwölf Stunden am Tag zu tanzen. Ihre Nachbarvölker hatten noch nie zuvor getanzt, aber sie gingen begeistert dazu über, da sie sofort einsahen, daß dies die einzig richtige Lebensweise war. Außer bei ein paar vereinzelten Völkern, die zu beschränkt waren, um die offensichtlichen Vorteile des Wegsperrens der Nahrung zu erkennen, war die Große Tanzrevolution über Terpsichore hinweggefegt, ohne auf nennenswerten Widerstand zu treffen.«

Die Parabel wird untersucht

Ismael hörte zu sprechen auf. Ich starrte ins Leere, als wäre neben mir gerade eine Bombe explodiert. Schließlich erkärte ich ihm, daß ich ein bißchen rausgehen mußte, um etwas Koffein zu tanken. Außerdem mußte ich nachdenken. Vielleicht stolperte ich auch wortlos hinaus, ich weiß es wirklich nicht mehr.

Tatsächlich ging ich wieder zu Pearson's und fuhr eine Zeitlang mit dem Fahrstuhl auf und ab. Ich weiß nicht, warum mich das beruhigt, aber es ist so. Andere Leute gehen im Wald spazieren. Ich fahre eben mit dem Fahrstuhl auf und ab.

Dann ging ich eine Cola trinken. Wenn ich zurückblättere, sehe ich, daß dies schon das zweite Mal ist, daß ich das erwähne. Ich möchte nicht, daß jemand denkt, ich würde hier für Cola werben wollen. Eigentlich sollte dieses Zeug kein Mensch mehr kaufen, aber ich muß gestehen, daß ich gelegentlich ganz gern eine trinke.

Nach einer Dreiviertelstunde hatte ich immer noch das Gefühl, als wäre neben mir eine Bombe explodiert, nur daß ich körperlich keinen Schaden davongetragen hatte. Ich hatte das Gefühl zu begreifen, was Lernen wirklich bedeutet. Natürlich kann Lernen auch darin bestehen, ein Wort im Lexikon nachzuschlagen. Das ist ohne Zweifel Lernen, so als würde man einen weiteren Grashalm in einen Rasen einpflanzen. Dann aber gibt es ein Lernen, als ob man den ganzen Rasen mit Dynamit hochjagen und von vorn beginnen würde, und genau diese Wirkung hatte Ismael mit seiner Geschichte von den

Tänzern bei mir erzielt. Schließlich begannen sich in meinem Kopf ein paar Fragen zu formen, und ich machte mich auf den Rückweg zu Raum 105, um Ismael mit ihnen zu konfrontieren.

»Sehen wir einmal, ob ich tatsächlich verstanden habe, was ich gehört habe«, begann ich.

»Das ist eine gute Idee«, stimmte Ismael zu.

»Mit ›tanzen‹ meinst du die Praxis des Ackerbaus.«

Er nickte.

»Du sagst, Ackerbau ist nicht nur die großangelegte, kompromißlose Art der Landwirtschaft, die wir betreiben. Du sagst, Ackerbau heißt auch, das Nachwachsen der Nahrung zu fördern, die wir bevorzugen.«

Er nickte wieder. »Was sollte es denn sonst sein? Wenn du auf einer einsamen Insel gestrandet bist, kannst du weder Hühner züchten noch Kichererbsen anbauen – es sei denn, du findest dort bereits welche vor. Du kannst nur das kultivieren, was bereits wächst.«

»Stimmt. Und du sagst, die Leute förderten das Nachwachsen ihrer Lieblingsnahrung lange vor der Landwirtschaftlichen Revolution.«

»Sicher. Dieser Vorgang besitzt nichts Geheimnisvolles. Es hat schon vor zweihunderttausend Jahren, als eure ›Revolution‹ begann, Menschen gegeben, die so intelligent waren wie du. Es gab in jeder Generation Menschen, die intelligent genug waren, um Astrophysiker zu werden. Um herauszubekommen, daß Pflanzen aus Samen wachsen, braucht man kein Astrophysiker zu sein. Man braucht kein Astrophysiker zu sein, um herauszufinden, daß es sinnvoll ist, ein paar Samen in die Erde zu stecken, wenn man ein Gebiet verläßt. Man braucht kein Astropyhsiker zu sein, um ein bißchen zu jäten. Man braucht kein Astrophysiker zu sein, um zu wissen, daß es beim Jagen immer besser ist, ein Männchen zu erlegen als ein Weibchen. Als Nomaden lebende Jäger sind nur einen Schritt von einem Dasein als Jäger und Hirten entfernt, die den Wanderungen ihrer bevorzugten Tiere folgen. Diese wiederum sind nur einen Schritt von einem Dasein entfernt, bei dem sie eine gewisse Kontrolle über die Wanderungen der von ihnen bevorzugten Tiere ausüben und Räuber davonjagen. Und die wiederum sind nur einen Schritt von einem Dasein als richtige Hirten entfernt, die vollkommene Kontrolle über ihre Tiere ausüben und sie auf Fügsamkeit hin züchten.«

»Du willst damit also sagen, daß die Revolution einfach darin bestand, daß sich die Menschen jetzt die ganze Zeit mit etwas beschäftigten, womit sie bereits seit Jahrtausenden einen Teil ihrer Zeit verbracht hatten.«

»Natürlich. Keine Erfindung ist möglich, ohne daß bereits vorher die Grundlagen geschaffen wurden. Bevor Edison die Glühbirne erfinden konnte, waren zehntausend andere Erfindungen nötig, auf denen er aufbauen konnte.«

»Ja. Aber du sagst auch, daß das wirklich Neue an unserer Revolution nicht darin bestand, Nahrung anzubauen, sondern sie wegzusperren.«

»Ja, das war der Schlüssel. Ohne diese Voraussetzung wäre eure Revolution gescheitert. Ohne diese Voraussetzung würde sie auch heute noch sofort zum Stillstand kommen.«

»Das war der letzte Punkt, den ich ansprechen wollte. Du sagst, die Revolution ist noch nicht zu Ende?«

»Das stimmt. Sie wird jedoch in Kürze enden. Die Revolution funktionierte gut, solange es immer noch Raum zum Expandieren gab. Jetzt jedoch gibt es keinen mehr.«

»Vermutlich könnten wir sie auf andere Planeten exportieren.«

Ismael schüttelte den Kopf. »Selbst das wäre nur ein zeitlich begrenzter Notbehelf, Julie. Nehmen wir einmal an, daß die Zahl von sechs Milliarden Menschen für diesen Planeten die Obergrenze darstellt. Diese sechs Milliarden werdet ihr noch vor Ende dieses Jahrhunderts erreicht haben. Nehmen wir außerdem an, daß ihr sofort jeden bewohnbaren Planeten im Universum erreichen und unverzüglich damit beginnen könnt, Menschen zu exportieren. Gegenwärtig verdoppelt sich eure Bevölkerung etwa alle fünfunddreißig Jahre. In fünfunddreißig Jahren wäre also ein zweiter Planet voll. Nach siebzig Jahren wären vier Planeten voll. Nach hundertfünf Jahren wären es acht. Und so weiter. Bei dieser Verdoppelungsrate wären bis zum Jahr 3000 eine Million Planeten voll. Ich weiß, daß das unglaublich klingt, aber glaub mir, die Rechnung stimmt. Bis ungefähr 3300 wären hundert Milliarden Planeten voll, was der Anzahl von Planeten entspricht, die ihr in dieser Galaxie besiedeln könntet, wenn jeder einzelne Stern von einem bewohnbaren Planeten umkreist würde. Wenn ihr mit der gegenwärtigen Geschwindigkeit weiterwachsen würdet, wäre in fünfundreißig Jahren eine zweite Galaxie voll. Vier Galaxien wären fünfunddreißig Jahre später voll, und noch einmal fünfunddreißig Jahre später wären acht Galaxien voll. Bis zum Jahr 4000 wären die Planeten einer Million Galaxien voll – mit anderen Worten, jeder Planet im Universum. Und das in nur dreitausend Jahren und unter der unwahrscheinlichen Annahme, daß jeder einzelne Stern im Universum einen bewohnbaren Planeten besitzt.«

Ich bekannte, daß ich diese Zahlen nur schwer glauben könnte.

»Rechne es selbst irgendwann einmal durch, dann brauchst du es mir nicht mehr zu glauben, dann weißt du es. Alles, was ohne jede Einschränkung wächst, muß schließlich das Universum unter sich begraben. Das ist unvermeidlich. Der Anthropologe Marvin Harris rechnete einmal aus, wenn sich die menschliche Bevölkerung mit jeder Generation verdoppeln würde – alle zwanzig Jahre, und nicht, wie in meinem Beispiel alle fünfunddreißig –, würde das das gesamte Universum binnen weniger als zweitausend Jahren in eine feste Masse aus menschlichem Protoplasma verwandeln.«

Ich saß eine Zeitlang da und versuchte, das Ganze irgendwie auf eine faßbare Größe zu reduzieren. Schließlich erzählte ich Ismael von einem Mädchen, das ich kannte und das fast ausgerastet wäre, als ihm jemand schließlich sagte, wo die Babys herkommen. »Sie muß auf dem Boden eines Brunnens oder so aufgewachsen sein«, sagte ich zu ihm.

Er bedachte mich mit einem höflich fragenden Blick.

»Ich schätze, sie fühlte sich zuerst einmal von Gott verraten, weil er eine solche Methode für die menschliche Fortpflanzung gewählt hatte. Dann fühlte sie sich von allen Menschen in ihrer Umgebung verraten, die davon gewußt und ihr nichts gesagt hatten. Und schließlich fühlte sie sich gedemütigt, als sie erkannte, daß sie der letzte Mensch auf Erden war, der von dieser überaus schlichten Tatsache erfuhr.«

»Ich vermute, daß das eine gewisse Bedeutung für unser Gespräch hat.«

»Ja. Ich wüßte gern, ob ich der letzte Mensch auf Erden bin, der das erfährt, was du mir heute mit dieser Geschichte von den Tänzern vermittelt hast.«

»Laß uns erst einmal sicherstellen, daß wir auch wirklich wissen, was ich dir vermittelt habe. Was hast du aus dieser Geschichte gelernt?«

Das war keine allzu schwere Frage. Genau darüber hatte ich nämlich nachgedacht, als ich im Pearson's mit dem Fahrstuhl auf und ab gefahren war. Ich sagte: »Sie entlarvt die Lüge, daß vor zehntausend Jahren alle Menschen das Jäger- und Sammlerleben aufgegeben haben und als Ackerbauern seßhaft wurden. Sie entlarvt die Lüge, daß dies ein Ereignis war, auf das alle Menschen seit Anbeginn der Zeit gewartet hatten. Sie entlarvt die Lüge, daß unsere Lebensweise, nur weil sie sich als dominant erwiesen hat, auch die Lebensweise ist, nach der der Mensch leben ›soll‹.«

»Und bist du nun der letzte Mensch auf Erden, der all dies erfährt? Wohl kaum. Viele hätten bei dieser Geschichte das Gefühl, daß sie ›das alles ohnehin schon gewußt haben‹. Andere würden versichern, daß sie schon ›so einen Verdacht‹ gehabt hätten. Und viele – nämlich diejenigen, denen sämtliche Fakten zur Verfügung stehen – hätten es vielleicht selbst herausfinden können. Sie taten es aber nicht. Sie haben nämlich gar nicht den Willen, es herauszufinden.«

»Was meinst du damit?«

»Ich meine damit, daß die Leute selten intensiv nach etwas suchen, was sie gar nicht finden wollen. Sie wenden ihren Blick von solchen Dingen ab. Ich sollte hinzufügen, daß dies keine Beobachtung ist, die von großartiger Originalität meinerseits zeugt.«

»Ich weiß nicht weiter«, sagte ich nach einer Weile zu ihm. »Ich glaube, wir sind wieder von der Hauptstraße abgekommen und ziellos umhergewandert.«

»Wir sind nicht umhergewandert, Julie – zumindest nicht ziellos. Einiges von dem, was du erkennen mußt, kann man von der Hauptstraße aus nicht sehen, also müssen wir hin und wieder eine Nebenstraße nehmen. Aber diese Nebenstraßen führen stets zur Hauptstraße zurück. Erkennst du, wohin die Hauptstraße führt?«

»Ich habe so eine Ahnung, aber ich bin mir noch nicht sicher.«

»Die Hauptstraße führt zu der Frage, warum die Angehörigen eurer Kultur ihren Blick nach oben richten, um Weisheit zu finden – zum Himmel, dem Sitz Gottes und seiner Engel; ins All, dem Sitz ›fortschrittlicher‹ fremder Lebewesen; ins Jenseits, dem Sitz der Geister der Verstorbenen.«

»Ach so«, sagte ich, »in diese Richtung steuern wir also! Es ist mir nie in den Sinn gekommen, daß mein Tagtraum in dieses Schema paßt. Das ist es doch, was du mir damit sagen willst, oder?«

»Genau. Ihr glaubt, daß ihr des entscheidenden Wissens beraubt seid und daß das schon immer so war. Es liegt in eurer Natur. Die schiere Unerreichbarkeit dieses Wissens macht es zu etwas so Besonderem. Es ist unerreichbar, weil es besonders ist, und es ist etwas Besonderes, weil es unerreichbar ist. In der Tat ist es etwas so Besonderes, daß ihr nur über den transzendentalen Weg Zugang dazu erlangen könnt – Gebet,

Séancen, Astrologie, Meditation, Rückführungen, Channeling, den Blick in die Kristallkugel, Kartenlegen und so weiter.«

»Mit anderen Worten mit Hokuspokus«, warf ich ein.

Ismael starrte mich einen Augenblick an, dann zwinkerte er zwei Mal. »Hokuspokus?«

»All das, was du gerade genannt hast. Séancen, Astrologie, Channeling, Engel und das ganze Zeug.«

Er schüttelte leicht den Kopf, so wie man einen Salzstreuer schüttelt, um zu prüfen, ob noch Salz drin ist. Dann fuhr er fort: »Was ich dir klarmachen möchte, ist, daß die Angehörigen deiner Kultur es als Tatsache akzeptieren, daß dieses Wissen für sie unerreichbar ist. Es erstaunt sie nicht, es verwirrt sie nicht einmal. Es braucht keine Erklärung. Sie erwarten, daß sie an dieses Wissen nicht herankommen. Du zum Beispiel warst dir sicher, daß nichts weniger als eine Reise durch die Galaxie nötig sei, um in den Besitz dieses Wissens zu gelangen.«

»Ja, das erkenne ich jetzt.«

Ismael schüttelte den Kopf. »Es ist mir immer noch nicht ganz gelungen zu formulieren, worauf ich hinauswill. Laß es mich noch einmal versuchen. Denkern wird nicht durch das, was sie nicht wissen, Grenzen gesetzt, denn ihr Wissen können sie stets vermehren. Viel eher wird ihnen durch das Grenzen gesetzt, was sie nicht verwirrt, denn man kann unmöglich auf etwas neugierig sein, was einen nicht verwirrt. Wenn die Leute etwas nicht neugierig macht, dann können sie einfach keine Fragen dazu stellen. Es stellt einen blinden Fleck dar – einen blinden Fleck, von dessen Existenz du nichts weißt, bis irgend jemand deine Aufmerksamkeit darauf lenkt.«

»Was du hiermit bei mir versuchst.«

»Genau. Wir beide erforschen ein unbekanntes Territorium – einen ganzen Kontinent, der mitten im blinden Fleck deiner Kultur liegt.« Er hielt einen Augenblick inne, dann meinte er, daß dies ein guter Punkt sei, um für heute aufzuhören. Vermutlich stimmte ich ihm zu. Ich war zwar nicht direkt müde, aber ich fühlte mich, als hätte ich gerade drei Stück Kuchen verdrückt.

Ich stand auf und versprach ihm, daß ich nächsten Samstag wiederkommen würde. Als er nach etwa dreißig Sekunden noch immer nicht darauf reagiert hatte, fragte ich: »Ist das nicht in Ordnung?«

»Nun, es ist nicht unbedingt ideal«, sagte er.

Ich erklärte ihm, daß die Schule gerade wieder begonnen hatte, und daß ich in den ersten Wochen eines neuen Schuljahres immer versuchte, mir selbst ein gutes Beispiel zu geben, was bedeutete, daß ich es unter der Woche mit den Hausaufgaben sehr ernst nahm.

»Laß mich die Situation erklären, Julie. Ich befinde mich in einer etwas schwierigen Lage.« Er deutete mit der Hand auf seine Umgebung. »Ich wurde hier auf Veranlassung einer alten Freundin, Rachel Sokolow, einquartiert. Sie ist vor zwei Monaten gestorben.«

»Das tut mir leid«, sagte ich, so wie man das eben sagt.

»Ich habe meine Lage als schwierig bezeichnet, aber in Wahrheit ist es noch weitaus schlimmer. In zwei Wochen werde ich diese Wohnung räumen müssen.«

»Und wo willst du dann hin?«

Er schüttelte den Kopf. »Das weiß ich noch nicht. Mir steht hier nicht mehr viel Zeit zur Verfügung. Darum ist es nicht besonders ratsam, wenn du vorhast, erst nächstes Wochenende wiederzukommen.«

Ich nahm mehrmals Anlauf, dann fragte ich, ob Alan Lomax ihm denn helfe.

»Warum fragst du das?«

»Ich weiß es nicht. Ich dachte eben, daß du hier wohl kaum ohne fremde Hilfe ausziehen kannst.«

»Alan hilft mir nicht«, stellte Ismael fest. »Er weiß nichts von meiner Situation. Es ist auch nicht notwendig, daß er davon erfährt. Es ist aber notwendig, daß du Bescheid weißt, da du davon ausgegangen bist, daß wir alle Zeit der Welt hätten.« Vermutlich spürte er, daß ich mit seiner Antwort nicht zufrieden war, denn er fuhr fort: »Alan besucht mich bereits seit ein paar Wochen fast täglich, und wir werden bald soweit gekommen sein, wie wir überhaupt kommen können.«

Trotzdem war da etwas, das zu erklären er sorgsam vermied: nämlich den Grund, weshalb er Alan im dunklen ließ. Selbst wenn Alan nichts über Ismaels bevorstehenden Umzug zu wissen brauchte, was schadete es, wenn er davon erfuhr?

Das war der Punkt, an dem Ismael mir zeigte, wie er etwas »sagen« konnte, ohne dabei Worte zu verwenden. Er konnte mir seine Einstellung gewissermaßen beamen, und die Einstellung, die er mir jetzt auf diesem Weg übermittelte, war: Das geht dich nichts an.

Es war nicht annähernd so platt und schroff, wie es in Worten aussieht. Und natürlich wußte ich bereits, daß es mich nichts anging. Schnüffler wissen ganz genau, was sie angeht und was nicht.

Ein Besuch auf Calliope

Ismael schien erleichtert, daß mir sein Problem jetzt bekannt war. Wir arbeiteten unter Termindruck und konnten es uns nicht leisten herumzutrödeln. Trotzdem begann ich unsere nächste Sitzung mit einer Frage, die wahrscheinlich überflüssig war.

»Wenn du wußtest, daß du hier nur noch wenige Wochen wohnen kannst, warum hast du dann die Anzeige in die Zeitung gesetzt?«

Er grunzte. »Ich habe die Anzeige in die Zeitung gesetzt, weil ich hier nur noch wenige Wochen Zeit habe. Das hätte sehr wohl meine letzte Chance sein können.«

»Deine letzte Chance in bezug auf was?«

»Jemanden zu finden, der das hier mitnimmt.«

»Mit ›das‹ meinst du all das, was du im Kopf hast?« Er nickte. »Entschuldige, wenn ich etwas schwer von Begriff bin, aber ich dachte, du hättest schon jede Menge Schüler gehabt.«

»Das stimmt, aber keiner von ihnen hat mitgenommen, was du mitnehmen wirst, Julie. Keiner von ihnen hat mitgenommen, was Alan mitnehmen wird. Ein jeder von euch verschlüsselt die Botschaft auf unterschiedliche Weise. Jeder von euch hat andere Beispiele erhalten und wird andere Beispiele weitergeben, und zwar in bezug auf dieselbe Botschaft.«

»Alan hat die Geschichte von den Tänzern nicht zu hören bekommen?«

»Nein, und du wirst die Geschichte von den glücklosen Luftfahrern nicht hören. Die Geschichten, die du hörst, sind speziell auf dich zugeschnitten, und du hörst sie genau dann, wenn es für dich notwendig ist. So wie die Geschichten, die Alan hört, speziell auf ihn zugeschnitten sind und er sie genau dann hört, wenn sie zu seinem Verständnis notwendig sind. Und jetzt werde ich dir eine Geschichte erzählen, die ich vergangene Nacht für dich vorbereitet habe. Du erinnerst dich, daß ich sagte, es würden mehrere Beispiele nötig sein, um dir darzulegen, wie es kam, daß ihr so seid, wie ihr seid?«

»Ja.«

»Die Geschichte von Terpsichore war das erste Beispiel. Dies hier, die Geschichte von Calliope (nach der Muse der epischen Dichtung benannt), ist das zweite.

Calliope ist ein weiterer Planet, den du auf deiner Suche nach Erleuchtung bestimmt würdest besuchen wollen«, begann Ismael. »Das Leben entstand auf Calliope auf ziemlich dieselbe Weise wie auf der Erde. Diejenigen, die sich vorstellen möchten, daß Gott eine jede Spezies in ihrer endgültigen, unveränderlichen Form ins Leben rief, dürfen das gern tun, ich aber kann ein solch primitives Szenario nicht akzeptieren. Wenn man die Herausforderung annimmt, sich Gott als Vater vorzustellen, dann muß man sich fragen, welchem Vater tatsächlich daran gelegen wäre, seine Kinder als voll entwickelte Erwachsene ins Leben zu rufen, die schon schweben können wie Adler, sehen wie Habichte, rennen wie Geparde, jagen wie Haie und denken wie Informatiker. Nur ein sehr phantasieloser und unsicherer Vater, denke ich.

Wie auch immer, die Lebewesen von Calliope entstanden ebenfalls durch den Prozeß, der allgemein als Evolution bekannt ist. Es gibt keinen Grund, sich einzubilden, daß dieser Prozeß etwas Einmaliges im Universum wäre und nur auf der Erde stattgefunden hätte. Ganz im Gegenteil. Aus Gründen, die sich noch zeigen werden, wäre es sogar höchst überraschend, wenn dem so wäre.

Es besteht keine Notwendigkeit und kein Grund, diesen Prozeß im einzelnen zu besprechen. Es ist durchaus ausreichend, wenn du einige seiner Resultate siehst und verstehst. Zum Beispiel möchte ich deine Aufmerksamkeit gern auf ein Lebewesen lenken, das vor etwa zehn Millionen Jahren auf Calliope auftauchte, eine Eidechse mit Stacheln und einer langen Schnauze, bestens geeignet, um damit in Ameisenhügeln herumzustöbern. Wenn ich sage, daß es auftauchte, dann meine ich nicht, daß es keine Vorfahren hatte. Natürlich hatte es die – ich denke, das verstehst du.«

Ich bejahte das.

»Diese Eidechse mit den Stacheln oder Dornen (nennen wir sie Dornechse) war dennoch ein seltsames Lebewesen, beziehungsweise sie käme uns beiden genau wie das Stachelschwein und der Ameisenbär seltsam vor. Jetzt frage ich dich, was du von diesem Lebewesen erwartest. Würdest du annehmen, daß es eine erfolgreiche Bereicherung der Lebensgemeinschaft auf Calliope ist?«

Ich sagte, daß ich keinerlei Ausgangsbasis für irgendeine Annahme hätte. Wie sollte ich auch? Ismael nickte, als käme ihm diese Antwort vernünftig vor.

»Dann übertragen wir das Ganze auf einen naheliegenderen Schauplatz. Angenommen, Biologen würden im tiefsten Dschungel von Neuguinea eine solche Dornechse entdecken. So etwas ist nicht ausgeschlossen, schließlich werden ständig neue Arten entdeckt.«

»Also gut.«

»Was würdest du in diesem Fall annehmen? Würdest du annehmen, daß ein solches Lebewesen ein erfolgreicher Bewohner der Dschungel von Neuguinea ist?«

»Sicher. Warum sollte es nicht so sein?«

»Das ist nicht die Frage, um die es hier geht, Julie. Die Frage, um die es geht, ist: Was nimmst du an? Und du hast Folgendes geantwortet: Du nimmst an, daß dieses Lebewesen erfolgreich ist. Die nächste Frage lautet: Warum nimmst du das an?«

»Weil ... Wenn es nicht erfolgreich wäre, würde man es dort nicht finden.«

»Wo sonst?«

»Nirgendwo. Es wäre verschwunden.«

»Warum?«

»Warum? Weil Versager verschwinden. Das ist doch so, oder?«

»In diesem Fall beantwortest du deine Frage am besten selbst, Julie. Verschwinden Versager oder verschwinden sie nicht?«

»Sie verschwinden. Sie müssen verschwinden. Wenn eine Art existiert, dann kann sie offensichtlich kein Versager sein.«

»Genau. Ganz egal, wie merkwürdig sie für uns aussehen mag. Folglich ist ein flügelloser Vogel wie der Emu, so unwahrscheinlich das auch scheint, erfolgreich – zumindest dort, wo er zum gegenwärtigen Zeitpunkt lebt. Das stellt keine Garantie dafür dar, daß das so sein wird, solange es diesen Planeten gibt. Der Dodo war erfolgreich, wo er damals lebte. Dann änderten sich die Bedingungen, und er war nicht länger erfolgreich – dort, wo er damals lebte –, also starb er aus.«

»Ich verstehe.«

»Das ist eine grundlegende Tatsache: Die Lebensgemeinschaft, die wir hier zu einer gegebenen Zeit sehen, ist nicht einfach ein zusammengewürfelter Haufen. Es ist eine Ansammlung von Erfolgen. Es sind die, die übrigbleiben, wenn die Versager verschwunden sind.«

»Ja, so ist das wohl.«

»Kehren wir jetzt zu Calliope zurück. Ich frage noch einmal, wie du die Dornechse einschätzt.«

»Ich nehme an, daß sie erfolgreich ist, denn wenn sie ein Versager wäre, wäre sie ausgestorben.«

»Das ist richtig. Keine Art entsteht durch Versagen. Was die Lebensgemeinschaft hervorbringt, sind Erfolge – Arten, die in der Lage sind, mit den Bedingungen ihrer Umwelt fertig zu werden. Deshalb sage ich, daß der Prozeß, den wir hier beobachten, mit an Sicherheit grenzender Wahrscheinlichkeit ein

Prozeß ist, der überall zu beobachten ist. Zu jedem gegebenen Zeitpunkt werden Lebensgemeinschaften größtenteils aus Arten bestehen, die funktionieren.«

»Ja, ich sehe nicht, wie es anders sein könnte.«

»Gleichzeitig jedoch könnte sich jede gegebene Art in der Gemeinschaft des Lebens bereits im Niedergang befinden. Zwanzig Jahre später ist sie vielleicht schon ausgestorben. Das setzt unsere allgemeine Regel jedoch nicht außer Kraft. Jede gegebene Art kann durch Versagen zu existieren aufhören, aber sie fing gewiß nicht durch Versagen zu existieren an. Keine Art fängt durch Versagen zu existieren an. Das ist schlicht und einfach undenkbar.«

»Ja, das leuchtet mir ein.«

»Jetzt wieder zurück zu Calliope. Hier ist eine Beschreibung, wie sich die Dornechse fortpflanzt: Die Echsen gehen vollkommen wahllose Geschlechtsbeziehungen ein. Weder Männchen noch Weibchen erkennen ihre Jungen wieder, Weibchen aber erkennen ihr eigenes Nest und ziehen jedes Junge in diesem Nest auf. Wenn ein Weibchen in seinem Territorium das unbewachte Nest einer anderen Dornechse findet, dringt es in dieses Nest ein und tötet alle Jungen, die sich darin befinden.«

Ich fragte, warum sie das tat.

»Ihre Motive sind natürlich nicht bekannt, aber diese Jungen zu töten, trägt in der Tat dazu bei, den eigenen Fortpflanzungserfolg zu steigern. Wenn die fremden Jungen nicht mehr da sind, ist es wahrscheinlicher, daß ihre eigenen Jungen ihre Gene in den Genpool einbringen. Verstehst du, was ich sage?«

»Ich denke schon, jedenfalls im großen und ganzen.«

»Gut. Die Männchen folgen einer gegenteiligen Praxis. Wie ich gerade erklärt habe, tötet ein Weibchen Konkurrenten seiner Jungen innerhalb seines Territoriums. Ein Männchen tötet Junge außerhalb seines Territoriums.«

»Warum außerhalb und nicht innerhalb?«

»Weil die Jungen innerhalb seines Territoriums durchaus seine eigenen sein können. Die Jungen des Weibchens befinden sich innerhalb seines Territoriums nur in seinem Nest. Die Jungen des Männchens befinden sich innerhalb seines Territoriums überall.«

»Mir schwirrt langsam der Kopf. Wie verbessert die Tatsache, daß das Männchen die Jungen außerhalb seines Territoriums tötet, dessen Fortpflanzungserfolg?«

»Auf andere Weise als beim Weibchen. Das Männchen, das sich auch außerhalb seines eigenen Territoriums bewegt, sucht nach Gelegenheiten, um sich zu paaren. Und diese Gelegenheiten sind häufiger, wenn die Weibchen, denen es begegnet, gerade keine Jungen haben. Wenn das Männchen eine Generation von Jungen tötet, wird die nächste Generation allein seine Gene tragen.«

»Also«, kommentierte ich, »dann hat das Töten der Jungen nichts mit Bevölkerungskontrolle zu tun.«

»Die Individuen handeln alle auf eine Weise, die ihre Präsenz im Genpool verbessert, aber natürlich hat dieses Handeln auch noch viele andere Auswirkungen. Wenn die Population im Territorium eines Weibchens groß ist, ist es wahrscheinlicher, daß es auf Nester einer Konkurrentin trifft. Und um so wahrscheinlicher wird es fremde Junge töten. Andererseits hat das Männchen, wenn die Population dünn ist, in seinem eigenen Revier weniger Paarungsgelegenheiten und bewegt sich deshalb über seine Reviergrenzen hinaus. Und wenn es sich über seine Reviergrenzen hinausbewegt, ist es wahrscheinlicher, daß es auf Junge trifft, die es töten wird. Mit anderen Worten, wenn das eigene Territorium dünn besiedelt ist, tötet das Weibchen wenige Junge und das Männchen tötet anderswo viele. Wenn das eigene Territorium dicht bevölkert ist, tötet das Weibchen viele Junge und das Männchen wenige. Insgesamt hat das den Effekt, daß die Population stabilisiert wird. Nichts kann letztendlich erfolgreich sein, wenn es langfristig einen gegenteiligen Effekt auslöst.«

»Verstanden.«

»Nun, was erwartest du bei diesem System? Erwartest du, daß es sich für die Dornechsen als Erfolg oder als Mißerfolg erweisen wird?«

Diese Frage kam mir ziemlich sinnlos vor, und das sagte ich Ismael auch. »So wie du das Ganze konstruiert hast, müßte jedes System erfolgreich sein. Du könntest dir alles mögliche ausdenken, und ich müßte dann erklären, daß es meiner Erwartung nach funktioniert. Du könntest dir ein System ausdenken, in dem die Dornechsen sich überhaupt nicht paaren, und ich müßte sagen, daß es funktionieren muß, sonst würde es nicht existieren. Oder?«

»Ein berechtigter Einwand«, räumte er ein. »Das hier ist jedoch nicht irgendein Hirngespinst, das ich mir ausgedacht habe. Es ist genau das, was man bei der Weißfußmaus, *Peromyscus leucopus*, beobachten kann, die man in den Wäldern der Allegheny Mountains findet. Das soll nicht heißen, daß dieses Verhalten einzigartig wäre. Ähnliche Verhaltensmuster findet man bei den Wiesenwühlmäusen, Sandratten, Lemmingen und mehreren Affenarten.«

»Ich verstehe nur nicht ganz, worauf du damit hinauswillst.«

»Ich versuche dir den Weg zu zeigen. Die Verhaltensweise der Dornechsen oder der Weißfußmäuse erscheint absonderlich, bis man versteht, auf welche Weise sie zum Erfolg der Tiere beiträgt. Vielleicht erscheint sie sogar unmoralisch, als etwas, auf das rechtschaffendenkende Leute Einfluß nehmen sollten.«

»Ja, das stimmt.«

»Ich möchte jedoch, daß du siehst, daß diese Arten wahrscheinlich binnen weniger Generationen aussterben würden, wenn du sie zu einem Verhalten zwingst, das dir höher und edler erscheint. Um ein bißchen Fachchinesisch zu verwenden, eine Analyse der dargelegten Verhaltensstrategien zeigt, daß sie evolutionär stabil sind. Stell dir vor, daß diese Arten, so wie wir sie in diesem Augenblick antreffen, das Produkt Hunderttausender von Experimenten sind, die über einen Zeitraum von zehn Millionen Jahren durchgeführt wurden. Während dieser Zeit wurden alle möglichen Fortpflanzungsstrategien ausprobiert. Viele davon haben sich selbst eliminiert, so wie zum Beispiel das, was du vorgeschlagen hast – sich überhaupt nicht zu paaren. Tiere, die sich überhaupt nicht paaren, steuern offensichtlich nichts zum Genpool ihrer Art bei. Generation um Generation pflanzen sich jene, die nicht dazu neigen, sich zu paaren, nicht fort. Von Generation zu Generation ist weniger und weniger von dieser Neigung zu finden. Leuchtet dir das ein?«

»Ja, natürlich.«

»Während eines langen Zeitraums werden Dutzende von Verhaltensweisen getestet. Jene, die darauf hinauslaufen, den Fortpflanzungserfolg zu steigern, werden in jeder Generation verstärkt, und jene, die darauf hinauslaufen, den Fortpflanzungserfolg zu mindern, werden schwächer. Verstehst du auch das?«

»Ja.«

»Am Ende dieses Zeitraums stellt sich heraus, daß sich ein bestimmtes Verhaltensmuster durchgesetzt hat. Wenn das eigene Territorium eine zu hohe Bevölkerungsdichte aufzuweisen beginnt, töten die Weibchen die Jungen in den Nestern anderer Weibchen. Wenn die Fortpflanzungsgelegenheiten spärlicher zu werden beginnen, überschreiten die Männchen ihre Territoriumsgrenzen und töten Junge, wo immer sie sie finden. Eine Analyse dieser beiden Verhaltensstrategien wird dir zeigen, warum sie von keiner anderen übertroffen werden können, aber dies ist weder die Zeit noch der Ort für eine solche Analyse. Deshalb bitte ich dich, mir das einfach zu glauben. Diese beiden Strategien sind evolutionär stabil, was bedeutet, daß sie durch nichts ersetzt werden können. Jede andere Strategie würde fehlschlagen. Individuen, die unter den eben beschriebenen Bedingungen damit aufhören, Junge zu töten, werden sich nicht so erfolgreich fortpflanzen wie Individuen, die nicht damit aufhören. Das bedeutet, daß jeder Eingriff in diese Strategien einen Angriff auf die biologische Lebensfähigkeit dieser Arten darstellt.«

»Mir ist schon ganz schwindelig, aber ich denke, ich habe es verstanden.«

»Das Verhaltensmuster des Kindesmordes erscheint dir wahrscheinlich ziemlich merkwürdig. Meiner Ansicht nach liegt das nicht daran, daß es von Natur aus seltsam ist, sondern eher daran, daß du mit diesem Verhaltensmuster nicht wie mit anderen aufgewachsen bist. Du wirst niemals einen Dokumentarfilm über die Weißfußmäuse sehen, weil sie einfach kein faszinierendes Thema für einen Film darstellen. Was du aber sehen wirst, sind Dokumentarfilme über große, aufregende Lebewesen wie den Steinbock, Bighornschafe und See-Elefanten. Und die werden dir mit Sicherheit Verhaltensweisen zeigen, die den Fortpflanzungserfolg der Individuen fördern. So wirst du zum Beispiel in jedem Film über den Steinbock unweigerlich viele Filmmeter sehen, auf denen Steinböcke während der Brunft mit den Köpfen gegeneinander anrennen. Genauso wirst du in jedem Film über See-Elefanten viele Filmmeter sehen, auf denen gigantische Männchen im Kampf um einen Harem aufeinander eindreschen. Für die Leute haben diese Schauspiele einen Unterhaltungswert, den der Anblick einer Weißfußmaus nicht aufzuweisen hat, die einem hilflosen Jungen, nicht größer als ein Daumen, den Kopf abbeißt.«

»Das glaube ich gern.«

»Dennoch sind die Kämpfe der Tiere, die ich gerade genannt habe, nicht weniger tödlich. Es ist nur viel aufregender, sie zu beobachten.«

»Das stimmt wohl. Aber ich bin mir nicht sicher, was du mir damit sagen willst.«

»Ich versuche dich an die Tatsache zu gewöhnen, daß etwas, was dir merkwürdig erscheint, in Wirklichkeit nicht merkwürdiger ist, als etwas, das dir normal erscheint. Du bist daran gewöhnt zu sehen, daß Tiere aggressiv sind, also scheint dir die Aggressivität von Bergziegen oder See-Elefanten wenig bemerkenswert. Du bist jedoch nicht daran gewöhnt zu sehen, daß Tiere die Jungen ihrer Konkurrenten töten, deshalb erscheint dir das kindsmörderische Verhalten der Weißfußmäuse grotesk und vielleicht sogar schockierend. Tatsächlich aber sind beide Verhaltensstrategien gleichermaßen grotesk und gleichermaßen gewöhnlich. Vermutlich könntest du sagen, daß ich versuche, dich davon abzubringen, deine Nachbarn in der Gemeinschaft des Lebens anzusehen, als wären sie Figuren aus *Bambi* – Menschen im Tierkostüm. In einem Disneytrickfilm würden zwei Hirsche, die während der Brunft mit ihren Geweihen aufeinander losgehen, als mutige und heldenhafte Krieger dargestellt, eine Weißfußmaus aber, die sich in das Nest einer Konkurrentin schleicht, um ein Junges zu töten, gewiß als böser und feiger Schurke.«

Calliope, Teil II

»Ich stelle fest, daß ich ein paar allgemeine Dinge über den Konkurrenzkampf sagen muß.«

»Ich bin gespannt.«

»Alan und ich untersuchen zur Zeit das Thema des interspezifischen Konkurrenzkampfs, des Konkurrenzkampfs zwischen verschiedenen Arten. In der Gemeinschaft des Lebens hat sich ein gewisses Gerüst von Regeln oder Strategien herausgebildet, die einen lebhaften, aber begrenzten Wettbewerb zwischen den Arten sicherstellen. Grob gesagt, kann man dieses Gerüst so beschreiben: Konkurriert im vollen Umfang eurer Fähigkeiten miteinander, aber bringt eure Mitbewerber nicht zur Strecke, vernichtet weder deren Nahrung noch verweigert ihnen den Zugang zu ihrer Nahrung. Du und ich dagegen untersuchen eine andere Art von Wettbewerb, nämlich den intraspezifischen Konkurrenzkampf – also den Wettbewerb zwischen Angehörigen derselben Art.«

»Ja«, sagte ich fröhlich, »das tun wir.«

»Wie du im Falle der Weißfußmäuse leicht erkennen kannst, lassen sich die Regeln, die die Konkurrenz zwischen den Arten bestimmen, nicht auf den Wettbewerb innerhalb einer Art anwenden. Ein Weißfußmausweibchen wird danach trachten, die Jungen eines anderen Weibchens zu töten, es wird aber niemals die Jungen einer Spitzmaus töten. Meinst du, du findest heraus, warum?«

Nachdem ich eine Zeitlang darüber nachgedacht hatte, sagte ich: »So wie ich das verstehe, erhöht die Weißfußmaus die Wahrscheinlichkeit ihres Fortpflanzungserfolgs, indem sie die Jungen ihrer Konkurrenten tötet. Dann sind es ihre Gene, die in den Genpool fließen, nicht die ihrer Konkurrentin. Ist das richtig?«

»Absolut.«

»Diesen Nutzen hat sie nicht, wenn sie ein Spitzmausjunges tötet.«

»Warum nicht?«

»Spitzmausjunge zu töten wäre bedeutungslos. Die Gene von Spitzmäusen fließen in den Spitzmausgenpool, nicht wahr? Verstehe ich das richtig?«

Ismael nickte. »Das verstehst du völlig richtig. Die Gene von Spitzmäusen fließen ausschließlich in den Spitzmausgenpool.«

»Dann verstärkt die Weißfußmaus, wenn sie Spitzmausjunge tötet, ihre Präsenz im Genpool der Weißfußmäuse nicht mehr, als wenn sie Eulen oder Alligatoren töten würde.«

Ismael starrte mich so lange an, daß mir langsam unbehaglich wurde. Schließlich fragte ich ihn, was los sei.

»Nichts ist los, Julie. Deine Fähigkeit, mir eine solche Antwort zu geben, wirft bei mir einfach die Frage auf, ob du dich mit diesem Gebiet schon einmal beschäftigt hast.«

»Nein«, sagte ich. »Ich bin mir nicht einmal sicher, was ›dieses Gebiet‹ überhaupt ist.«

»Das spielt keine Rolle. Du bist wirklich ein sehr aufgewecktes Mädchen. Ich muß aufpassen, daß du mir nicht eingebildet wirst. Trotzdem ist deine Schlußfolgerung ein klein wenig zu allgemein. Die Weißfußmaus würde nämlich doch einen gewissen Nutzen daraus ziehen, wenn sie Spitzmausjunge tötet, da die Spitzmausjungen mit ihren eigenen Jungen zumindest um gewisse Ressourcen konkurrieren.«

»Und warum tötet sie sie dann nicht?«

»Weil es Tausende von Arten gibt, die mit ihren Jungen um gewisse Ressourcen konkurrieren und sie die nicht alle töten kann. Es gibt nur eine einzige Art, die vollkommen mit ihren Jungen konkurriert – um alle Ressourcen.«

Eine Sekunde lang kam ich nicht drauf, dann fiel es mir wie Schuppen von den Augen: »Andere Weißfußmäuse.«

»Natürlich. Einen Wurf Spitzmäuse zu töten, wäre nur von sehr beschränktem Nutzen für sie. Aber einen Wurf Weißfußmäuse zu töten, bringt ihr einen klaren und eindeutigen Vorteil.«

»Ja, das sehe ich ein.«

»Deshalb unterscheiden sich zwangsläufig die Regeln, die den Wettbewerb zwischen den Arten bestimmen, von den Regeln, die den Wettbewerb innerhalb einer Art bestimmen. Der Konkurrenzkampf innerhalb einer Art ist stets härter als der zwischen den Arten. Der Grund hierfür liegt darin, daß die Angehörigen einer bestimmten Art immer um dieselben Ressourcen konkurrieren. Das trifft vor allem auf die Paarung zu. Viele Hunderte von Arten könnten mit einer Weißfußmaus um eine Maulbeere konkurrieren, aber nur eine andere Weißfußmaus wird mit ihr um die Chance konkurrieren, sich mit einer anderen Weißfußmaus zu paaren.«

»Ah«, sagte ich.

»Und ›Ah‹ soll heißen?«

»›Ah‹ soll heißen, daß wir jetzt wieder zu den Brunftkämpfen der See-Elefanten und der Bighornschafe zurückkehren. Habe ich recht?«

»Nicht ganz«, sagte der Gorilla. »Unser Augenmerk liegt auf dem intraspezifischen Konkurrenzkampf im allgemeinen – um alle Ressourcen, nicht nur um die der Fortpflanzung.«

»Aber befinden wir uns wirklich immer noch auf der Hauptstraße? Sind wir immer noch auf dem Weg zu einer Erklärung, warum wir uns an Geister, Engel und Ufonauten wenden, um herauszufinden, wie man leben soll?«

»So unwahrscheinlich es auch scheint, wir befinden uns genau auf diesem Weg.«

»Also gut.«

»Die Evolution bringt das hervor, was funktioniert. Wir haben bereits festgestellt, daß bei den Weißfußmäusen die Strategie funktioniert, die Jungen von Rivalen zu töten. Aber natürlich würde es nicht funktionieren, wenn sie ihre eigenen Jungen töten würden. Eine solche Strategie würde sich niemals entwickeln. Das könnte sie gar nicht, da sie sich als Strategie selbst auslöscht. Ich bin sicher, das ist dir klar.«

»Ja.«

»Jetzt werden wir diskutieren, welche Strategien funktionieren, wenn es zum Konflikt zwischen Artgenossen kommt. Da Artgenossen ständig um dieselben Ressourcen konkurrieren, gibt es täglich, ja stündlich, Anlässe für einen Konflikt. Daher muß die Evolution Wege entwickelt haben, wie diese Konflikte gelöst werden können. Das Ganze würde nicht funktionieren, wenn jeder Konflikt um Ressourcen durch eine tödliche Auseinandersetzung beendet werden würde.«

»Ja, das verstehe ich.«

»Es gibt eine begrenzte Anzahl von Strategien, die bei einem Konflikt unter Artgenossen angewendet werden können, aber ich halte es nicht für zweckdienlich, hier und jetzt mit dir eine vollständige Liste davon zu erarbeiten. Statt dessen würde ich lieber Calliope einen weiteren Besuch abstatten, um die Akas zu studieren und zu sehen, welche Wege die Evolution hier eingeschlagen hat, um Konflikte zu lösen.«

»Was sind denn Akas?«

»Akas sind eine Art Kreuzung zwischen einem Affen und einem Strauß, wenn du dir eine solch bizarre Verbindung überhaupt vorstellen kannst. Ursprünglich waren die Akas Vögel, aber sie wurden in den Bäumen so heimisch, daß das Fliegen für sie überflüssig wurde. Deshalb ähneln sie jetzt den Straußen insofern, als sie kleine verkümmerte Flügel besitzen, und den Affen insofern, als sie Extremitäten wie Hände und Schwänze besitzen, mit denen sie greifen und sich von Ast zu Ast schwingen können. Dadurch ist es ihnen möglich, fast allen ihren natürlichen Feinden zu entkommen. Anders als bei vielen Arten, bei denen das Männchen nicht mehr benötigt wird, nachdem es das Weibchen geschwängert hat, müssen die männlichen Akas dabei helfen, Nahrung für den neugeborenen Nachwuchs heranzuschaffen. Und wenn das Männchen nicht mehr als Futterbringer für die Jungen gebraucht wird, sind die drei oder vier Weibchen in seinem Harem schon wieder paarungsbereit. Die Akas leben also in einer Art Familienverband.

Wenn zwei Akas sich vor einer saftigen Frucht von Angesicht zu Angesicht gegenüberstehen, passiert im allgemeinen Folgendes: Sie starren einander böse an, fletschen die Zähne und kreischen. Wenn einer von beiden deutlich kleiner als der andere ist, wird er wahrscheinlich ziemlich schnell aufgeben und sich davonschleichen. Aber das geschieht nicht immer. In zwei von fünf Fällen (je nachdem, wie hungrig der Aka gerade ist) wird er unmißverständlich drohend auf und ab zu hüpfen beginnen. Wenn dies geschieht, wird sich der andere gewöhnlich zurückziehen, selbst wenn er größer ist. Aber auch das geschieht nicht immer. In einem von fünf Fällen vielleicht wird er sich nicht einschüchtern lassen und es nun seinerseits mit Einschüchterung versuchen, indem er auf und ab hüpft und mit den Zähnen nach seinem Konkurrenten schnappt. Das wird diesen für gewöhnlich dazu veranlassen, mit eingezogenem Schwanz Reißaus zu nehmen – aber wiederum auch nicht immer. In einem von zehn Fällen wird der kleinere unbeeindruckt weiter den Größeren bedrohen, und das Ganze wird mit einem Kampf enden, der zwanzig oder dreißig Sekunden dauert und der in der Regel ein paar kleinere Blessuren zur Folge hat, bevor sich der Sieger dann über die Frucht hermachen kann.

Die Strategie, an die sich jeder Aka hält, kann grob gesagt folgendermaßen beschrieben werden: Wenn du einem Aka-Rivalen gegenüberstehst, sei aggressiv, aber ziehe dich zurück, wenn der andere deutlich größer ist – es sei denn, du brauchst die Ressource, um die es geht, dringend. In diesem Fall kannst du versuchen, ein wenig aggressiver zu werden, nur um zu sehen, ob der andere sich zurückzieht. Wenn der andere mit noch größerer Aggressivität reagiert, dann lauf davon, es sei denn du hast diese Ressource wirklich ganz dringend nötig und glaubst gewinnen zu können. Ich will nicht behaupten, daß diese Strategie das Ergebnis eines logischen Denkprozesses ist, aber die Akas verhalten sich, als würden sie einer folgerichtigen Strategie gehorchen, die grob umrissen so aussieht, wie ich es gerade beschrieben habe.«

»Ich verstehe.«

»Eine solche Verhaltensweise ist keineswegs ungewöhnlich. Die meisten Arten auf der Erde lösen ihre intraspezifischen Konflikte um Ressourcen auf genau diese Weise. Es zahlt sich nicht aus, wegen jeder Eichel einen Kampf auf Leben und Tod zu beginnen, aber es zahlt sich genausowenig aus, jedesmal den Rückzug anzutreten. Es ist wichtig, bis zu einem gewissen Grad berechenbar zu sein, es ist aber auch wichtig, nicht allzu berechenbar zu sein. Zum Beispiel sollte dein Gegner wissen, daß du mit ziemlicher Wahrscheinlichkeit auch angreifen wirst, wenn du anfängst, mit den Zähnen nach ihm zu schnappen. Andererseits sollte dein Gegner nicht unbedingt von vornherein mit deinem Rückzug rechnen können, nur weil er mit den Zähnen nach dir zu schnappen beginnt.«

»Richtig.«

»Wieder entwickelt sich diese Art von Strategie, weil sie funktioniert – wieder und wieder, bei allen möglichen Spezies und höchstwahrscheinlich überall im Universum.«

»Ja, das leuchtet mir ein.«

Ismael hielt inne, um einen Augenblick nachzudenken. »Wenn du die Reise, die du dir in deinem Tagtraum vorgestellt hast, unternehmen würdest, würdest du also überall denselben evolutionären Hintergrund vorfinden, weil die Evolution überall (und nicht nur auf diesem Planeten) ein

Prozeß ist, der seinem Wesen nach unveränderlich das hervorbringt, was funktioniert. Und was funktioniert, wird von einem Planeten zum anderen nicht groß variieren. Wann immer du dich ins Universum begibst, wirst du Arten finden, die durch Versagen aussterben, aber niemals welche, die durch Versagen entstehen. Wann immer du dich ins Universum begibst, wirst du feststellen, daß es sich niemals auszahlt, um jeden Bissen Nahrung einen tödlichen Kampf auszutragen.«

Ich schloß die Augen und lehnte mich in meinem Sessel zurück, um eine Weile über Ismaels Worte nachzudenken. Als mir klar geworden war, was er gemeint hatte, sagte ich: »Du erzählst mir etwas über die Weisheit, die ich finden würde, wenn ich diese galaktische Reise tatsächlich machen könnte.«

Er nickte. »Ja. In gewisser Weise befinden wir uns beide gerade in diesem Augenblick auf dieser Reise, ohne dabei die Erde zu verlassen. Aber weiter ... Bei meiner anfänglichen Untersuchung der Wettbewerbsstrategien der Akas hatte ich das Gefühl, es wäre das beste, den überaus wichtigen Aspekt des Territorialverhaltens noch nicht anzusprechen. Ich würde das jetzt gern nachholen. Menschen mißverstehen tierisches Territorialverhalten oft, weil sie es nach menschlichen Maßstäben beurteilen. Eine Gruppe von Menschen wird damit beginnen, sich ein eigenes Territorium zu suchen – einen Platz, den sie ihr eigen nennen kann. Sie messen ein Grundstück ab und sagen: ›Dieses Territorium gehört uns, und wir werden alles, was sich darin befindet, verteidigen.‹ Die Menschen nehmen deshalb automatisch an, daß ein Tier dasselbe sagen will, wenn es ein Territorium mit seinem Geruch markiert. Dieser Anthropomorphismus führt zu einer großen Verwirrung. Nicht nur, weil Tiere zu einer solchen Abstraktion nicht fähig sind, sondern auch, weil sie weder etwas über Territorien wissen noch Interesse an Territorien haben. Aber beginnen wir ganz von vorn: Ein Tier macht sich nicht auf die Suche nach einem Territorium als solches – einem Ort, den es sein eigen nennen kann. Es macht sich auf die Suche nach Nahrung und Geschlechtspartnern, und wenn es das gefunden hat, zieht es einen Kreis darum und sagt damit zu den rivalisierenden Artgenossen: Die Ressourcen innerhalb dieses Kreises gehören jetzt mir und werden von mir verteidigt. Die Fläche selbst ist ihm völlig egal, und falls die Ressourcen darin verbraucht wären, würde das Tier sein Territorium verlassen, ohne sich noch einmal umzublicken.«

»Das scheint mir logisch zu sein«, gab ich zu.

Ismael zuckte mit den Achseln. »Jeder Pfad liegt klar vor einem, wenn er sich einem erst einmal eröffnet hat. Nachdem wir jedoch nachgewiesen haben, daß es da einen Unterschied gibt, können wir fortfahren, als spiele das keine Rolle. Tiere, die ihre Ressourcen verteidigen, handeln größtenteils so, als würden sie ihr Territorium verteidigen. Wir können mit der Feststellung beginnen, daß Tiere ihr Territorium nicht gegen die vielen Tausende von Spezies verteidigen, die dort eindringen – das könnten sie nicht, und das brauchen sie auch nicht. Die einzigen Spezies, gegen die sie es verteidigen müssen, ist ihre eigene, aus Gründen, die wir bereits kennengelernt haben.

Das Territorialverhalten verleiht dem Konflikt zwischen Artgenossen eine weitere Dimension. Das zeigte vor vierzig Jahren der großartige holländische Zoologe Nikolaas Tinbergen in einem wunderbaren Experiment mit zwei Stichlingsmännchen, die an den entgegengesetzten Enden eines Aquariums Nester für ihre Brut gebaut hatten. Tinbergen verwendete zwei Glaszylinder, um die Stichlinge einzufangen und sie im Aquarium zu versetzen. Nennen wir sie Rot und Blau. Als er Rot und Blau in ihren jeweiligen Zylindern in der Mitte des Aquariums zusammenbrachte, reagierten sie beide gleichermaßen feindselig aufeinander. Als er sie jedoch auf das Nest von Rot zubewegte, begann sich ihr Verhalten zu verändern. Rot versuchte, anzugreifen, während Blau versuchte zu fliehen. Als er aber beide in die Nähe von Blaus Nest brachte, vertauschten sich plötzlich die Rollen: Jetzt versuchte Blau, anzugreifen, während Rot versuchte, sich zurückzuziehen. Das zeigt übrigens auch, daß das Wort ›Territorium‹ irreführend ist, da die Stichlinge ganz eindeutig nicht um Wasser kämpfen. Die Strategie, der die miteinander im Konflikt stehenden Artgenossen typischerweise folgen, wird durch das Territorialverhalten um folgendes Element erweitert: Wenn du der Revierbewohner bist, greif an; wenn du der Eindringling bist, zieh dich zurück. Wenn du einen Hund oder eine Katze hast, wirst du diese Strategie in deiner Umgebung schon oft beobachtet haben.«

»Ja – aber wenn wir schon von Katzen und Hunden reden, habe ich noch eine Frage zu Tieren und ihrem Revierverhalten. Katzen und Hunde kehren oft hartnäckig zu ihrem alten Zuhause zurück, selbst nachdem ihre menschliche Familie in ein neues Haus umgezogen ist.«

Ismael nickte. »Da hast du absolut recht, Julie. Ich dachte auch nicht an domestizierte Tiere, als ich dies sagte. Domestizierte Tiere nehmen ihrem Revier gegenüber eine sehr menschliche Haltung ein, und natürlich ist es genau das, was sie als domestiziert kennzeichnet. Der Begriff domestizieren als solcher bedeutet ›an ein Haus binden oder gewöhnen.‹ Wenn sie jedoch wieder eine Zeitlang herrenlos und frei sind, wirst du sehen, daß sie diese Bindung ans Haus rasch abschütteln, da sie sich für den Zustand des Wildlebens sehr schnell als völlig unbrauchbar erweist.«

»Ja, das sehe ich ein«, sagte ich.

»Kehren wir zu Calliope und den Akas zurück«, sagte Ismael. »Wie es sich trifft, sind seit unserem letzten Besuch dort etwa fünf Millionen Jahre vergangen, und es haben einschneidende klimatische Veränderungen stattgefunden. Das dichte Blätterdach des Waldes, das die Akas einst beschirmte, ist verschwunden, aber es verschwand nicht so schnell, daß sich die Akas nicht an die veränderten Bedingungen hätten anpassen können. Was wir jetzt sehen, ist eine Spezies, die mehr auf dem Boden als in den Bäumen lebt, und da es sich jetzt wirklich um eine andere Spezies handelt, sollten wir ihnen auch einen neuen Namen geben. Nennen wir sie Bakas. Diese Bakas sind nicht mehr in der Lage, ihren natürlichen Feinden einfach dadurch zu entfliehen, daß sie sich behende im Blätterdach des Waldes fortbewegen, so wie ihre Vorfahren das taten. Damals war jedes Tier auf sich gestellt, und das funktionierte perfekt. Jetzt aber müssen sie zusammenhalten und sich als Gruppe verteidigen. Ein einzelnes Tier, das sich von der Gruppe entfernt, wird sehr wahrscheinlich als erstes von einem Räuber erlegt.

Die Vorfahren der Bakas aßen, was ihnen in den Baumkronen vor die Nase kam – Früchte, Nüsse, Blätter und eine breitgefächerte Anzahl von Insekten. Ihre Behendigkeit reichte nicht ganz aus, um ausgewachsene Vögel zu fangen, unbewachte Nestlinge jedoch waren für sie ein bevorzugter Leckerbissen. Während sie gezwungen waren, für die Nahrungssuche allmählich von den Bäumen herunterzusteigen, fraßen sie weiterhin, was immer sich ihnen darbot. Auf dem Boden aber herrschten andere Bedingungen. Zuerst einmal fiel ihnen die Nahrung nicht wie früher einfach in die Hände. Außerdem hatten sie auf dem Boden mehr Nahrungskonkurrenten. Sie mußten wagemutiger werden, um an Nahrung zu gelangen. Viele ihrer Nahrungskonkurrenten eigneten sich wiederum selbst gut als Nahrung, aber sie waren auch schwerer zu erbeuten, da die Bakas auf dem Boden nicht annähernd so flink waren, wie sie es in den Bäumen gewesen waren. So entwickelten die Bakas allmählich etwas, womit sie ihren individuellen Mangel an Geschwindigkeit kompensieren konnten, und das war die Zusammenarbeit in der Gruppe. Sie machte sie schließlich zu erfolgreichen Jägern – etwas, das bei ihren Vorfahren nie nötig gewesen war.

Der Wettbewerb, dem sie ausgeliefert sind, hat sich seinem Wesen nach grundlegend verändert. Obwohl die einzelnen Individuen noch immer mit anderen Individuen ihrer Art um die Ressourcen konkurrieren, hängt der Überlebenserfolg eines jeden Individuums auch davon ab, daß es mit anderen Individuen kooperiert, um den Erfolg der Horde zu sichern. Wie ich schon erwähnt habe, zerstreuten sich die Akas, wenn sie angegriffen wurden, einfach im Blätterdach des Waldes, die Bakas sind jedoch am Boden nicht schnell genug. Sie sind gezwungen, sich zusammenzurotten und gemeinsam zu kämpfen. Akas suchten als Einzelgänger nach Nahrung, was in den Bäumen auch ausgesprochen gut funktionierte. Die Bakas aber, die am Boden leben, haben größeren Erfolg, wenn sie sich in der Gruppe auf Futtersuche begeben. Wir sehen, daß nun in erster Linie nicht Individuum mit Individuum konkurriert, sondern eher Horde mit Horde. Obwohl sich die Wettbewerbssituation geändert hat, sind die Strategien dieselben geblieben: Wenn eure Horde das Revier bewohnt, greift an; wenn ihr die Eindringlinge seid, zieht euch zurück. Wenn ihr genau wie die anderen weder Bewohner noch Eindringlinge seid, verfolgt eine gemischte Strategie. Droht der anderen Horde, und wenn diese sich zurückzieht, wunderbar. Wenn sie aber die Drohung erwidert, dann greift manchmal an und zieht euch manchmal zurück. Wenn ihr selbst bedroht werdet, erwidert manchmal die Drohung und zieht euch manchmal zurück. Diese Strategien versetzen die einzelnen Baka-Horden in die Lage, Seite an Seite zu leben, ohne einander zu verdrängen oder verdrängt zu werden. Gleichzeitig können sie so um die Ressourcen konkurrieren, ohne um jede Kleinigkeit einen tödlichen Kampf austragen zu müssen.«

»Ja, ich verstehe«, sagte ich und versuchte tapfer, mich nicht kleinkriegen zu lassen.

»Wir verlassen Calliope jetzt wieder und kehren nochmals fünf Millionen Jahre später zurück. Nachdem wir uns ein wenig umgesehen haben, entdecken wir, daß es die Bakas immer noch gibt, daß sich inzwischen aber eine Linie von ihnen zu einer neuen Spezies weiterentwickelt hat, die wir Cakas nennen wollen. Ich werde nicht versuchen, Theorien darüber aufzustellen, welcher Evolutionsdruck diese Entwicklung ausgelöst hat. Es sollte uns reichen, daß sie stattgefunden hat. Die Cakas scheinen den Bakas in vieler Hinsicht näher, als es die Bakas den Akas waren, die, wie du dich erinnerst, in den Bäumen lebten, als Einzelgänger auf Nahrungssuche gingen und sich zerstreuten, wenn sie angegriffen wurden. Die Cakas gleichen den Bakas dahingehend, daß sie auf dem Boden leben, in Gruppen auf Nahrungssuche gehen und bei einem Angriff Schulter an Schulter kämpfen. Die Cakas haben dieses Verhalten einfach perfektioniert. Sie sind Kulturwesen. Das bedeutet, daß die Eltern einer jeden Generation das, was sie selbst von ihren Eltern gelernt haben, zusammen mit dem, was sie während ihres eigenen Lebens neu dazugelernt haben, an ihre Kinder weitergeben. Das Weitergeben ist eine Ansammlung von Wissen aus unterschiedlichen Perioden ihrer Entwicklung als Art. Zum Beispiel lernt jedes Kind, daß der Zweig eines bestimmten Baumes von Blättern befreit und als eine Art Angelrute verwendet werden kann, um Ameisen aus einem Ameisenbau zu angeln. Diese Technik datiert drei oder vier Millionen Jahre zurück. Jedes Kind lernt, wie man Tierhäute beizt, um sie zu Riemen oder Kleidung zu verarbeiten. Diese Technik ist zwei oder drei Millionen Jahre alt. Jedes Kind lernt, wie man aus Baumrinde eine Schnur flechten kann, wie man Feuer macht, wie man einen Stein zu einem Schneidwerkzeug macht, wie man einen Speer herstellt und eine Speerschleuder. Alle diese Techniken sind eine Million Jahre alt. Tausende von Fertigkeiten und Techniken aus verschiedenen Epochen der Entwicklung werden von einer Generation zur nächsten weitergegeben.

Obwohl die Caks wie ihre Vorfahren, die Bakas, in Gruppen leben, wäre es nicht korrekt, sie als Horden zu bezeichnen, da Horden grundsätzlich gleich sind. Die Cakas aber leben in Stämmen – den Jotts, den Kahs, den Ells, den Emms, den Enns und so weiter – von denen sich ein jeder wiederum von dem anderen sehr unterscheidet. Jeder Stamm hat seine eigenen charakteristischen Kulturgüter, die er zusammen mit den gerade beschriebenen Techniken, dem allgemeinen Erbe aller Akas, von einer Generation zur nächsten weitergibt. Das Stammeserbe schließt Lieder, Geschichten, Mythen und Bräuche ein, die Zehntausende oder sogar Hunderttausende von Jahren alt sein mögen. Die Völker sind zu dem Zeitpunkt, an dem wir sie besuchen, des Lesens und Schreibens noch unkundig, aber selbst wenn sie es wären, würden ihre Aufzeichnungen nicht Zehntausende von Jahren zurückreichen. Wenn du sie fragst, wie alt ihr Stammeserbe ist, werden sie dir sagen, daß das niemand wisse. Es sind dies Dinge, die bis zum Anbeginn der Zeit zurückreichen. Soweit die Jotts wissen, waren sie schon immer da. Dasselbe gilt für die Kahs, die Ells, die Emms und alle übrigen Stämme.

Es gibt aber von Stamm zu Stamm gewisse Unterschiede, die jedoch eher willkürlich scheinen. Ein Stamm bevorzugt Gefäße mit Flechtmuster, ein anderer solche mit Schnurmuster. Ein Stamm bevorzugt Gewebe, die hauptsächlich in Schwarzweiß gehalten sind, ein anderer solche in lebhafteren Farben. Aber es gibt auch Unterschiede, die wesentlich bedeutsamer scheinen. In einem Stamm wird die Abstammung an die Mutter geknüpft, in einem anderen an den Vater. In einem Stamm hat die Stimme der Ältesten bei Stammesangelegenheiten ein besonderes Gewicht; in einem anderen hat die Stimme aller Erwachsenen den gleichen Wert. In einem Stamm wird der Herrscher durch Erbfolge bestimmt, ein anderer hat einen Häuptling, der herrscht, bis er im Zweikampf geschlagen wird. Bei den Emms sind die wichtigsten Verwandten die Mutter und die Onkel mütterlicherseits, der Vater hingegen hat keine besondere Bedeutung. Bei den Ells leben Männer und Frauen niemals als Ehemann und Ehefrau zusammen; Männer wohnen gemeinsam in einem Langhaus, die Frauen in einem anderen. Ein Stamm praktiziert Polyandrie (viele Ehemänner), ein anderer Polygamie (viele Ehefrauen). Und so weiter und so fort.

Noch wichtiger als all diese Dinge sind die Stammesgesetze, die nur eins gemeinsam haben: Sie sind keine Auflistung von Verboten, sondern eher Hinweise, wie man bei Problemen gemeinschaftlichen Lebens verfahren soll. Was machst du, wenn jemand aufgrund seiner ständigen schlechten Laune permanent den Gemeinschaftsfrieden stört? Was machst du, wenn jemand einen Ehebruch begeht? Was machst du, wenn jemand ein anderes Stammesmitglied verletzt oder getötet hat? Anders als die Gesetze, die du kennst, Julie, wurden diese Gesetze niemals von einem speziell hierfür eingesetzten Komitee formuliert. Sie bildeten sich unter den Stammesmitgliedern vielmehr auf dieselbe Weise heraus, wie sich auch die Wettbewerbsstrategien herausbildeten – durch ein beständiges Aussondern dessen, was nicht funktionierte, dessen, was nicht den Bedürfnissen der Stammesmitglieder gerecht wurde - über Zehntausende von Jahren hinweg. Absolut gesehen sind also die Ells selbst die Gesetze der Ells. Oder besser noch, die Gesetze eines jeden Stammes repräsentieren den Willen des Stammes. Ihre Gesetze sind für sie im Kontext ihrer Kultur absolut sinnvoll. Die Gesetze der Ells hätten für die Emms keinen Sinn, aber was macht das schon? Die Emms haben ihre eigenen Gesetze, die für sie äußerst sinnvoll sind, obwohl sie sich von denen der Ells oder anderer deutlich unterscheiden.

Es wird dir schwerfallen, dir so etwas vorzustellen, aber die Gesetze eines jeden Stammes sind für diese Gemeinschaft vollkommen ausreichend. Da sie während der gesamten Zeit, seit der jeweilige Stamm besteht, formuliert wurden, also über Tausende von Jahren hinweg, ist es nahezu undenkbar, daß irgendeine Situation entstehen könnte, mit der man nicht schon einmal konfrontiert wurde. Für jede Generation gibt es nichts Wichtigeres, als das Gesetz in seiner Gesamtheit als gültig anzuerkennen. Die Jugend einer jeden Generation wird auf diese Weise vom Willen des Stammes durchdrungen. Die Stammesgesetze stehen dafür, was es bedeutet, ein Ell oder ein Kah zu sein. Sie sind nicht wie eure Gesetze, Julie, die größtenteils nutzlos sind, weitgehend ignoriert und verachtet werden und steten Veränderungen ausgesetzt sind. Es sind Gesetze, die das leisten, was Gesetze leisten sollen, Jahr um Jahr, Generation um Generation, Zeitalter um Zeitalter.«

»Tja«, sagte ich, »das klingt großartig, aber irgendwie klingt es auch nach Stillstand, wenn ich ehrlich bin.«

Ismael nickte. »Natürlich möchte ich, daß du ehrlich bist, Julie. Immer. Vergiß jedoch nicht, daß diese Gesetze in jedem Fall den Willen des Stammes widerspiegeln, nicht den Willen irgendeines Außenstehenden. Niemand zwingt die Mitglieder des Stammes, diese Gesetze zu übernehmen. Kein Gericht wird sie ins Gefängnis schicken, wenn sie ihr Erbe über Bord werfen. Es steht ihnen vollkommen frei, dieses Erbe jederzeit aufzugeben.

Es bleibt mir nur noch eines, bevor wir für heute den Unterricht beenden, und das ist, mit dir den Wettbewerb unter den Cakas zu untersuchen. Die Verhaltensmuster, die sich bei ihnen herausgebildet haben, sind jenen der Bakas sehr ähnlich. Innerhalb des Stammes ist es für jedes Individuum von Vorteil, wenn es den Stamm unterstützt und verteidigt. Auch wenn jedes Stammesmitglied dieselben Ressourcen braucht, ist der beste Weg zur Sicherung des eigenen Überlebens der, mit anderen Stammesmitgliedern zusammenzuarbeiten. Wie bei den Bakas, bei denen Horde mit Horde konkurriert, konkurriert bei den Cakas Stamm mit Stamm. Wir stellen fest, daß jetzt zu den Strategien, die wir bereits kennen, eine neue Strategie hinzugekommen ist. Dies könnte als eine Strategie der unberechenbaren Vergeltung bezeichnet werden: Zahlt mit gleicher Münze zurück, aber seid nicht zu berechenbar.

In der Praxis bedeutet die Forderung ›Zahlt mit gleicher Münze zurück‹ folgendes: Wenn die Emms euch in Ruhe lassen, laßt sie auch in Ruhe. Aber wenn die Emms euch nicht in

Ruhe lassen, dann laßt auch ihr ihnen keine Ruhe. ›Seid nicht zu berechenbar‹ bedeutet: Wenn die Emms euch in Ruhe lassen, ist es nicht schlecht, wenn ihr von Zeit zu Zeit eine feindselige Aktion gegen sie startet. Sie werden natürlich Vergeltung üben und es euch mit gleicher Münze zurückzahlen, aber das ist nur der Preis dafür, sie wissen zu lassen, daß ihr noch da seid und nicht wehrlos geworden seid. Wenn ihr dann quitt seid, könnt ihr zu einem großen Versöhnungsfest zusammenkommen, um eure ewige Freundschaft zu feiern und ein bißchen zu kuppeln (denn es wäre natürlich falsch, sich immer nur innerhalb eines einzigen Stammes fortzupflanzen).

Obwohl die Strategie der ›unberechenbaren Vergeltung‹ ziemlich aggressiv klingen mag, ist sie tatsächlich eine Strategie, die der Friedenserhaltung dient. Stell dir zwei Leute vor, die sich darüber streiten, ob sie ins Kino oder ins Theater gehen sollen. Anstatt den Streit mit den Fäusten zu entscheiden, werfen sie eine Münze, wobei sie vorher vereinbart haben, daß sie bei Kopf ins Kino gehen und bei Zahl ins Theater. Demselben Zweck dient es, wenn man übereinkommt, anzugreifen, wenn man Bewohner eines Reviers ist, und zu fliehen, wenn man der Eindringling ist. Wenn beide Parteien derselben Strategie folgen, wird eine tätliche Auseinandersetzung tatsächlich vermieden werden. Trotzdem wirst du bei den Jotts, den Kahs, den Ells, den Emms, den Enns, den Ohs und so weiter beobachten, daß sie sich miteinander in einem mehr oder weniger konstanten, aber auf einem sehr niedrigen Niveau schwelenden Fehdezustand befinden. Ich meine dabei keine täglichen, nicht einmal monatliche Auseinandersetzungen, obwohl Grenzscharmützel tatsächlich in dieser Häufigkeit vorkommen. Ich meine damit, daß sich jeder Stamm in einem Zustand der ständigen Wachsamkeit befindet. Und ein- oder zweimal im Jahr wird jeder Stamm einen Angriff auf einen oder mehrere seiner Nachbarn unternehmen. Einem Angehörigen deiner Kultur wird dies verwirrend erscheinen. Ein Angehöriger deiner Kultur wird wissen wollen, wann die Cakas endlich ihre Streitigkeiten beilegen und lernen, in Frieden miteinander zu leben. Und die Antwort lautet, daß die Cakas ihre Differenzen beilegen und lernen, in Frieden miteinander zu leben, sobald Stichlinge ihre Streitigkeiten beilegen und lernen, in Frieden miteinander zu leben, und sobald See-Elefanten ihre Streitigkeiten beilegen und lernen, miteinander in Frieden zu leben. Mit anderen Worten; die Wettbewerbsstrategien, die die Cakas verfolgen, dürfen genausowenig als Störungen, als Charakterschwächen, als dringend zu lösende Probleme angesehen werden wie die Wettbewerbsstrategien der Weißfußmäuse, Wölfe oder Elche. Sie sind alles andere als Schwächen, die ausgemerzt werden müssen. Sie sind vielmehr das, was übrigbleibt, wenn alle anderen Strategien geprüft und als untauglich aussortiert wurden. Kurz gesagt, sie sind evolutionär stabil. Sie funktionieren und leisten den Cakas gute Dienste. Sie sind über Millionen von Jahren hinweg erprobt worden, und jede andere Strategie ist als Mißerfolg verworfen worden.«

»Puh«, seufzte ich. »Das klingt nach einem echten Höhepunkt.«

»Das ist es auch«, erwiderte Ismael. »Ein letzter Punkt, und wir können für heute Schluß machen. Warum vergelten die Enns die Angriffe ihrer Nachbarn nur und zetteln bloß gelegentlich selbst einen Angriff an? Warum gehen sie nicht einfach einen Schritt weiter und vernichten ihre Nachbarn?«

»Warum sollten sie das tun?«

Ismael schüttelte den Kopf. »Das ist nicht die richtige Frage, Julie. Es spielt keine Rolle, warum sie es tun sollten. Die Frage lautet: Warum würde es nicht funktionieren? Vielleicht würde es ja auch funktionieren. Vielleicht würde es sogar besser funktionieren als die andere Strategie. Anstatt die Emms nur zu überfallen, gehen die Jotts diesmal hin und töten sie alle.«

»Das verändert das Spiel vollkommen«, sagte ich.

»Weiter.«

»Das wäre, als würde man vorher vereinbaren, eine Münze zu werfen und sich dann nicht an die Regeln halten.«

»Warum ist das so, Julie?«

»Weil die Emms keine Vergeltung mehr üben können, wenn du sie auslöschst. Das Spiel heißt, ›Du weißt, ich werde Vergeltung üben, wenn du mich angreifst, und ich weiß, daß du Vergeltung übst, wenn ich dich angreife.‹ Aber wenn ich dich auslösche, kannst du keine Vergeltung mehr üben. Das Spiel ist aus.«

»Das ist richtig. Aber was geschieht dann, Julie? Nehmen wir einmal an, die Jotts haben die Emms vernichtet. Wie werden die Kahs, die Ells, die Enns und die Ohs das sehen?«

Endlich dämmerte es mir. »Ich verstehe jetzt, worauf du hinauswillst«, sagte ich zu ihm. »Sie werden sagen, ›Wenn die Jotts anfangen, ihre Gegner zu vernichten, dann müssen wir ihnen gegenüber eine neue Strategie anwenden. Wir können es uns nicht leisten, sie zu behandeln, als würden sie immer noch unberechenbare Vergeltung spielen. Weil sie das nämlich nicht tun. Wir müssen sie behandeln, als würden sie Vernichtung spielen, ansonsten vernichten sie höchstwahrscheinlich als nächstes uns selbst.«

»Und wie müssen sie sie behandeln, wenn sie Vernichtung spielen?«

»Das kommt darauf an, würde ich sagen. Wenn die Jotts wieder dazu zurückkehren, unberechenbare Vergeltung zu spielen, dann könnten sie wahrscheinlich einfach alles beim alten lassen. Aber wenn die Jotts weiter Vernichtung spielen, dann werden sich die anderen gegen die Jotts verbünden müssen und die Jotts vernichten.«

Ismael nickte. »Und das ist genau das, was die Indianer taten, als die weißen Siedler schließlich keinen Zweifel mehr daran ließen, daß sie mit ihnen niemals etwas anderes als Vernichtung spielen würden. Die Indianer versuchten, alte Streitigkeiten zwischen den Stämmen zu begraben und sich gegen die Siedler zu verbünden – aber das taten sie viel zu spät.«

Unterbrechung

Irgendwie habe ich das Gefühl, ich sollte zwischen den einzelnen Sitzungen in Raum 105 ein musikalisches Intermezzo darbieten oder ein paar tiefschürfende Gedanken oder so etwas präsentieren, so daß die Leute aufstehen und sich strecken, auf die Toilette gehen und sich einen Happen zu essen holen können. Ich muß zugeben, daß Alan das später in seinem Buch wirklich gut hingekriegt hat, aber er ist schließlich auch Schriftsteller. Also sollte er das auch gut hinkriegen. Ich hingegen könnte bestenfalls ein kleines Stepptänzchen zum besten geben.

Nein, die Wahrheit ist, daß ich schlicht und einfach zu faul bin. Ich will nicht darüber nachdenken, was in den achtundvierzig Stunden zwischen der Sitzung, die ich eben wiedergegeben habe, und der nächsten mit mir geschah.

Nein, das ist auch nicht richtig. In Wirklichkeit will ich nicht, daß irgend jemand erfährt, was mit mir geschah. Es war zu wichtig für mich. Ismael krempelte mein Innerstes total um, und diese Erfahrung könnte ich mit niemandem teilen. Ich kann es immer noch nicht.

Ich bewundere auch, wie Alan jeden seiner Besuche bei Ismael zu einem richtigen Ereignis macht. So weit ich mich erinnern kann, ging ich bei meinem nächsten Besuch bei Ismael einfach ins Zimmer und setzte mich in meinen Sessel. Ismael blickte auf und warf mir einen fragenden Blick zu.

Ich erwiderte seinen Blick und fragte ihn dann höflich: »Ist das Sellerie?«

Er sah stirnrunzelnd auf den Stengel, den er in der Hand hielt. »Das ist Sellerie«, erwiderte er feierlich.

»Für mich ist Sellerie etwas, das mit Thunfischsalat garniert auf Bridgepartys serviert wird.«

Ismael dachte einen Moment darüber nach, dann sagte er: »Für mich ist Sellerie etwas, das wir Gorillas fressen, wenn wir in der Wildnis darauf stoßen, was von Zeit zu Zeit geschieht. Ihr habt das nicht erfunden, weißt du?«

Und so begann diese Sitzung.

Als das lockere Geplänkel vorüber war, sagte ich: »Ich bin mir nicht sicher, was ich aus deiner Geschichte über die Akas, die Bakas und die Cakas herauslesen soll. Soll ich dir sagen, was ich glaube?«

»Ja, bitte.«

»Mit den Cakas hast du die Menschen beschrieben, so wie sie hier auf der Erde vor zehntausend Jahren lebten.«

Ismael nickte. »Und wie sie dort, wo die Angehörigen eurer Kultur sie noch nicht vernichtet haben, immer noch leben.«

»Aber warum das Ganze mit den Akas, Bakas und Cakas?«

»Ich werde dir meine Überlegungen darlegen, und vielleicht erscheinen sie dir auch plausibel. Die Wettbewerbsstrategie der Naturvölker, so wie wir sie heute kennen, entspricht in etwa der Strategie der unberechenbaren Vergeltung: Zahlt mit gleicher Münze heim, aber seid nicht zu berechenbar. Bei ihnen läßt sich auch heute noch genau das beobachten, was ich über die Cakas sagte: Jeder Stamm lebt in einem Zustand der ständigen Wachsamkeit und in einem Zustand eines mehr oder weniger beständigen, aber auf sehr niedrigem Niveau ausgetragenen Konfliktes mit seinen Nachbarn. Wenn Nehmer-Völker – also Angehörige deiner Kultur – ihnen begegnen, interessiert es sie natürlich nicht, warum diese Völker so leben, ob eine solche Lebensweise in jedem Bezugssystem sinnvoll wäre oder ob sie bei ihnen funktioniert. Sie sagen einfach: Diese Lebensweise ist barbarisch, und wir werden sie nicht tolerieren. Es käme ihnen zwar niemals in den Sinn zu versuchen, Weißfußmäuse, Bergziegen oder See-Elefanten von der ihnen eigenen Lebensweise abzubringen zu versuchen, aber sie halten sich natürlich für die einzigen, die wissen, wie die Menschen leben sollen.«

»Das stimmt«, bekannte ich.

»Die nächste Frage, mit der wir uns befassen werden, lautet: Wie lange leben Naturvölker schon so? Es gibt keinen Grund für die Annahme, daß diese Lebensweise bei den Naturvölkern eine Neuheit ist – nicht mehr, als man annehmen kann, daß der Winterschlaf eine Neuheit bei den Bären, die Wanderzeit bei den Zugvögeln oder das Dammbauen bei den Bibern eine Neuheit ist. Im Gegenteil. Was wir in der Wettbewerbsstrategie von Naturvölkern erkennen können, ist eine evolutionär stabile Strategie, die sich über Hunderttausende von Jahren, vielleicht sogar über Millionen von Jahren hinweg entwickelt hat. Ich kann auch nicht mit Bestimmtheit sagen, wie sich diese Strategie tatsächlich entwickelt hat. Ich kann dir nur eine Theorie anbieten, wie sie sich entwickelt haben könnte. Das Endstadium der Strategie steht unzweifelhaft fest, aber wie es zu diesem Endstadium kam, wird vielleicht immer eine Vermutung bleiben. Hilft dir das?«

»Ja. Aber sag mir bitte erst einmal, auf welchem Abschnitt der Hauptstraße wir uns jetzt gerade befinden.«

»Wenn du dich unter den Naturvölkern umsiehst, wirst du feststellen, daß sie nicht zum Himmel sehen, um herauszufinden, wie sie leben sollen. Sie brauchen weder Engel noch Raumfahrer, die ihnen Weisheit bringen. Sie wissen, wie sie leben sollen. Ihre Gesetze und ihre Bräuche geben ihnen einen äußerst detaillierten und befriedigenden Leitfaden an die Hand. Wenn ich das sage, meine ich jedoch nicht, daß die Akoa-Pygmäen Afrikas, die Ninivak-Insulaner Alaskas oder die Binndibu Australiens zu wissen glauben, wie alle Menschen zu leben haben. Nichts dergleichen. Alles, was sie wissen, ist, daß sie für sich eine Lebensweise gefunden haben, mit der sie vollkommen zufrieden sind. Die Vorstellung, daß es eine einzige universell richtige Lebensweise für alle Menschen auf diesem Planeten geben könnte, käme ihnen absolut lächerlich vor.«

»Mag sein«, sagte ich, »aber wo befinden wir uns gerade?«

»Wir befinden uns immer noch auf der Hauptstraße, Julie. Wir versuchen herauszufinden, warum sich deine Kultur von der dieser Naturvölker unterscheidet. Die Kultur der Naturvölker sucht die Antwort auf die Frage, wie man leben soll, bei sich selbst. Wir versuchen herauszufinden, warum dieses Wissen bei den Angehörigen deiner Kultur verlorengegangen ist, so daß sie sich jetzt an Götter, Engel, Propheten, Raumfahrer oder die Geister Verstorbener wenden müssen, um herauszufinden, wie sie leben sollen.«

»Jetzt bin ich wieder im Bilde.«

»Ich sollte dich darauf aufmerksam machen, daß die Leute dir erzählen werden, ich hätte dir einen romantisch verklärten Eindruck von den Naturvölkern vermittelt. Diese Leute glauben, Mutter Kultur würde unzweifelhaft die Wahrheit sprechen, wenn sie lehrt, daß die Menschen mit einem angeborenen Fehler behaftet und zum Elend verdammt sind. Sie sind sicher, daß an der Lebensweise eines jeden Naturvolkes alles mögliche falsch sein muß, und natürlich haben sie recht – wenn du ›falsch‹ als das definierst, das du selbst nicht magst. In jeder der Kulturen, die ich genannt habe, findest du Dinge, die du als ekelhaft, unmoralisch oder abstoßend empfinden wirst. Wann immer Anthropologen einem Naturvolk begegnen, begegnen sie zufriedenen Menschen, die sich nicht lauthals und ständig darüber beklagen, daß sie sich elend fühlen oder von irgend jemandem schlecht behandelt werden, die nicht haßerfüllt sind und die nicht ständig gegen Depressionen, Ängste und das Gefühl der Entfremdung ankämpfen.

Diejenigen, die sich einbilden, ich würde dieses Leben romantisch verklären, verstehen nicht, daß jede einzelne erhalten gebliebene Stammeskultur nur deshalb noch existiert, weil sie Jahrtausende lang überlebt hat. Und so lange hat sie nur deshalb überlebt, weil ihre Angehörigen mit ihr zufrieden sind. Es mag durchaus sein, daß sich Stammesgemeinschaften gelegentlich auf eine Art und Weise entwickelten, die für ihre Mitglieder unerträglich wurde, aber wenn dem so war, dann verschwanden diese Gemeinschaften, und zwar schlicht und einfach deshalb, weil die Menschen keinen zwingenden Grund sahen, diese Gemeinschaft noch länger aufrechtzuerhalten. Es gibt nur einen einzigen Weg, wie man Menschen auf Dauer zwingen kann, eine unerträgliche Lebensweise zu akzeptieren.«

»Ja«, sagte ich. »Man muß die Nahrung wegsperren.«

Der Fruchtbare Halbmond

»Wir sind jetzt für das dritte und letzte Beispiel bereit, Julie, und das spielt vor zehntausend Jahren im Fruchtbaren Halbmond. Es war dies keineswegs eine öde Gegend – ich meine, sie war nicht menschenleer. In jenen Tagen war der Fruchtbare Halbmond nicht eine Wüste, wie er es heute ist, sondern ein Garten. Es lebten dort schon seit mindestens hunderttausend Jahren Menschen. Wie neuzeitliche Jäger und Sammler betrieben diese Menschen bis zu einem gewissen Ausmaß auch Ackerbau, und zwar in dem Sinn, daß sie das Nachwachsen der von ihnen bevorzugten Nahrung förderten. Wie auf Terpsichore hatte jedes Volk seine eigene Ansicht vom Ackerbau. Einige verwendeten nur ein paar Minuten pro Woche auf die Feldarbeit. Andere hatten gern mehr von ihrer Lieblingsnahrung zur Verfügung, also arbeiteten sie ein paar Stunden pro Woche auf dem Feld. Wieder andere sahen keinen Grund, weshalb sie nicht hauptsächlich von ihrer Lieblingsnahrung leben sollten, also verwendeten sie eine oder zwei Stunden pro Tag darauf. Du erinnerst dich bestimmt, in der Geschichte von Terpsichore habe ich all diese Leute Lasser genannt. Wir können diesen Namen für ihre irdischen Gegenstücke durchaus übernehmen, da auch sie sich in der Obhut der Götter wähnten und denen alles überließen.

Genau wie auf Terpsichore sagte sich schließlich eine Gruppe von Lassern: Warum sollten wir nur teilweise von der Nahrung leben, die wir bevorzugen? Warum leben wir nicht ausschließlich davon? Wir müssen nur dem Pflanzen, dem Jäten, der Tierzucht und all dem mehr Zeit widmen. Also ging diese Gruppe dazu über, mehrere Stunden pro Tag auf dem Feld zu arbeiten. Ihr Entschluß, Vollzeit-Ackerbauern zu werden, muß nicht zwangsläufig in einer einzigen Generation gereift sein. Er kann sich langsam, über Dutzende von Generationen hinweg entwickelt haben oder aber rasch über nur drei oder vier Generationen. Beide Szenarien wären vorstellbar. Aber ob nun langsam oder schnell, es gab im Fruchtbaren Halbmond ein Naturvolk, das definitiv zum Vollzeit-Ackerbauern überging. Jetzt möchte ich, daß du mir sagst, welche Auswirkungen das auf die verschiedenen anderen Völker hatte.«

»Was meinst du damit?«

»Beim letzten Mal haben wir viel Zeit darauf verwendet, den intraspezifischen Wettbewerb zu untersuchen – verschiedene Strategien, die es den Konkurrenten erlauben, Konflikte zu lösen, ohne wegen jeder Kleinigkeit einen tödlichen Kampf austragen zu müssen. Zum Beispiel sagte die Territorialstrategie: ›Wenn ihr in dem Territorium wohnt, greift an, wenn ihr Eindringlinge seid, lauft weg.‹«

»Ja, das ist mir klar.«

»Also: Sag mir, was mit den Völkern im Fruchtbaren Halbmond geschah.«

»Ich nehme an, sie haben unberechenbare Vergeltung gespielt. ›Zahlt mit gleicher Münze heim, aber seid nicht zu berechenbar.‹«

»Richtig. Wie ich dargelegt habe, besteht kein Grund zu der Annahme, daß sich die Naturvölker vor zehntausend Jahren anders verhielten, als sie es heute tun. Sie waren stets kampfbereit, zahlten mit gleicher Münze heim und stifteten gelegentlich selbst ein bißchen Unruhe, nur damit niemand in Versuchung kam zu glauben, daß sie schwach und wehrlos seien. Nun wird diese Strategie aufgrund der Tatsache, daß ein Volk sich ganz auf den Ackerbau spezialisiert, an sich nicht hinfällig. In der Neuen Welt gab es Vollzeit-Ackerbauern, die sehr gut mit dieser Strategie lebten und weder ihre Nachbarn unterwarfen noch von ihnen unterworfen wurden. Aber dann begann vor zehntausend Jahren eine Gruppe von Vollzeit-Ackerbauern an irgendeinem Punkt im heutigen Nahen Osten ihre Nachbarn doch zu unterwerfen.

Wenn ich sage, sie unterwarfen ihre Nachbarn, dann meine ich, daß sie ihren Nachbarn genau das antaten, was ihre europäischen Nachfahren schließlich den Eingeborenenvölkern der Neuen Welt antaten. Als die ersten europäischen Siedler in Nordamerika landeten, folgten die Ureinwohner natürlich immer noch der Strategie der unberechenbaren Vergeltung. Die hatte bei ihnen vom Anbeginn der Zeit an funktioniert, und so wendeten sie sie auch bei den Neuankömmlingen an. Was diese, um es milde auszudrücken, ziemlich verwirrte. Gerade, als sie glaubten, alles geregelt zu haben, schlugen die Ureinwohner plötzlich brutal und ohne provoziert worden zu sein (genau wie sie dies untereinander gewöhnt waren) zu. In den Augen der amerikanischen Ureinwohner war dies absolut logisch, hatte ein solches Verhalten doch, seit sie denken konnten, bei ihnen immer sehr gut funktioniert. Die weißen Siedler bekamen also immer mehr Respekt vor der Unberechenbarkeit der Ureinwohner. Schließlich aber war die Zahl der Siedler so groß, daß sie sich über diese Strategie hinwegsetzen konnten. In manchen Fällen assimilierten sie die Ureinwohner. In anderen Fällen vertrieben sie sie, so daß die Ureinwohner gezwungen waren, ihre Heimat zu verlassen und in der Fremde zu sterben. Und in wieder anderen löschten sie sie einfach aus. In jedem Fall aber vernichteten sie sie als Stammesverband. Die Nehmer waren in keiner Weise daran interessiert, von Naturvölkern umgeben zu sein, die unberechenbare Vergeltung spielten – sowohl in der Neuen Welt als auch im Fruchtbaren Halbmond. Dir ist klar, weshalb.«

Ich nickte zustimmend.

»Als du letztes Mal hier warst, hast du erarbeitet, was passieren würde, wenn ein einzelner Stamm plötzlich dazu übergehen würde, nicht mehr unberechenbare Vergeltung, sondern Vernichtung zu spielen. Erinnerst du dich?«

»Ja. Seine Nachbarn würden sich gegen ihn verbünden, um ihm Einhalt zu gebieten.«

»Richtig, und normalerweise würde das auch perfekt funktionieren. Warum hat es bei den Nehmern im Fruchtbaren Halbmond nicht funktioniert?«

»Ich nehme an, aus genau dem Grund, aus dem es in der Neuen Welt nicht funktioniert hat. Die Nehmer waren in der Lage, unbegrenzten Nachschub von alldem zu produzieren, mit dem man Kriege gewinnt. Damit wurden sie für die Naturvölker unbesiegbar, selbst wenn die gemeinsam kämpften.«

»Ja, das stimmt. Völlig neue Gegebenheiten vermögen eine jede Strategie zu untergraben, selbst wenn die eine Million Jahre lang tadellos funktioniert hat. Ein Stamm mit buchstäblich unbegrenzten landwirtschaftlichen Ressourcen, der Vernichtung spielte, war gewiß etwas völlig Neues. Die Nehmer waren unschlagbar, und das brachte sie dazu, sich einzubilden, sie wären als Lenker des menschlichen Schicksals berufen. Das ist natürlich noch immer so.«

»Zweifelsohne.«

»Ich will deinen Blick jetzt auf die Revolution in ihrem fünfzigsten Jahr lenken. Die Nehmer haben bereits vier Stämme im Norden unterworfen, sagen wir einmal die Hullas, die Puala, die Cario und die Albas. Die Puala lebten schon vor der Unterwerfung hauptsächlich von der Landwirtschaft, also war die neue Lebensweise für sie keine besonders einschneidende Veränderung. Die Hullas waren im Gegensatz dazu Jäger und Sammler, die allenfalls in minimalem Umfang dem Ackerbau nachgingen. Die Albas waren schon seit längerer Zeit Hirten und Sammler. Und die Cario hatten ein paar für sie wichtige Früchte kultiviert und ihren Speiseplan durch Jagen und Sammeln ergänzt. Bevor sie von den Nehmern unterworfen wurden, hatten diese Stämme auf die bereits bekannte Art und Weise koexistiert, hatten mit gleicher Münze heimgezahlt und die anderen von Zeit zu Zeit überfallen. Nur um sicherzugehen, daß du es nicht vergessen hast, frage ich dich jetzt noch einmal, wozu genau die Strategie der unberechenbaren Vergeltung dient.«

»Sie sind Konkurrenten. Diese Strategie sorgt dafür, daß sie einander gleichgestellt bleiben.«

»Aber die Nehmer machten dem Spiel der unberechenbaren Vergeltung ein Ende. Denn ihr Plan lautete: Die Hullas, die Puala, die Cario und die Albas sollen jetzt auch Nehmer werden, denn das ist die einzig richtige Art und Weise, wie die Menschen leben sollen, nicht wahr?«

»Ja.«

»Also ist es jetzt mit der Strategie der unberechenbaren Vergeltung vorbei.«

»Natürlich.«

»Aber wer oder was sorgt jetzt dafür, daß sie einander gleichgestellt sind?«

»Puh«, stöhnte ich. »Das ist eine gute Frage. Vielleicht gibt es jetzt nichts mehr, worum sie konkurrieren müssen?«

Ismael nickte begeistert. »Das ist eine ausgesprochen interessante Idee, Julie. Und wie kam es deiner Meinung nach dazu?«

»Nun, sie stehen jetzt gewissermaßen alle auf derselben Seite.«

»Anders gesagt, das Stammessystem war in Wirklichkeit vielleicht eher der Grund für die Konkurrenz als eine Methode, mit Konkurrenzsituationen fertig zu werden. Mit dem Verschwinden der einzelnen Stämme gibt es keine Konkurrenzsituation mehr und es zieht Friede auf Erden ein.«

Ich erklärte ihm, daß mir das mit dem Frieden auf Erden nicht bekannt war.

»Sagen wir, du bist eine Cario. Es war ein trockener Sommer, Julie, und eure Nachbarn im Norden, die Hullas, haben einen Fluß gestaut, dessen Wasser ihr für eure Ernte dringend braucht. Zuckt ihr einfach mit den Achseln und laßt eure Ernte verdorren, da ihr ja alle auf derselben Seite steht?«

»Nein.«

»Also setzt die Tatsache, daß alle auf derselben Seite stehen, dem intraspezifischen Wettbewerb doch kein Ende. Wie gehst du also vor?«

»Vermutlich würde ich die Hullas bitten, ihren Damm wieder einzureißen.«

»Sicher. Und sie sagen: Nein danke. Wir haben den Fluß gestaut, weil wir das Wasser für unsere Felder brauchen.«

»Vielleicht könnten sie das Wasser ja irgendwie mit uns teilen.«

»Sie sagen, daran hätten sie kein Interesse. Sie würden alles Wasser brauchen, was sie bekommen können.«

»Ich könnte an ihre Fairneß appellieren.«

Ein heftiges Schnaufgeräusch drang durch die Glasscheibe zu mir. Ich blickte hoch und sah, daß Ismael herzhaft lachte. Als er sich wieder beruhigt hatte, meinte er: »Ich bin sicher, das war als Scherz gemeint.«

»Na ja, wahrscheinlich.«

»Gut. Was wirst du also in bezug auf den Damm unternehmen, Julie?«

»Vermutlich werden wir einen Krieg beginnen.«

»Das wäre natürlich eine Möglichkeit.«

»Da kommt mir aber noch ein Gedanke. Mir scheint, daß es zwischen den Cario und den Hullas auch zu diesem Konflikt hätte kommen können, bevor sie zu Nehmern wurden.«

»Durchaus möglich«, sagte Ismael. »Was, sagte ich, waren die Hullas, bevor sie Vollzeit-Ackerbauern wurden? Bei deinem ausgezeichneten Gedächtnis erinnerst du dich bestimmt daran.«

»Sie waren Jäger und Sammler.«

»Warum sollten Jäger und Sammler einen Fluß stauen, Julie? Sie haben keine Felder, die sie bewässern könnten.«

»Stimmt. Aber sagen wir einmal, nur um der Diskussion willen, daß sie Ackerbauern waren.«

»In Ordnung. Aber soweit ich mich erinnere, waren die Cario nur zum Teil Ackerbauern. Einen Fluß zu verlieren, würde keine existentielle Bedrohung ihrer Lebensweise darstellen.«

»Stimmt auch wieder«, sagte ich. »Aber sagen wir, wieder nur um der Diskussion willen, daß sie Vollzeit-Ackerbauern waren.«

»Also gut. Dann würden die Cario zu einer sehr brutalen und sehr unvorhersehbaren Vergeltung greifen. Angesichts dessen müßten die Hullas dann entscheiden, ob ihnen das ihr Staudamm wert ist.«

»Also gibt es in jedem Fall Krieg«, sagte ich zu ihm. »Daß sie Nehmer wurden, hat daran nichts geändert.«

Ismael schüttelte den Kopf. »Gerade eben hast du gesagt, daß du als Cario wegen des gestauten Flusses einen Krieg beginnen würdest. Ist ›einen Krieg beginnen‹ dasselbe wie Vergeltung?«

»Nein, vermutlich nicht.«

»Worin siehst du den Unterschied?«

»Vergeltung zu üben heißt, mit gleicher Münze zurückzuzahlen. Einen Krieg zu beginnen heißt, jemanden zu besiegen, damit er tut, was du willst.«

»Selbst wenn man sagen kann, daß es in jedem Fall Krieg gibt, handelt es sich also um unterschiedliche Arten von Krieg mit unterschiedlichen Zielen. Das Ziel der Vergeltung ist, den anderen zu zeigen, daß du nett sein kannst oder gemein, je nachdem, ob sie nett oder gemein sind. Wenn du dagegen einen Krieg beginnst, ist dein Ziel, die anderen zu besiegen und sie deinem Willen zu unterwerfen. Das sind höchst unterschiedliche Ziele. Bei der unberechenbaren Vergeltung ging es zweifellos um ersteres, nicht um letzteres.«

»Ja, das stimmt wohl.«

Ismael schwieg einen Augenblick, dann fragte er mich, ob ich bei den Nehmern von heute noch irgendwo die Praxis der unberechenbaren Vergeltung erkennen könnte. Nachdem ich eine Weile darüber nachgedacht hatte, sagte ich ihm, daß sie noch bei den Fehden von Jugendgangs praktiziert würde.

»Das ist wirklich sehr scharfsinnig, Julie. Die unberechenbare Vergeltung ist genau die Strategie, die sie anwenden, um untereinander gleichgestellt zu bleiben. Und was wollen Angehörige deiner Kultur mit Jugendgangs machen?«

»Sie wollen sie sicher verbieten. Sie abschaffen.«

»Natürlich«, sagte Ismael und nickte. »Aber es gibt gerade jetzt auch noch andere Auseinandersetzungen, bei denen die Kontrahenten eine Strategie der unberechenbaren Vergeltung verfolgen, nicht wahr?«

»Oh«, sagte ich, »ja, ich glaube, ich weiß, was du meinst. Du meinst diese Verrückten in Bosnien.«

»Richtig. Und was wollen die Angehörigen eurer Kultur mit ihnen machen?«

»Sie wollen sie am Kämpfen hindern.«

»Nein, sie wollen sie daran hindern, unberechenbare Vergeltung zu üben.«

»Genau.«

»Einen Krieg zu beginnen ist für euch akzeptabel, unberechenbare Vergeltung zu üben ist es aber nicht und war es auch nie. Gleich von Anfang an standen die Nehmer dieser Strategie der Naturvölker äußerst feindselig gegenüber. Ich vermute, das liegt an dem Umstand, daß sich die unberechenbare Vergeltung im wesentlichen selbst kontrolliert und einem Einfluß von außen gegenüber unempfänglich ist. Und Nehmer trauen nichts, was sich selbst kontrolliert. Sie wollen alles beeinflussen und können es nicht ertragen, wenn es etwas gibt, das sich ihrer Kontrolle entzieht.«

»Sehr wahr. Aber soll das heißen, wir sollen diese Leute in Ruhe lassen, damit sie das Ganze unter sich ausmachen?«

»Keineswegs, Julie. Du solltest inzwischen gemerkt haben, daß ich nicht so tue, als wüßte ich, was die Menschen machen sollen. Die unberechenbare Vergeltung ist nicht gut und ihre

Unterdrückung nicht schlecht. Was in diesem Teil der Welt geschieht, ist in einer katastrophenreichen Geschichte lediglich die jüngste Katastrophe, die in keiner Weise wiedergutgemacht werden kann.«

»Ja, so scheint es zu sein«, bemerkte ich.

»Da wir vorübergehend vom Weg abgekommen sind, würde ich gern darauf hinweisen, daß wir uns jetzt etwas Neuem zuwenden können. Wir haben herausgefunden, daß der Wettbewerb zwischen Angehörigen derselben Art notwendigerweise härter ist als der Wettbewerb zwischen den Angehörigen verschiedener Arten. Kardinalvögel stehen mit anderen Kardinalvögeln in größerer Konkurrenz als mit Eichelhähern oder Spatzen, und Menschen stehen mit anderen Menschen in härterer Konkurrenz als mit Bären oder Dachsen.«

»Ja.«

»Jetzt bist du in der Lage zu erkennen, daß die Konkurrenz zwischen Völkern mit derselben Lebensweise notwendigerweise härter ist als die Konkurrenz zwischen Völkern mit verschiedener Lebensweise. Ackerbauern stehen mit anderen Ackerbauern in größerer Konkurrenz als mit Jägern und Sammlern.«

»Stimmt«, sagte ich. »Also haben wir dadurch, daß wir eine Welt voller Ackerbauern geschaffen haben, den Grad der Konkurrenz auf ein Maximum erhöht.«

»Genauso stellt sich die Situation jetzt bei den Hullas, den Puala, den Cario und den Alba dar, Julie. Schon als sie eine unterschiedliche Lebensweise hatten, gab es unter ihnen große Konkurrenz. Nun leben sie alle auf dieselbe Weise, und deshalb sind sie jetzt gezwungen (weit davon entfernt, die Konkurrenz ausgemerzt zu haben), in noch heftigeren Wettbewerb miteinander zu treten.«

»Ja, das verstehe ich.«

»Bei unserer Untersuchung der Wettbewerbsstrategien haben wir gesehen, daß sie es den Konkurrenten möglich machen, Seite an Seite zu leben, ohne wegen jeder Kleinigkeit einen tödlichen Kampf austragen zu müssen. Die Hullas, die Puala, die Cario und die Albas können nicht mehr Seite an Seite leben und unberechenbare Vergeltung spielen. Diese Strategie gibt es jetzt nicht mehr. In Hinblick auf mein Beispiel mit dem aufgestauten Fluß hast du daraufhin keine andere Alternative gesehen als: ›Laßt uns einen Krieg beginnen.‹ Mit anderen Worten: ›Stürzen wir uns in einen tödlichen Kampf.‹ Aber ich bin sicher, du erkennst, daß es bei den Hullas, den Puala, den Cario und den Albas nicht funktionieren wird, wegen jeder Kleinigkeit einen Krieg zu beginnen.«

»Tatsächlich.«

»Die friedenssichernde Strategie der Vergangenheit war: Zahle mit gleicher Münze heim, aber sei nicht zu berechenbar. Die Nehmer haben diese Strategie unterbunden. Was boten sie als Ersatz dafür an?«

Ich überlegte ein paar Minuten angestrengt und sagte schließlich: »Ich nehme an, daß sich die Nehmer selbst anboten. Sie machten sich selbst zu den Friedenshütern.«

»Das haben sie tatsächlich gemacht, Julie. Sie ernannten sich zu den Verwaltern des Chaos, und damit sind sie noch heute beschäftigt, wobei sie Generation um Generation mit unterschiedlichem Erfolg improvisieren. Sie nahmen die Friedenssicherung am Anfang ihrer Revolution in ihre Hände, und dort liegt sie seitdem. Als sie in der Neuen Welt landeten, sicherte hier niemand den Frieden, wie du weißt. Der Frieden wurde vielmehr auf die traditionelle Weise gesichert, indem die Stämme mit gleicher Münze heimzahlten und unberechenbar blieben. Die Nehmer beendeten das Ganze, und jetzt liegt die Friedenssicherung in ihren fähigen Händen. Das Verbrechen ist ein Milliardengeschäft, Kinder dealen auf der Straße mit Drogen, und wild gewordene Bürger gehen haßerfüllt mit Schußwaffen aufeinander los.«

Der Fruchtbare Halbmond, Teil II

»Bevor die Hullas, die Puala, die Albas und die Cario von den Nehmern unterworfen wurden, hatte jeder Stamm seine eigene Art, Probleme zu lösen. Dies war das Geschenk Zehntausender von Jahren kultureller Erfahrung. Die Art der Hulla war nicht die der Puala, die der Puala nicht die der Alba, die der Alba nicht die der Cario. Das einzige, was diesen Methoden gemeinsam war, war, daß sie funktionierten – die Methode der Hullas bei den Hullas, die der Puala bei den Puala, die der Albas bei den Albas und die der Cario bei den Cario.

Für all diese Völker war es lebenswichtig, daß sie über Mittel und Wege verfügten, um mit den Menschen umzugehen, so, wie sie waren. Sie betrachteten die Menschen nicht als Wesen, die einen angeborenen Fehler haben, was jedoch nicht heißt, daß sie sie für Engel hielten. Sie wußten sehr wohl, daß die Menschen zerstörerisch, selbstsüchtig, geizig, grausam, gierig und gewalttätig sein können. Menschen sind sehr leidenschaftlich und widersprüchlich. Man braucht keine überragenden geistigen Fähigkeiten, um das zu erkennen. Ein System, das über Zehntausende von Jahren hinweg funktioniert, kann kein System sein, das nur bei Leuten funktioniert, die gleichbleibend sympathisch, hilfsbereit, selbstlos, großzügig, freundlich und sanft sind. Ein System, das über Zehntausende von Jahren hinweg funktioniert, muß ein System sein, das auch bei Leuten funktioniert, die unangenehm, zerstörerisch, selbstsüchtig, geizig, grausam und gewalttätig sein können. Leuchtet dir das ein?«

»Absolut.«

»Bei den Naturvölkern findest du keine Gesetze, die zerstörerisches Verhalten verbieten. Nach Ansicht dieser Völker wäre so etwas höchst albern. Statt dessen findest du dort Gesetze, die dazu dienen, den Schaden zu minimieren, den zerstörerisches Verhalten anrichtet. So würde zum Beispiel kein Naturvolk jemals ein Gesetz formulieren, das den Ehebruch verbietet. Statt dessen findest du Gesetze darüber, was zu geschehen hat, wenn ein Ehebruch stattgefunden hat. Die Gesetze schreiben vor, welche Schritte unternommen werden müssen, um den Schaden zu minimieren, der durch diesen Akt der Untreue angerichtet wurde. Einen Akt der Untreue, der nicht nur den Ehepartner verletzt hat, sondern auch die Gemeinschaft selbst, weil er den Wert der Ehe herabgesetzt hat. Wieder ist das Ziel nicht zu bestrafen, sondern das Ganze wieder in Ordnung zu bringen. Die Heilung zu fördern, damit man so schnell wie möglich wieder zur Normalität zurückkehren kann. Dasselbe gilt für tätliche Angriffe. Nach Ansicht der Naturvölker ist es zwecklos, den Menschen zu sagen: Ihr dürft euch niemals prügeln. Zweckmäßig hingegen ist es, genau zu regeln, was nach einer Schlägerei zu tun ist, damit jeder Beteiligte einen möglichst geringen Schaden davonträgt. Ich möchte, daß du erkennst, wie sehr sich das von den Folgen unterscheidet, die eure Gesetze bewirken. Eure Gesetze vergrößern und vervielfachen den Schaden, sie stiften sozialen Unfrieden, zerstören Familien, ruinieren Leben und lassen Opfer zurück, die sich selbst überlassen bleiben.«

»Das erkenne ich sehr wohl«, sagte ich zu ihm.

»Wie aus dem bisher Gesagten klargeworden ist, gab es einen einzigen Imperativ, der für jeden einzelnen Stamm galt: Greift andere Stämme an, verteidigt euch gemeinsam vor Angriffen. Mit anderen Worten: Trotz aller interner Streitereien und Fehden hielt der Stamm gegen den Rest der Welt zusammen. Wenn du ein Hulla bist, ist es großartig, Cario oder Puala anzugreifen. Andere Hullas anzugreifen wäre Unsinn.

Wenn du ein Cario bist, ist es großartig, Hullas oder Puala anzugreifen, aber andere Cario anzugreifen, wäre Unsinn. Verstehst du, warum das so ist?«

»Ich denke schon. Wenn das Gesetz der Cario die Cario ermuntern würde, sich gegenseitig anzugreifen, dann würden die Cario als Stamm schließlich untergehen. Und wenn das Gesetz der Cario den Cario verbieten würde, Hullas oder Puala anzugreifen, dann wäre es mit der Strategie der unberechenbaren Vergeltung vorbei, und die Cario würden als Stamm schließlich ebenfalls untergehen.«

»Genau. Zu Beginn eurer Revolution war dein Stamm, den ich als Stamm der Nehmer bezeichnet habe, genau wie die Hullas, die Puala, die Albas und die Cario – in der Tat wie die anderen zehntausend, die es zu jener Zeit auf diesem Planeten gab. Ich meine damit, daß die Nehmer eine Lebensweise hatten, die bei ihnen gut funktionierte, und daß sie über eine Reihe von Gesetzen verfügten, die sie in die Lage versetzten, mit zerstörerischem Verhalten in ihrer Mitte wirkungsvoll umzugehen. Was passierte deiner Meinung nach mit dieser ursprünglichen Lebensweise, die bei den Nehmern gut funktionierte?«

»Ich kann es mir nicht vorstellen«, sagte ich.

»Sehen wir einmal, ob wir es uns gemeinsam vorstellen können, Julie. In einem Punkt können wir uns sicher sein: Nichts in der Lebensweise der Nehmer als Stamm bereitete sie auf die Verantwortung vor, die sie auf sich nahmen, als sie begannen, ihre Nachbarn zu unterwerfen.«

»Woher willst du das wissen?«

»Die Stammeskultur zeigte den Menschen, wie sie mit Dingen fertig wurden, die seit Anbeginn der Zeit passiert waren. Sie zeigte ihnen jedoch nicht, wie sie mit etwas fertig wurden, was in der gesamten Stammesgeschichte noch nie geschehen war – und eure Revolution war etwas ganz Neues. Die Menschen hatten seit Anbeginn der Zeit miteinander im Wettbewerb und im Widerstreit gestanden. Die Stämme wußten sich zu behaupten, indem sie unberechenbare Vergeltung spielten. Jetzt aber wurde ein einziger Stamm von einem Drang getrieben, den Menschen noch nie zuvor gespürt hatten. Er wollte eine Art von Macht ausüben, die noch niemand zuvor ausgeübt hatte. Die Nehmer, deren Population angesichts ihres Nahrungsüberflusses unaufhaltsam expandierte, waren nicht mehr daran interessiert, sich gegen ihre Nachbarn nur zu behaupten. Sie mußten jetzt mehr Menschen ernähren, brauchten mehr Land und hatten die Macht, ihre Nachbarn zu unterwerfen – sie zu assimilieren, davonzujagen oder auszulöschen (es war ihnen dabei egal, welche dieser drei Alternativen sie wählten). Aber als sie ihre Nachbarn erst einmal unterworfen hatten, befanden sie sich plötzlich auf völlig unbekanntem Terrain. Was sollten sie mit ihnen anstellen? Eins war jedoch sicher: Sie würden ganz gewiß nicht unberechenbare Vergeltung mit ihnen spielen. Das hätte nicht den geringsten Sinn ergeben. Und sie würden ihnen auch nicht erlauben, untereinander weiter unberechenbare Vergeltung zu spielen. Das hätte ebenfalls keinen Sinn ergeben. Weißt du, warum?«

»Ja, ich denke schon. Die unberechenbare Vergeltung ist eine Strategie, um einander gleichgestellt und voneinander unabhängig zu bleiben. Und gerade dagegen hatten die Nehmer etwas einzuwenden. Sie wollten nicht, daß die Hullas, die Puala und die Cario unabhängige Stammesverbände bleiben, die ständig miteinander kämpften.«

»Wie lautete das alte Gesetz der Nehmer in bezug auf das Kämpfen? Ich meine das Gesetz, dem sie vor der Revolution gehorchten.« Als er meinen verständnislosen Blick sah, fügte er hinzu: »Es ist ein Gesetz, das alle Naturvölker befolgten.«

»Oh! Du meinst: Bekämpft eure Nachbarn, aber nicht euch selbst.«

»Richtig. Dies war das Gesetz, dem jeder Stamm im Fruchtbaren Halbmond folgte, jeder Stamm im Nahen Osten und jeder Stamm sonstwo auf der Welt.«

»Das habe ich kapiert«, lächelte ich.

»Als die Nehmer ihre Nachbarn zu unterwerfen begannen, waren sie jedoch gezwungen, ein neues Gesetz zu formulieren. Sie wollten nicht, daß die unterworfenen Stämme weiter gegeneinander kämpften.«

»Das habe ich auch verstanden.«

»Wie also lautete das neue Gesetz, Julie?«

»Das neue Gesetz mußte lauten: Kämpft mit niemandem.«

»Natürlich. Und wie du vor einer Minute dargelegt hast, bedeutete das, daß es mit der Strategie der unberechenbaren Vergeltung ein für allemal vorbei war – und damit auch mit der Unabhängigkeit der Stämme. Die Nehmer wollten eine Welt verwalten, in der die Leute arbeiteten, nicht eine Welt, in der die Leute ihre Energie damit verschwendeten, unberechenbare Vergeltung zu spielen.«

»Ja, das ist offensichtlich.«

»Die alten Stammesgrenzen waren jetzt bedeutungslos geworden, in geographischer wie in kultureller Hinsicht, und zwar nicht nur für die Hullas, die Puala, die Cario und die Alba, sondern auch für die Nehmer. Die Nehmer brachten ihre Erfahrungen als Stamm nicht in die neue Gemeinschaft ein. Sie wären für die neue Gesellschaft ohnehin bedeutungslos gewesen. Die alten Lebensweisen der Stämme waren jetzt in der neuen, von den Nehmern errichteten Weltordnung gleichermaßen bedeutungslos. Es war sinnlos geworden, daß die Hullas ihre Kinder jetzt noch das lehrten, was bei den Hullas Zehntausende von Jahren funktioniert hatte, denn nun waren sie keine Hullas mehr. Es war zwecklos, wenn die Cario ihre Kinder das lehrten, was bei den Cario Zehntausende von Jahren funktioniert hatte, denn nun waren sie keine Cario mehr.

Aber obwohl jetzt eine neue Weltordnung galt, hörten die Menschen nicht auf, unangenehm, zerstörerisch, selbstsüchtig, grausam, gierig und gewalttätig zu sein. Ihr Verhalten blieb das alte, aber jetzt gab es keine Stammesgesetze mehr, die dessen Folgen gemildert hätten. Selbst wenn man sich an die alten Stammesgesetze erinnert hätte, hätten die Nehmer festgestellt, daß sie nicht mehr anzuwenden waren. Die Art der Hullas, mit zerstörerischem Verhalten umzugehen, mochte für die Hullas hervorragend geeignet gewesen sein, für die Cario aber wäre sie inakzeptabel gewesen. Das leuchtet dir sicher ein.«

»Ja.«

»Wie werden die Nehmer also mit zerstörerischem Verhalten jener Menschen, über die sie herrschen, umgehen? Was werden sie in bezug auf Ehebruch, tätlichen Angriff, Vergewaltigung, Diebstahl, Mord und so weiter unternehmen?«

»Sie werden all das verbieten.«

»Natürlich. Die Stammesordnung hatte Verbote als unsinnig angesehen. Statt dessen dienten die Gesetze eines jeden Stammes dazu, den bereits entstandenen Schaden zu minimieren und die Menschen miteinander zu versöhnen. Die Stammesgesetze sagten nicht: ›So etwas darf nie passieren‹, weil durchaus bekannt war, daß so etwas eben passierte. Sie sagten vielmehr aus: ›Wenn so etwas passiert ist, dann muß dies oder jenes getan werden, um das Ganze wieder in Ordnung zu bringen, soweit es wieder in Ordnung gebracht werden kann.‹«

»Ich verstehe.«

»Damit sind wir fast am Ende, Julie. Es gibt für dich nur noch ein Letztes zu erkennen. Nach Ansicht der Naturvölker ist es sinnlos, ein Gesetz zu formulieren, von dem man weiß, daß es gebrochen werden wird. Ein Gesetz zu formulieren, von dem du weißt, daß es gebrochen wird, heißt, die gesamte Rechtskonzeption in Frage zu stellen. Ein hervorragendes Beispiel für ein Gesetz, von dem du von vornherein weißt, daß es gebrochen wird, ist ein Gesetz, das mit den Worten *Du sollst nicht* beginnt. Es spielt keine Rolle, was diesen drei Worten dann folgt. Du sollst nicht töten, du sollst nicht lügen, du sollst keinen Ehebruch begehen, du sollst nicht stehlen, du sollst niemanden verletzen – all dies sind Gesetze, von denen du weißt, daß sie immer wieder gebrochen werden. Weil Naturvölker keine Zeit mit Gesetzen verschwenden wollten, von denen sie wußten, daß sie unweigerlich gebrochen würden, stellte der Gesetzesbruch an sich für sie kein Problem dar. Die Stammesgesetze verboten eine Handlung nicht, sie legten nur dar, auf welche Weise mit den Folgen dieser Handlung umzugehen war. Dies wiederum hatte zur Folge, daß die Menschen das Gesetz gern befolgten. Das Gesetz war sinnvoll und gut, warum also sollten sie es brechen? Das Rechtskonzept der Nehmer war jedoch von Anfang an eine Sammlung von Gesetzen, von denen man wußte, daß sie gebrochen würden – und tatsächlich: Ihre Gesetze wurden keineswegs überraschend die nächsten zehntausend Jahre tagein, tagaus gebrochen.«

»Ja. Das ist eine erstaunliche Betrachtungsweise.«

»Und weil eure Gesetze unter der Voraussetzung formuliert wurden, daß sie vom ersten Tag an gebrochen würden, mußte ein Weg gefunden werden, mit Gesetzesbrechern fertig zu werden.«

»Ja. Gesetzesbrecher mußten bestraft werden.«

»Richtig. Was sollte man auch sonst mit ihnen machen? Da ihr euch mit Gesetzen belastet hattet, bei denen ihr von vornherein wußtet, daß sie gebrochen würden, blieb euch keine andere Wahl, als die Menschen genau für das zu bestrafen, was ihr im Grunde von ihnen erwartet. Seit zehntausend Jahren nun habt ihr immer wieder neue Gesetze geschaffen, von denen ihr definitiv wußtet, daß sie gebrochen würden. Ihr habt jetzt buchstäblich Millionen von Gesetzen, die jeden Tag wiederum millionenmal gebrochen werden. Kennst du persönlich einen einzigen Menschen, der kein Gesetzesbrecher wäre?«

»Nein.«

»Ich bin sicher, daß sogar du in deinem Alter schon Dutzende von Gesetzen gebrochen hast.«

»Hunderte«, sagte ich voller Überzeugung.

»Sogar die Beamten, die ihr wählt, um den Gesetzen Geltung zu verschaffen, brechen sie. Und gleichzeitig gelingt es den Säulen eurer Gesellschaft noch, sich über die Tatsache zu entrüsten, daß manche Menschen anscheinend keine Achtung vor dem Gesetz haben.«

»Das ist in der Tat erstaunlich«, gab ich zu.

»Die Stammesgesetze und die Strategie der unberechenbaren Vergeltung sollten nicht allmählich, im Verlaufe von Hunderten oder Tausenden von Jahren zerstört werden. Das mußte sofort geschehen, an der Stätte der ersten Unterwerfung. Die Stammesgesetze und die Strategie der unberechenbaren Vergeltung waren wie Schutzwälle. Es galt, sie auf der Stelle niederzureißen. Wie auch immer ihre wirklichen Namen lauteten, die Hullas, die Cario, die Albas und die Puala mußten als Stammesverbände zu existieren aufhören. Binnen weniger Dekaden mußten auch die umgebenden Stämme unterworfen werden und freiwillig oder unfreiwillig ihre Unabhängigkeit als Stamm aufgeben, um nach dem Willen der Nehmer zu leben. Wie ein Feuerring breitete sich die Revolution aus. Sie verbrannte ein kulturelles Erbe, das bis zu den Ursprüngen eures Primatendaseins zurückreichte.

Die Erinnerung daran, einmal Hullas, Cario, Albas und Puala gewesen zu sein, wurde natürlich nicht binnen einer einzigen Generation getilgt, aber sie überlebte nicht mehr als vier oder fünf Generationen. Sagen wir ruhig zehn Generationen, auch das sind nur zwei Jahrhunderte. Im Zentrum der Revolution würden sich die Nachfahren der Hullas, Cario, Albas und Puala am Ende eines Jahrtausends nicht einmal mehr daran erinnern, daß es so etwas wie ein Leben im Stamm jemals gegeben hat. Am äußeren Rand des Expansionsgebietes der Nehmer würde man sich vielleicht noch daran erinnern, allerdings schlossen die Randgebiete inzwischen schon Persien, Anatolien, Syrien, Palästina und Ägypten ein. Noch ein Jahrtausend später würde sich der Machtbereich der Nehmer weit nach Osten und auch in Richtung Rußland und nach Westeuropa ausgedehnt haben. Die Nehmer trafen im Zuge ihrer Expansion immer noch auf Naturvölker, die sie eines nach dem anderen unterwarfen, aber das alles geschah bereits vor achttausend Jahren, Julie.

Das Herzland der Revolution war immer noch der Nahe Osten, genauer gesagt der Fruchtbare Halbmond. Mesopotamien, das Land zwischen Tigris und Euphrat, war das New York jener Zeit. Dort arbeitete man gerade an der (nach dem totalitären Landbau und dem Wegsperren der Nahrung) bedeutsamsten Innovation eurer Kultur – der Schrift. Es sollten jedoch noch weitere fünftausend Jahre vergehen, bevor die Logographen des klassischen Griechenlands auf den Gedanken kamen, die menschliche Vergangenheit in Schriftform zu dokumentieren. Als sie schließlich mit ihren Aufzeichnungen über die menschliche Vergangenheit begannen, formte sich allmählich dieses Bild: Die menschliche Rasse erblickte vor nur wenigen tausend Jahren in der Nähe des Fruchtbaren Halbmonds das Licht der Welt. Sie war von ihrer Geburt an von den Früchten des Feldes abhängig. Wie die Bienen einen Stock bauen, um zu überleben, war es für die ersten Menschen unerläßlich, Ackerbau zu betreiben. Der menschlichen Rasse wohnte auch ein instinktiver Hang zur Zivilisation inne. Und so begann die menschliche Rasse, sobald sie das Licht der Welt erblickt hatte, Feldfrüchte anzubauen und eine Zivilisation zu gründen. Natürlich gab es keine Erinnerung mehr an die Stammesvergangenheit der Menschheit, die Hunderttausende von Jahren zurückreichte. Diese Vergangenheit war spurlos verlorengegangen, etwas, was einer meiner Schüler einmal humorvoll, aber recht zutreffend, als den Großen Gedächtnisschwund bezeichnete.

Über Hunderttausende von Jahren hinweg hatten Menschen über eine Lebensweise verfügt, die bei ihnen gut funktionierte. Die Nachfahren dieser Menschen sind heute noch hier und da zu finden, und wo immer man sie in einem unberührten Zustand antrifft, ist nicht zu übersehen, daß sie mit ihrer Lebensweise vollkommen zufrieden sind. Bei ihnen gibt es keinen Generationskonflikt oder soziale Unzufriedenheit. Sie werden weder von Sorgen noch Angst, Depressionen, Selbsthaß, Verbrechen, Wahnsinn, Alkoholismus oder Drogensucht gequält. Sie beklagen sich weder über Unterdrückung noch Ungerechtigkeit. Sie empfinden ihr Leben nicht als sinnlos und leer. Sie werden nicht von Wut und Haß zerfressen. Sie sehen nicht auf zum Himmel und erflehen die Hilfe von Göttern, Engeln, Propheten, außerirdischen Astronauten oder Geistern von Verstorbenen. Und sie sehnen sich nicht danach, daß endlich jemand auftaucht und ihnen sagt, wie sie leben sollen. Das wissen sie nämlich bereits, genau wie alle Menschen das vor zehntausend Jahren wußten. Dieses Wissen mußten die Angehörigen deiner Kultur jedoch zerstören, um sich zu Herrschern der Welt aufschwingen zu können.

Sie waren sicher, das Zerstörte durch etwas ersetzen zu können, was genauso gut war. Seitdem waren sie damit beschäftigt, einen Ersatz zu suchen. Sie haben alles Erdenkliche versucht, sie haben den Menschen alles mögliche gegeben, um deren innere Leere zu füllen. Die Archäologie und die Geschichtsforschung erzählen davon, daß sich seit fünftausend Jahren eine Nehmer-Gesellschaft nach der anderen verzweifelt darum bemüht zu beschwichtigen, zu inspirieren, zu amüsieren oder einfach nur abzulenken. Alles Erdenkliche wurde versucht, um die Menschen einen Schmerz vergessen zu lassen, der aus irgendeinem unerklärlichen Grund einfach nicht aufhören will. Feste, Umzüge, Tempelfeierlichkeiten, Prunk und Gepränge, Brot und Spiele, die ewige Hoffnung auf Macht, Reichtum und Luxus, Spiele, Dramen, Wettbewerbe, Sport, Kriege, Kreuzzüge, politische Intrigen, ritterliche Abenteuerfahrten, Forschungsreisen, Ehren, Titel, Alkohol, Drogen, Glücksspiel, Prostitution, Oper, Theater, Kunst, Regierung, Politik, Karriere, politische Vorteile, Bergsteigen,

Radio, Fernsehen, Filme, Showgeschäft, Videospiele, Computer, die Datenautobahn, Geld, Pornographie, die Eroberung des Weltraums – da ist sicher für jeden etwas dabei, was das Leben lebenswert erscheinen läßt. Das die Leere füllt, das inspiriert und tröstet. Und viele von euch empfinden tatsächlich keine Leere. Aber nur die wenigsten von euch konnten hoffen, in den Genuß all der schönen Dinge zu kommen, die damals zur Verfügung standen, genau wie auch heute nur ein kleiner Prozentsatz von euch hoffen darf, irgendwann einmal so zu leben wie jene Menschen, die ein wahrlich lebenswertes Leben haben müssen (ja müssen!) – Milliardäre, Filmstars, Sportidole und Supermodels. Die große Mehrheit von euch waren und sind immer nur Habenichtse. Ist dir dieser Ausdruck vertraut?«

»Habenichtse? Ja.«

»Die Stammesgesellschaft teilte sich nicht in Besitzende und Habenichtse auf. Warum sollten ihre Mitglieder solch eine Aufteilung auch freiwillig hinnehmen? Und bis ihr die Nahrung weggesperrt habt, gab es kein Mittel, auf die Menschen Zwang auszuüben. Aber die Nehmer-Gesellschaft war schon immer in Besitzende und Habenichtse aufgeteilt. Die Habenichtse stellten stets die Mehrheit, wie aber sollten sie den Ursprung ihres Elends entdecken? Wen sollten sie bitten, ihnen zu erklären, warum eine Handvoll Menschen in Reichtum lebt, während die große Mehrheit täglich um ihre Existenz kämpfen und hungrig, nackt und obdachlos ihr Leben fristen muß? Konnten sie ihre Herrscher fragen? Ihre Sklaventreiber? Ihre Bosse? Nein, ganz gewiß würden sie das nicht tun.

Schon vor etwa zweieinhalbtausend Jahren begannen sich vier verschiedene Erklärungsmodelle herauszukristallisieren. Das wahrscheinlich älteste lautete, daß die Welt das Werk zweier in ewigem Krieg liegender Götter sei, wobei der eine ein Gott der Güte und des Lichts und der andere ein Gott des Bösen und der Dunkelheit war. Angesichts einer Welt, die zwischen jenen Menschen im Licht und jenen im Schatten unterschied, schien diese Erklärung gewiß ganz plausibel. Wir finden sie im Zoroastrismus, im Manichäismus und auch bei anderen Religionen wieder. Eine zweite Theorie besagte, daß die Welt das Werk einer Göttergemeinschaft sei, die überwiegend mit ihren eigenen Problemen beschäftigt war und die Welt so verwaltete, wie es ihr gerade paßte. Als dann die Menschen in dieser Welt auftauchten, wurden sie von den Göttern ganz nach Lust und Laune unterstützt, benutzt, vernichtet, mißbraucht oder ignoriert. Dies war der Erklärungsversuch, den man sich im klassischen Griechenland und in Rom zueigen gemacht hatte. Eine weitere Theorie besagte, daß das Leiden dem Leben immanent ist und daß es deshalb das unvermeidliche Schicksal der Lebenden sei. Frieden könne nur der finden, der sich von allem Verlangen lossagte. Dies war der Erklärungsversuch, den Gautama Buddha der Welt geschenkt hat. Eine weitere Theorie besagte, daß der erste Mensch, Adam, der vor ein paar tausend Jahren in Mesopotamien lebte, Gottes Gebot mißachtete. Deshalb fiel er in Ungnade und wurde aus dem Paradies vertrieben, um fortan im Schweiße seines Angesichts zu leben, elend, von Gott entfremdet und anfällig für die Sünde. Das Christentum baute auf diesem hebräischen Fundament auf und erweiterte es um einen Messias, der lehrte, daß im Reich Gottes die letzten die ersten sein werden. Was bedeutet, daß die Besitzenden und die Habenichtse am jüngsten Tag ihre Plätze tauschen werden. Zu Lebzeiten Christi und während der darauffolgenden Jahrzehnte glaubten die meisten, daß mit dem Reich Gottes ein irdisches Königreich gemeint war, in dem Gott höchstpersönlich herrschen würde. Als sich diese Erwartung jedoch nicht erfüllte, kam man überein, daß mit dem Reich Gottes der Himmel gemeint sein mußte, in den man erst nach dem Tod gelangen konnte. Der Islam baute ebenfalls auf dem hebräischen Fundament auf, erkannte Jesus nicht als Messias an, übernahm jedoch den Grundgedanken, daß gute Taten nach dem Tode belohnt werden.

Aber wie du sehr wohl weißt, haben euch diese Theorien nie ganz zufriedenstellen können. Vor allem nicht in den letzten Jahrhunderten, und vielleicht noch weniger in den letzten Jahrzehnten, als die gähnende Leere im Zentrum eures Lebens einen endlosen Strom von Religionen, spirituellen Moden, Gurus, Propheten, Sekten, Therapien und mystischen Heilungen hervorbrachte, ohne daß sie je zu füllen gewesen wäre.«

»Das ist sicher«, stimmte ich Ismael zu.

Er warf mir einen langen, trübsinnigen Blick zu. »Vielleicht verstehst du jetzt, warum so viele Menschen deiner Kultur zum Himmel sehen und sich nach einem Kontakt mit Göttern, Engeln, Propheten, außerirdischen Raumfahrern und Geistern der Verstorbenen sehnen. Vielleicht verstehst du nun, warum so viele Menschen in deiner Kultur einen Tagtraum haben, ähnlich demjenigen, den du mir bei deinem ersten Besuch beschrieben hast.«

»Das verstehe ich sehr wohl.«

»Jetzt weißt du auch, wohin die Hauptstraße führte. Obwohl sie natürlich hier nicht endet.«

»Nun, ich bin froh, das zu hören«, gestand ich.

Die Sache mit dem verdammten Stolz

»Ich hoffe, du weißt, daß ich ungefähr eine Million Fragen an dich habe«, sagte ich zur Begrüßung, als ich zwei Tage später, am Samstag, bei Ismael eintraf.

»Nun, ein paar hatte ich durchaus erwartet«, lächelte Ismael. Wenn sie hören, was du mich bis jetzt gelehrt hast, würden viele Leute sagen: Dann gibt es für uns also überhaupt keine Hoffnung mehr!«

»Warum?«

»Nun, wir können schließlich nicht wieder in Höhlen leben, oder?«

»Nur sehr wenige Naturvölker leben in Höhlen, Julie.«

»Du weißt genau, was ich meine. Wir können nicht wieder wie Naturvölker leben.«

Ismael runzelte die Stirn. »Im Grunde bin ich mir nicht sicher, ob es wirklich das ist, was du meinst.«

»Okay. Ich meine, daß wir nicht ganz vorn anfangen können. Wir können nicht wieder so leben wie damals, bevor wir Nehmer wurden.«

»Aber was meinst du damit, Julie? Meinst du, daß ihr nicht wieder auf eine Weise leben könnt, die bei den Lassern funktionierte?«

»Nein. Ich meine eigentlich, daß wir nicht wieder zu Jägern und Sammlern werden können.«

»Natürlich nicht. Hast du je einen solchen Vorschlag von mir gehört? Hast du auch nur den leisesten Ansatz der leisesten Andeutung eines solchen Vorschlags von mir gehört?«

»Nein.«

»Das wirst du auch nie. Ein Dutzend Planeten dieser Größe könnten keine sechs Milliarden Jäger und Sammler aufnehmen. Das ist wirklich eine vollkommen absurde Vorstellung.«

»Was dann?« fragte ich.

»Du hast vergessen, weshalb du zu mir gekommen bist, Julie. Du wolltest erfahren, wie Lebewesen anderswo im Universum es schaffen zu leben, ohne ihren Planeten dabei zu vernichten.«

»Das ist richtig.«

»Jetzt weißt du, wie es geht, oder? Du mußtest allerdings kein Raumschiff besteigen, um das zu erfahren. Die Außerirdischen, nach denen du gesucht hast, waren lediglich deine eigenen Vorfahren, denen es recht gut gelungen ist, Hunderttausende von Jahren hier auf diesem Planeten zu leben, ohne ihn zu zerstören. Deine Vorfahren und deren kulturelle Abkömmlinge, Naturvölker, die es auch heute noch gibt. Du bist verwirrt, weil du glaubst, ich hätte dir Antworten gegeben, während ich dir in Wirklichkeit nur gezeigt habe, wo du nach den Antworten suchen mußt. Du meinst, ich würde sagen: ›Nehmt die Lebensweise der Hulla an‹, während ich in Wirklichkeit sage: ›Versteht, wie die Lebensweise der Hulla funktionierte – und dort, wo es sie noch gibt, weiterhin so gut funktioniert wie eh und je.‹ Als Nehmer habt ihr euch Zehntausende von Jahren bemüht, eine funktionierende Lebensweise zu erfinden, und seid damit bislang total gescheitert. Ihr habt Millionen von Dingen erfunden, die tatsächlich funktionieren – Flugzeuge, Toaster, Computer, Orgeln, Dampfer, Videorekorder, Uhren, Atombomben, Karussells, Wasserpumpen, elektrisches Licht, Fußnagelknipser und Kugelschreiber – aber eine Lebensweise, die funktioniert, habt ihr nicht gefunden. Und je zahlreicher ihr werdet, desto deutlicher, umfassender und schmerzlicher wird dieses Scheitern. Ihr werdet es schwer haben, genügend Gefängnisse für all eure Kriminellen zu bauen. Die Gemeinschaft, die das Atom kontrolliert, stolpert ins Vergessen. Drogensucht, Selbstmorde, psychische Krankheiten, Scheidungen, Kindesmißbrauch, Vergewaltigungen und Serienmorde häufen sich immer mehr.

Es ist nicht überraschend, daß ihr niemals imstande gewesen seid, eine Lebensweise zu finden, die funktioniert. Ihr habt von Anfang an unterschätzt, wie schwierig eine solche Aufgabe ist. Warum hat die Lebensweise der Naturvölker funktioniert, Julie? Ich frage nicht nach dem Mechanismus, sondern danach, wie es kam, daß diese Lebensweise funktionierte?«

»Vermutlich, weil sie erprobt wurde, seit es Menschen gab. Das, was funktionierte, wurde übernommen, und was nicht funktionierte, wurde wieder verworfen.«

»Natürlich. Sie funktionierte, weil sie demselben Evolutionsprozeß unterworfen war, der eine praktikable Lebensweise für Schimpansen, Löwen, Rehe, Bienen und Biber hervorbrachte. Man kann nicht einfach etwas zusammenschustern und dann erwarten, daß es ebensogut funktioniert wie ein System, das drei Millionen Jahre lang getestet und weiterentwickelt wurde.«

»Ja, das ist mir jetzt klar.«

»Merkwürdigerweise hätte allerdings fast jeder eurer Notbehelfe funktioniert, wenn ...«

»Wenn was?«

»Das ist eine Frage, die du selbst beantworten sollst, Julie. Ich denke, das kannst du. Das mesopotamische Königreich hätte unter dem Kodex Hammurapi funktioniert, wenn ... was? Ägyptens Achtzehnte Dynastie hätte unter der erleuchteten religiösen Führung von Echnaton funktioniert, wenn ... was? Juda und Israel hätten unter der Herrschaft von Königen funktioniert, wenn ... was? Das riesige persische Reich hätte funktioniert, als Alexander darüber hinwegbrauste, wenn ... was? Das sogar noch größere römische Reich hätte unter der Pax Romana von Augustus Caesar funktioniert, wenn ... was? Ich will jetzt nicht Zeitalter um Zeitalter und Notbehelf um Notbehelf mit dir durchgehen. Die Welt, die du am besten kennst, die Vereinigten Staaten von Amerika mit der vermutlich aufgeklärtesten Verfassung der menschlichen Geschichte, würde funktionieren, wenn ... was?«

»Wenn die Menschen besser wären.«

»Natürlich. All das würde wunderbar funktionieren, Julie, wenn die Menschen einfach besser wären, als sie je gewesen sind. Ihr wärt einfach eine einzige große glückliche Familie, wenn ihr nur besser wärt. Die kriegführenden Parteien auf dem Balkan würden einander in die Arme fallen und sich versöhnen. Saddam Hussein würde seine Kriegsmaschinerie demontieren und sich ins Kloster zurückziehen. Das Verbrechen gehörte über Nacht der Vergangenheit an. Niemand würde noch irgendein Gesetz brechen. Ihr könntet auf eure Gerichte, eure Polizei und eure Gefängnisse verzichten. Alle würden ihre eigennützigen Interessen aufgeben und zusammenarbeiten, um das Los der Armen zu verbessern, den Hunger auf der Welt zu besiegen, Rassismus, Haß und Ungerechtigkeit zu überwinden. Ich könnte noch stundenlang all die wunderbaren Dinge aufzählen, die passieren würden, wenn die Menschen einfach besser wären.«

»Ja, da bin ich mir sicher.«

»Es war die ungeheure Stärke der Lebensweise der Naturvölker, daß ihr Erfolg nicht von einem besseren Menschen abhing. Sie funktionierte mit den Menschen, so, wie sie waren – ungebessert, unaufgeklärt, unangenehm, zerstörerisch, selbstsüchtig, geizig, grausam, gierig und gewalttätig. Und an diesen triumphalen Erfolg haben die Nehmer niemals anknüpfen können. Tatsächlich haben sie es nie auch nur versucht. Statt dessen verließen sie sich darauf, die Menschen verbessern zu können, so, als handle es sich bei ihnen um schlecht konstruierte Produkte. Sie verließen sich darauf, daß sie sie durch Strafe, durch Inspiration, durch Erziehung bessern können würden. Und nachdem sie zehntausend Jahre lang versucht hatten, die Menschen zu bessern, ohne dabei auch nur den geringsten Erfolg zu erzielen, fiel es ihnen trotzdem nicht einmal im Traum ein, ihre Aufmerksamkeit auf etwas anderes zu lenken.«

»Das ist wahr. Ich bin ziemlich sicher, die meisten Menschen würden an diesem Punkt immer noch sagen: Ja, nun, das ist ja alles schön und gut, aber wir sind doch verpflichtet, weiter zu versuchen, die Menschen zu bessern. Sie können sich bessern. Wir haben nur noch nicht genau herausgefunden, wie wir das anstellen müssen. Oder sie würden sagen: Es gibt immer etwas, woran man arbeiten kann. Stell dir vor, um wieviel schlechter die Menschen wären, wenn wir nicht ständig versuchen würden, sie zu bessern.«

»Ich fürchte, du hast recht, Julie.«

»Trotzdem«, sagte ich, »habe ich immer noch das Gefühl festzustecken. Was sollen wir denn mit alldem anfangen? Du erwartest von uns doch nicht, daß wir die Strategie der unberechenbaren Vergeltung wiederaufleben lassen, oder?«

Ismael sah mich zwei geschlagene Minuten lang finster an, aber ich ließ mich nicht einschüchtern. Ich wußte, daß er nicht böse auf mich war, sondern nur angestrengt über irgend etwas nachdachte. Als er das Problem schließlich zu seiner Zufriedenheit gelöst hatte, erzählte er mir eine andere Geschichte.

»Seit eh und je verband eine Holzbrücke zwei Völker, die seit Menschengedenken miteinander verbündet waren. Sie führte über einen Fluß, der an jeder anderen Stelle zu breit für eine Brücke war. Nur hier schien das Ufer geradezu als Brückenkopf geschaffen, denn zu beiden Seiten des Flusses bot sich ein massiver Felssockel als Widerlager an. Nach vielen Jahrhunderten kam man jedoch zu der Überzeugung, daß etwas Fortschrittlicheres als eine Holzbrücke nötig sei, um die beiden Länder zu verbinden. So erstellte eine Gruppe von Ingenieuren Pläne für eine Stahlbrücke, die die alte Holzbrücke ersetzen sollte. Diese Brücke wurde auch ordnungsgemäß gebaut, nach ein paar Jahrzehnten jedoch stürzte sie völlig unerwartet ein. Als die Ingenieure die Trümmer untersuchten, stellte sich schnell heraus, daß der Einsturz der Brücke auf Materialermüdung zurückzuführen war. Die Erbauer hatten offenbar einen Stahl von minderer Qualität verwendet. Die Brücke wurde wiederaufgebaut, und diesmal verwendete man die besten Materialien, die verfügbar waren. Aber nach nur vierzig Jahren stürzte die Brücke wieder ein. Erneut kam eine Gruppe von Ingenieuren zusammen, um den Einsturz zu untersuchen. Diesmal konzentrierte man sich auf die alten Baupläne und gelangte zu dem Ergebnis, daß die Pläne in mehreren wesentlichen Punkten Fehler aufwiesen. Die Ingenieure entwarfen Konstruktionspläne für eine neue Brücke, diese wurde auch errichtet – und stürzte wieder ein, diesmal nach nur dreißig Jahren.

Bis jetzt war stets eine durchgehende Balkenbrücke gebaut worden, die von zwei Brückenpfeilern im Fluß gestützt wurde. Die Ingenieure entschieden, diese Konstruktion durch eine Balkenbrücke mit vielen Pfeilern zu ersetzen, womit sie das Problem ihrer Überzeugung nach ein für allemal gelöst hatten. Als auch diese Brücke nach gerade einmal dreißig Jahren in sich zusammenfiel, entschieden sie, es jetzt mit einer Bogenbrücke zu versuchen. Als die Brücke nach vierzig Jahren versagte, errichteten sie eine andere Art von Bogenbrücke. Die hielt nur fünfundzwanzig Jahre, also versuchten sie als nächstes mit einer Deckbrücke, danach mit einer Portalbrücke, von denen eine jede nach nur fünfundzwanzig Jahren einstürzte.

Die Erbauer der ursprünglichen Holzbrücke waren schon seit Jahrhunderten tot, aber es gab in diesem Land einen Menschen, der deren Werk studiert hatte. Der trat jetzt vor, um zu erklären, warum die Stahlbrücken der Ingenieure sich als so kurzlebig erwiesen. ›Der Verkehr auf der Brücke läßt den Stahl natürlich vibrieren‹, sagte er. ›Das ist völlig normal. Diese Vibration überträgt sich auf die Felsen, die ihr als Widerlager dienen, abermals etwas, was völlig normal ist. Was allerdings nicht zu erwarten war, ist die Resonanz, die diese Vibrationen in den Felsen hervorrufen. Diese Resonanz, die wieder auf die Stahlkonstruktion zurückwirkt, ist der Grund dafür, daß die Brücken so rasch einstürzen. Die ursprüngliche Brücke aus Holz resonierte so gut wie überhaupt nicht, und so konnte auch keine Sekundärresonanz entstehen. Dies ist der Grund dafür, daß die ursprüngliche Brücke so lange gehalten hat und wohl immer noch stehen würde, wenn ihr sie nicht abgerissen hättet.‹

Es erübrigt sich zu sagen, daß die Ingenieure über diese Erklärung alles andere als glücklich waren. Weit davon entfernt, dem Mann für die Lösung des Problems dankbar zu sein, sagten sie: ›Nun, was sollen wir deiner Meinung nach tun? Du schlägst doch nicht allen Ernstes vor, daß wir wieder eine Holzbrücke bauen sollen?«

Ismael sah mich lange und fragend an. Ich erwiderte seinen Blick, während ich nachdachte. Schließlich sagte ich: »Und hat er ihnen nicht vorgeschlagen, daß sie wieder eine Holzbrücke bauen sollen?«

»Keineswegs, Julie. Er versuchte den Ingenieuren das fehlende Stück in dem Puzzle zu geben, das sie so verwirrte, damit sie nun anfangen konnten, produktiv zu denken. Ich sollte übrigens hinzufügen, daß Ingenieure im wirklichen Leben aller Wahrscheinlichkeit nach nicht eine Brücke nach der anderen auf eine solch schwachsinnige Art und Weise bauen würden. Sie würden auf ein neues Wissen auch nicht so reagieren, wie es die Ingenieure in meiner Geschichte taten. Im Gegenteil, ich nehme an, daß die Ingenieure im wirklichen Leben neue Erkenntnisse durchaus in ihre Planungen einbeziehen. Neue Erkenntnisse zeigen der Forschung Wege, die ansonsten niemals begangen würden.«

»Das ist mir schon klar. Weniger klar ist mir aber, welche Wege du mir eröffnen willst – oder, wie du immer sagst, den Angehörigen meiner Kultur.«

Ismael überlegte eine Weile, dann sagte er: »Angenommen, Julie, wir wären in der Lage gewesen, deine Tagtraum-Reise ins Universum tatsächlich zu unternehmen. Und angenommen, wir hätten einen Planeten gefunden, dessen euch sehr ähnliche Bewohner eine Lebensweise pflegen, die bei ihnen seit Hunderttausenden von Jahren funktioniert und durch die ihr Planet nicht zerstört wird. Und angenommen, wir könnten ein Lasso um diesen Planeten werfen und ihn damit hierher zur Erde schleppen, wo ihn dann jeder von euch nach Herzenslust studieren kann. Würdest du dann immer noch fragen, was es zu erforschen gäbe?«

»Nein.«

»Dann erklär mir bitte den Unterschied.«

»Vermutlich will ich einfach nicht so leben, wie die Menschen vor zehntausend Jahren gelebt haben.«

Seine rechte Augenbraue schoß in die Höhe. »Verzeih mir meine Verwirrung, Julie. Bislang bist du mir immer sehr rational erschienen.«

»Ich bin auch jetzt nicht irrational, ich bin nur ehrlich.«

Er schüttelte den Kopf. »Du lehnst einen Vorschlag ab, den ich dir nie unterbreitet habe, Julie – und das ist wohl kaum rational zu nennen. Ich habe euch nie aufgefordert, so zu leben, wie die Menschen vor zehntausend Jahren lebten. Ich habe etwas Derartiges nicht einmal angedeutet. Wenn ich dir sagen würde, daß die Biochemiker einer Jesuiten-Universität ein Heilmittel gegen den Krebs entdeckt haben, würdest du es dann mit der Begründung ablehnen, römisch-katholisch werden zu wollen?«

»Natürlich nicht.«

»Dann bitte ich dich noch einmal, mir den Unterschied zu erklären.«

»Mir leuchtet nicht ein, daß das, worüber du sprichst, auch nur annähernd so etwas wie ein Heilmittel gegen Krebs wäre.«

Er musterte mich eine Weile lang ernst, dann sagte er:

»Vielleicht solltest du eine Stunde lang die Tapete anstarren. Oder tu irgend etwas anderes, wenn du eine Pause brauchst.«

Ich rutschte aus dem Sessel und lief zur Rückseite des Zimmers, um die Bücher in Ismaels durchgebogenem, alten Bücherregal böse anzustarren. Ich schlug sogar ein paar Bände auf, in der Hoffnung, es würde mich aus einer der Seiten irgendein brillantes Zitat anspringen, aber es sprang mich nichts an. Nach zehn Minuten ging ich zum Sessel zurück und setzte mich.

»Es hat etwas mit diesem verdammten Stolz zu tun«, sagte ich ihm.

»Weiter.«

»Wenn wir einen Planeten gleich neben der Erde verankert hätten, der von Angehörigen einer fremden Lebensform bewohnt wird – ich hätte fast gesagt, von einer fortschrittlichen fremden Lebensform – wäre das eine Sache. Es wäre zu ertragen, wenn sie etwas wüßten, was wir nicht wissen. Aber es ist nicht zu ertragen, daß diese gottverdammten Wilden etwas wissen, wovon wir nicht einmal die leiseste Ahnung haben.«

»Ich verstehe, Julie. Wenigstens glaube ich es zu verstehen. Du aber mußt auch etwas verstehen: Wir erforschen hier nicht, was diese Menschen wußten. Du könntest dich hinsetzen und mit jedem Angehörigen eines Naturvolks auf diesem Planeten über sein Stammesleben sprechen, und nicht einer von ihnen würde die Strategie der unberechenbaren Vergeltung spontan in Worte fassen können. Wenn du sie aber formulierst, dann werden sie sie natürlich sofort erkennen und wahrscheinlich etwas sagen wie: ›Das wissen wir doch alle. Wir haben es nur nicht erwähnt, weil es so offensichtlich ist, daß man es gar nicht zu erwähnen braucht‹ – und dem stimme ich zu. Es bedurfte erst eines der größten wissenschaftlichen Geister aller Zeiten, um die Tatsache in Worte zu fassen, daß frei bewegliche Objekte in Richtung des Erdmittelpunkts fallen, etwas, was jedes normale fünfjährige Kind weiß – oder zu wissen glaubt, wenn du es ihm erklären würdest.«

»Ich bin mir nicht ganz sicher, worauf du hinauswillst.«

»Um ehrlich zu sein, Julie, ich bin mir selbst nicht ganz sicher. Du mußt ein wenig Geduld haben, während ich nach den Antworten suche, die dich befriedigen ... Wissenschaftler vieler verschiedener Sparten untersuchen die Biolumineszenz – also die Fähigkeit von Lebewesen, Licht zu erzeugen –, aber keiner von ihnen versucht herauszufinden, was diese Lebewesen über das Produzieren von Licht wissen. Das ist unerheblich. Vor kurzem haben wir ein Verhalten untersucht, das den Weißfußmäusen ermöglicht, erfolgreich zu sein. Wir versuchten jedoch nicht herauszufinden, was die Weißfußmäuse darüber wissen, wie man erfolgreich ist. Ist dir das klar?«

»Ja.«

»Dasselbe gilt auch für unsere Untersuchung hier. Wir sind nicht daran interessiert, was die Lasser über das Leben wissen, genausowenig, wie wir daran interessiert sind, was die biolumineszenten Tiere über das Licht wissen. Ihr Wissen ist nicht Gegenstand unserer Untersuchung. Gegenstand unserer Untersuchung ist allein ihr Erfolg.«

»Das ist mir jetzt klar. Mir ist aber nicht klar, was deren Erfolg mit uns zu tun haben soll.«

Ismael nickte. »Das ist genau der Grund, warum das Ganze von euch auch nie untersucht wurde, Julie. Menschen zu studieren, deren einzige Errungenschaft darin besteht, drei Millionen Jahre lang auf einem Planeten zu leben, ohne ihn zu zerstören, das erschien euch nie wichtig. Da ihr aber an einen Punkt gelangt, an dem es keine Umkehr gibt, während ihr in rasendem Tempo auf eure Vernichtung zusteuert, wird euch dieses Studium schon bald interessieren müssen.«

»Ja, ich verstehe, was du meinst. So einigermaßen wenigstens.«

»Es ist bekannt, daß die Wikinger schon fünfhundert Jahre

vor Kolumbus in der Neuen Welt gelandet sind. Die Zeitgenossen der Wikinger jedoch waren von dieser Entdeckung keineswegs begeistert, da sie für sie völlig bedeutungslos war. Du hättest es laut von jedem Hausdach schreien können, die Leute hätten sich lediglich gewundert, warum du deshalb ein solches Theater machst. Als Kolumbus aber seine Entdeckung fünfhundert Jahre später machte, waren dessen Zeitgenossen durchaus begeistert. Die Entdeckung eines neuen Kontinents war jetzt in der Tat von größter Bedeutung. Bis jetzt, Julie, erging es mir wie Leif Eriksson, der ganz allein auf einem weiten, wunderbaren Kontinent herumstapft, der absolut niemanden interessiert. Dieser Kontinent steht euren Philosophen, euren Pädagogen, euren Volkswirtschaftlern, euren Politologen seit mehr als einem Jahrhundert zur Erforschung offen, aber keiner von ihnen hat ihn bislang mit mehr als einem gelangweilten Blick bedacht. Seine Existenz veranlaßt sie höchstens zum Gähnen. Aber ich merke, daß sich das langsam zu ändern beginnt. Die Tatsache, daß du hier in dieses Zimmer gekommen bist, ist ein Zeichen für diese Veränderung. Und wie du dich erinnerst, hätte ich das selbst beinahe übersehen. Ich spüre, daß immer mehr von euch über das rasende Tempo, mit dem ihr auf die Katastrophe zusteuert, beunruhigt sind. Ich spüre, daß immer mehr von euch nach neuen Ideen und Wegen suchen.«

»Ja. Aber unseligerweise suchen auch immer mehr von uns nach immer exotischeren Formen des Hokuspokus.«

»Das ist nicht anders zu erwarten, Julie. Was ihr gerade erlebt, läuft auf den totalen kulturellen Kollaps hinaus. Zehntausend Jahre lang habt ihr geglaubt, daß ihr die einzig richtige Lebensweise lebt. Im Verlauf der letzten drei Jahrzehnte aber wird dieser Glaube mit jedem Jahr mehr erschüttert. Du magst das zwar für merkwürdig halten, aber es sind gerade die Männer in deiner Kultur, die vom Scheitern eurer kulturellen Mythologie am härtesten getroffen werden. Sie haben, überzeugt von der Richtigkeit eurer Revolution, stets weit mehr in sie investiert. Während in den kommenden Jahren die Zeichen des Kollapses immer deutlicher werden, wirst du beobachten können, daß sie sich immer stärker in die Ersatzwelt des männlichen Erfolges, in die Welt des Sports, zurückziehen werden. Und, schlimmer noch, du wirst beobachten können, daß sie enttäuscht und frustriert ihre Wut immer mehr an ihrem Umfeld auslassen werden – vor allem an den Frauen.«

»Warum an den Frauen?«

»Der Traum der Nehmer ist stets ein Männertraum gewesen, Julie, und die Männer deiner Kultur sind der festen Überzeugung, daß das unwiderrufliche Ende dieses Traums gleichbedeutend mit ihrer Vernichtung ist, während die Frauen das Ganze relativ unbeschadet überstehen werden.«

»Und ist das nicht so?«

Ismael dachte einen Moment nach, bevor er antwortete. »Die Insassen des Nehmer-Gefängnisses haben sich das Gefängnis in jeder Generation neu errichtet, Julie. Deine Eltern haben ihren Teil dazu beigetragen und tun es noch immer. Während du brav zur Schule gehst und dich darauf vorbereitest, deinen Platz in der Arbeitswelt einzunehmen, bist auch du selbst damit beschäftigt, das Gefängnis zu errichten, in dem deine eigene Generation sitzen wird. Wenn es fertig sein wird, wird es euer aller Werk sein, von Männern und Frauen gleichermaßen. Dennoch sind die Frauen in deiner Kultur vom Gefängnisleben niemals so begeistert gewesen wie die Männer – für sie ist dabei auch nie soviel rausgekommen wie für die Männer.«

»Willst du damit sagen, daß die Männer das Gefängnis verwalten?«

»Nein. Solange die Nahrung unter Verschluß bleibt, verwaltet sich das Gefängnis selbst. Die Gefangenen üben die Herrschaft selbst aus. Es ist ihnen gestattet, das zu tun. Im Gefängnis können sie leben, wie es ihnen gefällt. Die Gefangenen haben sich größtenteils dafür entschieden, von Männern regiert zu werden, oder sie lassen es zu, von Männern regiert zu werden, aber diese Männer verwalten das Gefängnis nicht.«

»Was ist das Gefängnis dann?«

»Das Gefängnis ist deine Kultur, die ihr Generation um Generation weitergebt. Du selbst lernst von deinen Eltern, als Gefangene zu leben. Deine Eltern haben es von ihren Eltern gelernt. Deren Eltern wiederum von ihren Eltern. Und so weiter, bis zum Anfang im Fruchtbaren Halbmond vor zehntausend Jahren.«

»Und wie können wir diesen Prozeß stoppen?«

»Indem ihr etwas anderes lernt, Julie. Indem ihr euch weigert, eure Kinder zu Gefangenen zu machen. Indem ihr dieses Schema durchbrecht. Deshalb sage ich den Leuten, wenn sie mich fragen, was sie tun sollen: Lehrt andere das, was ihr hier gelernt habt. Allzu oft antworten sie darauf jedoch: Ja, das ist prima, aber was sollen wir denn jetzt tun? Wenn deine sechs Milliarden Mitmenschen sich weigern, ihre Kinder zu Gefangenen der Nehmerkultur zu machen, wird dieser Alptraum schnell vorbei sein. In einer einzigen Generation. Er kann nur solange bestehen, wie ihr ihn fortsetzt. Eure Kultur existiert nicht unabhängig von euch und wenn ihr aufhört, sie zu tradieren, wird sie verschwinden. Sie muß zwangsläufig verschwinden, wie eine Flamme, die keine Nahrung mehr findet.«

»Aber was würde dann passieren? Du kannst doch nicht aufhören, deine Kinder irgend etwas zu lehren, oder?«

»Natürlich nicht, Julie. Ihr könnt nicht einfach aufhören, sie etwas zu lehren. Aber ihr müßt sie etwas Neues lehren. Und wenn ihr sie etwas Neues lehren wollt, dann müßt ihr natürlich zuerst selbst etwas Neues lernen. Und das ist es, wozu du hier bist.«

Nicht für die Schule, sondern fürs Leben

»Mir ist sehr wohl klar, Julie, daß ich dir zeigen muß, wie du diesen neuen Kontinent, zu dem ich dich geführt habe, erforschen kannst.«

»Da bin ich aber erleichtert«, bekannte ich.

»Vielleicht würdest du gerne hören, wie ich selbst begann, ihn zu erforschen?«

»Sehr gern.«

»Am letzten Sonntag habe ich den Namen Rachel Sokolow erwähnt und gesagt, daß sie es war, die es mir ermöglichte, diese Wohnung hier zu beziehen. Du brauchst nicht zu wissen, wie es dazu kam, aber ich kannte Rachel von Kindheit an. Ich stand schon sehr früh mit ihr in gedanklicher Verbindung, so wie mit dir jetzt. Als Rachel in die Schule kam, hatte ich noch keine Kenntnis von eurem Bildungssystem. Da ich keinerlei Grund dazu hatte, hatte ich nie auch nur einen flüchtigen Gedanken daran verschwendet. Wie die meisten Fünfjährigen war Rachel begeistert, endlich zur Schule gehen zu dürfen, und ich freute mich mit ihr, da ich mir genau wie sie einbildete, daß dort gewiß eine wirklich wunderbare Erfahrung auf sie wartete. Erst mehrere Monate später fiel mir auf, daß ihre Begeisterung langsam abflaute und Monat um Monat, Jahr um Jahr weniger wurde, bis Rachel sich in der dritten Klasse in der Schule tödlich langweilte und sich freute, wenn der Unterricht einmal ausfiel. Klingt das irgendwie neu oder fremd für dich?«

»Na«, sagte ich mit einem bitteren Lachen. »Gestern abend

sind etwa achtzig Millionen Kinder ins Bett gegangen und haben darum gebetet, daß in der Nacht zwei Meter Schnee fallen mögen, damit sie am nächsten Tag nicht in die Schule müssen.«

»Rachel machte mich zum Beobachter eures Bildungssystems. Tatsächlich ging ich praktisch mit ihr zur Schule. Die meisten Erwachsenen in eurer Gesellschaft scheinen vergessen zu haben, wie es war, als sie selbst zur Schule gingen. Wenn man sie jetzt als Erwachsene zwingen würde, all dies wieder durch die Augen ihrer Kinder zu sehen, wären sie vermutlich höchst überrascht und entsetzt.«

»Ja, das glaube ich auch.«

»Was einem zuerst auffällt, ist, wie weit der Unterricht von der Idealvorstellung, ›junge Geister zu wecken‹ entfernt ist. Die meisten Lehrer wären begeistert, wenn sie wirklich junge Geister wecken könnten, aber das System, in das sie eingezwängt sind, vereitelt dies. Denn es gründet sich darauf, daß alle Geister in derselben Reihenfolge aufgeschlossen werden müssen, und zwar mit denselben Werkzeugen im selben Tempo und nach einem ganz bestimmten vorher festgelegten Plan. Der Lehrer trägt die Verantwortung dafür, daß er die Klasse als Ganzes in einer vorbestimmten Zeit zu einem vorbestimmten Punkt im Lehrplan bringt. Die Schüler, die die Klasse bilden, lernen bald, den Lehrer bei dieser Aufgabe zu unterstützen. In gewisser Weise ist das sogar das erste, was sie lernen müssen. Einige lernen es rasch und leicht, andere langsam und qualvoll, aber sie lernen es schließlich alle. Hast du eine Ahnung, wovon ich spreche?«

»Ich denke schon.«

»Wie hast du persönlich gelernt, deine Lehrer zu unterstützen?«

»Ich habe gelernt, keine Fragen zu stellen.«

»Führ das doch ein bißchen genauer aus, Julie.«

»Wenn du die Hand hebst und sagst: ›He, Miss Smith, ich habe von dem, was Sie den ganzen Tag von sich gegeben haben, kein einziges Wort verstanden‹, wird Miss Smith dich hassen. Wenn du die Hand hebst und sagts: ›He, Miss Smith, ich habe von dem, was sie die ganze Woche von sich gegeben haben, kein einziges Wort verstanden‹, wird Miss Smith dich fünffach hassen. Und wenn du die Hand hebst und sagst: ›He, Miss Smith, ich habe von dem, was sie das ganze Jahr von sich gegeben haben, kein einziges Wort verstanden‹, wird Miss Smith einen Revolver ziehen und dich auf der Stelle erschießen.«

»Also geht es zuerst einmal darum, den Eindruck zu vermitteln, daß du alles verstanden hast, egal, ob das nun zutrifft oder nicht?«

»Richtig. Das letzte, was der Lehrer hören will, ist, daß du etwas nicht verstanden hast.«

»Aber eben hast du als erstes die Regel genannt, daß man keine Fragen stellen soll. Du hast mir das allerdings noch nicht wirklich erklärt.«

»Keine Fragen zu stellen heißt, nichts anzuschneiden, nur weil du neugierig bist und es gern wissen möchtest. Angenommen, es werden gerade die Gezeiten durchgenommen. Da hebst du nicht einfach die Hand und fragst, ob es stimmt, daß Verrückte bei Vollmond noch verrückter sind. Ich kann mir vorstellen, daß ich so etwas im Kindergarten gemacht hätte, aber in meinem Alter ist so etwas tabu. Andererseits lassen sich manche Lehrer gern durch eine bestimmte Art von Fragen ablenken. Wenn sie ein Hobby haben, dann werden sie einer dezenten Aufforderung, darüber zu berichten, gerne nachkommen, und die Schüler werden das natürlich ausnutzen.«

»Warum wollt ihr, daß der Lehrer über sein Hobby erzählt?«

»Weil das immer noch besser ist, als wenn er erklärt, was mit einer Gesetzesvorlage im Kongreß passiert.«

»Wie helft ihr den Lehrern sonst noch bei ihrer Aufgabe?«

»Vertritt niemals eine andere Meinung. Weise nie auf Widersprüche hin. Stelle nie Fragen, die über den konkreten Unterrichtsstoff hinausgehen. Laß dir nie anmerken, daß du dem Unterricht nicht folgen kannst. Versuch immer so auszusehen, als würdest du jedes Wort kapieren. Das alles läuft ziemlich auf dasselbe hinaus.«

»Verstehe«, sagte Ismael. »Ich betone aber noch einmal, daß dies ohne Frage ein Fehler des Systems selbst ist und nicht ein Fehler der Lehrer, deren Pflicht einzig und allein darin besteht, mit dem Stoff durchzukommen. Man sagt dir immer wieder, daß euer Bildungssystem trotz alledem das fortschrittlichste der Welt ist. Es funktioniert zwar ziemlich schlecht, aber es ist immer noch das fortschrittlichste, das es gibt.«

»Ja, das sagt man mir pausenlos. Ich wünschte, du würdest grinsen oder so, um zu zeigen, daß du das ironisch gemeint hast.«

»Ich bin mir nicht sicher, ob ich zu solch einem Gesichtsausdruck überhaupt fähig bin, Julie. ... Aber zurück zu Rachel. Ich erlebte mit, wie Rachel von einer Klasse in die nächste versetzt wurde – ich sollte noch hinzufügen, daß sie auf eine sehr teure Privatschule ging – die fortschrittlichste der fortschrittlichen. Während ich das alles also beobachtete, begann ich meine Beobachtungen über eure Kultur mit dem zu verknüpfen, was ich über jene Kulturen wußte, denen ihr so weit voraus zu sein glaubt. Zu jenem Zeitpunkt hatte ich noch keine der Theorien entwickelt, die wir uns hier gemeinsam erarbeitet haben. In Gesellschaften, die ihr als primitiv anseht, machen Jugendliche im Alter von dreizehn oder vierzehn gewissermaßen ihren ›Schulabschluß‹ und lassen damit ihre Kindheit hinter sich. Bis zu diesem Alter haben sie im Grunde alles gelernt, was sie brauchen, um in ihrer Gemeinschaft als Erwachsene ihre Funktion auszuüben. Tatsächlich haben sie so viel gelernt, daß sie ohne die geringsten Schwierigkeiten völlig allein überleben könnten. Sie wissen, wie man Werkzeuge zum Jagen und Fischen herstellt. Sie wissen, wie man einen Unterschlupf baut und Kleidung anfertigt. Ihr Erhaltungswert beträgt im Alter von dreizehn oder vierzehn hundert Prozent. Ich nehme an, du weißt, was ich damit meine.«

»Klar.«

»In eurem weitaus fortschrittlicheren System machen die Jugendlichen im Alter von achtzehn Jahren ihren Schulabschluß, und ihr Erhaltungswert beträgt buchstäblich null. Falls der Rest der Gesellschaft über Nacht verschwinden sollte und sie völlig auf sich allein gestellt wären, bräuchten sie schon eine gehörige Portion Glück, um überhaupt zu überleben. Ohne Werkzeuge – und vor allem ohne Werkzeuge, um Werkzeuge herzustellen, wären sie nicht in der Lage, besonders erfolgreich zu jagen oder zu fischen. Die meisten hätten keine Ahnung, welche wildwachsenden Pflanzen eßbar sind. Sie wüßten nicht, wie sie Kleidung herstellen oder einen Unterschlupf bauen sollen.«

»Das stimmt.«

»Wenn die Jugendlichen eurer Kultur die Schule verlassen, müssen sie sofort jemanden finden, der ihnen Geld gibt, damit sie sich jene Dinge kaufen können, die sie zum Überleben brauchen, außer ihre Familien kümmern sich weiter um sie. Mit anderen Worten, sie müssen einen Job finden. Du solltest inzwischen imstande sein, mir zu erklären, warum das so ist.«

Ich nickte. »Weil die Nahrung unter Verschluß gehalten wird.«

»Genau. Ich möchte, daß du den Zusammenhang zwischen diesen beiden Dingen erkennst. Gerade weil sie selbständig nicht überleben können, sind sie auf einen Job angewiesen. Dies ist nichts, das ihnen freigestellt wäre, es sei denn, sie verfügen über entsprechende finanzielle Mittel. Es geht darum, einen Job zu bekommen oder zu hungern.«

»Ja, das leuchtet mir ein.«

»Dir ist sicherlich klar, daß die Erwachsenen in deiner Gesellschaft ständig behaupten, daß eure Schulen entsetzlich schlecht seien. Eure Schulen sind zwar die fortschrittlichsten der Welt, aber sie sind dennoch entsetzlich schlecht. Wie kommt es, daß eure Schulen den Erwartungen der Gesellschaft so gar nicht gerecht werden, Julie?«

»Himmel, ich weiß nicht. Das ist etwas, was mich nicht besonders interessiert. Wenn die Leute anfangen, sich über solches Zeug zu unterhalten, stelle ich meine Ohren einfach auf Durchzug.«

»Komm schon, Julie. Du mußt nicht besonders angestrengt zuhören, um zu wissen, was los ist.«

Ich stöhnte. »Die Notendurchschnitte sind lausig. Die Schulen bereiten die Schüler nicht aufs Berufsleben vor. Die Schulen bereiten sie nicht darauf vor, ein erfolgreiches Leben zu führen. Vermutlich würden einige Leute sagen, daß die Schulen einen ausreichenden Erhaltungswert vermitteln sollten. Wenn wir unseren Abschluß gemacht haben, sollten wir imstande sein, Erfolg zu haben.«

»Dafür sind eure Schulen doch auch da, nicht wahr? Sie sind dazu da, die Kinder darauf vorzubereiten, in eurer Gesellschaft ein erfolgreiches Leben zu führen.«

»Das ist richtig.«

Ismael nickte. »Das ist es, was Mutter Kultur lehrt, Julie. Es ist wirklich eine ihrer raffiniertesten Täuschungen. Eure Schulen sind nämlich keineswegs dazu da.«

»Wozu sind sie dann da?«

»Ich brauchte mehrere Jahre, bis ich das herausgefunden hatte. Damals war ich noch nicht besonders geübt darin, solche Täuschungen aufzudecken. Dies war mein erster Versuch, und ich war deshalb noch ein wenig langsam. Die Schulen, Julie, sind ausschließlich dazu da, den Strom junger Mitbewerber auf den Arbeitsmarkt zu regeln.«

»Tatsächlich«, sagte ich. »Das leuchtet ein.«

»Vor hundertfünfzig Jahren, als die Vereinigten Staaten noch weitgehend eine Agrargesellschaft waren, gab es keinen

Grund, junge Menschen von acht oder zehn Jahren vom Arbeitsmarkt fernzuhalten. Es war völlig normal, daß die Kinder die Schule in diesem Alter verließen. Nur eine kleine Minderheit ging aufs College, um ein berufsbezogenes Studium aufzunehmen. Mit der wachsenden Urbanisierung und Industrialisierung jedoch begann sich das allmählich zu ändern. Ende des neunzehnten Jahrhunderts schließlich waren acht Jahre Schule eher die Regel denn die Ausnahme. Während die Urbanisierung und Industrialisierung in den zwanziger und dreißiger Jahren des zwanzigsten Jahrhunderts weiter vorangeschritten, wurden zwölf Jahre Schule zur Regel. Nach dem Zweiten Weltkrieg riet man vehement davon ab, die Schule vor Ablauf von zwölf Jahren zu verlassen, und man forderte, daß weitere vier Jahre College nicht länger nur einer Elite vorbehalten sein sollten. Jeder sollte die Möglichkeit bekommen, aufs College zu gehen, zumindest ein paar Jahre lang. Ja?«

Ich fuchtelte wild mit der Hand in der Luft herum. »Ich habe eine Frage. Mir scheint, die Urbanisierung und Industrialisierung müßten den gegenteiligen Effekt haben. Anstatt die jungen Leute vom Arbeitsmarkt fernzuhalten, müßte das System doch versuchen, sie dem Arbeitsmarkt zuzuführen.«

Ismael nickte. »Ja, auf den ersten Blick klingt das, was du sagst, plausibel. Aber stell dir einmal vor, was passieren würde, wenn eure Pädagogen heute plötzlich feststellen würden, daß der High-School-Besuch nicht mehr nötig ist.«

Ich überlegte erst ein paar Sekunden, dann sagte ich: »Ja, ich verstehe, was du meinst. Da wären plötzlich zwanzig Millionen Jugendliche auf der Straße, die sich um Jobs prügeln würden, die es gar nicht gibt. Die Arbeitslosenrate würde in die Höhe schießen.«

»Es wäre eine echte Katastrophe, Julie. Du siehst, es ist nicht nur wichtig, diese Vierzehn- bis Achtzehnjährigen vom Arbeitsmarkt fernzuhalten, es ist auch überaus wichtig, daß sie als nicht-verdienende Konsumenten zu Hause bleiben.«

»Was bedeutet das denn nun wieder?«

»Diese Altersgruppe zieht ihren Eltern ungeheuer viel Geld aus der Tasche – man schätzt, zweihundert Milliarden Dollar im Jahr –, die für Bücher, Kleidung, Spiele, Krimskrams, CDs und ähnliche Dinge ausgegeben werden. Für Dinge, die speziell für diese Altersgruppe produziert werden. Viele Industriezweige sind ausschließlich von jugendlichen Konsumenten abhängig. Das muß dir doch bewußt sein.«

»Ja, ich schätze schon. Ich habe nur nie darüber nachgedacht.«

»Wenn man von diesen Teenagern plötzlich erwarten würde, Geld zu verdienen, und es ihnen nicht länger freistünde, ihren Eltern Milliarden von Dollars aus der Tasche zu ziehen, würden diese jugendorientierten Industrien über Nacht verschwinden und damit weitere Millionen Arbeitskräfte frei werden.«

»Wenn die Vierzehnjährigen ihren Lebensunterhalt selbst verdienen müßten, würden sie ihr Geld nicht für Nike-Schuhe, Arcade-Spiele und CDs ausgeben.«

»Vor fünfzig Jahren, Julie, gingen Teenager in Filme, die für Erwachsene gemacht waren, und trugen Kleidung, die für Erwachsene gemacht war. Die Musik, die sie hörten, war keine Musik, die speziell für sie geschrieben und gespielt wurde, es war die Musik der Erwachsenen – geschrieben und gespielt von Erwachsenen wie Cole Porter, Glenn Miller und Benny Goodman. Um auf der ersten Modewelle der Nachkriegszeit mitschwimmen zu können, brauchten sich die jungen Mädchen nur die weißen Oberhemden ihrer Väter anzuziehen. Etwas Derartiges würde heute niemals passieren.«

»Darauf kannst du wetten.«

Ismael schwieg ein paar Minuten. Dann sagte er: »Vor einer Weile hast du etwas von einem Lehrer erzählt, der erklärt, welches Verfahren eine Gesetzesvorlage im Kongreß durchläuft. Ich nehme an, daß ihr das im Unterricht auch tatsächlich durchgenommen habt.«

»Das stimmt. In Staatsbürgerkunde.«

»Und du weißt jetzt, wie Gesetzesvorlagen im Kongreß behandelt werden?«

»Ich habe keine Ahnung, Ismael.«

»Habt ihr einen Test dazu geschrieben?«

»Sicher.«

»Hast du den Test bestanden?«

»Natürlich. Ich falle nie durch.«

»Also hast du vermutlich ›gelernt‹, wie das Gesetzgebungsverfahren abläuft, einen Test zu diesem Thema bestanden und prompt alles wieder vergessen.«

»Stimmt.«

»Kannst du eine Bruchzahl durch eine andere dividieren?«

»Ja, ich denke schon.«

»Sag mir ein Beispiel.«

»Also, sehen wir einmal. Du hast eine halbe Torte und willst sie in Drittel teilen. Dann ergibt jedes Stück ein Sechstel.«

»Das ist ein Beispiel für eine Multiplikation, Julie. Ein halbes Mal ein Drittel ergibt ein Sechstel.«

»Ja, du hast recht.«

»Ihr habt die Division von Bruchzahlen wahrscheinlich in der vierten Klasse durchgenommen.«

»Ich erinnere mich vage daran.«

»Versuch es noch einmal, und überleg dir ein Beispiel, in dem du eine Bruchzahl durch eine andere teilst.«

Ich versuchte es und mußte zugeben, daß mir nichts einfiel.

»Wenn du eine halbe Torte durch drei teilst, erhältst du ein Sechstel Torte. Das liegt auf der Hand. Wenn du eine halbe Torte durch zwei teilst, erhältst du ein Viertel Torte. Und wenn du eine halbe Torte durch eins teilst, was erhältst du dann?«

Ich starrte ihn verständnislos an.

»Wenn du eine halbe Torte durch eins teilst, erhältst du natürlich eine halbe Torte. Jede Zahl, die durch eins geteilt wird, ergibt diese Zahl.«

»Richtig.«

»Was erhältst du also, wenn du eine halbe Torte durch einhalb teilst?«

»Eine ganze Torte?«

»Rechnerisch ist das so. Und was erhältst du, wenn du eine halbe Torte durch ein Drittel teilst?«

»Drei Hälften? Eineinhalb Torten?«

»Richtig. In der vierten Klasse habt ihr Wochen damit verbracht, das zu lernen, obwohl das für Viertklässler natürlich viel zu abstrakt ist. Den Test allerdings hast du vermutlich bestanden.«

»Ganz sicher.«

»Also hast du genau soviel gelernt, wie notwendig war, um den Test zu bestehen. Dann hast du prompt alles wieder vergessen. Weiß du auch, warum du es vergessen hast?«

»Ich habe es vergessen, weil es ohnehin völlig egal ist.«

»Genau. Du hast es aus demselben Grund vergessen, aus dem du vergessen hast, wie eine Gesetzesvorlage im Kongreß behandelt wird: Weil du es nicht brauchen konntest. Die Menschen erinnern sich im Grunde nur selten an etwas, wofür sie in ihrem Alltag keine Verwendung haben.«

»Das ist wahr.«

»Wieviel weißt du noch von dem, was du letztes Jahr in der Schule gelernt hast?«

»So gut wie nichts, würde ich sagen.«

»Glaubst du, daß du dich in dieser Hinsicht von deinen Klassenkameraden unterscheidest?«

»Keineswegs.«

»Also haben die meisten von euch fast alles von dem, was ihr in einem Schuljahr lernt, bis zum nächsten wieder vergessen.«

»Das ist richtig. Aber wir können alle lesen und schreiben und einfache Rechenaufgaben lösen – zumindest die meisten von uns.«

»Was meine Theorie durchaus stützt, oder? Lesen, Schreiben und Rechnen sind Dinge, die ihr täglich braucht.«

»Ja, das stimmt.«

»Jetzt habe ich eine interessante Frage an dich, Julie. Erwarten eure Lehrer von euch, daß ihr euch an alles erinnert, was ihr letztes Jahr gelernt habt?«

»Nein, ich glaube nicht. Sie erwarten, daß wir uns erinnern, schon einmal davon gehört zu haben. Wenn die Lehrerin sagt ›Gezeiten‹, dann erwartet sie, daß alle nicken und sagen: ›Ja, das haben wir letztes Jahr durchgenommen.‹«

»Hast du das Wirken der Gezeiten begriffen, Julie?«

»Also ich weiß, was die Gezeiten sind. Aber warum sich die Ozeane auf beiden Seiten der Erde gleichzeitig zurückziehen, leuchtet mir überhaupt nicht ein.«

»Aber das hast du deiner Lehrerin nicht gesagt!«

»Natürlich nicht. Ich glaube, ich habe in der Klassenarbeit siebenundneunzig Punkte bekommen. An die Punktzahl erinnere ich mich besser als an den Prüfungsstoff selbst.«

»Dafür kannst du jetzt verstehen, warum ihr Jahre eures Lebens damit verschwendet, in der Schule Dinge zu lernen, die ihr nach den entsprechenden Tests sofort wieder vergeßt.«

»Tatsächlich?«

»Tatsächlich. Versuch es.«

Ich versuchte es. »Sie müssen uns in den Jahren, die wir vom Arbeitsmarkt ferngehalten werden, irgendwie beschäftigen. Und es muß einen guten Eindruck machen. Es muß nach etwas aussehen, das wirklich nützlich ist. Sie können uns nicht einfach zwölf Jahre lang Dope rauchen und Rock 'n' Roll spielen lassen.«

»Warum nicht, Julie?«

»Weil das nicht gut aussähe. Das Spiel wäre aus. Das Geheimnis wäre keins mehr. Jeder wüßte, daß wir nur in die Schule gehen, um die Zeit totzuschlagen.«

»Als du aufgezählt hast, was die Leute an euren Schulen auszusetzen haben, lautete einer der Punkte, daß die Schule die Schüler schlecht auf das Arbeitsleben vorbereitet. Warum, glaubst du, erfüllt sie diese Aufgabe so schlecht?«

»Warum? Keine Ahnung. Ich bin mir nicht sicher, ob ich die Frage überhaupt verstanden habe.«

»Versuch an das Ganze so heranzugehen, wie ich es tun würde.«

»Oh«, sagte ich. Das war für die nächsten drei Minuten alles, was mir einfiel. Dann gestand ich, daß ich keine Ahnung hatte, wie ich das Problem auf Ismaels Weise anpacken sollte.

»Welchen Schluß ziehen die Leute aus dem Versagen der Schule, Julie? Die Antwort darauf wird dir einen Hinweis geben, was Mutter Kultur lehrt.«

»Die Leute halten die Schulen für unfähig.«

»Gib mir irgend etwas an die Hand, was über eine Vermutung hinausgeht.«

Ich dachte eine Weile nach und meinte dann: »Die Kinder sind faul und die Lehrer unfähig. Außerdem fehlen den Schulen die Geldmittel.«

»Gut. Das ist in der Tat das, was Mutter Kultur lehrt. Was würden die Schulen machen, wenn ihnen mehr Geld zur Verfügung stünde?«

»Wenn die Schulen mehr Geld hätten, dann würden sie bessere Lehrer einstellen oder ihren Lehrern mehr zahlen. Ich vermute, es steckt der Gedanke dahinter, daß mehr Geld die Lehrer dazu bringen würde, einen besseren Unterricht zu machen.«

»Und was ist mit den faulen Kindern?«

»Einen Teil des Geldes würde man dafür aufwenden, neue Geräte, bessere Bücher und hübschere Tapeten zu kaufen, und dann würden die Kinder weniger faul sein. Etwas in der Art.«

»Nehmen wir an, daß aus diesen neuen und besseren Schulen neue und bessere Schüler hervorgehen. Was passiert dann?«

»Ich weiß nicht. Vermutlich finden sie leichter einen Job.«

»Warum, Julie?«

»Weil sie bessere Sachkenntnisse vermittelt bekommen haben. Sie sind besser auf das Arbeitsleben vorbereitet.«

»Ausgezeichnet. Also wird Hänschen Müller sein Geld nicht damit verdienen müssen, Regale in einem Lebensmittelgeschäft einzuräumen, oder? Er kann sich dort um eine Stelle als stellvertretender Geschäftsführer bewerben.«

»Das stimmt.«

»Und das ist wunderbar, nicht wahr?«

»Ja, ich glaube schon.«

»Aber du weißt, daß Hänschen Müllers älterer Bruder vor vier Jahren die Schule beendet hat, und zwar, bevor das Schulsystem in finanzieller Hinsicht reformiert wurde.«

»So?«

»Er hat auch in einem Lebensmittelgeschäft zu arbeiten angefangen. Da er aber über keine besonderen Sachkenntnisse verfügte, war er gezwungen, zuerst einmal Regale einzuräumen. Und jetzt, nach vier Jahren, will er auch die Stelle als stellvertretender Geschäftsführer haben.«

»Aha«, sagte ich.

»Und dann ist da Lieschen Meier, auch eine von deinen neuen und besseren Schulabgängern. Sie braucht sich nicht als Verwaltungsgehilfin in der Steuerkanzlei zu bewerben. Sie kann dort gleich als Bürovorsteherin anfangen. Das ist doch toll, nicht wahr?«

»Bis jetzt schon.«

»Aber ihre Mutter kehrte vor ein paar Jahren wieder ins Arbeitsleben zurück, und da sie keine besonderen Kenntnisse besaß, mußte sie in dieser Steuerkanzlei als kleine Verwaltungsgehilfin anfangen. Jetzt endlich ist es soweit: Sie soll zur Bürovorsteherin befördert werden.«

»Das ist schlecht.«

»Wie, glaubst du, werden deine neuen und besseren Schulen, die die Schulabgänger auf gute Jobs vorbereiten, den Leuten gefallen?«

»Überhaupt nicht.«

»Ist dir jetzt klar, warum die Schulen ihre Schüler nur unzulänglich auf den Arbeitsmarkt vorbereiten?«

»Schulabgänger müssen auf der Leiter ganz unten anfangen.«

»Du siehst also, daß eure Schulen genau das tun, was ihr tatsächlich von ihnen erwartet. Die Leute reden sich ein, daß sie froh wären, wenn ihre Kinder optimal vorbereitet auf den Arbeitsmarkt entlassen würden. Wäre das jedoch tatsächlich der Fall, würden sie sofort mit ihren älteren Geschwistern und mit ihren Eltern um die Arbeitsplätze konkurrieren, was katastrophale Auswirkungen hätte. Eine andere Frage: Wenn die Schulabgänger mit größeren Fachkenntnissen aus der Schule kämen, wer würde dann die Regale einräumen, Julie? Wer würde die Böden wischen? Wer würde die Autos betanken? Wer würde die Hamburger auf dem Grill wenden?«

»Ich nehme an, das Ganze würde sich über das Alter regeln.«

»Du meinst, du würdest Hänschen Müller und Lieschen Meier sagen, daß sie die Jobs, die sie haben wollen, nicht bekommen können, nicht weil andere besser qualifiziert sind als sie, sondern weil sie älter sind?«

»Das ist richtig.«

»Was hat es dann überhaupt für einen Sinn, Hänschen und Lieschen Kenntnisse zu vermitteln, die sie in die Lage versetzen, diese Jobs auszuführen?«

»Ich schätze, wenn die mit diesen Kenntnissen von der Schule abgehen, dann können sie wenigstens darauf zurückgreifen, wenn sie sie schließlich brauchen.«

»Wo haben ihre älteren Geschwister und Eltern diese Kenntnisse erworben?«

»Im Job, vermutlich.«

»Du meinst, während sie Regale eingeräumt, den Boden gewischt, Autos betankt, Akten sortiert und Hamburger gewendet haben?«

»Ja, vermutlich.«

»Werden deine besseren Schulabgänger dann nicht sowieso dieselben Kenntnisse erwerben, die ihre älteren Geschwister und Eltern im Job erworben haben?«

»Ja.«

»Was gewinnen sie dann damit, sie sich im voraus anzueignen, wenn sie sie im Job ohnehin lernen werden?«

»Vermutlich gar nichts, egal, wie man es dreht und wendet«, sagte ich.

»Gut, jetzt sehen wir einmal, ob du herausfindest, warum eure Schulen ihre Abgänger mit einem Erhaltungswert von Null entlassen.«

»Okay ... Zuerst einmal sagt Mutter Kultur, daß es überflüssig wäre, Schulabgänger mit einem hohen Erhaltungswert zu entlassen.«

»Warum ist das so, Julie?«

»Weil sie ihn nicht brauchen. Primitive Menschen brauchen ihn, nicht aber zivilisierte. Es wäre Zeitverschwendung, wenn die Menschen lernen würden, wie man auf sich allein gestellt überlebt.«

Ismael forderte mich auf fortzufahren.

»Vermutlich wäre deine nächste Frage jetzt, was passieren würde, wenn die Schulen einen Jahrgang Schüler mit einem Erhaltungswert von hundert Prozent entlassen würden.«

Er nickte.

Ich saß eine Weile da und durchdachte das Ganze. »Mein erster Gedanke war, daß sie sich um Jobs als Überlebenstrainer oder so bemühen würden. Aber das ist natürlich Quatsch. Wenn sie nämlich über einen Erhaltungswert von hundert Prozent verfügen würden, bräuchten sie überhaupt keinen Job.«

»Sprich weiter.«

»Die Tatsache, daß die Nahrung unter Verschluß ist, würde sie nicht im Gefängnis halten können. Sie wären draußen. Sie wären frei!«

Ismael nickte wieder. »Natürlich würden ein paar von ihnen immer noch lieber dort bleiben wollen, aber das wäre dann ihre freie Entscheidung. Ich darf wohl behaupten, daß ein Donald Trump, ein George Bush oder ein Steven Spielberg keine Neigung verspüren würden, das Gefängnis der Nehmer zu verlassen.«

»Ich wette, es wären mehr als nur ein paar. Ich wette, die Hälfte würde bleiben.«

»Weiter. Was würde dann passieren?«

»Selbst wenn die Hälfte bliebe, wäre das Tor offen. Die Leute würden herausströmen. Es würden zwar viele drinbleiben, aber es würden auch viele herauskommen.«

»Du meinst, daß es für viele Menschen keine paradiesische Vorstellung zu sein scheint, einen Job anzutreten und dann bis zum Pensionsalter zu arbeiten?«

»Sicher nicht«, sagte ich.

»Dann weißt du jetzt also, warum eure Schulen Schulabgänger ohne Erhaltungswert entlassen.«

»Das stimmt, jetzt weiß ich es: Da sie keinerlei Erhaltungswert besitzen, sind sie gezwungen, Rädchen im Wirtschaftssystem der Nehmer zu werden. Selbst wenn sie aus diesem System lieber aussteigen würden, sie können es nicht.«

»Noch einmal: Als wichtigster Punkt bleibt festzuhalten, daß eure Schulen, obwohl sich alle über sie beschweren, genau das tun, was ihr von ihnen tatsächlich erwartet, nämlich Arbeitskräfte zu produzieren, die keine andere Wahl haben, als sich ins bestehende Wirtschaftssystem zu integrieren, und zwar vorsortiert in verschiedene Güteklassen. High-School-Abgänger sind im allgemeinen für Fabrikjobs bestimmt. Sie mögen ebenso intelligent und talentiert sein wie College-Absolventen. Aber sie haben das nicht damit bewiesen, daß sie weitere vier Schuljahre überstanden haben – vier Jahre, in denen sie fürs Leben im großen und ganzen nicht mehr gelernt haben als in den vorangegangenen zwölf. Dennoch eröffnet ihnen ein Collegeabschluß den Zugang zu einem Bürojob, der High-School-Abgängern im allgemeinen verwehrt bleibt.

Was Fabrikarbeiter und Büroangestellte noch aus ihrer

Schulzeit wissen, spielt keine große Rolle – weder in ihrem Arbeits- noch in ihrem Privatleben. Ganz, ganz wenige von ihnen werden jemals vor die Aufgabe gestellt, eine Bruchzahl durch eine andere zu teilen, einen Satz zu analysieren, einen Frosch zu sezieren, ein Gedicht zu interpretieren, ein Theorem zu beweisen, die Wirtschaftspolitik von Jean-Baptiste Colbert zu diskutieren, den Unterschied zwischen Shakespeareschen und Spenserschen Sonetten zu definieren, zu beschreiben, wie eine Gesetzesvorlage im Kongreß behandelt wird oder zu erklären, wie sich die Ozeane unter dem Einfluß der Gezeitenkräfte auf den entgegengesetzten Seiten der Erde verhalten. Also würde es nicht die geringste Rolle spielen, wenn sie ihren Schulabschluß machen würden, ohne all das zu wissen. Bei Berufen, für die ein akademischer Abschluß erforderlich ist, ist es offensichtlich etwas anderes. Ärzte, Anwälte, Wissenschaftler, Geisteswissenschaftler und so weiter brauchen das, was sie im Studium lernen, tatsächlich. So bewirkt das Lernen bei einem kleinen Prozentsatz der Bevölkerung tatsächlich noch etwas anderes, als sie vom Arbeitsmarkt fernzuhalten.

Mutter Kultur täuscht uns also vor, daß die Schulen dazu da sind, den Bedürfnissen der Menschen zu dienen. Tatsächlich sind sie dazu da, den Bedürfnissen der Wirtschaft zu dienen. Die Schulen entlassen Schulabgänger, die nicht ohne Jobs leben können, aber keine Fachkenntnisse haben, und das entspricht genau den Anforderungen der Wirtschaft. Was in euren Schulen passiert, ist also kein Fehler des Schulsystems, sondern die Umsetzung der Anforderungen durch die Wirtschaft. Und diesen Anforderungen kommen eure Schulen zu fast hundert Prozent nach.«

»Ismael«, fragte ich, und unser Blick traf sich, »du hast das alles ganz allein herausgefunden?«

»Ja, im Laufe mehrere Jahre, Julie. Ich denke sehr langsam.«

Nicht für die Schule, sondern fürs Leben II

Ismael fragte mich, ob ich jüngere Geschwister hätte, die ich von klein an hätte aufwachsen sehen, was ich verneinte.

»Dann wüßtest du nämlich aus Erfahrung, daß kleine Kinder die besten Lernmaschinen im bekannten Universum sind. Sie lernen mühelos so viele Sprachen, wie in ihrer Familie gesprochen werden. Niemand muß sie in ein Klassenzimmer setzen, um ihnen Grammatik und Vokabeln einzutrichtern. Sie machen keine Hausaufgaben, sie schreiben keine Klassenarbeiten, sie werden nicht benotet. Ihre Muttersprache zu lernen ist für sie ein leichtes, natürlich, weil es für sie etwas ungeheuer Nützliches und Befriedigendes ist.

Alles, was sie während dieser ersten Jahre lernen, ist ungeheuer nützlich und befriedigend für sie, selbst wenn es nur darum geht zu krabbeln, einen Turm aus Bauklötzchen zu bauen, mit einem Löffel auf einen Topf zu schlagen oder so durchdringend zu kreischen, daß dir der Kopf davon brummt. Dem Lernen kleiner Kinder ist nur durch das Grenzen gesetzt, was sie nicht sehen, hören, riechen und anfassen können. Dieser Drang zum Lernen hält an, wenn sie in den Kindergarten kommen, zumindest noch für eine Weile. Erinnerst du dich noch an das, was du im Kindergarten gelernt hast?«

»Nein, eigentlich nicht.«

»Es sind gewiß dieselben Dinge, die auch Rachel vor zwanzig Jahren lernte. Sie lernte, wie die Primär- und Sekundärfarben heißen – rot, blau, gelb, grün und so weiter. Sie lernte die grundlegenden geometrischen Formen zu benennen – Viereck, Kreis, Dreieck. Sie lernte, die Uhrzeit abzulesen. Sie lernte, wie die Wochentage heißen. Sie lernte zählen. Sie lernte die Grundeinheiten des Geldes kennen. Sie lernte die Monatsnamen und die Jahreszeiten. Dies sind alles Dinge, die jeder so oder so lernen würde, egal, ob er sie nun in der Schule beigebracht bekommt oder nicht. Sie zu kennen ist in gewissem Maße befriedigend und nützlich, also haben die meisten Kinder keine Schwierigkeiten damit, sie im Kindergarten zu lernen. Nachdem Rachel all das in der ersten Klasse noch einmal durchgenommen hatte, ging es mit der Addition und Subtraktion und dem Lesen weiter, obwohl sie im Grunde schon im Alter von vier Jahren lesen konnte. Wieder empfinden Kinder dies im allgemeinen als befriedigend und nützlich. Ich habe jetzt allerdings nicht vor, mit dir den gesamten Lehrplan durchzugehen. Ich will darauf hinaus, daß die meisten Kinder sich vom Kindergarten bis zur dritten Klasse das Basiswissen aneignen, das man braucht, um in deiner Kultur zurechtzukommen. Im allgemeinen können diese Dinge mit ›Lesen, Schreiben, Rechnen‹ bezeichnet werden. Dies ist das Wissen, das Kinder im Alter von sieben und acht tatsächlich brauchen. Also haben sie Spaß daran, ihr Wissen auch anzuwenden. Vor hundertundfünfzig Jahren bestand die allgemeine Schulbildung aus eben diesem Wissen bis zur dritten Klasse. Die Klassen vier bis zwölf wurden später eingeführt, nur um die Jugendlichen vom Arbeitsmarkt fernzuhalten, und das, was in diesen Klassen gelehrt wird, empfinden die meisten Schüler für ihr Leben weder als befriedigend noch als nützlich. Die Addition, Subtraktion, Multiplikation und Division von Bruchzahlen sind ein anschauliches Beispiel dafür. Kein Kind und nur ganz, ganz wenige Erwachsene werden je in die Verlegenheit kommen, diese Rechenarten anwenden zu müssen. Da sie sich aber hervorragend eignen, in den Lehrplan aufgenommen zu werden, geschah dies auch. Sie den Schülern beizubringen, nimmt viele Monate in Anspruch, und das ist gut so, da der Zweck der Übung ja darin besteht, die Zeit der Schüler zu belegen. Du hast andere Fächer wie Staatsbürgerkunde und Geologie genannt. Auch sie bieten viele Möglichkeiten der zeitintensiven Stoffvermittlung. So mußte Rachel, wie ich mich erinnere, aus irgendeinem unerfindlichen Grund die Hauptstädte der einzelnen Bundesstaaten auswendig lernen. Mein Lieblingsbeispiel aber kam mir zu Ohren, als sie in der achten Klasse war. Dort lernte sie tatsächlich, ein Einkommensteuerformular auszufüllen. Im wirklichen Leben würde sie das erst in frühestens fünf Jahren tun müssen. Bis dahin hatte sie mit absoluter Sicherheit vergessen, wie man das Formular, das inzwischen höchstwahrscheinlich ohnehin grundlegend geändert worden wäre, ausfüllt. Natürlich verbringt jedes Kind auch Jahre damit, Geschichte zu lernen – die nationale, die Staatsgeschichte und Weltgeschichte, Altertum, Mittelalter und Moderne –, wovon es ungefähr ein Prozent behält.«

»Ich dachte, du würdest den Geschichtsunterricht gutheißen«, warf ich ein.

»Das tue ich auch. Ich bin dafür, daß man einfach alles unterrichtet, denn Kinder wollen alles wissen. Was Kinder brennend von der Geschichte wissen wollen, ist, wie es dazu kam, daß etwas so ist, wie es jetzt ist – aber in eurer Kultur denkt niemand daran, sie das zu unterrichten. Statt dessen werden sie mit zehn Millionen Namen, Daten und Fakten überschüttet, die sie wissen ›müssen‹, die aber in dem Augenblick, in dem sie nicht mehr gebraucht werden, um einen Test zu bestehen, aus ihren Köpfen verschwinden. Es ist, als würde man einem vierjährigen Kind, das wissen will, woher die Babys kommen, ein tausend Seiten starkes medizinisches Lehrbuch in die Hand drücken.

Hier in diesen Räumen lernst du etwas über die Geschichte, die für dich von Bedeutung ist. Stimmt das?«

»Ja.«

»Wirst du das je vergessen?«

»Nein. Auf keinen Fall.«

»Kinder lernen alles, was sie lernen wollen. In der Schule haben sie Schwierigkeiten mit der Prozentrechnung, aber es gelingt ihnen mühelos, die Quoten ihrer Baseballmannschaft auszurechnen, was natürlich nichts anderes ist als Prozentrechnung. In der Schule versagen sie in den naturwissenschaftlichen Fächern, wenn sie aber zu Hause an ihren PCs sitzen, knacken sie mühelos die ausgeklügeltesten Computer-Sicherheitssysteme.«

»Stimmt, stimmt, stimmt.«

»Wenn du die entsprechenden Zeitschriften und Zeitungen liest oder Fernsehprogramme verfolgst, wirst du mindestens einmal pro Woche einen Bericht über das eine oder andere neue Konzept finden, das unsere Schulen reformieren soll. Was die Leute mit reformieren meinen, ist, die Schulen zu Institutionen zu machen, die für die Schüler da sind, anstatt lediglich die Aufgabe zu erfüllen, sie zwölf Jahre lang vom Arbeitsmarkt zurückzuhalten und sie dann auch noch ohne irgendwelche Fachkenntnisse ins Arbeitsleben zu entlassen. Die Angehörigen deiner Kultur glauben, wenn etwas für die Menschen arbeiten soll, müssen sie es von Grund auf neu erfinden. Es kommt ihnen nie in den Sinn, daß sie damit möglicherweise versuchen, das Rad neu zu erfinden. Für den Fall, daß dir dieser Ausdruck unbekannt ist: ›Das Rad neu erfinden‹ bedeutet, sich krampfhaft bemühen, eine revolutionäre Erfindung, die man tatsächlich schon vor langer Zeit gemacht hat, ein zweites Mal zu machen.

Bei den Naturvölkern funktioniert das Bildungssystem so gut, daß es den Lernenden keine Mühen und Härten auferlegt und Schulabgänger hervorbringt, die perfekt dafür ausgebildet sind, ihren Platz in der jeweiligen Gesellschaft einzunehmen. Dabei von einem System zu sprechen, wäre jedoch mißverständlich, wenn du jetzt erwartest, riesige Schulen mit einem Lehrkörper und pädagogischen Fachbeauftragten unter der Leitung lokaler und regionaler Schulbehörden vorzufinden. So etwas gibt es nicht. Das System ist von außen überhaupt nicht zu erkennen und funktioniert ohne jeden finanziellen Aufwand. Wenn du die Mitglieder eines Naturvolks bitten würdest, es dir zu erklären, dann würden sie nicht einmal wissen, was genau du mit deiner Frage meinst. Bildung und Erziehung finden bei ihnen unablässig und nebenbei statt, was bedeutet, daß sie sich ihres Wirkens genausowenig bewußt sind wie des Wirkens der Schwerkraft. Bildung und Erziehung finden bei ihnen so unablässig und nebenbei statt wie in einer Familie, in der ein dreijähriges Kind lebt. Es gibt praktisch keinen Weg, ein dreijähriges Kind vom Lernen abzuhalten, es sei denn, du steckst es in sein Bettchen oder einen Laufstall. Ein dreijähriges Kind ist ein neugieriges Wesen mit tausend Armen, die alles untersuchen wollen. Es muß alles anfassen, alles riechen, alles kosten, alles umdrehen, muß sehen, was passiert, wenn man etwas durch die Luft fliegen läßt, sehen, wie sich etwas anfühlt, wenn man es hinunterschluckt oder sich ins Ohr steckt. Das vierjährige Kind ist nicht weniger wissensdurstig, aber es braucht die Experimente des dreijährigen nicht mehr zu wiederholen. Es hat bereits alles angefaßt, gerochen, gekostet, umgedreht, durch die Luft geworfen und geschluckt. Jetzt ist es bereit, sein Umfeld zu erweitern – genau wie das fünfjährige Kind, das sechsjährige, das siebenjährige, das achtjährige, das neunjährige, das zehnjährige und so weiter. In deiner Kultur wird ihm das jedoch verwehrt. Das gäbe ein zu großes Durcheinander. Ab dem Alter von fünf Jahren muß das Kind im Zaum gehalten und in seiner Bewegungsfreiheit eingeschränkt werden. Man zwingt es, in dicht geschlossenen Reihen mit anderen Kindern zusammen das zu lernen, was es gemäß dem Willen eurer Gesetzgeber und Lehrplanschreiber lernen soll, nicht das, was es lernen will.

Nicht so in Stammesgesellschaften. Dort steht es einem Dreijährigen frei, seine Umwelt zu erforschen, und zwar so genau, wie er möchte, wobei er sich naturgemäß mit drei Jahren weniger weit vorwagen wird als mit vier, fünf, sechs, sieben oder acht Jahren. Es gibt bei den Naturvölkern einfach keine Mauern, um das Kind ein- oder auszusperren, es gibt keine verschlossenen Türen. Es gibt kein bestimmtes Alter, in dem es eine bestimmte Sache lernen sollte. Niemand würde auch nur im Traum auf diese Idee kommen. Ein Kind findet letztlich alles faszinierend, was die Erwachsenen tun, und will es schließlich selbst tun – nicht in derselben Woche oder im selben Jahr. Dieser Prozeß, Julie, ist nicht kulturell bedingt. Er ist genetisch festgelegt. Ich meine, Kinder lernen nicht ihre Eltern zu imitieren, das ist in den Kindern angelegt. Sie werden mit der Veranlagung geboren, ihre Eltern zu imitieren, genau wie Enten mit der Veranlagung geboren werden, dem ersten Objekt zu folgen, das sich bewegt, und für gewöhnlich ist das ihre Mutter. Diese Erbanlage prägt die Kinder weiter … bis zu welchem Zeitpunkt, Julie?«

»Was meinst du?«

»Das Kind hat den Wunsch, seinen Eltern alles nachzumachen, aber dieses Verlangen verschwindet schließlich. Wann?«

»Himmel, woher soll ich das wissen?«

»Du weißt es ganz genau, Julie. Dieses Verlangen verschwindet mit dem Beginn der Pubertät.«

»Oh«, sagte ich. »Und ob ich das weiß.«

»Der Beginn der Pubertät ist gleichzeitig das Ende der Lehre, die das Kind bei den Eltern absolviert. Es ist auch das Ende der Kindheit. Noch einmal: Das ist nicht kulturell bedingt, sondern genetisch festgelegt. In Stammesgesellschaften gilt der pubertierende Jugendliche als reif genug, um in das Erwachsenenleben eingeführt zu werden – und das muß auch geschehen. Man kann unmöglich jetzt noch erwarten, daß er seine Eltern imitiert. Dieses Verlangen ist verschwunden und damit ist diese Lebensphase abgeschlossen. In Stammesgesellschaften wird dies mit einer Initiationszeremonie dokumentiert, so daß sich jeder darüber im klaren ist. Gestern waren es noch Kinder. Heute sind sie Erwachsene.«

Daß diese Entwicklung genetisch festgelegt ist, zeigt sich auch an der Tatsache, daß es euch nicht gelungen ist, sie durch kulturelle Maßnahmen – Gesetzgebung oder Bildung – zu überwinden. Tatsächlich habt ihr ein Gesetz geschaffen, das die Kindheit auf einen unbestimmten Zeitraum ausdehnt. Darüber hinaus habt ihr das Erwachsensein neu definiert, und zwar als moralisches Privileg. Aus Gründen, die alles andere als nachvollziehbar sind, kann man es sich letztendlich nur selbst verleihen. In Stammeskulturen werden die Jugendlichen zu Erwachsenen gemacht, genau wie ihr eure Präsidenten zu Präsidenten macht. Die Jugendlichen zweifeln danach genausowenig daran, erwachsen zu sein, wie George Bush daran zweifelt, zum Präsidenten gewählt worden zu sein. Die meisten Erwachsenen in eurer Kultur sind sich jedoch nie ganz sicher, wann sie es geschafft haben, zum Erwachsenen geworden zu sein – oder sogar, ob sie es überhaupt jemals geworden sind.«

»Das ist wohl wahr«, sagte ich. »Ich vermute, das alles hat etwas mit den Gangs zu tun.«

»Natürlich. Ich bin sicher, du kommst darauf.«

»Ich würde sagen, daß die Kids in den Gangs gegen das Gesetz rebellieren, das ihre Kindheit in eine unbestimmte Zukunft ausdehnt.«

»Das tun sie, aber natürlich nicht bewußt. Sie finden es einfach unerträglich, ein Gesetz zu befolgen und das genetische Programm, das ihnen sagt, daß sie erwachsen sind, ignorieren zu müssen. Natürlich entstehen Gangs nur in sozial benachteiligten Gruppen. Andere Jugendliche werden ja auch für ihre Bereitschaft belohnt, ein paar Jahre länger auf die Erwachsenenprivilegien zu verzichten. Es sind die Kids, die absolut nichts dafür bekommen – oder zumindest nichts, an dem ihnen etwas läge –, die sich zu Gangs zusammenschließen.«

»Ja, das stimmt.«

»Wir sind hier ein wenig vom Weg abgeschweift, weil ich

dir ein Bildungsmodell zeigen wollte, das für die Menschen da ist. Es ist sehr einfach, es verursacht keine Kosten, keinen Aufwand, keine Verwaltung. Kinder gehen einfach, wohin sie wollen, und verbringen ihre Zeit mit wem sie wollen, um das zu lernen, was sie lernen wollen, zu dem Zeitpunkt, zu dem sie es auch tatsächlich wollen. Die Entwicklung der Kinder verläuft nun einmal nicht identisch. Warum in aller Welt sollte sie auch? Es geht nicht darum, daß jedes einzelne Kind das gesamte kulturelle Erbe vermittelt bekommt, es geht vielmehr darum, daß jede Generation es erhält. Und das geschieht zweifelsohne bei den Naturvölkern. Der Beweis dafür ist die Tatsache, daß diese Gesellschaften Generation um Generation funktioniert haben, und das wäre zweifellos nicht der Fall gewesen, wenn ihr Erbe nicht von Generation zu Generation gewissenhaft und vollständig weitergegeben worden wäre.

Offensichtlich fallen aber auch von einer Generation zur nächsten bestimmte Details unter den Tisch. Tratsch gehört schließlich nicht zum kulturellen Erbe. An Ereignisse, die fünfhundert Jahre zurückliegen, erinnert man sich anders als an Ereignisse, die fünfzig Jahre zurückliegen. Und an Ereignisse, die fünfzig Jahre zurückliegen, erinnert man sich wiederum anders als an Ereignisse, die letztes Jahr stattgefunden haben. Jeder aber ist sich im klaren darüber, daß alles, was nicht an die jüngere Generation weitergegeben wird, unwiderruflich verloren ist. Das Wesentliche wird jedoch stets weitergegeben werden. Zum Beispiel werden Fertigkeiten zur Herstellung von Werkzeugen, die täglich gebraucht werden, unmöglich verlorengehen – eben weil sie täglich gebraucht werden. Die Kinder erlernen sie so beiläufig wie Kinder deiner Kultur lernen, Telefone und Fernbedienungen zu benutzen. Schimpansen lernen Zweige zu präparieren, um damit Ameisen aus einem Ameisenhügel zu ›angeln‹. Dort, wo man diese Praxis antrifft, wird sie mit absoluter Sicherheit von Generation zu Generation weitergegeben. Dieses Verhalten ist als solches nicht genetisch festgelegt, aber die Fähigkeit zu lernen ist es.«

Ich bekannte Ismael, daß er mir offensichtlich etwas verständlich machen wollte, das nicht ganz bis zu mir durchdrang. Zu meiner großen Überraschung griff er plötzlich nach einer Stange Sellerie und biß hinein, daß es knallte wie ein Pistolenschuß. Er kaute einen Augenblick vor sich hin, bevor er fortfuhr.

»Es gab da einmal eine vornehme alte Knäkente namens Titi, die auf der Isle of Wight im Ärmelkanal eine große Konferenz anderer vornehmer Alttiere einberief. Als sich schließlich alle versammelt und niedergelassen hatten, trat eine etwas weniger vornehme Knäkente mit Namen Ooli vor, um ein paar einführende Worte zu sprechen.

›Ich bin sicher, ihr wißt alle, wer Titi ist‹, begann Ooli. ›Falls das nicht der Fall sein sollte, werde ich ihn euch jetzt vorstellen. Titi ist ohne jeden Zweifel der größte Wissenschaftler unserer Zeit und der weltweit herausragendste Experte für den Vogelzug, den er länger und gründlicher studiert hat als irgendeine andere Knäkente. Ich weiß nicht, warum er uns hier und jetzt zusammengerufen hat, aber ich bezweifle nicht, daß er einen guten Grund dafür hat.‹ Und damit übergab Ooli das Wort an Titi.

Titi plusterte sich ein bißchen auf, um sich der Aufmerksamkeit seiner Zuhörer zu vergewissern, dann begann er: ›Ich bin heute hier, um euch eine lebenswichtige Neuerung bei der Aufzucht eurer Jungen eindringlich ans Herz zu legen.‹ Nun, mit dieser Ankündigung konnte sich Titi tatsächlich der Aufmerksamkeit aller sicher sein. Die Knäkenten überschütteten ihn mit Fragen. Sie wollten wissen, was denn an ihrer Aufzuchtmethode, die bei Knäkenten seit unzähligen Generationen reibungslos funktioniert hatte, verkehrt sein sollte.

›Ich verstehe eure Aufregung‹ erwiderte Titi, als es ihm gelungen war, seine Zuhörer endlich zu beruhigen. ›Aber damit ihr begreift, worauf ich hinauswill, müßt ihr zuerst verstehen, daß ich mich sehr von euch unterscheide. Wie mein alter Freund Ooli schon erwähnt hat, bin ich der weltweit angesehenste Experte für den Vogelzug. Das heißt, ich verfüge über ein fundiertes theoretisches Wissen über ein Geschehen, das ihr nur auf eine gedankenlose und routinemäßige Weise erlebt. Einfach gesagt: Im Frühling und im Herbst eines jeden Jahres verspürt ihr eine gewisse Unruhe, die ihr Ventil letztlich darin findet, daß ihr über den Ärmelkanal fliegt und in die eine oder andere Richtung davonzieht. Ist es nicht so?‹

Seine Zuhörer mußten zugeben, daß das so war, und Titi fuhr fort: ›Ich ziehe nicht in Zweifel, daß euer vages Gefühl der Unruhe einem wesentlichen Zweck dient, nämlich euch zum Aufbruch zu bewegen. Aber würdet ihr das Leben eurer Kinder nicht gern von etwas Verläßlicherem als einem vagen Gefühl der Unruhe geleitet sehen?‹

Als man ihn bat, zu erklären, was er damit meinte, sagte er: ›Wenn ihr derart detaillierte Beobachtungen anstellen würdet, wie Wissenschaftler meines Ranges es tun, dann wüßtet ihr, wie oft es vorkommt, daß ihr eine Woche oder zehn Tage lang unsicher seid, einen halbherzigen Start nach dem anderen macht, unschlüssig hin und her fliegt oder losfliegt, als wolltet ihr euch wirklich auf die Reise machen, um dann nach fünf, zehn oder sogar zwanzig Meilen wieder umzukehren. Ihr wüßtet, wie viele von euch losfliegen und eine weite Strecke zurücklegen – und dabei in die falsche Richtung fliegen!‹

Seine Zuhörer flatterten daraufhin nervös mit den Flügeln und plusterten sich auf, um ihre Verlegenheit zu verbergen. Sie wußten, daß das, was Titi sagte, der Wahrheit entsprach (und tatsächlich entspricht – nicht nur bei Knäkenten, sondern bei Zugvögeln im allgemeinen), aber es kränkte sie, daß jemand das bemerkt hatte. Sie fragten, was sie denn tun könnten, um ihre Fähigkeiten zu verbessern.

›Wir müssen unsere Küken mit den Elementen eines idealen Zugplans vertraut machen. Wir müssen ihnen beibringen, auf die richtigen Zeichen zu achten, um so den optimalen Zeitpunkt für den Aufbruch berechnen zu können.‹

›Aber du als Wissenschaftler beherrscht das doch bereits‹, warf einer der Zuhörer ein. »Könntest du uns denn nicht einfach sagen, wann wir aufbrechen sollen?‹

›Das wäre höchst dumm‹, erwiderte Titi. ›Ich kann unmöglich überall gleichzeitig sein, um all die Berechnungen anzustellen, die wichtig sind. Das müßt ihr an Ort und Stelle selbst vornehmen, und zwar unter Einbeziehung der individuellen Bedingungen, die bei euch gerade herrschen.‹

Normalerweise kommt es nicht oft vor, daß eine Knäkente stöhnt. Als die Enten jedoch hörten, was Titi da sagte, stieß der ganze Schwarm ein heftiges Stöhnen aus. Titi jedoch fuhr fort: ›Kommt, kommt, das ist doch gar nicht so schwierig. Ihr müßt einfach begreifen, daß eine Migration dann von Vorteil ist, wenn die Eignung eures gegenwärtigen Habitats geringer ist als die Eignung des Zielhabitats, was Migrationsfaktor genannt wird. Dieser korreliert mit dem Wert, um den sich euer potentieller Fortpflanzungserfolg, auf den ihr aktiv Einfluß nehmen könnt, als Ergebnis dieser Migration vergrößern wird. Mir ist klar, daß das gegenwärtig ein bißchen schwierig für euch ist, aber mit ein paar Definitionen und mathematischen Formeln werdet ihr das Ganze schon in den Griff bekommen.‹

Nun, die Knäkenten waren ganz normale Vögel, und es fiel ihnen nicht ein, einem so berühmten und anerkannten Experten zu widersprechen, der eindeutig viel mehr über ihre Wanderung wußte als sie. Sie glaubten, keine andere Wahl zu haben als sich mit diesen Plänen einverstanden zu erklären, die so offensichtlich zu ihrem Besten waren. Bald verbrachten sie am Abend mit ihren Küken viele Stunden, um ihnen Dinge wie Routenmuster, Navigationsmechanismen, Rückkehrgrad und Grad der Zerstreuung und Konvergenz zu erklären. Anstatt im Morgensonnenschein herumzutollen, lernten die Küken höhere Analysis, einen Teilbereich der Mathematik, der von zwei berühmten Knäkenten namens Leibniz und Newton definiert worden war. Die höhere Analysis versetzte sie in die Lage, mit Hilfe der Differenzial- und der Integralrechnung Funktionen mit einer oder mehreren Variablen zu bestimmen. Man erwartete, daß jedes Küken innerhalb weniger Jahre in der Lage war, die Migrationskostenvariablen sowohl bei fakultativen wie bei obligatorischen Migrationen zu berechnen. Wetterbedingungen, Windrichtung und -geschwindigkeit, sogar Körpergewicht und Fettanteil flossen in die Berechnung von Migrationsschwellen ein.

Das anfängliche Versagen des neuen Erziehungs- und Bildungssystems war überaus evident, kam aber nicht überraschend. Titi hatte vorausgesagt, daß der Migrationserfolg in den ersten fünf Jahren des Programms tatsächlich sinken würde, dann aber wieder auf ein normales Niveau zurückkehren und den Standard innerhalb weiterer fünf Jahre schließlich deutlich übersteigen würde. Nach Ablauf von zwanzig Jahren, so sagte er, würden mehr Knäkenten als je zuvor erfolgreich wandern. Als die Knäkenten schließlich jedoch wieder dem bisherigen Standard entsprechend zu wandern begannen, fand man heraus, daß die meisten von ihnen die Berechnungen schlicht und ergreifend frisierten – sie folgten einfach ihrem Instinkt und glichen die mathematischen Daten eher dem Verhalten an als das Verhalten den Daten. Nachdem neue, strenge Regeln aufgestellt worden waren, um diese Form der Täuschung zu unterbinden, fiel der Migrationserfolg ins Bodenlose. Schließlich akzeptierte man, daß normale Eltern tatsächlich nicht qualifiziert waren, ihren Kindern etwas so Komplexes wie die Migrationswissenschaft beizubringen. Das war etwas, was nur Fachleuten gelingen konnte. Von da an wurden die Küken frühzeitig aus dem Nest geholt und einem Kader von Spezialisten übergeben, die ihre Schützlinge zu Einheiten zusammenfaßten, in denen ein gnadenloser Wettbewerb herrschte, und ihnen hohe Lernstandards, einheitliche Prüfungen und strenge Disziplin auferlegten. Man hatte bereits erwartet, daß sich bei den Kleinen eine gewisse Aversion gegen das neue System aufbauen würde, die sich auch bald in Form chronischer Schulschwänzerei, aggressivem Verhalten, Depressionen und Selbstmord zeigte. Neue Kader von Beamten, die Schulschwänzer zum Unterricht begleiteten, von Aufsichtskräften, Psychotherapeuten und Psychologen mühten sich ab, das Problem in den Griff zu bekommen, aber es dauerte nicht lange, und der Schwarm stob auseinander wie die Bewohner eines brennenden Gebäudes (denn Titi und Ooli waren nun doch nicht verrückt genug, um zu glauben, sie könnten den Schwarm mit Gewalt zusammenhalten.)

Nachdem die beiden alten Freunde zugesehen hatten, wie sich die letzten Nachzügler in die Luft erhoben hatten und davongeflogen waren, schüttelte Ooli den Kopf und fragte, welchen Fehler sie gemacht hatten. Titi plusterte sich gereizt auf und sagte: ›Wir haben den Fehler gemacht, eine große Wahrheit außer acht zu lassen, nämlich daß Knäkenten dumm und faul sind und daß sie daran überhaupt nichts ändern wollen.‹

Die Probleme, die der Vogelzug mit sich bringt – Zeitpunkt des Aufbruchs, Flugrichtung und -dauer, Zugziel – lassen sich selbst mit den leistungsfähigsten Computern heute noch nicht lösen. Dennoch werden diese Wanderungsprobleme nicht nur von Lebewesen mit relativ großem Gehirn wie Vögeln, Wasserschildkröten, Rentieren, Bären, Salamandern und Lachsen ständig gelöst, sondern auch von Blattläusen, Plattwürmern, Moskitos, Springkäfern und Schnecken. Sie brauchen dafür keine mathematischen Modelle. Verstehst du das?«

»Natürlich verstehe ich das.«

»Die Millionen Jahre andauernde natürliche Auslese hat Lebewesen hervorgebracht, die in der Lage sind, diese Probleme auf eine instinktive Art zu lösen. Die Lösung ist zwar nicht perfekt, aber sie funktioniert, weil – und jetzt hör gut zu! – diese Lebewesen existieren. Auf genau dieselbe Weise hat die Millionen Jahre andauernde natürliche Auslese menschliche Wesen hervorgebracht, die mit dem grenzenlosen Verlangen geboren werden, all das zu lernen, was ihre Eltern wissen, und die dabei buchstäblich zu unvorstellbaren Leistungen fähig sind. Kleinkinder in einer Familie, in der vier Sprachen gesprochen werden, lernen diese vier Sprachen binnen Monaten fehlerfrei und ohne jedes Problem. Sie brauchen dafür keine hochspezialisierten Lehrer. Aber in zwei Jahren –«

Ich hielt die Hand hoch. »Laß mich unterbrechen, Ismael. Ich denke nämlich, ich habe es kapiert. Die Kinder werden alles lernen, was sie lernen wollen, alles, was sie brauchen können. Aber damit sie Dinge lernen, die sie nicht brauchen, muß man sie in die Schule stecken. Deshalb brauchen wir die Schulen. Wir brauchen die Schulen, damit wir die Kinder zwingen können, Dinge zu lernen, die sie nicht brauchen.«

»Und die sie deshalb auch nicht lernen werden.«

»Und die sie dann, wenn die letzte Prüfung geschrieben ist und zum letzten Mal die Schulglocke läutet, auch nicht mehr wissen.«

Die Welt entschulen

»Aber du glaubst doch nicht wirklich«, fuhr ich fort, »daß das Lernsystem der Naturvölker in der heutigen Welt funktionieren würde, oder?«

Ismael überlegte eine Weile, dann sagte er: »Eure Schulen würden tadellos funktionieren, wenn ... wenn was, Julie?«

»Wenn die Menschen besser wären. Wenn die Lehrer alle hervorragende Pädagogen wären und wenn die Kinder alle aufmerksam, gehorsam, fleißig und vorausschauend genug wären, um zu wissen, daß es ihnen wirklich zugute kommt, wenn sie brav lernen.«

»Ihr habt festgestellt, daß die Menschen von sich aus nicht besser werden, und ihr habt keinen Weg gefunden, sie besser zu machen. Was also tut ihr statt dessen?«

»Geld ausgeben.«

»Mehr und immer mehr Geld. Ihr könnt die Menschen nicht besser machen, aber ihr könnt stets noch mehr Geld ausgeben.«

»Das stimmt.«

»Wie nennst du ein System, das nur funktioniert, wenn die Menschen darin besser sind, als Menschen es je waren?«

»Ich weiß nicht. Gibt es dafür einen besonderen Namen?«

»Wie nennst du ein System, das von der Annahme ausgeht, daß die Menschen in diesem System besser sein werden, als Menschen es je waren? Alle Menschen in diesem System sind freundlich, großzügig, rücksichtsvoll, selbstlos, gehorsam und friedfertig. Als was würdest du dieses System bezeichnen?«

»Utopisch?«

»Utopisch ist richtig, Julie. Jedes eurer Systeme ist ein utopisches System. Die Demokratie wäre das reinste Paradies auf Erden, wenn die Menschen nur besser wären, als Menschen es je waren. Natürlich hätte der Kommunismus in der Sowjetunion auch ein Paradies werden können, wenn die Menschen nur besser gewesen wären, als Menschen es je waren. Euer Rechtssystem würde tadellos funktionieren, wenn die Menschen nur besser wären, als Menschen es je waren. Und natürlich würden eure Schulen unter eben diesen Voraussetzungen ebenfalls perfekt funktionieren.«

»Und? Ich bin nicht ganz sicher, worauf du hinauswillst.«

»Ich gebe die Frage an dich zurück, Julie. Glaubst du wirklich, daß euer utopisches Schulsystem jemals funktionieren kann?«

»Ich verstehe, was du meinst. Das System funktioniert nicht. Es taugt zu nichts, außer die Jugendlichen vom Arbeitsmarkt fernzuhalten.«

»Das Stammessystem ist ein System, das mit Menschen funktioniert, die so sind, wie Menschen eben sind. Nicht wie man sie gerne hätte. Es ist ein durch und durch praktikables System, das Hunderttausende von Jahren tadellos funktioniert hat, du aber siehst es offensichtlich als eine geradezu bizarre Vorstellung an, daß es auch heute noch funktionieren könnte.«

»Mir ist nur einfach nicht klar, wie es funktionieren sollte. Wie könnte man es zum Funktionieren bringen?«

»Zuerst sag mir, wem euer System nützt und wem nicht.«

»Unser System nützt der Wirtschaft, aber nicht den Menschen.«

»Und wonach suchst du jetzt?«

»Nach einem System, das den Menschen etwas bringt.«

Ismael nickte. »Während der ersten Lebensjahre eurer Kinder unterscheidet sich euer System in keiner Weise vom Stammessystem. Ihr interagiert mit euren Kindern auf eine Weise, die beiden Seiten Spaß macht. Eure Kinder dürfen sich in der Wohnung oder im Haus in der Regel so bewegen, wie sie es wollen. Ihr laßt sie zwar nicht am Kronleuchter schaukeln oder mit Stricknadeln in Steckdosen herumstochern, ansonsten aber steht es ihnen frei, das zu erforschen, was sie erforschen wollen. Im Alter von vier oder fünf haben eure Kinder das Bedürfnis, ihren Radius zu erweitern, und in der umittelbaren Nachbarschaft ihres Zuhauses wird ihnen das in der Regel auch nicht verwehrt werden. Sie dürfen andere Kinder besuchen, die gleich nebenan oder auf derselben Etage wohnen. In der Schule würde sich das Sozialunterricht nennen. Die Kinder beginnen in diesem Stadium zu begreifen, daß nicht alle Familien gleich sind. Sie unterscheiden sich in der Zahl ihrer Mitglieder, in den Umgangsformen, in ihrem Lebensstil. Nach dieser Phase werden die Kinder in eurem System in die Schule geschickt, wo all ihre Bewegungen für den größten Teil des Tages einer Kontrolle unterstellt werden. Das unterscheidet euer System vom Stammessystem. Im Alter von sechs oder sieben beginnen die Kinder dann in ihren Interessen zu divergieren. Einige werden lieber mehr zu Hause bleiben, andere hingegen werden –«

Ich warf ein. »Wie werden sie lesen lernen?«

»Julie, Kindern ist es über Hunderttausende von Jahren hinweg gelungen, die Dinge zu lernen, die sie brauchen und wirklich lernen wollen. Sie haben sich nicht geändert.«

»Ja, aber wie lernen sie lesen?«

»Auf dieselbe Weise, wie sie gelernt haben zu sehen, nämlich durch den Kontakt mit sehenden Menschen. Auf dieselbe Weise, wie sie sprechen gelernt haben, nämlich durch den Kontakt mit sprechenden Menschen. Ich weiß, daß du gelernt hast, diesem Prozeß zu mißtrauen. Ich weiß, daß man dir eingetrichtert hat, dies sei etwas, was man am besten den Fachleuten überlassen sollte. Aber tatsächlich wird der Erfolg dieser Fachleute selbst von deiner Gesellschaft mehr als bezweifelt. Erinnere dich, daß es auch die Angehörigen deiner Kultur seit Tausenden von Jahren auf die eine oder andere Weise geschafft haben, lesen zu lernen, ohne daß es Fachleute gegeben hätte, die es ihnen beigebracht hätten. Tatsache ist, daß Kinder, die in einem lesekundigen Haushalt aufwachsen, auch lernen zu lesen.«

»Ja, aber nicht alle Kinder wachsen in einem lesekundigen Haushalt auf.«

»Stellen wir uns einmal um der Diskussion willen ein Kind vor, das in einer Familie aufwächst, in der Kochanleitungen auf den Lebensmittelverpackungen, die Einblendungen auf Fernsehschirmen und die Telefonrechnungen keine Beachtung finden können, weil seine Eltern Analphabeten sind. Stell dir vor, seine Eltern können ihm nicht einmal sagen, ob sie eine Ein-Dollar-Note oder eine Fünf-Dollar-Note in der Hand halten.«

»Mache ich.«

»Im Alter von vier Jahren beginnt das Kind, sein Umfeld zu erweitern. Können wir annehmen, daß alle Nachbarn auch Analphabeten sind? Ich denke, das ginge zu weit, aber nehmen wir es trotzdem an. Im Alter von fünf Jahren weitet das Kind sein Umfeld noch weiter aus. Spätestens jetzt wäre es aber unrealistisch, wenn wir annähmen, daß es auch im weiteren Umfeld des Kindes nur Analphabeten gibt. Das Kind ist förmlich von Geschriebenem umgeben, wird mit Geschriebenem regelrecht bombardiert – das die Menschen in seinem Umfeld alle lesen können. Auch und vor allem seine Altersgenossen, die sicherlich mit ihrem überlegenen Wissen prahlen werden. Das Kind lernt vielleicht nicht sofort fließend lesen, aber in diesem Alter würde es in euren Schulen ohnehin nur zu buchstabieren lernen. Es lernt genug. Es lernt, was es wissen muß. Ohne jede Frage, Julie. Traue ihm das nur zu. Ich weiß, daß es das schaffen wird, was Menschenkinder seit Hunderttausenden von Jahren mühelos geschafft haben. Aber das, was es in diesem Moment braucht, ist bloß die Möglichkeit, alles zu tun, was seine Spielkameraden tun.«

»Ja, das glaube ich durchaus.«

»Im Alter von sechs bis sieben Jahren erweitert das Kind sein Umfeld nochmals. Es will so wie seine Spielkameraden ein wenig Geld in der Tasche haben, aber es braucht nicht zur Schule zu gehen, um den Unterschied zwischen den verschiedenen Münzen zu lernen. Und es wird so selbstverständlich, wie es atmet, zu addieren und zu substrahieren beginnen, nicht weil es mathematisch begabt ist, sondern weil es diese Fähigkeiten braucht, um sich weiter in die Welt hinauszuwagen.

Kinder sind generell von der Arbeit fasziniert, die ihre Eltern außer Haus verrichten. Anstatt Milliarden von Dollar jährlich für Schulen auszugeben, die im Grunde nichts anderes als Verwahranstalten sind, werden die Eltern in unserem neuen System die Alternative haben, ihre Kinder in ihr Arbeitsleben einzubeziehen. Wir reden hier nicht davon, kleine Kinder als Lehrlinge in den Arbeitsprozeß einzubeziehen – das ist etwas vollkommen anderes. Wir gewähren ihnen lediglich Zugang zu dem, was alle Kinder wissen wollen, nämlich, was ihre Eltern den Tag über tun. Wenn man ihnen in einem Büro erst einmal freie Hand läßt, werden die Kinder dasselbe tun, was sie auch zu Hause getan haben – sie forschen alle Geheimnisse aus, durchstöbern jeden Schrank und lernen natürlich, alle Geräte zu bedienen, angefangen beim Datumstempel, dem Kopierer und dem Schredder bis hin zum Computer. Und wenn sie noch nicht lesen können, dann werden sie das jetzt ganz gewiß lernen, denn für jemanden, der nicht lesen kann, gibt es in einem Büro nur sehr wenig zu tun. Das heißt aber nicht, daß es den Kindern verboten würde, zu helfen. Es gibt nichts, was Kinder in diesem Alter mehr lieben als das Gefühl, Mami und Papi zu helfen – und ich sage noch einmal, dies ist kein erlerntes Verhalten, das ist genetisch bedingt.

In Stammesgesellschaften sieht man es als selbstverständlich an, daß Kinder an der Seite ihrer Eltern arbeiten wollen.

Wie sollten sie etwas lernen, wenn ihnen nicht gestattet ist, es selbst zu tun? Das Arbeitsumfeld deckt sich dort mit dem sozialen Umfeld. Ich spreche hier allerdings nicht von Ausbeutungsbetrieben. So etwas gibt es bei den Naturvölkern nicht. Man erwartet von den Kindern nicht, daß sie sich wie Fließbandarbeiter benehmen, die morgens ein- und abends wieder ausstempeln.

Die Kinder werden die Lernmöglichkeiten am Arbeitsplatz ihrer Eltern rasch ausgeschöpft haben, vor allem, wenn es sich dabei um eine Arbeit handelt, bei der immer und immer wieder dieselben Tätigkeiten ausgeführt werden. Kein Kind wird sich lange dafür interessieren, Dosen in einem Lebensmittelladen aufzustapeln. Dort draußen vor der Tür des Marktes wartet die ganze Welt, und die Prämisse, von der wir ausgehen, lautet, daß den Kindern keine Tür verschlossen bleibt. Stell dir vor, was ein zwölfjähriges Kind mit musischer Neigung in einem Aufnahmestudio lernen könnte oder ein Zwölfjähriger, der sich für Tiere interessiert, in einem Zoo, ein zwölfjähriges Kind mit Interesse für das Malen im Atelier eines Künstlers oder eine Zwölfjährige mit schauspielerischer und akrobatischer Neigung in einem Zirkus.

Natürlich würde man die Schulen nicht völlig abschaffen, aber die einzigen Schulen, die tatsächlich Zulauf hätten, wären jene, die ihn auch jetzt schon haben – Schulen, in denen die Bildenden Künste, Musik, Tanz, Kampfsportarten und so weiter gelehrt werden. Auch Einrichtungen, die eine höhere Bildung vermitteln, würden bestimmte, in der Regel ältere Schüler anziehen – Einrichtungen, die sich wissenschaftlichen Studien, den Wissenschaften an sich oder bestimmten Berufen widmen. Wichtig ist dabei, daß keine davon einfach eine Verwahranstalt ist. Alle widmen sie sich der Aufgabe, den Schülern ein Wissen zu vermitteln, das sie tatsächlich lernen wollen und später auch brauchen können.

An dieser Stelle der Diskussion könnte der Einwand kommen, daß solch ein Bildungssystem keine Schüler mit Allgemeinbildung hervorbringt. Aber dieser Einwand ist lediglich eine Bestätigung dafür, daß deine Kultur kein Vertrauen in die eigenen Kinder hat. Würden sich Kinder, die in deiner Welt zu allem freien Zugang erhalten, denn keine Allgemeinbildung aneignen können? Ich halte diese Vorstellung für geradezu absurd. Sie würden über die Allgemeinbildung verfügen, über die sie verfügen wollen. Man könnte auch davon ausgehen, daß der Bildungsvorgang nicht automatisch im Alter von achtzehn oder zweiundzwanzig endet. Warum auch? Solche Alterskategorien wären in bezug auf die Bildung bedeutungslos. Aber es würde sich schnell herausstellen, daß im Grunde nur sehr wenige Menschen den Wunsch haben, Universalgelehrte zu sein. Warum sollten sie diesen Wunsch auch haben? Wenn es dir reicht, dich nur in Chemie, Holzbearbeitung, Computertechnik oder Gerichtsmedizin auszukennen, warum sollte das jemand anders stören? Jedes Spezialgebiet findet in jeder Generation Interessierte, die sich mit eben diesem Gebiet beschäftigen wollen. Ich habe noch von keinem Spezialgebiet gehört, für das sich kein einziger Mensch interessiert hätte und das deshalb verschwunden wäre. Auf die eine oder andere Weise bringt jede Generation ein paar Menschen hervor, die förmlich darauf brennen, tote Sprachen zu studieren, die von den Auswirkungen von Krankheiten auf den menschlichen Körper fasziniert sind, die sich danach sehnen, das Verhalten von Ratten zu erforschen – und das geschieht im Stammessystem ebenso wie in eurem System.

Aber natürlich würde es Effizienz und Produktivität deutlich herabsetzen, wenn euch eure Kinder am Arbeitsplatz ständig vor den Füßen herumlaufen würden. Obwohl es für Kinder entsetzlich ist, in Bildungsverwahranstalten gesteckt zu werden, für eure Wirtschaft ist dies ohne jede Frage der Idealzustand. Das System, das ich hier skizziert habe, wird sich bei euch deshalb solange nicht durchsetzen lassen, solange ihr die Wirtschaftsinteressen über die der Menschen stellt.«

»Dann würdest du also befürworten«, sagte ich, »wenn die Kinder zu Hause unterrichtet werden.«

»Nicht im geringsten, Julie. Bei Kindern ist Unterricht jeder Art unnötig und kontraproduktiv. Kinder brauchen im Alter von fünf, sechs, sieben oder acht Jahren genausowenig Unterricht wie im Alter von zwei oder drei, wo sie mühelos wahre Meisterleistungen im Lernen vollbringen. In den vergangenen Jahren haben Eltern durchaus erkannt, wie sinnlos es ist, ihre Kinder auf reguläre Schulen zu schicken. Die Schulen haben darauf geantwortet: ›Nun gut, wir erlauben euch also, eure Kinder bei euch zu Hause zu behalten, aber euch muß klar sein, daß eure Kinder immer noch unterrichtet werden müssen. Ihr könnt nicht einfach darauf vertrauen, daß sie selbst lernen, was sie brauchen. Wir werden das überprüfen, damit wir sichergehen können, daß ihr sie nicht einfach das lernen laßt, was sie brauchen, sondern daß sie das lernen, was unsere Gesetzgeber und Lehrplanschreiber wollen.‹ Für ein Kind im Alter von fünf oder sechs mag der Unterricht zu Hause gegenüber dem Unterricht in der Schule das kleinere Übel darstellen, später aber kann man das kaum mehr behaupten. Kinder brauchen keinen Unterricht. Sie brauchen Zugang zu dem, was sie lernen wollen, und das bedeutet, daß sie Zugang zur Welt außerhalb ihrer Familie haben müssen.«

Ich meinte zu Ismael, daß ich mir auch noch andere Gründe vorstellen konnte, weshalb die Gesellschaft das Stammessystem ablehnen würde. »Die Welt ist zu gefährlich geworden. Die Leute würden ihre Kinder heutzutage nicht einfach so in der Stadt herumspazieren lassen.«

»Ich bin mir gar nicht sicher, Julie, ob es heutzutage in den meisten Geschäftsvierteln eurer Städte wirklich gefährlicher ist als in den Schulen. Nach dem, was ich gelesen habe, gehen weit mehr Kinder mit gefährlichen Waffen zur Schule als Büroangestellte zu Arbeit. Es gibt nur wenige Branchen, die in den Fluren ihrer Gebäude Sicherheitsleute aufstellen müssen, um leitende Angestellte vor Angriffen durch Arbeiter zu schützen oder um die Arbeiter voreinander zu schützen.«

Ich mußte zugeben, daß das ein wirklich gutes Argument war. »Vor allem möchte ich dir aber klarmachen, daß euer System utopisch ist. Das Stammessystem ist nicht fehlerfrei, aber es ist kein utopisches System. Es ist praktikabel, und ihr würdet damit jährlich zehn, wenn nicht hundert Milliarden Dollar einsparen.«

»Ich glaube allerdings kaum, daß es bei den Lehrern auf große Gegenliebe stoßen würde.«

Ismael zuckte mit den Achseln. »Für die Hälfte der Summe, die ihr jetzt für euer Bildungssystem ausgebt, könntet ihr sämtliche Lehrer bei vollem Gehalt in den Ruhestand schicken.«

»Ja, davon wären sie vielleicht begeistert. Aber hier ist noch etwas, was die Leute bestimmt anführen werden: In unserer wunderbaren, tollen Kultur gibt es so viel zu lernen, daß wir geradezu gezwungen sind, die Kinder all die Jahre auf die Schule zu schicken.«

»Du hast recht, so wird man argumentieren. Und diejenigen, die so argumentieren, haben dahingehend recht, daß dem Lernwilligen in eurer Kultur tatsächlich ungeheure Mengen an Wissen zur Verfügung stehen. Mehr Wissen, als einer Stammeskultur je zur Verfügung stand. Aber darauf kommt es doch gar nicht an. Die Schulzeit des Normalbürgers wurde bei euch nicht von vier Schuljahren auf acht verlängert, um Astronomie, Mikrobiologie und Zoologie in den Lehrplan aufzunehmen. Sie wurde nicht von acht Schuljahren auf zwölf verlängert, um Astrophysik, Biochemie und Paleontologie zu lehren. Sie wurde nicht von zwölf auf sechzehn Jahre verlängert, um Exobiologie, Plasmaphysik und Herzchirurgie anbieten zu können. Die Schulabgänger von heute verlassen die Schule nicht mit dem gesamten Wissen der letzten hundert Jahre. Genau wie ihre Ur-ur-urgroßeltern vor hundert Jahren verlassen sie die Schule mit genügend

Wissen, um ganz unten auf dem Arbeitsmarkt anzufangen, wo sie dann Hamburger auf dem Grill wenden, an Tankstellen arbeiten und Regale einräumen. Die Schulabgänger von heute brauchen nur sehr viel länger, bis sie endlich damit beginnen dürfen.«

Reichtum nach Art der Nehmer

Bevor ich am nächsten Tag, einem Sonntag, wieder zu Ismael ging, wollte ich die Hausaufgaben machen, die wir übers Wochenende aufbekommen hatten. So war es bereits Nachmittag, als ich schließlich vor Raum 105 stand. Ich hatte meine Hand schon auf der Klinke, als ich jemanden auf der anderen Seite der Tür sehr deutlich sagen hörte: »Die Götter würden es haben.«

Der Wichser war mir also zuvorgekommen.

Etwa zehn Sekunden lang überlegte ich, ob ich warten sollte, entschied mich dann aber dagegen. Ich drehte mich um und machte mich mit einem ziemlich trostlosen Gefühl auf den Heimweg.

Die Götter würden es haben.

Ich fragte mich, zu was für einer Art von Gespräch diese Antwort gehörte. Gewiß zu keinem über Schulsysteme und Ruhestandsgehälter von Lehrern. Nicht, daß das Gesprächsthema irgendwie von Bedeutung gewesen wäre. Ich hätte dasselbe empfunden, wenn ich gehört hätte: »Die Supermärkte würden es haben« oder »Die Green Bay Packers würden es haben«. Ihr versteht, was ich damit sagen will – ich war eifersüchtig.

Vermutlich denkt ihr jetzt, daß ihr das nicht gewesen wärt.

»Versuche selbst, ob du nicht zum Kern meiner Botschaft durchdringen kannst, Julie«, forderte Ismael, als ich es am Mittwoch endlich geschafft hatte, wieder zu ihm zu fahren. »Erkennst du, was ich dir immer und immer wieder auf jede erdenkliche Art und Weise zu sagen versuche?«

Ich überlegte und antwortete: »Du versuchst mir zu zeigen, wo der Schatz liegt.«

»Genau das ist es, Julie. Die Angehörigen deiner Kultur reden sich ein, daß die Schatzkammer schon vollkommen leer war, als ihr vor zehntausend Jahren begonnen habt, eure Zivilisation aufzubauen. Ihr seid davon überzeugt, daß die Menschen ihrem Wissenschatz in den ersten drei Millionen Jahren ihrer Existenz außer dem Feuer und Steinwerkzeugen nichts von Wert hinzugefügt haben. In Wirklichkeit aber habt ihr begonnen, die kostbarsten Stücke aus der Schatzkammer rauszuwerfen. Ihr wolltet bei Null anfangen und alles neu erfinden, und das habt ihr auch getan. Unglücklicherweise habt ihr, abgesehen von einigen Gebrauchsgütern (die allerdings sehr gut funktionieren), nur sehr wenige Dinge erfunden, die gut funktionieren – und zwar in bezug auf euch Menschen. So funktioniert zum Beispiel eure Methode, Gesetze zu erlassen, von denen ihr wißt, daß sie gebrochen werden, bei euch sehr schlecht. Ganz gleich jedoch, wo ihr in eurer Schatzkammer sucht, ihr findet dort keine Methode, die sie ersetzen könnte, weil ihr die nämlich gleich zu Beginn hinausgeworfen habt. In der Schatzkammer der Lasser, die ich dir zeige, wird sie jedoch immer noch aufbewahrt, und sie funktioniert tadellos. Eure Methode der Bestrafung von Menschen, die jene Gesetze brechen, funktioniert ebenfalls sehr schlecht. Ganz egal jedoch, wo ihr in eurer Schatzkammer sucht, ihr findet dort keinen Ersatz, weil ihr die alternative Methode nämlich gleich zu Beginn hinausgeworfen habt. In der Schatzkammer der Lasser, wird sie jedoch immer noch aufbewahrt. Und sie funktioniert. Euer Bildungssystem funktioniert bei euch nur sehr schlecht, aber in eurer Schatzkammer findet ihr kein System, das es ersetzen könnte. Ihr habt es nämlich gleich zu Beginn hinausgeworfen. In der Schatzkammer der Lasser wiederum wird es immer noch aufbewahrt. All das, was ich dir gezeigt habe und was ich dir noch zeigen werde, bevor wir fertig sind, befand sich in der Schatzkammer eines jeden Lasservolks, das ihr erobert und vernichtet habt. Jedes dieser Völker wußte, wie unbezahlbar die Schätze waren, die ihr in den Dreck getreten habt. Viele von ihnen versuchten verzweifelt, euch ihren Wert zu veranschaulichen, aber leider ist ihnen das nie gelungen. Kannst du dir vorstellen, warum?«

»Vermutlich weil wir das Ganze so sahen: Es mag ja sein, daß die Sioux ihre Lebensweise toll finden. Es mag ja auch sein, daß die Arapaho finden, man solle sie in Ruhe lassen. Na und?«

»Das stimmt. Wenn es mir gelingt, dir den Wert dessen zu zeigen, was ihr als so lächerlich anseht, dann nicht, weil ich intelligenter bin als die Lasser deiner eigenen Rasse, sondern weil ich keiner von ihnen bin.«

»Ist klar.«

»Welche Truhe aus der Schatzkammer soll ich heute für dich öffnen?« fragte er.

»Puh«, erwiderte ich, »auf so eine Frage bin ich gar nicht vorbereitet.«

»Das dachte ich mir, Julie. Stell dir etwas vor, das in bezug auf die Menschen im allgemeinen schlecht funktioniert, obwohl es natürlich für einige von euch ganz gut funktionieren mag. Stell dir etwas vor, an dem ihr von Anbeginn an herumgepfuscht habt und über das ihr euch gestritten habt. Stell dir ein weiteres Rad vor, das ihr eurer festen Überzeugung nach noch einmal erfinden müßt. Denk an ein Problem, von dem ihr glaubt, ihr würdet es ganz gewiß eines Tages lösen können.«

»Denkst du da an etwas Bestimmtes, Ismael?«

»Nein, das hier soll kein Ratespiel werden. Das, was ich eben genannt habe, sind die charakteristischen Merkmale aller Systeme, die ihr erfunden habt, um jene Systeme zu ersetzen, die ihr am Beginn eurer Revolution hinausgeworfen habt.«

»Also gut. Mir fällt schon ein System ein, auf das all das zutrifft, aber ich bin mir nicht sicher, ob es in der Schatzkammer der Lasser eine Truhe gibt, die ihm entspricht. Im Grunde habe ich da eher meine Zweifel.«

»Warum, Julie?«

»Weil es das System ist, das dazu dient, die Nahrung wegzusperren.«

»Ich verstehe, was du meinst. Da die Lasservölker ihre Nahrung nicht wegsperren, können sie auch kein System dafür haben.«

»Richtig.«

»Bewegen wir uns trotzdem ein Stück in diese Richtung. Ich würde gern genauer erläutert bekommen, von welchem System du sprichst.«

»Nun, ich spreche vom Wirtschaftssystem.«

»Ich verstehe. Du bist also nicht der Meinung, daß das Wirtschaftssystem der Nehmer in Hinblick auf die Menschen gut funktioniert.«

»Für ein paar Leute funktioniert es offensichtlich sogar phantastisch. Das ist bekannt. An der Spitze gibt es eine Handvoll Menschen, die in Geld schwimmen. Dann gibt es in der Mitte viele, denen es ganz gut geht, und ganz unten gibt es schließlich viele, die absolut armselig leben.«

»Es war oder ist das Ziel des Sozialismus, dies auszugleichen. Das Vermögen gerechter zu verteilen, so daß es sich nicht in den Händen weniger konzentriert, während die Massen hungern.«

»Vermutlich. Aber ich muß gestehen, daß ich über Weltraumforschung besser Bescheid weiß als über dieses politische Zeug.«

»Du weißt genug, Julie. Mach dir keine Gedanken darüber. Wann ging es damit los, daß ihr Probleme mit der Verteilung des Vermögens bekommen habt? Ich will die Frage anders formulieren. Wann begann sich unverhältnismäßig viel Vermögen in den Händen weniger an der Spitze der Pyramide zu konzentrieren?«

»Himmel, das weiß ich doch nicht. Aber ich habe Bilder von Herrschern aus alten Zeiten vor Augen, die in prächtigen Palästen leben, während ihre Untertanen wie Tiere hausen.«

»Das war zweifellos auch der Fall, Julie. Du beschreibst die ersten Nehmerzivilisationen, die schon in der Frühzeit zu dieser Kapitalverteilung gefunden hatten. Sobald es so etwas wie Reichtum gibt – etwas, das mehr ist, als einfach Essen auf dem Tisch, Kleider am Leib und ein Dach über dem Kopf zu haben – läßt sich leicht vorhersagen, wie er verteilt wird. Es wird wenige Superreiche an der Spitze geben, eine Stufe tiefer eine zahlenmäßig etwas größere Schicht Reicher und unten eine zahlenmäßig wesentlich größere Schicht von Handwerkern, Kaufleuten, Soldaten, Künstlern, Arbeitern, Dienern, Sklaven und Armen. Die zahlenmäßige Stärke dieser Schichten hat sich über die Jahrhunderte hinweg verändert, aber nicht die Art und Weise der Vermögensverteilung. Typischerweise und auch verständlicherweise vertreten die beiden obersten Schichten die Auffassung, das System würde vorzüglich funktionieren, und das tut es natürlich auch – für sie. Solange die beiden obersten Schichten groß sind, so wie es, sagen wir einmal, in den Vereinigten Staaten heute der Fall ist, bleibt das System stabil. Aber im Frankreich des Jahres 1789 und im Rußland des Jahres 1917 war das Vermögen einfach in zu wenigen Händen konzentriert. Verstehst du, was ich sage?«

»Ich denke schon. Wenn viele Menschen das Gefühl haben, daß es ihnen ganz gut geht, gibt es keine Revolution.«

»Richtig. In deiner Kultur ist der Unterschied zwischen den Reichsten und den Ärmsten gegenwärtig größer, als ihn sich jeder ägyptische Pharao je hätte vorstellen können. Die Pharaonen konnten nichts besitzen, was auch nur im entferntesten so extravagant gewesen wäre wie das, was sich eure Milliardäre heute leisten können. Dies war wohl einer der Gründe dafür, weshalb die Pharaonen die Pyramiden errichten ließen. Was hätten sie sonst mit ihrem Geld machen sollen? Sie konnten sich keine Inselparadiese kaufen und mit Privatjets und Luxusjachten dorthin reisen.«

»Sehr wahr.«

»Bei den Reichen eurer Kultur gilt der Zusammenbruch des Sowjetreiches als offensichtliches Indiz für die Überlegenheit des Kapitalismus. Sie interpretieren diesen Zusammenbruch als ein Zeichen dafür, daß die Armen viel lieber in einer Welt leben wollen, wo sie wenigstens davon träumen können, reich zu sein, als in einer, in der alle gleich sind, aber eben mehr oder weniger gleich arm. Euer System hat seine Rechtfertigung erfahren, und ihr könnt euch auf eine Zukunft immerwährender wirtschaftlicher Zufriedenheit freuen, vorausgesetzt natürlich, daß ihr zu den Wohlhabenden gehört. Und wenn das nicht der Fall sein sollte, dann heißt das nur, daß ihr selbst daran schuld seid und niemand sonst, denn im Kapitalismus kann schließlich jeder reich werden.«

»Sehr überzeugend«, sagte ich.

»Die Reichen sind stets bereit, alles so zu belassen, wie es ist. Sie scheuen Veränderungen, und sie verstehen nicht, warum andere das nicht genauso sehen wie sie.«

»Klingt einleuchtend«, fand ich.

»Jetzt wollen wir sehen, ob du den Mechanismus erkennst, auf den sich der Wohlstand der Nehmer gründet.«

»Ist das nicht bei Nehmern wie Lassern derselbe Mechanismus?«

»O nein«, widersprach Ismael. »Der Mechanismus, der bei den Lassern für Wohlstand sorgt, ist ein ganz anderer.«

»Du bittest mich also, den Reichtum schaffenden Mechanismus der Nehmer zu beschreiben?«

»Richtig. Es ist nicht besonders schwierig.«

Ich überlegte ein wenig und sagte: »Ich nehme an, es läuft auf folgendes hinaus: Ich habe etwas, was du brauchst, du gibst mir etwas, was ich brauche. Oder ist das zu einfach gedacht?«

»Keineswegs, Julie. Ich fange immer lieber mit dem Grundgerüst an.« Während Ismael das sagte, schlurfte er in seinem Zimmer herum, um einen Block und einen Filzstift aufzusammeln. Er blätterte den Block bis zu einem unbeschriebenen Blatt durch, kritzelte darauf herum und hielt dann ein Diagramm flach gegen die Glasscheibe, damit ich es genau sehen konnte.

»Diese schematische Darstellung zeigt, wie eure Wirtschaft funktioniert: Waren werden produziert, um Waren zu erhalten. Ich benutze das Wort Waren hier in einem weiteren Sinn, aber jeder, der in der Dienstleistungsindustrie arbeitet, wird bestimmt wissen, wovon ich spreche, wenn ich von seiner oder ihrer Ware rede. Zwar erhalten die Leute für ihre Waren meistens Geld, aber das Geld steht nur für die Waren, die man damit kaufen kann, und es sind natürlich die Waren, die die Leute brauchen, nicht die kleinen Scheine aus Papier. Mit unserer vorangegangenen Diskussion als Grundlage wird es dir keine Schwierigkeiten bereiten, das Ereignis zu identifizieren, das diesen Warenaustausch in Gang gesetzt hat.«

»Ja. Das Wegsperren der Nahrung.«

»Natürlich. Davor war es sinnlos, Waren herzustellen. Es war zwar überaus sinnvoll, einen Topf, ein Steinwerkzeug oder einen Korb herzustellen, aber Tausende davon herzustellen, war absolut unsinnig. Niemand war im Töpfergeschäft, im Steinwerkzeuggeschäft oder im Korbflechtgeschäft. Als man aber die Nahrung unter Verschluß brachte, änderte sich all das auf einen Schlag. Durch die einfache Maßnahme des Wegsperrens wurde Nahrung in eine Ware verwandelt, in die wichtigste Ware eurer Wirtschaft. Plötzlich galt, daß jemand, der drei Töpfe hatte, drei Mal soviel zu essen bekommen konnte wie jemand, der nur einen Topf hatte. Plötzlich konnte jemand, der dreißigtausend Töpfe hatte, in einem Palast leben, während jemand, der dreitausend Töpfe hatte, in einem netten Haus wohnen konnte, und jemand, der gar keinen Topf hatte, in der Gosse landete. Eure gesamte Wirtschaft etablierte sich erst, als die Nahrung weggesperrt war.«

»Dann willst du damit also sagen, daß die Naturvölker überhaupt kein Wirtschaftssystem haben?«

»Keineswegs, Julie. Ich zeige dir jetzt, was die wirtschaftliche Grundlage der Naturvölker darstellt.« Er blätterte zu einem leeren Blatt auf seinem Block und erstellte ein neues Schema.

»Es ist nicht der Warenaustausch, der das Wirtschaftssystem der Naturvölker kennzeichnet, sondern vielmehr der Austausch menschlicher Energie. Er stellt die Grundlage des Wirtschaftssystems der Naturvölker dar. Dieser wiederum geht so unauffällig vonstatten, daß oftmals fälschlich angenommen wird, die Naturvölker hätten überhaupt kein Wirtschaftssystem, so wie oftmals fälschlich angenommen wird, daß sie überhaupt kein Bildungssystem besäßen. Ihr produziert und verkauft jedes Jahr Abermillionen von Waren, um für die Erziehung eurer Kinder Schulen zu bauen und Lehrer bezahlen zu können. Naturvölker erreichen dasselbe durch einen mehr oder weniger konstant niedrigen Austausch von Energie zwischen Erwachsenen und Kindern, den sie selbst kaum wahrnehmen. Ihr produziert und verkauft jedes Jahr Abermillionen von Waren, um Polizisten einstellen zu können, die für Recht und Ordnung sorgen. Die Naturvölker nehmen das selbst in die Hand. Für Recht und Ordnung zu sorgen ist niemals eine angenehme Aufgabe, aber es hat bei ihnen nicht annähernd den Stellenwert, den es für euch hat. Ihr produziert und verkauft jedes Jahr Trillionen von Produkten, um Regierungsapparate zu unterhalten, die unglaublich ineffizient und korrupt sind. Naturvölker schaffen es, sich selbst durchaus effizient zu verwalten, ohne dafür irgend etwas produzieren oder verkaufen zu müssen.

Ein System, das auf dem Austausch von Waren beruht, läßt den Reichtum unvermeidlich in die Hände weniger fließen. Kein Regierungswechsel wird dem je entgegensteuern können. Dies ist auch kein Fehler des Systems, es ist dem System immanent. Dies ist auch keine spezielle Ausprägung des kapitalistischen Systems. Der Kapitalismus ist lediglich die letzte Erscheinungsform einer Entwicklung, die vor zehntausend Jahren mit der Gründung deiner Kultur begonnen wurde. Diejenigen, die versuchten, die Grundidee des Kommunismus umzusetzen, gingen nicht einmal ansatzweise weit genug, um die erhoffte Veränderung bewirken zu können. Sie glaubten, sie könnten das Karussell zum Stillstand bringen, wenn sie alle Pferde einfingen. Aber natürlich sind es nicht die Pferde, die das Karussell drehen. Die Pferde sind nur Passagiere wie ihr auch.«

»Mit Pferden meinst du die Machthaber, die Regierungen?«

»Das ist richtig.«

»Und wie können wir das Karussell dann zum Stillstand bringen?«

Während Ismael darüber nachdachte, durchstöberte er seinen Vorrat nach einem besonders saftigen Zweig. Dann antwortete er: »Angenommen, du hättest niemals zuvor ein Karussell gesehen und würdest jetzt plötzlich vor einem stehen, das außer Kontrolle geraten ist. Du könntest aufspringen und es dadurch anzuhalten versuchen, daß du den Pferden in die Zügel fällst und ›Hooh!‹ rufst.«

»Wenn ich an diesem Morgen als Dummkopf aufgewacht wäre, dann würde ich das vermutlich versuchen.«

»Und wenn das nicht funktioniert, was würdest du dann tun?«

»Ich würde wieder abspringen und die Steuerung suchen.«

»Und wenn du keine Steuerung finden würdest?«

»Dann würde ich vermutlich herauszufinden versuchen, wie das verdammte Ding funktioniert.«

»Warum?«

»Warum? Weil man wissen muß, wie es funktioniert, wenn man es anhalten will und es keinen Knopf zum Abschalten gibt.«

Ismael nickte. »Jetzt verstehst du vielleicht, warum ich dir zu zeigen versuche, wie das Karussell der Nehmer funktioniert. Es hat keinen Knopf zum Abschalten. Wenn du es also anhalten willst, mußt du wissen, wie es funktioniert.«

»Vor einer Minute«, meinte ich zu ihm, »hast du gesagt, daß ein System, das auf dem Austausch von Waren beruht, den Reichtum immer in den Händen weniger konzentriert. Warum ist das so?«

Ismael überlegte wieder einen Augenblick, dann erklärte er: »In eurer Kultur ist Reichtum etwas, das man in einen Tresor legen oder anderweitig unter Verschluß halten kann. Würdest du dieser Behauptung zustimmen?«

»Ich denke schon. Außer vielleicht bei so etwas wie einem Stück Land.«

»Ich wette, Urkunden über den Grundbesitz befinden sich unter Verschluß«, sagte Ismael.

»Stimmt.«

»Der Eigentümer des Landes setzt vielleicht nie auch nur einen Fuß darauf. Wenn er aber im Besitz der Urkunde ist, kann er es an jemand anderen verkaufen, der vielleicht auch niemals einen Fuß darauf setzt.«

»Stimmt.«

»Weil euer Reichtum unter Verschluß gehalten werden kann, wird er auch unter Verschluß gehalten, und das bedeutet wiederum, daß er sich ansammelt. Ganz besonders sammelt er sich bei den Leuten an, die die Mittel besitzen, ihn wegzusperren. Wenn du dir den Wohlstand des alten Ägypten als sichtbare Materie vorstellst, die von Bauern, Bergleuten, Bauleuten, Künstlern und so weiter Atom um Atom aus dem Land herausgezogen wird, dann wirst du sehen, daß er sich zunächst als breite Nebelschicht über das gesamte Land ausbreitet. Dieser Nebel ist jedoch in Bewegung. Er wird unablässig nach oben gezogen, verdichtet sich zu einem immer schmaleren und kompakteren Strom, der direkt in die Lagerräume der königlichen Familie fließt. Wenn du dir den Wohlstand einer mittelalterlichen englischen Grafschaft in der gleichen Weise als sichtbare Materie vorstellst, dann wirst du sehen, wie er unablässig nach oben gezogen wird und dem dortigen Herzog oder Earl zufließt. Wenn du dir den Reichtum Amerikas im neunzehnten Jahrhundert in dieser Weise vorstellst, wirst du sehen, wie er unablässig nach oben in die Hände von Eisenbahnmagnaten, Industriellen und Bankiers fließt. Jede Transaktion, egal auf welcher Ebene, schiebt ein bißchen Reichtum in Richtung eines Rockefeller oder eines Morgan. Der Bergarbeiter, der ein Paar Schuhe kauft, macht Rockefeller wieder ein ganz kleines bißchen reicher, weil ein Teil seines Geldes seinen Weg zu Standard Oil findet. Ein anderer ganz kleiner Teil davon findet seinen Weg zu Morgan, und zwar über eine von dessen Eisenbahnen. Im heutigen Amerika fließt der Reichtum derselben Art von Magnaten zu, nur heißen sie jetzt nicht mehr Rockefeller und Morgan, sondern Boesky und Trump. Man könnte noch viel mehr zu diesem Thema sagen, aber ich hoffe, deine Frage ist hiermit beantwortet.«

»Ja. Eins ist mir allerdings noch nicht ganz klar. Wem außer Einzelpersonen sollte der Reichtum denn zufließen?«

»Ich sehe schon, was dich verwirrt«, meinte er und nickte. »Natürlich muß der Reichtum letztlich Einzelpersonen zufließen, aber darum geht es mir gar nicht. Mir geht es nicht darum, daß der durch Warenaustausch entstandene Reichtum immer Einzelpersonen zufließt, sondern vielmehr darum, daß er immer an wenige Einzelpersonen geht. Wenn Reichtum durch Warenaustausch begründet wird, werden sich achtzig Prozent dieses Reichtums immer in den Händen von zwanzig Prozent der Bevölkerung konzentrieren. Dies ist nicht nur im kapitalistischen System so. In jedem Wirtschaftssystem, das auf der Erzeugung und dem Austausch von Waren basiert, wird sich der Reichtum in den Händen weniger konzentrieren.«

»Jetzt habe ich es verstanden. Aber ich habe noch eine Frage.«

»Dann frag.«

»Was ist mit Völkern wie den Azteken und den Inkas? Das wenige, was ich über sie weiß, läßt mich vermuten, daß auch sie die Nahrung unter Verschluß hielten.«

»Du hast absolut recht, Julie. Die Idee, die Nahrung wegzusperren, entstand ganz unabhängig auch in der Neuen Welt. Und bei Völkern wie den Azteken und den Inkas floß der Reichtum deshalb auch unvermeidlich in die Hände weniger Reicher.«

»Waren diese Völker dann Lasser oder Nehmer?«

»Ich würde sagen, ein Zwischending, Julie. Sie waren keine Lasser mehr, aber auch noch keine Nehmer, weil bei ihnen ein wichtiges Element fehlte: Sie schienen nicht zu glauben, daß alle Menschen auf der Welt leben sollten wie sie. Die Azteken zum Beispiel strebten nach Landbesitz, aber wenn sie ein Gebiet erst einmal erobert hatten, war es ihnen völlig egal, wie dessen Bewohner lebten.«

Reichtum nach Art der Lasser

»Der Wohlstand, den die Naturvölker schaffen, fließt nicht in die Hände einiger weniger«, sagte Ismael. »Das liegt aber nicht daran, daß die Lasser nettere Menschen wären als ihr, sondern daran, daß sie eine grundlegend andere Form des Reichtums haben. Es gibt keine Möglicheit, diesen Reichtum anzusammeln, keine Möglichkeit, ihn wegzusperren – deshalb gibt es auch keine Möglichkeit, daß er sich in den Händen von irgend jemandem konzentrieren könnte.«

»Ich habe keine Ahnung, worin ihr Reichtum besteht.«

»Im Grunde versteht man das Wirtschaftssystem der Lasser am ehesten, wenn man den Reichtum betrachtet, den es schafft. Wenn die Angehörigen deiner Kultur die Naturvölker betrachten, dann sehen sie keinen Reichtum, sie sehen Armut. Das ist verständlich, da die einzige Art von Reichtum, die sie erkennen würden, jene ist, die man wegsperren kann. An dieser Art von Reichtum sind Naturvölker aber nicht sehr interessiert.

Ihr größter Reichtum besteht in der Sicherheit, die jedes einzelne Stammesmitglied von der Wiege bis zum Grab genießt. Ich sehe, daß du von dieser Art Reichtum nicht unbedingt überwältigt bist. Er ist gewiß weder beeindruckend noch aufregend, vor allem (verzeih mir, wenn ich das so sage) für jemanden in deinem Alter. Es gibt in deiner Kultur jedoch viele Millionen Menschen, die große Angst vor der Zukunft haben, weil die für sie keine Sicherheit bietet. Aufgrund irgendeiner neuen Technologie plötzlich überflüssig zu werden, aus betrieblichen Gründen entlassen zu werden, einen Job oder die gesamte berufliche Karriere durch Mobbing, Vetternwirtschaft oder irgendwelche Vorurteile zu verlieren – das sind nur einige der Alpträume, von denen Mitglieder deiner Kultur im Schlaf heimgesucht werden. Ich bin sicher, daß du schon öfter Geschichten von entlassenen Arbeitern gehört hast, die ihre ehemaligen Chefs oder Arbeitskollegen erschossen haben.«

»Sicher. Einmal pro Woche mindestens.«

»Sie sind nicht verrückt, Julie. Den Job zu verlieren, das ist für sie der Weltuntergang. Sie fühlen sich, als hätte man ihnen einen tödlichen Schlag versetzt. Das Leben ist vorbei, ihnen bleibt nichts als ihre Rache.«

»Das glaube ich.«

»Bei den Naturvölkern wäre so etwas undenkbar. Und nicht nur deshalb, weil es bei ihnen keine Jobs gibt. Genau wie bei euch muß auch bei ihnen jedes Mitglied eines Stammes für seinen Lebensunterhalt sorgen. Was zum Leben notwendig ist, fällt auch bei ihnen nicht einfach vom Himmel. Aber es gibt nichts, was die Stammesmitglieder des Lebensnotwendigen berauben könnte. Sie haben, was sie brauchen, und fertig. Natürlich bedeutet das nicht, daß bei ihnen nie jemand hungern muß. Aber der einzelne muß nur dann hungern, wenn alle hungern. Noch einmal, das liegt nicht daran, daß die Naturvölker selbstloser, edelmütiger oder fürsorglicher wären – nichts dergleichen. Glaubst du, du findest die Antwort?«

»Du meinst, auf die Frage, warum niemand hungert, es sei denn, alle hungern? Ich weiß es nicht. Aber ich kann es versuchen.«

»Nur zu.«

»Okay. Also eines ist sicher. Sie können nicht einfach in einen Laden gehen, um sich dort etwas zu essen zu kaufen. Im Kino läuft es bei Nehmern immer so: Da sind Forscher, beispielsweise auf einer Expedition zum Nordpol. Ihr Schiff wird vom Eis eingeschlossen, und sie können nicht mehr zurück. Sie müssen die Nahrung rationieren und vor allem gerecht verteilen. Aber rate mal, was passiert, wenn schließlich doch alles aufgefuttert ist? Der Böse hat ein geheimes Vorratslager mit Lebensmitteln angelegt, die er mit niemandem teilen wollte.«

Ismael nickte.

»Bei Naturvölkern passiert das eben nicht, weil sie sich nicht mit einem Lebensmittelvorrat auf Wanderschaft begeben. Sie ziehen weiter und weiter, und aus irgendeinem Grund wird die Nahrung allmählich knapp. Es gibt eine Dürre oder einen Waldbrand oder etwas dergleichen. Jeder sucht nach Nahrung, aber die Ausbeute ist dürftig. Der Häuptling ist ebenso hungrig wie alle anderen. Warum sollte er das auch nicht sein, da es kein Geschäft gibt, wo er das Recht hat, als erster einzukaufen? Alle sind auf der Suche nach Nahrung, und wenn jemand etwas findet, dann ist das Beste, was er tun kann, es mit anderen zu teilen. Nicht weil er so ein netter Bursche ist, sondern weil es allen um so besser geht, je mehr Leute sich an der Nahrungssuche beteiligen.«

»Das ist eine ganz ausgezeichnete Analyse, Julie. Du bist eindeutig sehr begabt ... Natürlich ist dieses Vorgehen nicht auf die Menschen allein beschränkt. Wo immer man Tiere findet, die sich auf Nahrungssuche zu Gruppen zusammenschließen, wirst du feststellen, daß sie die Nahrung teilen – nicht altruistisch, sondern aus einem ureigensten, individuellen Interesse heraus. Andererseits bin ich sicher, daß es irgendwann einmal Stammesgellschaften gegeben hat, die sich von dieser Methode der Nahrungssuche verabschiedet haben. Gesellschaften, in denen die Regel lautete: Wenn die Nahrung knapp ist, dann teile sie mit niemandem, sondern horte sie. Aber solche Stämme können im Grunde nur kurze Zeit existiert haben. Ich bin sicher, du weißt, warum.«

»Ja. Weil ein Stamm dort, wo man einer solchen Regel folgte, schon bald auseinanderbrechen würde. Zumindest glaube ich das.«

»Natürlich wäre das so, Julie. Stämme sichern ihr Überleben dadurch, daß sie um jeden Preis zusammenhalten. Wenn jeder auf sich allein gestellt ist, hört der Stamm auf, ein Stamm zu sein. Ich begann diesen Teil des Gesprächs mit der Aussage, daß der größte Reichtum der Naturvölker die Sicherheit ist, die jedes Mitglied von der Wiege bis zum Grab genießt. Das ist genau der Reichtum, der die Naturvölker zusammenhält. Wie du siehst, kann ein einzelnes Stammesmitglied von diesem Reichtum unmöglich mehr besitzen als die anderen. Es gibt keine Möglichkeit, diesen Reichtum anzusammeln, keine Möglichkeit, ihn unter Verschluß zu halten.

Ich will damit natürlich nicht sagen, daß dieser Reichtum unantastbar wäre. Er bleibt nur so lange unversehrt, wie der Stamm als solcher intakt bleibt, was auch der Grund dafür ist, weshalb euch so viele Lasserstämme einen Kampf bis zum letzten lieferten. Für sie war klar, daß es für sie keine Zukunft geben würde, wenn der Stamm erst einmal zerstört war. Ich will damit auch nicht sagen, daß die Menschen nicht verführt werden könnten, diesen Reichtum aufzugeben. Das ist zweifellos möglich. Wenn du also aus irgendeinem Grund nicht einfach deine Truppen schicken kannst, um einen Stammesverband zu zerstören, dann machst du ganz einfach folgendes: Besonders die Jungen sind für die Verlockungen des Nehmerreichtums, der eindeutig mehr Glanz und Glitzer besitzt als ihr eigener, durchaus empfänglich. Wenn du die Jungen erst einmal dazu bringst, auf dich anstatt auf die eigenen Leute zu hören, dann bist du auf dem besten Weg, den Stamm zu vernichten. Denn was die Älteren nicht mehr weitergeben können, ist mit deren Tod für immer verloren.

Unter deinen Nachbarn zu leben und dich ohne Angst unter ihnen bewegen, ist der zweitgrößte Reichtum der Naturvölker. Wieder ist das kein besonders glamouröser Reichtum, obwohl ihn sich bestimmt sehr viele von euch wünschen. Ich habe das Ganze noch nicht genauer untersucht, aber die Angst vor einem kriminellen Übergriff scheint mir eure größte oder zumindest eure zweitgrößte Sorge zu sein, was sich regelmäßig an euren Wahlen ablesen läßt. In Nehmergesellschaften führen nur die Reichen ein angstfreies oder zumindest ein relativ angstfreies Leben. In Stammesgesellschaften führen alle ein angstfreies Leben. Aber natürlich bedeutet das nicht, daß niemandem je etwas zustoßen würde. Allerdings kommt das so selten vor, daß keiner hinter verschlossenen Türen lebt und niemand Waffen mit sich herum trägt, damit er sich gegebenenfalls gegen seine Nachbarn verteidigen kann. Wieder ist dies offensichtlich kein Reichtum, der sich in den Händen einiger weniger konzentriert. Er kann weder angesammelt noch unter Verschluß gehalten werden.

Dem gleichbedeutend ist eine Form des Reichtums, die euch so grundlegend fehlt, daß ihr wirklich arm dran seid. In einer Lassergesellschaft muß niemand allein mit einem Problem fertig werden. Wenn du zum Beispiel ein autistisches oder ein verkrüppeltes Kind hast, ist dies eine Last, die der gesamte Stamm trägt – er tut dies aber wie stets nicht aus altruistischen Gründen. Es ergibt nur einfach keinen Sinn, einer Mutter oder einem Vater zu sagen: Das ist ganz allein dein Problem. Belästige uns nicht damit. Du hast Eltern, die langsam altersschwach werden. Der übrige Stamm wird dir nicht den Rücken zukehren, während du dich allein mit diesem Problem abmühen mußt. Alle wissen, daß ein auf viele Schultern verteiltes Problem kein wirkliches Problem mehr ist. Und sie wissen sehr gut, daß jeder von ihnen eines Tages bei dem einen oder anderen Problem eine ähnliche Hilfe benötigen wird. Ich finde es wirklich herzzerreißend, mitansehen zu müssen, wie die Menschen in deiner Welt ohne diesen Reichtum leiden. Da bekommt bei einem Ehepaar im mittleren Alter einer der Ehepartner eine ernste Krankheit. Binnen weniger Monate sind die Ersparnisse des Paares aufgezehrt, frühere Freunde meiden es, es ist kein Geld mehr für eine Behandlung da, und plötzlich befinden sich die beiden in einer vollkommen ausweglosen Situation. Wie oft ist die einzige Lösung gemeinsam zu sterben – Sterbehilfe und Selbstmord. Geschichten wie diese sind in deiner Kultur an der Tagesordnung, in Lassergesellschaften hat man davon buchstäblich noch nie gehört.

Im Nehmersystem verwendet ihr den sorgsam angesammelten Warenreichtum, um euch die Unterstützung zu erkaufen, die im Lassersystem allen kostenlos zur Verfügung steht. Wenn ein Naturvolk mit einem Unruhestifter in seiner Mitte fertig werden muß, dann tun sich die Kräftigsten zusammen, um das zu tun, was immer nötig sein mag. Ein solches Vorgehen ist tatsächlich äußerst effektiv. Ihr aber verwandelt das Ganze in eine Ware und habt ein Dienstleistungssystem geschaffen, nur um nicht selbst aktiv werden zu müssen. Ihr baut Polizeieinheiten auf und konkurriert dann miteinander um die besten, die höchstbezahlten, die bestausgestatteten und so fort. Obwohl ihr jedes Jahr mehr Geld für eure Sicherheit ausgebt, ist das höchst ineffektiv und führt schließlich dazu, daß die Reichen viel besser geschützt werden als die Armen. In Lassergesellschaften nehmen alle Erwachsenen an der Erziehung der Jungen teil, was nebenbei und überaus erfolgreich vonstatten geht. Ihr aber verwandelt das Ganze in eine Ware und habt ein Dienstleistungssystem geschaffen, nur um einen solchen Dienst nicht selbst erbringen zu müssen. Ihr baut Schulen und konkurriert dann miteinander um die besten, die mit den besten Lehrern, die bestausgestatteten und so fort. Auch dies ist, obwohl ihr jedes Jahr immer mehr Geld dafür ausgebt, höchst ineffektiv und führt schließlich dazu, daß die Kinder der Reichen eine weniger schlechte Bildung erhalten. Die Betreuung chronisch Kranker, Alter, Behinderter, Geisteskranker – all diese Lasten werden in Lassergesellschaften auf alle gemeinschaftlich verteilt. In eurer Gesellschaft wird all dies jedoch in Waren verwandelt, ihr schafft hierfür Dienstleistungssysteme, die untereinander konkurrieren, wobei die Reichen die besten in Anspruch nehmen und die Armen von Glück sagen können, wenn sie überhaupt in deren Genuß kommen.«

Es war einer dieser Momente, wo keiner von uns beiden etwas hinzuzufügen hatte. Dann sagte ich: »Ich brauche deine Hilfe, um das Ganze zusammenzufügen, Ismael. Ich bin mir nicht ganz sicher, wo wir waren und wo wir jetzt stehen.«

Er kratzte sich ein bißchen am Unterkiefer, bevor er antwortete: »Wenn ihr auf diesem Planeten überleben wollt, Julie, dann müssen die Angehörigen deiner Kultur damit anfangen, ihren Nachbarn in der Gemeinschaft des Lebens zuzuhören. So unglaublich es auch scheinen mag, aber ihr wißt nicht alles. Und ebenso braucht ihr nicht alles zu erfinden. Ihr braucht nicht Dinge zu erfinden, die bereits funktionieren, ihr braucht nur die Schatzkammer um euch herum zu nutzen. Es besteht kein Grund zu Verwunderung, daß die Lasservölker sich einer Sicherheit erfreuen können, die von der Wiege bis zum Grab reicht. Immerhin erfreut sich unter euren Nachbarn in der Gemeinschaft des Lebens jede Spezies, deren Mitglieder Gemeinschaften bilden, genau dieser Sicherheit. Enten, Seelöwen, Rehe, Giraffen, Wölfe, Wespen, Affen und Gorillas, um nur ein paar Arten unter Millionen herauszugreifen, leben in dieser Sicherheit. Es ist anzunehmen, daß sich auch der Homo habilis einer solchen Sicherheit erfreute – wie hätte er sonst überleben können? Gibt es irgendeinen Grund daran zu zweifeln, daß der Homo erectus sich einer solchen Sicherheit erfreute und daß er sie an seinen Nachfolger, den Homo sapiens weitergab? Nein, eure Spezies ist in Gemeinschaften entstanden, in denen eine Sicherheit, die von der Wiege bis zum Grab reichte, die Regel war. Und eben dieser Regel folgte man während der ganzen Entwicklung des Homo sapiens bis zu diesem Augenblick in Lassergesellschaften. Nur in den Nehmergesellschaften gibt es diese Sicherheit nicht mehr. Sie ist zu einer besonderen Gnade für die wenigen Privilegierten geworden.«

Ismael studierte ein paar Sekunden lang mein Gesicht und erkannte offensichtlich, daß ich ihm noch immer nicht folgen konnte.

»Dein Tagtraum handelte davon, durch das Universum zu reisen, um das Geheimnis zu erfahren, wie man leben soll. Ich zeige dir, wo dieses Geheimnis hier auf eurem eigenen Planeten zu finden ist, nämlich bei euren nächsten Nachbarn in der Gemeinschaft des Lebens.«

»Ich verstehe … glaube ich. Letztes Jahr war ein Mädchen in meiner Klasse, das einmal ein Informationsblatt von irgendeiner Organisation dabei hatte. Den Namen der Organisation weiß ich nicht mehr, aber ich erinnere mich noch an deren Motto, zumindest ungefähr. Es lautete: Uns selbst heilen, die Welt heilen. Würdest du sagen, es ist das, worüber du sprichst?«

Ismael überlegte und sagte dann: »Ich bin nicht der Auffassung, daß eure Probleme mit heilen gelöst werden könnten, Julie. Ihr seid nicht krank. Jeden Morgen wachen sechs Milliarden von euch auf und fahren damit fort, die Welt zu vernichten. Das ist keine Krankheit, die ihr euch eines Nachts eingefangen habt, weil ihr im Durchzug gesessen habt. Heilen ist etwas Unsicheres, wie du sicher weißt. Manchmal vertreibt Aspirin den Kopfschmerz und manchmal eben nicht. Manchmal besiegt die Chemotherapie den Krebs und manchmal eben nicht. Ihr könnt es euch nicht leisten, eure Zeit damit zu vertrödeln, daß ihr euch zu heilen versucht. Ihr müßt euch eine andere Lebensweise aneignen, und zwar sehr bald.«

Nicht immer ist weniger mehr

»Also«, bekannte ich, »du könntest etwas für mich tun, was mir sehr helfen würde. Ich weiß nur nicht, ob ich überhaupt das Recht habe, dich darum zu bitten.«

Ismael runzelte die Stirn. »Habe ich dir den Eindruck vermittelt, daß der Unterricht nicht abgeändert werden darf? Erscheine ich dir wirklich als so streng, daß ich dir nicht einmal einen Gefallen tun würde?«

Hoppla, dachte ich, aber nachdem ich ein wenig gezögert hatte, beschloß ich, jetzt nicht klein beizugeben. Deshalb sagte ich zu ihm: »Es ist wahrscheinlich schon ziemlich lange her, seit du ein zwölfjähriges Mädchen warst, das mit einem tausend Pfund schweren Gorilla redete.«

»Ich verstehe wirklich nicht, was für eine Rolle mein Gewicht spielen sollte«, meinte er barsch.

»Also gut, einem hundert Jahre alten Gorilla.«

»Ich bin keine hundert Jahre alt, und ich wiege weniger als sechshundert Pfund.«

»Gütiger Himmel«, sagte ich. »Das klingt jetzt allmählich wie eine Szene aus *Alice im Wunderland*.«

Ismael gluckste in sich hinein und fragte dann, was er für mich tun könne.

»Sag mir, wie die Welt deiner Meinung nach aussehen würde, wenn wir es tatsächlich schaffen sollten, uns eine andere Lebensweise anzueignen.«

»Das ist eine durchaus berechtigte Frage, Julie. Ich habe keine Ahnung, warum du gezögert hast, sie mir zu stellen.

Ich weiß aus Erfahrung, daß viele Leute an diesem Punkt glauben, ich hätte eine Zukunft im Sinn, aus der jegliche Technologie verschwunden ist. Ihr macht es euch zu leicht, wenn ihr all eure Probleme auf die Technologie schiebt. Die Menschen werden als Technologen geboren, so wie sie als Linguisten geboren werden. Es wurde noch kein einziges Laservolk entdeckt, das keine Technologie kennt. Aber wie so viele andere Aspekte des Lasserlebens ist ihre Technologie für Augen, die an eine so überaus machtvolle und extravagante Technologie wie die eure gewöhnt sind, nahezu unsichtbar. Jedenfalls stelle ich mir für euch gewiß keine Zukunft ohne Technologie vor.

Menschen, die gewöhnt sind, wie Nehmer zu denken, sagen sehr oft zu mir: Nun, wenn die Lebensweise der Nehmer nicht die richtige ist, welche ist es dann? Aber natürlich gibt es nicht nur eine einzige richtige Lebensweise für Menschen, genausowenig wie es für Vögel eine einzige richtige Art und Weise gibt, ein Nest zu bauen, oder für Spinnen, ein Netz zu spinnen. Also stelle ich mir gewiß keine Zukunft vor, in der das Reich der Nehmer vernichtet und durch etwas anderes ersetzt wurde. Das ist vollkommener Unsinn. Was, sagt Mutter Kultur, sollt ihr tun?«

»Ach du liebe Güte«, stöhnte ich. »Vermutlich würde sie sagen, daß wir gar nichts tun sollen.«

Er schüttelte den Kopf. »Hör ihr zu und rate nicht. Gerade vor einer Minute hast du selbst gesagt, was sie dazu meint: Ihr habt eine unbestimmte und wahrscheinlich unheilbare Krankheit; ihr werdet niemals genau herausfinden, woran ihr leidet, aber es gibt ein paar Heilmittel, die ihr ausprobieren könnt. Versucht dieses, und wenn es nicht hilft, versucht jenes. Und wenn das nicht hilft, versucht wieder ein anderes. Ad infinitum.«

»Ah, jetzt verstehe ich, was du meinst. Laß mich überlegen.« Ich schloß die Augen, und nach etwa fünf Minuten dämmerte es mir langsam. »Das ist jetzt vielleicht vollkommen falsch«, bemerkte ich. »Aber vielleicht entspricht es auch schlicht und einfach der Wahrheit. Ich höre nämlich folgendes: Sicher könnt ihr die Welt retten, aber es wird euch absolut nicht gefallen. Es wird sogar richtig schmerzhaft für euch werden.«

»Warum wird es schmerzhaft werden?«

»Weil wir so viel aufgeben müssen. Aber wie ich schon sagte, vielleicht ist das schlicht und einfach die Wahrheit.«

»Nein, es ist nicht schlicht und einfach die Wahrheit, Julie. Es ist schlicht und einfach eine Lüge von Mutter Kultur. Obwohl Mutter Kultur eine Metapher ist, benimmt sie sich manchmal auf geradezu unheimliche Weise wie ein richtiger Mensch. Warum, glaubst du, verbreitet sie diese Lüge?«

»Vermutlich will sie uns von einer Veränderung abschrecken.«

»Natürlich. Ihre einzige Funktion ist es, den Status quo zu bewahren. Das ist keine Eigenheit eurer Mutter Kultur, in jeder Gesellschaft besteht die Funktion von Mutter Kultur darin, den Status quo zu bewahren. Ich will damit in keiner Weise andeuten, daß dies etwas Böses sei.«

»Ich verstehe.«

»Mutter Kultur will euch zuvorkommen, indem sie euch davon überzeugt, daß jede Veränderung eine Veränderung zum Schlechten hin sein muß. Warum ist es so, daß jede Veränderung für euch eine Veränderung zum Schlechten hin sein muß, Julie?«

»Mir ist nicht klar, warum du das ›für euch‹ so betonst?«

»Nun, denk statt an euch an die Buschmänner Afrikas. Wäre für sie jede Veränderung eine Veränderung zum Schlechteren?«

»Natürlich nicht. Für die Buschmänner Afrikas wäre Mutter Kultur zufolge jede Veränderung eine Veränderung zum Besseren.«

»Warum ist das so?«

»Weil das, was sie haben, wertlos ist. Also wäre jede Veränderung eine Verbesserung.«

»Genau. Und warum muß jede Veränderung für euch dagegen eine Veränderung zum Schlechteren sein?«

»Weil das, was wir haben, perfekt ist. Es kann gar nicht besser werden, also ist jede Veränderung eine Veränderung zum Schlechteren.«

»Es hat mich immer überrascht, wie viele von euch glauben, daß das, was ihr habt, perfekt sei. Ich brauchte eine Weile, bis ich erkannte, daß sich das aus eurem merkwürdigen Verständnis von der Geschichte der Menschheit und der Evolution herleitet. Sehr viele von euch halten die Evolution bewußt oder unbewußt für einen Prozeß ständiger Verbesserung. Ihr glaubt, daß die Menschen als absolut kläglicher Haufen begannen, daß sie aber unter dem Einfluß der Evolution allmählich immer besser und besser und besser und besser und besser und besser und besser und besser wurden, bis sie eines Tages zu dem wurden, was ihr jetzt seid: ausgerüstet mit selbstabtauenden Kühlschränken, Mikrowellenherden, Klimaanlagen, Minivans und Satellitenfernsehen mit sechshundert Kanälen. Irgend etwas davon aufzugeben würde deshalb notwendigerweise einen Rückschritt in der menschlichen Entwicklung bedeuten. Also formuliert Mutter Kultur das Problem folgendermaßen: Die Welt zu retten bedeutet, etwas aufzugeben, und etwas aufzugeben bedeutet, zum Elend zurückzukehren. Deshalb ...«

»Deshalb denkt nicht einmal daran, irgend etwas aufzugeben.«

»Und, was noch wichtiger ist: Denkt nicht einmal daran, die Welt zu retten.«

»Und was sagst du dazu?«

»Ich sage auch: Denkt nicht einmal daran, etwas aufzugeben. Ihr solltet euch nicht für überaus wohlhabende Menschen halten, die etwas von ihrem Reichtum aufgeben müssen. Ihr solltet euch als Menschen sehen, die in Wirklichkeit in entsetzlicher Armut leben. Kennst du das Stammwort von ›wohlhabend‹, Julie?«

»Mir fällt keins ein.«

»Auf welches Stammwort geht das Wort ›Wärme‹ zurück?«

»Auf ›warm‹.«

»Also dann versuch es noch einmal. Auf welches Stammwort geht das Wort ›wohlhabend‹ zurück?«

»Auf ›wohl‹?«

»Natürlich. In seinem ursprünglichen Sinn ist Wohlstand kein Synonym für ›Geld haben‹, es ist ein Synonym für ›Wohlsein‹. Was materielle Dinge angeht, seid ihr natürlich unglaublich wohlhabend, aber in menschlicher Hinsicht seid ihr bemitleidenswert arm. In dieser Beziehung seid ihr die Ärmsten der Erde. Und deshalb solltet ihr euch nicht darauf fixieren, irgend etwas aufgeben zu müssen. Wie könnten die Ärmsten der Erde irgend etwas aufgeben? Das ist unmöglich. Im Gegenteil, ihr müßt euch darauf konzentrieren, etwas zu bekommen. Aber nicht noch mehr Toaster oder noch mehr Radios. Nicht noch mehr Fernseher. Nicht noch mehr Telefone. Nicht noch mehr CD-Spieler. Nicht noch mehr Spielzeug. Ihr müßt euch darauf konzentrieren, jene Dinge zu bekommen, die ihr als menschliche Wesen dringend braucht. Für den Augenblick habt ihr resigniert. Ihr seid überzeugt davon, daß diese Dinge für euch sowieso unerreichbar sind. Aber meine Aufgabe ist es, dir zu zeigen, daß das nicht der Fall ist. Es besteht kein Grund zur Resignation. Jene Dinge, die ihr als menschliche Wesen so dringend braucht, befinden sich in eurer Reichweite – ihr müßt nur wissen, wo ihr nach ihnen suchen müßt. Vor allem müßt ihr zuerst einmal wissen, wie ihr danach suchen müßt. Und um das zu erfahren, bist du zu mir gekommen.«

»Aber wie sollen wir das denn nun machen, Ismael?«

»Ihr müßt *mehr* fordern, Julie, nicht weniger. In diesem Punkt bin ich ganz anderer Meinung als eure religiösen Eiferer, die von euch verlangen, tapfer und geduldig auszuharren und vom Leben nur wenig zu erwarten, um dann im Paradies belohnt zu werden. Ihr müßt für euch jenen Reichtum fordern, den die Eingeborenen überall auf der Welt mit ihrem Leben zu verteidigen bereit sind. Ihr müßt für euch den Reichtum fordern, den die Menschen von Anfang an besaßen, den sie Hunderttausende von Jahren lang für selbstverständlich hielten. Ihr müßt für euch den Reichtum fordern, den ihr damals aufgegeben habt, um euch zu den Herrschern der Welt aufzuschwingen. Aber ihr könnt ihn nicht von euren Führern fordern. Eure Führer halten ihn nicht zurück. Sie besitzen ihn nicht und können ihn euch deshalb auch nicht geben. Das ist es, worin ihr euch von den Revolutionären der Vergangenheit unterscheiden müßt, die einfach andere Menschen an der Macht sehen wollten. Ihr könnt euer Problem nicht dadurch lösen, daß ihr jemand anderem die Verantwortung übertragt.«

»Ja, aber wenn wir diesen Reichtum nicht von unseren Führern fordern können, von wem dann?«

»Fordert ihn von euch selbst, Julie. Der Reichtum der Naturvölker ist die Energie, die die Stammesmitglieder einander geben, um den Stamm am Leben zu halten. Diese Energie ist unerschöpflich, ein vollkommen erneuerbarer Rohstoff.«

Ich stöhnte. »Du sagst mir aber immer noch nicht, wie wir das machen sollen.«

»Julie, die Dinge, die ihr Menschen braucht, sind verfügbar. Das ist meine Botschaft an euch, immer und immer und immer wieder. Ihr könnt diese Dinge haben. Die jenigen, die ihr als unwissende Wilde verachtet, besitzen sie, warum dann nicht auch ihr?«

»Aber wie? Wie stellen wir es an, sie zu bekommen?«

»Zuerst müßt ihr euch klar darüber werden, daß es durchaus möglich ist, sie zu besitzen. Schau, Julie, bevor ihr zum Mond fliegen konntet, mußtet ihr euch zunächst einmal klar darüber werden, daß es überhaupt möglich ist, zum Mond zu fliegen. Bevor ihr ein künstliches Herz bauen konntet, mußtet ihr euch zuerst darüber klarwerden, daß es möglich ist, ein künstliches Herz zu bauen. Verstehst du das?«

»Ja.«

»Wie vielen von euch ist es heute klar, Julie, daß eure Vorfahren über eine Lebensweise verfügten, die tatsächlich funktionierte? Die Menschen, die so lebten, mußten sich nicht ständig mit Verbrechen, Wahnsinn, Depressionen, Ungerechtigkeit, Armut und Aggression herumschlagen. Diese Menschen lebten nicht in Angst vor ihren Nachbarn oder vor der Zukunft. Die Menschen fühlten sich sicher, und sie waren sicher – auf eine Weise, die für euch fast nicht mehr vorstellbar ist. Diese Lebensweise existiert noch immer, und sie funktioniert immer noch so gut wie eh und je im Hinblick auf die Menschen – anders als eure Lebensweise, die zwar sehr gut für die Wirtschaft ist, aber sehr schlecht für die Menschen. Wie vielen von euch ist all das klar?«

»Niemandem«, sagte ich. »Oder nur sehr wenigen.«

»Wie also können sie dann anfangen? Um zum Mond zu fliegen, mußtet ihr euch erst klar darüber werden, daß es möglich ist, zum Mond zu fliegen.«

»Was soll das heißen? Daß es unmöglich ist?«

Ismael seufzte. »Erinnerst du dich daran, wonach ich mit meiner Anzeige gesucht habe?«

»Natürlich. Nach einem Schüler mit ernsthaftem Verlangen, die Welt zu retten.«

»Dann bist du vermutlich hierhergekommen, weil du eben dieses Verlangen hast. Hast du geglaubt, ich würde dir einen Zauberstab geben? Oder eine Maschinenpistole, mit der du alle Schurken der Welt niederschießen kannst?«

»Nein.«

»Hast du geglaubt, daß es nichts zu tun gäbe? Hast du geglaubt, daß du hierherkommen, mir eine Weile zuhören und dann nach Hause gehen könntest, um dann nichts zu tun? Hast du geglaubt, daß meine Vorstellung von der Rettung der Welt so aussieht, daß man nichts tut?«

»Nein.«

»Was muß also getan werden, Julie? Was ist die Voraussetzung dafür, daß die Menschen zu überlegen beginnen, wie sie den Reichtum bekommen können, den sie so dringend nötig haben?«

Ich schüttelte den Kopf, aber das reichte irgendwie nicht aus. Ich schoß aus meinem Sessel hoch und ruderte wild mit den Armen durch die Luft. Ismael sah mich neugierig an, als hätte ich jetzt vielleicht doch den Verstand verloren. Ich rief ihm zu: »Du redest nicht davon, die Welt zu retten. Ich werde aus dir einfach nicht schlau! Du redest ständig davon, nur uns zu retten!«

Ismael nickte. »Ich verstehe deine Verwirrung, Julie. Aber es ist folgendermaßen: Die Angehörigen deiner Kultur sind dabei, diesen Planeten für euch und für Millionen anderer Arten unbewohnbar zu machen. Wenn euch das gelingt, wird das Leben gewiß weitergehen, aber auf einem Niveau, das ihr in eurem Hochmut zweifellos als primitiv ansehen werdet. Wenn wir beide davon reden, die Welt zu retten, dann meinen wir damit, die Welt, so wie wir sie jetzt kennen, zu retten – eine Welt, in der auch Elefanten, Gorillas, Känguruhs, Bisons, Elche, Adler, Robben, Wale und so weiter leben. Verstehst du das?«

»Natürlich.«

»Es gibt nur zwei Methoden, die Welt, so wie sie ist, zu retten. Die eine besteht darin, euch auf der Stelle zu vernichten und nicht so lange zu warten, bis ihr es endlich geschafft habt, die Welt für euch unbewohnbar zu machen. Ich wüßte jedoch nicht, wie man das bewerkstelligen könnte, Julie. Du etwa?«

»Nein.«

»Die einzige andere Methode, die Welt zu retten, besteht darin, euch zu retten. Sie besteht darin, euch zu zeigen, wie ihr anstatt die Welt zu zerstören jene Dinge bekommt, die ihr so dringend braucht.«

»Oh«, begriff ich.

»Ich vertrete die phantastische These, Julie, daß die Angehörigen deiner Kultur die Welt nicht zerstören, weil sie böse oder dumm sind, wie das Mutter Kultur lehrt, sondern weil sie etwas ganz schrecklich entbehren – etwas, das die Menschen dringend brauchen, etwas, ohne das sie einfach nicht Jahr um Jahr, Generation um Generation weiterleben können. Ich vertrete die phantastische These, wenn man ihnen die Wahl läßt, entweder die Welt zu zerstören oder die Dinge zu bekommen, die sie wirklich brauchen, werden sie sich für letzteres entscheiden. Aber bevor sie diese Wahl treffen können, müssen sie erst einmal wissen, daß sie diese Wahl haben.«

Ich sah ihn mit genauso trübem Blick an wie er mich. »Und ich soll ihnen zeigen, daß sie diese Wahl haben. Ist das so?«

»So ist es, Julie. Ist es nicht genau das, was du in deinem Tagtraum vorhattest? Der Welt von weit her die Erleuchtung zu bringen?«

»Ja, das hatte ich in meinem Tagtraum vor. Aber im wirklichen Leben? Ich kann mich beherrschen! Ich bin doch nur ein Kind. Ich mache mir Gedanken darüber, wie es mir ergehen wird, wenn ich schließlich auf die High School komme.«

»Das ist mir klar. Aber das wird nicht immer so bleiben. Ob du es nun weißt oder nicht, du bist hierhergekommen, um eine Veränderung zu erfahren, und du hast dich verändert. Und ob du es nun weißt oder nicht, diese Veränderung ist von Dauer.«

»Ich weiß das sehr wohl«, sagte ich zu ihm, »aber du hast meine Frage nicht beantwortet. Ich habe dich gebeten, mir zu sagen, wie die Welt aussehen würde, wenn wir tatsächlich zu einer anderen Lebensweise finden würden. Wir brauchen ein konkretes Ziel, auf das wir hinarbeiten können. Ich jedenfalls brauche es ganz sicher.«

»Ich werde dir deine Frage beantworten, Julie, aber nicht heute. Für heute ist es Zeit aufzuhören. Kannst du am Freitag wiederkommen?«

»Ja, ich denke schon. Aber warum ausgerechnet am Freitag?«

»Weil ich möchte, daß du jemanden kennenlernst. Nicht Alan Lomax«, fügte er schnell hinzu, als er mein Gesicht sah. »Sein Name ist Art Owens. Er ist auch derjenige, der mir helfen wird, von hier fortzukommen.«

»Ich könnte dir doch auch dabei helfen.«

»Da bin ich mir sicher, Julie. Aber er verfügt über ein Fahrzeug, und er hat eine Unterkunft für mich. Außerdem muß das Ganze nachts vonstatten gehen. Das ist keine Zeit, zu der du unterwegs sein solltest.«

Ich dachte kurz darüber nach. »Er könnte mich abholen. Wenn er hierherkommt, könnte er zuerst bei mir vorbeikommen.«

Ismael schüttelte den Kopf. »Eine Zwölfjährige mitten in der Nacht von einem vierzigjährigen Afro-Amerikaner abholen zu lassen, hieße Gefahr zu laufen, eine Katastrophe heraufzubeschwören.«

»Ja. Ich sage es ungern, aber du hast recht.«

An mir liegt es nicht!

Als ich am Freitag bei Ismael eintraf, stand ein zweiter Sessel dort, was mir ganz und gar nicht gefiel. Natürlich nicht der Sessel als solcher, sondern vielmehr die Vorstellung, daß ich meinen Ismael mit jemandem teilen sollte. Wie selbstsüchtig ich doch bin. Aber wenigstens wirkte dieser Sessel nicht so bequem wie der freundliche, alte, ramponierte, in dem ich immer saß. Ich tat so, als wäre der andere gar nicht da, und wir fingen an.

»Meine Wohltäterin Rachel Sokolow«, begann Ismael, »zählte im College einen jungen Mann namens Jeffrey zu ihren Freunden, dessen Vater ein reicher Chirurg war. Jeffrey wurde im Leben vieler Menschen damals und auch später zu einer wichtigen Person, weil er die Leute vor ein Problem stellte. Er wußte einfach nicht, was er mit sich anfangen sollte. Er war attraktiv, intelligent, sympathisch und zeigte bei fast allem, was er machte, auch Talent. Er konnte gut Gitarre spielen, obwohl er kein Interesse an einem musischen Beruf hatte. Er konnte gut fotografieren, konnte gut zeichnen, er spielte die Hauptrolle in einer Theateraufführung seiner Schule, er schrieb unterhaltsame Geschichten, aber auch provozierende Aufsätze, aber er wollte weder Fotograf noch Künstler, Schauspieler oder Schriftsteller werden. Er brachte in jeder Klasse gute Leistungen, aber er wollte weder Lehrer noch Geisteswissenschaftler werden. Er war auch nicht daran interessiert, in die Fußstapfen seines Vaters zu treten oder auf dem Gebiet der Juristerei, der Naturwissenschaft, der Mathematik, der Wirtschaft oder der Politik tätig zu werden. Er fühlte sich zwar zu spirituellen Dingen hingezogen, ging gelegentlich auch in die Kirche, aber es kam ihm nicht in den Sinn, Theologe oder Geistlicher zu werden. Trotz alledem schien er sozial gut angepaßt, wie man es nennt. Er wurde weder von nennenswerten Ängsten und Depressionen noch von Neurosen geplagt. Er hatte in bezug auf seine sexuelle Orientierung keinen Zweifel. Er stellte sich vor, daß er sich eines Tages ein Haus bauen und heiraten würde, aber erst, wenn er seinem Leben einen Sinn gegeben hatte.

Jeffreys Freunde wurden nie müde, ihm Vorschläge zu machen, wie er sein Leben gestalten sollte. Würde es ihm keinen Spaß machen, in der Lokalzeitung Filme zu besprechen? Hatte er je daran gedacht, sich aufs Elfenbeinschnitzen oder das Goldschmieden zu verlegen? Die Kunstschreinerei wurde ihm als etwas überaus Befriedigendes ans Herz gelegt. Wie wäre es mit der Fossiliensuche? Gourmetküche? Vielleicht sollte er Forscher werden? Würde es ihm nicht Spaß machen, mit auf eine archäologische Expedition zu gehen? Jeffreys Vater hatte großes Verständnis dafür, daß sein Sohn offensichtlich nicht imstande war, etwas zu finden, was ihn begeisterte. Er unterstützte ihn bereitwillig bei allem, was es seinem Sohn wenigstens wert schien, ausprobiert zu werden. Wenn eine Weltreise irgendeinen Reiz für ihn hatte, dann würde man eine Reiseagentur beauftragen, eine entsprechende Route zusammenzustellen. Wenn er ausprobieren wollte, wie es sich in der freien Natur lebte, würde man ihm gern die nötige Ausrüstung zur Verfügung stellen. Wenn er zur See wollte, würde man ihm ein passendes Boot bereitstellen. Wenn er sich entschließen sollte, Töpfer zu werden, würde schon ein Brennofen auf ihn warten. Selbst wenn er einfach nur in den Tag hineinleben hätte wollen, wäre das in Ordnung gewesen. Jeffrey jedoch tat dies alles mit einem höflichen Achselzucken ab, peinlich berührt, weil sich seinetwegen alle solche Gedanken machten.

Ich will hier nicht den Eindruck erwecken, daß Jeffrey faul oder verzogen gewesen wäre. Er war im Studium immer bei den Besten, jobbte nebenher, lebte in einer gewöhnlichen Studentenbude, besaß kein Auto. Er betrachtete einfach die Welt, die sich ihm darbot, und konnte nichts entdecken, das zu besitzen ihm etwas wert gewesen wäre. Seine Freunde sagten ständig zu ihm: ›Schau, so kannst du doch nicht weitermachen. Du verzettelst dich. Du mußt dir ein Ziel suchen. Du mußt irgend etwas finden, was du mit deinem Leben anfangen willst!‹

Jeffrey machte seinen Abschluß mit Auszeichnung, aber ohne sich für eine bestimmte Richtung entschieden zu haben. Nachdem er den Sommer im Hause seines Vaters verbracht hatte, besuchte er zwei Freunde aus dem College, die gerade geheiratet hatten. Er nahm seinen Rucksack mit, seine Gitarre, sein Tagebuch. Nach ein paar Wochen verabschiedete er sich von ihnen, um andere Freunde zu besuchen und fuhr per Anhalter weiter. Er hatte es nicht eilig. Er machte auf seinem Weg immer wieder halt, half ein paar Leuten dabei, einen Schuppen zu bauen, verdiente genug Geld, um sich über Wasser zu halten, und erreichte schließlich sein nächstes Reiseziel. Bald stand der Winter vor der Tür, und er machte sich wieder auf den Heimweg. Er und sein Vater führten lange Gespräche, spielten Rommé, Poolbillard und Tennis, sahen sich Football an, tranken Bier, lasen Bücher, gingen ins Kino.

Als der Frühling kam, kaufte sich Jeffrey einen Gebrauchtwagen und fuhr wieder los, um Freunde zu besuchen, diesmal in die andere Richtung. Man nahm ihn gern auf, wo immer er hinkam. Die Leute mochten ihn, und er tat ihnen leid, weil er so wurzellos, so unfähig, so unkonzentriert war. Aber sie gaben ihn nicht auf. Jemand wollte ihm eine Videokamera kaufen, damit er einen Film über seine Wanderungen drehen konnte. Jeffrey war nicht interessiert daran. Jemand anders erbot sich, seine Gedichte bei verschiedenen Zeitschriften einzusenden, um zu sehen, ob nicht eines veröffentlicht werden würde. Jeffrey meinte, daß er das nett fände, daß es ihm persönlich jedoch egal wäre, was dabei herauskäme. Nachdem er den Sommer über in einem Pfadfinderlager gearbeitet hatte, bat man ihn, als ständiger Betreuer dort zu bleiben, aber auch das reizte ihn nicht.

Als es Winter wurde, überredete ihn sein Vater dazu, einen Psychotherapeuten aufzusuchen, den er persönlich kannte und dem er vertraute. Jeffrey ging den ganzen Winter über drei Mal wöchentlich zur Therapie, am Ende mußte der Therapeut jedoch zugeben, daß seinem Patienten psychisch rein gar nichts fehlte, abgesehen davon, daß er ihm ein wenig unreif vorkam. Auf die Frage, was ›ein wenig unreif‹ bedeutete, erklärte der Therapeut, Jeffrey sei unmotiviert, unkonzentriert und hätte keine Ziele, was jedoch bereits hinlänglich bekannt war. ›In ein oder zwei Jahren wird er bestimmt etwas finden‹, prophezeite der Therapeut. ›Und höchstwahrscheinlich wird es etwas ganz Naheliegendes sein. Ich bin sicher, es befindet sich im Augenblick schon direkt vor seiner Nase, und er sieht es einfach nur nicht.‹ Als der Frühling kam, ging Jeffrey wieder auf Reisen, und falls sich tatsächlich etwas direkt vor seiner Nase befand, so sah er es jedenfalls nicht.

So vergingen Jahre. Jeffrey sah zu, wie seine alten Freunde heirateten, Kinder bekamen, an ihrer beruflichen Karriere bastelten, Unternehmen gründeten, hier zu ein wenig Ruhm gelangten, dort zu ein wenig Vermögen, während er weiter Gitarre spielte, hier und da ein Gedicht verfaßte und ein Tagebuch nach dem anderen vollschrieb. Letzten Frühling feierte er mit Freunden zusammen in einem Ferienhaus am Lake Wisconsin seinen einunddreißigsten Geburtstag. Am nächsten Morgen ging er ans Ufer hinunter, schrieb ein paar Zeilen in sein Tagebuch, watete dann in den See und ertränkte sich.«

»Traurige Sache«, sagte ich nach einer Weile, außerstande, etwas Intelligenteres von mir zu geben.

»Es ist eine alltägliche Geschichte, Julie, bis auf eine Tatsache – die Tatsache, daß Jeffreys Vater es seinem Sohn ermöglichte, sich treiben zu lassen. Daß er ihn dabei sogar unterstützte, während dieser zehn Jahre nichts zu tun, daß er ihn nicht unter Druck setzte und ihm nicht erklärte, er solle sich zusammenreißen und ein verantwortungsvoller Mensch werden. Das ist es, was Jeffrey von Millionen anderer junger Leute in deiner Kultur unterschied, die im Grunde genauso wenig Motivation besitzen wie er. Oder bist du der Ansicht, daß ich mich da täusche?«

»Mir ist noch nicht klar, was du genau meinst, deshalb kann ich auch noch nicht sagen, ob ich dir zustimmen kann.«

»Wenn du an deine Freunde oder Klassenkameraden denkst – brennen sie darauf, Rechtsanwalt, Banker, Ingenieur, Koch, Friseur, Versicherungsvertreter oder Busfahrer zu werden?«

»Einige von ihnen, ja. Sie wollen zwar nicht unbedingt das werden, was du gerade aufgezählt hast, Friseure und Busfahrer, aber irgend etwas schon. Einige meiner Freunde hätten sicher nichts dagegen, Filmstar oder Profisportler zu werden.«

»Und wie stehen, realistisch gesehen, ihre Chancen, das auch zu schaffen?«

»Eins zu einer Million vermutlich.«

»Glaubst du, daß es da draußen Achtzehnjährige gibt, die davon träumen, Taxifahrer, Zahntechniker oder Straßenarbeiter zu werden?«

»Nein.«

»Glaubst du, es gibt viele Achtzehnjährige wie Jeffrey, die keine der Tätigkeiten in der Arbeitswelt der Nehmer reizvoll finden? Die froh wären, wenn sie sich das Ganze schenken könnten, vorausgesetzt, jemand würde ihnen jährlich zwanzig- oder dreißigtausend Dollar überweisen?«

»Himmel, ja, wenn du es so formulierst, dann bin ich mir sicher, daß es da einige gibt. Ach was, Millionen!«

»Aber wenn sie die Arbeitswelt der Nehmer nicht interessiert, warum werden sie dann ein Teil dieser Welt? Warum nehmen sie Jobs an, die ihnen wie allen anderen auch völlig sinnlos erscheinen?«

»Sie arbeiten, weil sie es müssen. Ihre Eltern setzen sie irgendwann vor die Tür. Sie müssen sich entweder einen Job suchen oder verhungern.«

»Das ist richtig. Aber natürlich sind in jeder Abschlußklasse ein paar, die dann lieber verhungern würden. Früher nannte man sie Vagabunden, Gammler oder Landstreicher. Heute bezeichnen sie sich selbst als obdachlos, was heißen soll, daß sie auf der Straße leben, weil sie dazu gezwungen werden. Es sind Ausreißer, Herumtreiber, Gelegenheitsdiebe und -prostituierte, Straßenräuber und Stadtstreicher. Sie organisieren sich auf die eine oder andere Weise ihren Lebensunterhalt. Die Nahrung mag zwar unter Verschluß gehalten werden, aber sie haben die Ritzen in der Wand der Stahlkammer gefunden. Sie filzen Betrunkene und sammeln Aludosen. Sie betteln, wühlen in den Abfalltonnen von Restaurants und begehen Bagatelldiebstähle. Es ist kein leichtes Leben, aber sie leben lieber so, als daß sie einen sinnlosen Job annehmen und wie die große Masse der Armen in der Stadt leben. Sie bilden eine sehr große Subkultur, Julie.«

»Ja, jetzt wo du es sagst, wird es mir klar. Ich habe tatsächlich Freunde, die sagen, daß sie lieber auf der Straße leben wollen. Sie sprechen davon, in bestimmte Städte zu gehen, wo es bereits viele gibt, die das tun. Eine dieser Städte ist Seattle.«

»Dieses Phänomen hängt eng mit dem Phänomen der Jugendbanden und Jugendsekten zusammen. Wenn diese Straßenkinder sich charismatischen Kriegsherren anschließen, werden sie als Gang wahrgenommen. Wenn sie sich charismatischen Gurus anschließen, nimmt man sie als Sekte wahr. Kinder, die auf der Straße leben, haben nur eine sehr geringe Lebenserwartung, und es dauert nicht lange, dann wissen sie das auch. Sie sehen, wie ihre Freunde als Teenager oder mit Anfang Zwanzig sterben, und sie wissen, daß sie dasselbe Schicksal erwartet. Trotzdem können sie sich nicht dazu überwinden, sich irgendeine Bruchbude zu mieten, ein paar anständige Kleidungsstücke zu besorgen und sich irgendeinen idiotischen Mindestlohnjob zu suchen, den sie hassen. Verstehst du, was ich damit sagen will, Julie? Jeffrey ist genau wie sie. Nur kommt er aus der Oberschicht. Denen, die den unteren Schichten der Gesellschaft entstammen, ist das Privileg verwehrt, sich in einem netten sauberen See in Wisconsin zu ertränken. Doch das, was sie tun, läuft so ziemlich auf dasselbe hinaus. Sie sterben lieber, als sich in das Heer der Armen der Stadt einzureihen. Und im allgemeinen sind sie dann auch bald tot.«

»Das leuchtet mir alles ein«, sagte ich zu ihm. »Was mir aber nicht einleuchtet, ist, worauf du hinauswillst.«

»Ich will noch gar nicht auf etwas Bestimmtes hinaus, Julie. Ich lenke deine Aufmerksamkeit auf etwas, was die Angehörigen deiner Kultur für völlig unbedeutend halten. Jeffreys Geschichte ist schrecklich traurig – aber er ist ein Einzelfall, nicht wahr? Wenn Tausende von Jeffreys ins Wasser gingen, wärt ihr möglicherweise beunruhigt. Aber die verwahrlosten Kids, die zu Tausenden auf euren Straßen sterben, sind etwas, was ihr getrost ignorieren könnt.«

»Ja, das ist wahr.«

»Ich betrachte gerade etwas, das den Angehörigen deiner Kultur nicht beachtenswert scheint. Schließlich handelt es sich ja nur um Drogenabhängige, Verlierer, Gangster, Gesindel. Die Einstellung der Erwachsenen dazu lautet: Wenn sie wie Tiere leben wollen, dann laßt sie doch. Wenn sie sich umbringen wollen, dann laßt sie doch. Es sind Kranke, Soziopathen und Außenseiter, und es ist gut, wenn wir sie los sind.«

»Ja, genau das denken die meisten Erwachsenen wohl.«

»Sie befinden sich im Zustand des Verleugnens, Julie, und was ist es, das sie verleugnen?«

»Sie verleugnen, daß das ihre eigenen Kinder sind. Für sie sind das die Kinder von jemand anderem.«

»Richtig. Daß ein Jeffrey sich in einem See ertränkt oder eine Susie an einer Überdosis in der Gosse stirbt, ist euch egal. Daß sich jährlich Zehntausende umbringen, einfach verschwinden und nichts hinterlassen, sagt euch nichts. Es enthält keine Botschaft. Es ist wie das Rauschen im Radio, etwas, das man ignoriert, und je mehr ihr es ignoriert, desto deutlicher hört ihr die Musik.«

»Sehr wahr. Aber ich versuche immer noch herauszufinden, worauf du hinauswillst.«

»Niemandem von euch fiele ein, sich zu fragen: Was brauchen diese Kinder?«

»Himmel, nein. Wen kümmert es schon, was sie brauchen?«

»Aber du kannst dich das doch fragen, nicht wahr? Kannst du dich dazu durchringen, Julie? Kannst du das ertragen?«

Ich saß eine Minute da, starrte ins Leere, und plötzlich passierte etwas Dummes: Ich brach in Tränen aus. Explodierte förmlich in Tränen. Ich saß da, von großen, riesigen Schluchzern geschüttelt, die nicht aufhören wollten, bis ich langsam glaubte, ich würde bis an mein Lebensende in diesem Sessel sitzen und schluchzen.

Als ich mich endlich wieder gefangen hatte, stand ich auf und erklärte Ismael, daß ich gleich wieder zurückkommen würde. Dann machte ich einen Spaziergang um den Block – genauer gesagt, um ein paar Blöcke.

Als ich zurückkam gestand ich, nicht zu wissen, wie ich das Ganze in Worte fassen sollte.

»Du kannst Gefühle nicht in Worte fassen, Julie. Das weißt du. Du hast sie mit diesem Schluchzen ausgedrückt. Es gibt keine Worte, die dem gleichkämen. Aber es gibt andere Dinge, die du sehr wohl mit Worten ausdrücken kannst.«

»Ja, vermutlich.«

»Du hattest eine Art Vision von dem ungeheuren Verlust, der dich und die andern jungen Menschen, von denen wir gesprochen haben, gleichermaßen betrifft.«

»Ja. Ich hatte vorher keine Ahnung, daß es auch mich betrifft. Ich wußte nicht, daß ich überhaupt irgend etwas mit ihnen gemeinsam habe.«

»Bei deinem ersten Besuch bei mir hast du erzählt, du würdest ständig denken: Ich muß hier raus, ich muß hier raus. Du meintest, das würde bedeuten: Lauf um dein Leben!«

»Ja, und genau das habe ich vorhin empfunden, als ich hier saß und weinte: Bitte! Bitte laßt mich um mein Leben laufen! Bitte laßt mich hier raus! Bitte laßt mich gehen! Bitte haltet mich hier nicht für den Rest meines Lebens fest! Ich muß laufen! Ich halte das nicht mehr aus!«

»Aber das sind Gedanken, die du deinen Klassenkameraden nicht anvertrauen würdest?«

»Das sind Gedanken, die ich mir vor zwei Wochen nicht einmal selbst eingestanden hätte.«

»Du hättest es nicht gewagt, dich mit all dem auseinanderzusetzen?«

»Nein, wenn ich das getan hätte, dann hätte ich gesagt: Was ist denn mit dir los? Irgend etwas stimmt mit dir nicht. Du mußt krank sein!«

»Das ist genau das, was Jeffrey immer wieder in sein Tagebuch geschrieben hat. ›Was ist bloß mit mir los? Was ist mit mir los? Es muß mit mir etwas ganz schrecklich nicht stimmen, daß ich nicht imstande bin, Freude an irgendeinem Job zu finden.‹ Immer wieder schrieb er: ›Was ist los mit mir, was ist los mit mir, was ist los mit mir?‹ Natürlich sagten ihm auch alle seine Freunde immer wieder: ›Was ist mit dir los, was ist mit dir los, was ist mit dir los, daß du mit diesem wunderbaren Programm nicht klarkommst?‹ Vielleicht begreifst du nun zum ersten Mal, daß meine Aufgabe darin besteht, dir die phantastische Einsicht zu vermitteln, daß bei dir alles in Ordnung ist. Du bist es nicht, mit der etwas nicht stimmt. Und ich denke, in deinem Schluchzen lag zum Teil auch dieses Begreifen: An mir liegt es ja überhaupt nicht!«

»Ja, was ich fühlte, war zum guten Teil eine ungeheure Erleichterung.«

Revolutionäre

»Du möchtest wissen, wie die Welt aussähe, wenn ihr eure Lebensweise ändern würdet. Nun, jetzt hast du zumindest eine bessere Vorstellung davon, wozu eine andere Lebensweise gut wäre. Ich sagte, ihr sollt nicht denken, ihr müßtet etwas aufgeben. Ich sagte auch, daß ihr mehr fordern sollt. Aber ich glaube, daß du vorhin nicht verstanden hast, was ich damit meinte.«

»Das habe ich auch nicht, zumindest nicht richtig. Allerdings glaubte ich, es verstanden zu haben.«

»Aber jetzt verstehst du es wirklich. Du bist regelrecht zusammengebrochen, als dir endlich klarwurde, daß ich deinen Forderungen tatsächlich Gehör schenken würde, daß ich tatsächlich hören wollte, was du forderst – ja, daß du es sogar verdienst, daß man deine Forderungen auch erfüllt.«

»Ja, das stimmt.«

»Ich höre mir zuerst deine Forderungen an, und dann werden wir eine Welt für dich entwerfen, Julie. Was wünscht du dir? Wonach sehnst du dich?«

»Also«, sagte ich, »das ist vielleicht eine Frage! Ich wäre gern an einem Ort, an dem mich nicht ständig der Gedanke quält: Ich muß hier raus, ich muß hier raus, ich muß hier raus, ich muß hier raus.«

»Du und alle Jeffreys dieser Welt brauchen einen eigenen Kulturraum.«

»Ja, vermutlich.«

»Ein Kulturraum ist nicht notwendigerweise ein bestimmtes geographisches Gebiet. Die Kids auf den Straßen von Seattle und anderswo sind nicht auf der Suche nach ein paar hundert Hektar eigenem Grund und Boden. Sie sind absolut zufrieden damit, wenn ihr euer Terrain mit ihnen teilt. Sie würden wahrscheinlich sogar verhungern, wenn sie in einem eigenen geographisch abgegrenzten Gebiet leben müßten. Sie sagen: Schaut, wir sind zufrieden damit, von dem zu leben, was ihr wegwerft. Warum laßt ihr uns also nicht in Ruhe? Gebt uns einfach genügend Platz, damit wir in eurem Müll wühlen können. Wir wollen der Stamm der Krähen sein. Krähenvögel, die von euch überfahrene Tiere entsorgen, bringt ihr doch auch nicht um, oder? Wenn ihr diese Krähen nämlich umbringt, müßtet ihr die überfahrenen Tiere selbst vom Asphalt kratzen. Laßt es also die Krähen tun. Sie nehmen sich nichts von dem, was ihr haben wollt, wo also liegt das Problem mit den Krähen? Wir nehmen auch nichts von dem, was ihr haben wollt, wo also liegt das Problem mit uns?«

»Das klingt tatsächlich logisch, aber ich glaube kaum, daß so etwas je passieren wird.«

»Aber was ist mit dir, Julie? Würdest du gern zum Stamm der Krähen gehören?«

»Nicht unbedingt, um ehrlich zu sein.«

»Warum solltest du auch zu ihnen gehören wollen? Es gibt für die Menschen nicht nur eine einzige richtige Lebensweise. Aber angenommen, die Einwohner von Seattle würden tatsächlich sagen: Versuchen wir es! Anstatt diese Kinder zu bekämpfen, anstatt zu versuchen, sie zu ändern und ihnen so das Leben zur Hölle zu machen, laßt uns ihnen helfen. Helfen wir ihnen dabei, zum Stamm der Krähen zu werden. Was würde denn im schlimmsten Fall passieren?«

»Das wäre toll.«

»Wenn du wüßtest, daß es in Seattle Menschen gibt, die so denken – Menschen, die bereit sind, ein solches Risiko einzugehen –, wohin würdest du gehen, wenn du so leben willst?«

»Nach Seattle natürlich.«

»Könnte ein interessanter Ort sein, Julie. Ein Ort, wo die Menschen tatsächlich etwas versuchen.« Ismael schwieg mehrere Minuten lang, und ich hatte das Gefühl, daß er irgendwie den Faden verloren hatte. Schließlich fuhr er fort. »Ganz egal, wie sorgfältig ich gewesen bin, wenn wir diesen Punkt erreicht haben, fragen mich meine Schüler immer: Ja, aber was sollen wir denn tun? Und ich antworte ihnen stets: Ihr Nehmer nehmt für euch doch in Anspruch, große Erfinder zu sein, nicht wahr? Nun, dann seid erfinderisch. Aber das scheint nicht viel zu nützen, oder?«

Ich wußte nicht, ob er mit sich selbst oder mit mir sprach, also blieb ich einfach stumm sitzen und hörte ihm zu.

»Erzähl mir etwas über den Erfindergeist, Julie.«

»Was meinst du?«

»Was war die große Zeit der Erfinder? Wann wurden die größten Erfindungen gemacht.«

»Unsere eigene Zeit war es. Ist es. Es ist unsere Zeit.«

»Also die Zeit der Industriellen Revolution?«

»Richtig.«

»Wie hat sie funktioniert?«

»Was meinst du?«

»Eure größte Aufgabe in den kommenden Jahrzehnten besteht darin, innovativ zu sein, aber nicht in bezug auf Maschinen, sondern in Hinblick auf euch selbst. Erscheint dir das plausibel?«

»Ja.«

»Dann können wir vom größten Innovationsschub der menschlichen Geschichte vielleicht etwas über den menschlichen Einfallsreichtum lernen. Leuchtet dir das ein?«

»Ja, absolut.«

»Also, noch einmal, wie hat sie funktioniert?«

»Die Industrielle Revolution? Himmel, keine Ahnung.«

»Ist irgendeine Industrielle Revolutionsarmee in die Hauptstadt einmarschiert und hat die Macht ergriffen? Hat sie die

Mitglieder der königlichen Familie zusammengetrieben und auf die Guillotine geschickt?«

»Natürlich nicht!«

»Wie hat es dann funktioniert?«

»Fragst du mich jetzt nach Kartellen und Monopolen?«

»Nein, nichts dergleichen. Gegenstand unserer Untersuchung ist nicht das Kapital, sondern der Einfallsreichtum. Versuch es einmal so herum, Julie: Wie begann die Industrielle Revolution?«

»Oh, daran erinnnere ich mich noch. Das ist das einzige, woran ich mich überhaupt noch erinnere. James Watt. Die Dampfmaschine. Siebzehnhundertnochwas.«

»Na also! James Watt, die Dampfmaschine, siebzehnhundertnochwas. Die Erfindung der Dampfmaschine, mit der alles begann, wird oft James Watt zugeschrieben, aber das ist eine irreführende Vereinfachung, die in bezug auf die Revolution in ihrer Gesamtheit das Wesentliche übersieht. James Watt verbesserte 1763 lediglich eine Maschine, die 1712 von Thomas Newcomen konstruiert worden war. Der wiederum hatte lediglich eine Maschine verbessert, die 1702 von Thomas Savery konstruiert worden war. Savery jedoch war zweifellos die Maschine bekannt, die schon 1663 von Edward Somerset beschrieben wurde. Diese wiederum war im Grunde nur eine Variante von Salomon de Caus' Dampfspringbrunnen, der große Ähnlichkeit mit einer Apparatur hatte, die dreizehn Jahre vorher von Giambattista della Porta beschrieben worden war. Dieser della Porta war wahrscheinlich der erste, der seit Heron von Alexandria im ersten nachchristlichen Jahrhundert einen nennenswerten Gebrauch von der Dampfkraft machte. An diesem Beispiel läßt sich ausgezeichnet zeigen, wie die Industrielle Revolution funktionierte. Aber ich bin nicht sicher, ob dir das Prinzip schon jetzt klargeworden ist, deshalb ein weiteres Beispiel.

Dampfmaschinen hätten ohne Koks, der beim Verbrennen weder Flammen noch Rauch entwickelt, keinen großen Nutzen gebracht. Beim Verkoken von Kohle entsteht Leuchtgas, das ursprünglich als wertloses Abfallprodukt galt und das man deshalb einfach entweichen ließ. Aber ab etwa 1790 begann man, es in Fabriken zum Betreiben von Maschinen und für die Beleuchtung zu nutzen. Bei der Verkokung von Kohle fiel neben dem Leuchtgas als weiteres Nebenprodukt der sogenannte Kohlenteer an, eine eklige, stinkende Schlacke, die schwierig zu entsorgen war. Deutsche Chemiker überlegten, ob man den Kohlenteer nicht irgendwie verwenden könnte, anstatt ihn lediglich als problematisches Abfallprodukt zu betrachten. Sie destillierten den Teer und gewannen dadurch Kerosin, einen neuen Brennstoff, sowie Steinkohlenteerkreosot, eine teerige Substanz, die sich hervorragend als Holzschutzmittel eignete. Da Kreosot das Holz vor dem Verrotten bewahrte, lag die Vermutung nahe, daß mit anderen Kohlenteerderivaten ähnliche Ergebnisse zu erzielen waren. Man begann zu experimentieren und fand heraus, daß man mit Karbolsäure Fäulnis im Abwasser verhindern konnte. Als der Englische Chirurg Joseph Lister 1865 von der Wirkung dieser Substanz erfuhr, fragte er sich, ob sich damit nicht auch der Wundbrand, der zu dieser Zeit jede auch noch so kleine Operation zu einem lebensbedrohlichen Eingriff machte, verhindern ließ. Es war so. Ein weiteres Derivat des Kohlenteers war Kohlenschwarz, der Rückstand, den der Rauch von verbranntem Kohlenteer hinterließ. Er fand seine Verwendung in einer Art Kohlepapier, das 1823 von Cyrus Dalkin erfunden wurde. Eine weitere Verwendungsmöglichkeit für Kohlenschwarz entdeckte Thomas Edison, der ein Kügelchen aus Kohlenschwarz in einen Telefonhörer einsetzte und damit die Lautstärke deutlich verbesserte.«

Ismael sah mich erwartungsvoll an, worauf ich ihm erklärte, daß Kohlenteer offensichtlich viel nützlicher war, als ich mir vorgestellt hatte. »Tut mir leid«, fügte ich dann hinzu. »Ich merke selbst, daß mir das Entscheidende offenbar entgangen ist.«

»Du hast mich gefragt, was ihr tun sollt, Julie, und ich habe dir die Antwort auf deine Frage gegeben: Seid erfinderisch. Jetzt versuche ich dir gerade zu zeigen, was es bedeutet, erfinderisch zu sein. Ich versuche dir zu zeigen, welcher Mechanismus die wichtigste Periode menschlichen Einfallsreichstums steuerte: Die Industrielle Revolution war das Endergebnis einer Million kleiner Erfindungen, einer Million großartiger kleiner Ideen, einer Million bescheidener Neuerungen und Verbesserungen früherer Erfindungen. In diesem Zusammenhang von Millionen zu sprechen, ist meiner Meinung nach keine Übertreibung. Über einen Zeitraum von dreihundert Jahren haben Hunderttausende von Menschen, angetrieben von fast ausschließlich eigennützigen Motiven, Ideen und Entdeckungen verbreitet, aus ihnen Schritt für Schritt wieder neue Ideen und Entdeckungen entwickelt und die Welt dadurch allmählich verwandelt.

Ich weiß, daß es bei euch die Ludditen gibt, die die Industrielle Revolution als Teufelswerk ansehen, aber ich bin bestimmt keiner von ihnen, Julie. Die Industrielle Revolution war – anders als etwa eure Schulen, eure Gefängnisse, eure Gerichte, eure Regierungsbehörden – kein utopisches System, überwiegend wohl deshalb, weil sie sich nicht nach irgendeinem theoretischen Plan vollzog. Sie beruhte nicht darauf, daß die Menschen besser waren, als sie es sind. Im Gegenteil, ihr Erfolg hing davon ab, daß die Menschen ganz genau so waren, wie sie es immer waren. Man gebe ihnen das Gaslicht, und sie werfen die Kerzen weg. Man gebe ihnen elektrisches Licht, und sie schaffen das Gaslicht ab. Man biete ihnen Schuhe an, die chic und bequem sind, und sie werden ihre alten häßlichen und unbequemen Schuhe wegwerfen. Man zeige ihnen elektrische Nähmaschinen, und sie werden ihre alten fußbetriebenen mit Freude ausrangieren. Man zeige ihnen Farbfernseher, und sie werden ihre Schwarzweißgeräte entsorgen.

Es ist eine ungeheuer wichtige Tatsache, daß der menschliche Erfindungsreichtum nicht in den Händen einiger weniger Privilegierter konzentriert, sondern verbreitet wurde. Ich beziehe mich dabei weniger auf die Produkte, die hergestellt wurden, sondern vielmehr auf den intellektuellen Reichtum, der geschaffen wurde. Man konnte weder die Erfindungen selbst noch den Geist, der diese Erfindungen ermöglichte, einfach wegsperren. Jedesmal, wenn eine neue Maschine oder ein neues Verfahren entwickelt worden war, stand es jedem frei zu sagen: Ich kann mit dieser Maschine etwas anfangen. Genauso stand es jedem frei zu sagen: Ich kann diese Idee in einer Weise verwenden, von der ihr Urheber nicht einmal geträumt hätte.«

»Die Industrielle Revolution so zu betrachten«, warf ich ein, »ist mir bestimmt noch nie in den Sinn gekommen.«

»Ich will die Industrielle Revolution durchaus nicht in den Himmel loben. Ich kann weder ihre Ziele noch ihre negativen Merkmale – ihren gnadenlosen Materialismus, ihre entsetzliche Verschwendungssucht, ihren enormen Appetit nach unersetzlichen Ressourcen, ihre Bereitschaft, sich ausschließlich von ihrer Gier leiten zu lassen – gutheißen. Ich empfehle euch lediglich ihre Funktionsweise, eine Funktionsweise, die den größten und demokratischsten Kreativitätsschub in der Geschichte der Menschheit auslöste. Ihr müßt nicht darüber nachdenken, etwas aufzugeben. Weit gefehlt! Ihr müßt darüber nachdenken, wie ihr wieder einen solchen Kreativitätsschub auslösen könnt – einen, der nicht darauf gerichtet ist, einen Reichtum an Waren hervorzubringen. Sondern der darauf abzielt, jene Art von Reichtum zu schaffen, den ihr weggeworfen habt, als ihr euch zu Herrschern der Welt aufgeschwungen habt, und nach dem ihr euch jetzt so verzweifelt sehnt.«

»Nenn mir ein Beispiel, Ismael. Nenn mir ein Beispiel!«

»Das Seattle-Projekt, über das wir eben gesprochen haben, ist ein solches Beispiel. Es wäre das Gegenstück zu Salomon de Caus' Dampfspringbrunnen von 1615. Kein Endstadium, sondern lediglich ein Anfang. Die Einwohner von Los Angeles würden sich dieses Experiment ansehen und sagen: Ja, das ist nicht schlecht, aber wir können das noch viel besser machen. Und die Einwohner von Detroit würden hören, welche Überlegungen man in Los Angeles anstellt und für ihre eigene Stadt einen anderen Ansatzpunkt finden.«

»Nenn mir noch ein Beispiel.«

»Die Einwohner von Peoria in Illinois werden sagen: Schaut, vielleicht können wir uns einem Bildungsmodell nähern, wie es bei den Naturvölkern üblich war, wenn wir auf den Erfahrungen aufbauen, die man an der Sudbury Valley School in Framingham in Massachusetts gemacht hat. Wir könnten unsere Lehrer in Rente schicken, die Schulen schließen und die Stadt für unsere Kinder öffnen. Sie sollen lernen, was sie lernen wollen. Wir können dieses Risiko eingehen, so sehr vertrauen wir unseren Kindern. Das wäre ein Experiment, das nationale Aufmerksamkeit erregen würde. Es würde alle interessieren, ob es funktioniert. Ich persönlich habe keinen Zweifel daran, daß es sich als ungeheurer Erfolg erweisen wird – vorausgesetzt, man läßt die Kinder dort wirklich ihrem Instinkt folgen, anstatt das Projekt in einen Lehrplan zu zwängen. Aber natürlich wäre das Peoria-Modell nur der Anfang. Andere Städte würden Wege finden, wie man es verbessern und den Erfolg noch übertreffen könnte.«

»Okay. Noch ein Beispiel bitte.«

»Viele, die im Gesundheitswesen arbeiten, sind nicht gerade glücklich darüber, Teil der Geldmachmaschinerie zu sein, zu der sich das Gesundheitswesen in diesem Land zweifellos entwickelt hat. Viele entschieden sich für eine Tätigkeit im Gesundheitswesen, nicht weil sie reich werden wollten, sondern aus vollkommen anderen Gründen. Diese Leute könnten vielleicht in Albuquerque in New Mexico zusammenkommen und ein völlig neues System starten. Vielleicht realisieren sie dann, daß es auf ihrem Gebiet bereits einen James Watt gibt, einen Arzt namens Patch Adams, der ein Krankenhaus in Virginia eingerichtet hat, wo Patienten kostenlos behandelt werden. Aber vielleicht werden sie noch motivierter arbeiten, wenn sie sehen, daß anderswo Ähnliches passiert – Dinge wie das Seattle- und das Peoria-Projekt. Genau auf diese Weise funktionierte die Industrielle Revolution, Julie. Die Menschen sahen, wie andere etwas in Gang setzten, und fühlten sich aufgerufen, selbst etwas auf den Weg zu bringen.«

»Aber das größte Hindernis bei all dem wäre die Regierung.«

»Natürlich, Julie. Wenn ihr es allerdings nicht einmal schafft, eure eigenen angeblich demokratischen Regierungen dazu zu zwingen, euch zu erlauben, daß ihr für euch selbst etwas Gutes tut, dann muß ich leider sagen, daß ihr es wahrscheinlich nicht anders verdient habt, als unterzugehen.«

»Da stimme ich dir zu.«

»Ich habe dir die Schatzkammer der Naturvölker geöffnet, Julie. Ich habe dir jene Dinge gezeigt, die ihr weggeworfen habt. Ein Wohlstandssystem, das auf einem Austausch von Energie beruhte, die unerschöpflich und stets erneuerbar ist. Ein System von Gesetzen, das den Menschen eine Lebenshilfe ist, statt die Menschen für etwas zu bestrafen, was sie schon immer getan haben und immer tun werden. Ein Bildungssystem, das nichts kostete, tadellos funktioniert und die verschiedenen Generationen zusammenschweißt. Es gibt in dieser Schatzkammer noch vieles andere, das eurer Aufmerksamkeit wert ist. Ihr werdet dort aber nichts finden, das die Menschen dazu ermutigt, kreativ auf den Ideen anderer aufzubauen, so wie ihr das während eurer Industriellen Revolution getan habt. Bei den Naturvölkern war eine solche Kreativität nicht verboten, aber sie wurde auch nicht gefördert oder in irgendeiner Weise belohnt.«

Er verfiel einen Augenblick in Schweigen. Ich öffnete meinen Mund, um etwas zu sagen, aber er hob die Hand.

»Ich weiß, daß ich dir noch nicht gesagt habe, worum du

mich gebeten hast. Ich komme schon noch darauf. Du mußt einfach ein bißchen Geduld mit mir haben und mich auf meine Weise dorthin gelangen lassen.«

Ich klimperte mit den Wimpern und schloß meinen Mund wieder.

Ein Blick in die Zukunft

»Vor einem Vierteljahrhundert geschah etwas, das für dich wie die Reconstruction oder der Koreakrieg einfach nur eine Episode der Geschichte ist. Vor fünfundzwanzig Jahren jedoch war vielen Jugendlichen deines Alters klar, daß die Lebensweise der Nehmer langfristig gesehen tödlich ist. Sehr viel mehr als das wußten sie eigentlich nicht, aber es war ihnen klar, daß sie nicht ein Leben führen wollten, wie ihre Eltern es führten – heiraten, einen Job annehmen, alt werden, in den Ruhestand gehen und sterben. Sie wollten auf eine völlig neue Art leben.

Die einzigen Werte, die sie hatten, waren Liebe, Kameradschaftlichkeit, Ehrlichkeit in Gefühlsdingen, Drogen und Rock 'n' Roll – was keineswegs etwas Schlechtes war. Aber es reichte eben nicht aus, um darauf eine Revolution zu gründen, und genau das, eine Revolution, strebten sie an. So, wie ihnen damals für ihre Revolution der theoretische Unterbau fehlte, verfügten sie auch über kein Programm.

Was sie hatten, war ein Slogan – ›einschalten, abschalten, aussteigen‹ – und wenn alle einfach einschalten, abschalten und aussteigen würden, so glaubten sie, würden die Leute auf der Straße tanzen, und für die Menschheit bräche ein neues Zeitalter an. Ich erzähle dir das, weil es genauso wichtig ist zu wissen, warum etwas fehlschlägt, wie, warum etwas Erfolg hat. Die Jugendrevolte der Sechziger und Siebziger schlug fehl, weil sie weder auf einer Theorie aufbauten noch ein Programm dahinterstand. Aber in einem hatten die jungen Leute gewiß recht: Es ist Zeit, daß ihr Menschen etwas Neues anfangt.

Ihr braucht jetzt unbedingt eine Revolution, wenn ihr überleben wollt, Julie. Es ist schwer vorstellbar, daß ihr noch ein weiteres Jahrhundert erleben werdet, wenn ihr so weitermacht wie bisher. Es darf jedoch keine negative Revolution sein. Jede Revolution, deren Ziel es ist, zu irgendeiner guten alten Zeit zurückzukehren, in der angeblich alles ganz anders war, wo die Männer sich höflich an den Hut tippten, die Frauen daheimblieben und kochten, wo sich niemand scheiden ließ oder die Obrigkeit anzweifelte, basiert auf Träumen. Jede Revolution, die darauf aufbaut, daß die Menschen freiwillig etwas aufgeben, das sie brauchen, um dafür etwas zu bekommen, was sie nicht brauchen, ist eine Illusion und wird fehlschlagen. Ihr braucht eine positive Revolution, eine Revolution, die den Menschen mehr von dem bringt, was sie wirklich brauchen, nicht weniger von dem, was sie im Grunde nicht brauchen.

Die Menschen brauchen im Grunde keine Sechzehn-Bit-Computerspiele, aber wenn sie nichts Besseres bekommen können, dann nehmen sie sie. Eure Revolution wird scheitern, wenn ihr von den Menschen verlangt, auf ihre Sechzehn-Bit-Computerspiele zu verzichten. Wenn ihr wollt, daß sie das Interesse an diesen Dingen verlieren, dann müßt ihr ihnen etwas geben, was besser ist als das.

Das muß die Lösung für eure Revolution sein, Julie. Nicht freiwillige Armut, sondern vielmehr freiwilliger Reichtum. Aber diesmal echter Reichtum. Kein Spielzeug, keine technischen Spielereien, keine ›Annehmlichkeiten‹. Nichts, was in Banktresoren verwahrt wird, sondern ein Reichtum, wie er den Menschen in die Wiege gelegt wurde. Ein Reichtum, an dem sich Menschen Hunderttausende von Jahren erfreuten und sich dort, wo es die Welt der Lasser noch gibt, weiter erfreuen. Und dies wäre ein Reichtum, dessen ihr euch ohne Schuldgefühle erfreuen könnt, da ihr ihn der Welt nicht gestohlen habt. Es ist ein Reichtum, der voll und ganz eurer eigenen Energie entspringt. Bist du meiner Ansicht?«

»Oh ja, Ismael.«

»Jetzt laß uns sehen, ob wir uns vorstellen können, wie eure Revolution aussehen wird. Etwa um 1816 beschloß Karl Freiherr Drais von Sauerbronn, sich einmal als Erfinder zu versuchen (die Industrielle Revolution hat in der Tat in allen Gesellschaftsschichten, hoch wie niedrig, ihre Talente rekrutiert). Ihm schwebte ein durch Menschenkraft angetriebenes Vehikel vor, und für einen ersten Versuch war das Ergebnis, das er präsentierte, gut gelungen: ein Rahmen mit zwei Rädern, der dadurch angetrieben wurde, daß man sich mit den Füßen vom Boden abstieß. Wenn er nun in der Lage gewesen wäre, siebzig Jahre in die Zukunft zu blicken, dann hätte er ein Gefährt sehen können, das tatsächlich gut funktionierte – nämlich das Fahrrad, das der Engländer James Starley konstruiert hatte und das bis auf ein paar Verbesserungen bis heute, ein Jahrhundert später, noch immer Verwendung findet. Genau wie unser Freiherr können wir beide nicht in die Zukunft sehen und uns ein globales menschliches Gesellschaftssystem vorstellen, das wirklich funktioniert. Ein solches System mag es durchaus irgendwann einmal geben – aber wir können es uns genauso wenig vorstellen, wie Sauerbronn sich James Starleys Fahrrad vorstellen konnte. Ist dir klar, was ich meine?«

»Ich denke schon.«

»Trotzdem sind wir Sauerbronn gegenüber im Vorteil. Ihm war nicht nur wie uns allen der Blick in die Zukunft verwehrt, er konnte auch nicht auf die Vergangenheit bauen, weil es dort nämlich keine Konstruktionen gab, an denen er sich hätte orientieren können. Hier sind wir, wie gesagt, ihm gegenüber im Vorteil. Uns ist zumindest möglich, auf ein Gesellschaftssystem zurückzublicken, das wirklich gut funktionierte. Es funktionierte sogar so gut, daß wir es mit guten Gründen als ein endgültiges, nicht weiter verbesserungsfähiges System für Naturvölker bezeichnen können. Es gab keine komplexe Organisation, sondern nur unabhängige Stämme, die die Strategie der unberechenbaren Vergeltung anwendeten: Zahlt mit gleicher Münze heim, aber seid nicht zu berechenbar.«

»Das haben wir ja schon untersucht.«

»Und welches Prinzip oder Gesetz wurde durch die Strategie der unberechenbaren Vergeltung bei den Naturvölkern geschützt?«

»Sie schützte die Unabhängigkeit und Identität des Stammes.«

»Ja, das ist wahr, aber das sind keine Prinzipien oder Gesetze.«

Ich dachte eine Weile nach, mußte aber schließlich zugeben, daß ich nicht wußte, worauf Ismael hinauswollte.

»Das ist nicht weiter schlimm. Die Strategie der unberechenbaren Vergeltung schützte folgendes Gesetz: Es gibt nicht nur eine einzige richtige Lebensweise für die Menschen.«

»Richtig, jetzt ist es mir klar.«

»Das gilt heute ebenso wie vor einer Million Jahren. Wir können auf dieses Gesetz bauen, Julie. Zumindest können wir beiden Revolutionäre das. Gegner der Revolution werden uns entgegenhalten, daß es gewiß eine einzige richtige Lebensweise gibt. Sie werden außerdem behaupten, daß sie diese auch kennen. Das ist in Ordnung, solange sie nicht versuchen, uns ihre einzig richtige Lebensweise aufzuzwingen. Es gibt nicht nur eine einzig richtige Lebensweise für die Menschen. Damit beginnen wir, so wie Descartes mit ›Ich denke, also bin ich‹ begann. Beide Aussagen müssen als selbstverständlich hingenommen oder einfach zurückgewiesen werden. Keine läßt sich beweisen. Beiden können andere Axiome gegenübergestellt werden, aber keine von beiden läßt sich widerlegen. Kannst du mir folgen?«

»Bisher noch, wenn auch mit gewissen Schwierigkeiten.«

»Also haben wir ein Motto, das wir uns auf unsere Fahne

schreiben können: Es gibt für die Menschen keine einzig richtige Lebensweise. Sollen wir der Revolution selbst auch einen Namen geben?«

Nachdem ich eine Weile darüber nachgedacht hatte, sagte ich: »Ja. Wir könnten sie die Stammesrevolution nennen.«

Ismael nickte. »Das ist ein guter Name, aber ich denke, wir sollten sie besser die *Neue* Stammesrevolution nennen, Julie. Ansonsten denken die Leute, wir sprechen von Pfeil und Bogen und davon, in Höhlen zu leben.«

»Ja, du hast recht.«

»Wenn wir die Industrielle Revolution als Modell nehmen, gibt es ein paar Dinge, die wir im Hinblick auf die Neue Stammesrevolution vorhersagen können. Wir können das Ganze den Sieben-Punkte-Plan nennen.

Erstens: *Die Revolution wird nicht von heute auf morgen stattfinden*. Es wird keinen Staatsstreich geben wie bei der Französischen oder der Russischen Revolution.

Zweitens: *Sie wird auf Zuwachs beruhen, gestützt auf Menschen, die auf Ideen anderer aufbauen*. Dies war auch schon die treibende Kraft hinter der Industriellen Revolution.

Drittens: *Es wird keinen Führer geben*. Wie die Industrielle Revolution wird sie keinen Organisator, keinen Vorkämpfer, keinen Schrittmacher, keinen führenden Kopf an der Spitze haben; sie wird zu groß sein, um von irgend jemandem angeführt zu werden.

Viertens: *Sie wird nicht durch irgendeine politische oder religiöse Gruppe in Gang gesetzt werden* - abermals genau wie bei der Industriellen Revolution. Zweifellos wird es einige geben, die behaupten, ihre Befürworter und Protagonisten zu sein; es gibt immer Menschen, die sich zu Anführern aufschwingen, wenn andere erst einmal den Weg geebnet haben.

Fünftens: *Sie hat keinen Endpunkt*. Warum sollte sie einen Endpunkt haben?

Sechstens: *Sie wird sich ohne Plan vollziehen*. Wie in aller Welt sollte es auch einen Plan geben?

Siebtens: *Sie wird diejenigen, die die Revolution unterstützen, mit der Münze der Revolution entlohnen.* Die Industrielle Revolution belohnte diejenigen, die viel zum Reichtum an Produkten beisteuerten, mit Produkten. In der Neuen Stammesrevolution werden diejenigen, die viel Unterstützung beisteuern, mit viel Unterstützung belohnt.

Jetzt habe ich eine Frage an dich. Was, glaubst du, wird bei dieser Revolution mit den Nehmern passieren, Julie?«

»Was meinst du mit passieren?«

»Ich möchte, daß du jetzt anfängst, wie eine Revolutionärin zu denken. Laß mich nicht die ganze Arbeit allein machen. Das erste, was die Leute verbieten werden, ist die Lebensweise der Nehmer. Ist das richtig?«

Ich starrte ihn verständnislos an. »Ich weiß nicht.«

»Denk nach, Julie.«

»Wie können sie denn die Lebensweise der Nehmer verbieten?«

»Vermutlich auf dieselbe Weise, wie sie irgend etwas anderes verbieten.«

»Aber ich meine … wenn es nicht nur eine einzige richtige Lebensweise für die Menschen gibt, wie können sie dann die Lebensweise der Nehmer verbieten? Oder überhaupt irgendeine Lebensweise?«

»Das ist schon besser. Wenn es nicht nur eine einzig richtige Lebensweise für die Menschen gibt, dann kann man die Lebensweise der Nehmer natürlich auch nicht verbieten. Die Lebensweise der Nehmer wird weiterbestehen, und die Menschen, die ihr anhängen, werden jene Menschen sein, die wirklich gern für ihr Essen arbeiten und denen es wirklich gefällt, die Nahrung unter Verschluß zu halten.«

»In diesem Fall werden nicht mehr sehr viele Nehmer übrigbleiben. Die meisten Menschen wollen, daß die Nahrung jedem frei zur Verfügung steht.«

»Dann wird das eben so sein, Julie. Ihr braucht kein Verbot, damit die Lebensweise der Nehmer verschwindet. Ihr braucht nur das Gefängnistor zu öffnen, und die Leute werden das Gefängnis verlassen. Es wird allerdings immer ein paar Menschen geben, denen die Lebensweise der Nehmer gefällt. Vielleicht werden sie sich alle in Manhattan versammeln. Dann könntet ihr die Insel zum Nationalpark erklären und eure Kinder auf Exkursion dorthinschicken, um das Leben der Bewohner dort zu studieren.«

»Aber wie wird alles andere funktionieren, Ismael?«

»Bei den Naturvölkern wurde die Stammeszugehörigkeit durch die Geburt bestimmt. Das heißt, du wurdest als Ute, Penobscot oder Alawa geboren, du konntest dich nicht entscheiden, einer zu werden. Ich nehme an, daß das zwar grundsätzlich möglich war, aber es kam bestimmt nur sehr selten vor. Warum sollte ein Hopi ein Navajo werden wollen oder umgekehrt? Im Zuge der Neuen Stammesrevolution kann man über seine Stammeszugehörigkeit frei entscheiden, zumindest am Anfang. Stell dir eine Welt vor, in der Jeffrey, anstatt von einer Gruppe von Nehmerfreunden zur nächsten zu fahren, von einem Stamm zum nächsten hätte fahren können – alle untereinander verschieden, wobei es jedem freigestanden hätte, zu kommen oder zu gehen. Glaubst du, es wäre so weit gekommen, daß er sich in diesem See das Leben genommen hätte?«

»Nein, kaum. Vermutlich wäre er bei einem Stamm gelandet, wo die Leute eben gern herumsitzen, Gitarre spielen und Gedichte schreiben.«

»Dieser Stamm würde sich wahrscheinlich nicht hin zur ›Vollendung‹ entwickeln, oder?«

»Wahrscheinlich nicht, aber was macht das schon? Aber gibt es nicht auch heute schon derartige Zweckgemeinschaften?«

»Ja, mehr denn je. Bloß können sie sich aber alle nur innerhalb des Gefängnisses der Nehmer ihren Freiraum suchen. Dazu sind sie gezwungen, weil das Nehmergefängnis kein Außerhalb kennt. Die Nehmer beanspruchten schon vor langer Zeit den gesamten Planeten für sich, also liegt zwangsläufig alles innerhalb ihres Gefängnisses.«

»Was hat das denn damit zu tun?«

»In echten Gefängnissen bilden die Insassen Gruppen, die sich verschiedenen Zwecken verschrieben haben. Manche dieser Gruppen werden von der Gefängnisleitung geduldet, andere nicht. So gibt es zum Beispiel Gruppen, die zum Selbstschutz ihrer Mitglieder gegründet werden, die Mitglieder halten einander den Rücken frei. Diese Cliquen haben keinen offiziellen Status. Sie werden nicht geduldet, sie sind sogar verboten. Und wenn sie geduldet würden, wären sie im Grunde sinnlos. Um ihre Funktion zu erfüllen, müssen sie verboten sein – damit sind sie zugleich frei, die Regeln zu brechen. Wenn sie erst einmal geduldet werden, ist ihre Bedeutung die eines Schachclubs oder eines Lesezirkels – dem Gefängnisreglement unterworfen und deshalb nur von sehr marginaler Bedeutung, was die echten Belange der Gruppenmitglieder angeht.«

»Was hat das mit den Zweckgemeinschaften zu tun?«

»Zweckgemeinschaften verfolgen im Gegensatz zu den eben beschriebenen Gruppen stets das Ziel, durch das Gesetz der Nehmer anerkannt zu werden. Das bewahrt sie davor, von der Polizei schikaniert zu werden, schränkt aber ihre Bedeutung ein. Das ist der Unterschied zwischen zweckgebundenen Gemeinschaften einerseits und Sekten und Straßengangs andererseits. Zweckgemeinschaften wollen ein Teil des Systems werden, wogegen Sekten und Straßengangs dies gerade nicht wollen. Und das ist auch der Grund dafür, weshalb Sekten und Gangs im Leben ihrer Mitglieder die Wichtigkeit eines Stammes erlangen können.«

»Was meinst du damit?«

»Ich meine, daß die Zugehörigkeit zu einer Sekte oder einer Gang dieselbe Wichtigkeit erlangt wie die Zugehörigkeit zu einem Lasserstamm. Dazuzugehören ist von solcher Wichtigkeit, daß es sich lohnt, dafür zu sterben. Als die Anhänger von

Jim Jones merkten, daß Jonestown dem Untergang geweiht war, sahen sie keinen Sinn mehr darin weiterzuleben. Jones sagte ihnen: ›Wenn ihr mich so liebt wie ich euch, dann müssen wir alle gemeinsam sterben, oder man wird uns vernichten.‹ Mir ist bewußt, daß das alles ungefähr ein Jahr vor deiner Geburt passierte, aber ich dachte, du hättest vielleicht davon gehört.«

Ich verneinte.

»Mit ihm zusammen begingen neunhundert Menschen Selbstmord. Lasserstämme haben dasselbe getan, wenn sie keinen Ausweg mehr sahen, wenn es für sie keine Hoffnung mehr gab, als Stamm weiterexistieren zu können.«

Ich schüttelte zweifelnd den Kopf, und Ismael fragte, was los sei. »Ich bin mir nicht sicher. Oder vielleicht bin ich es doch. Ich habe Gangster bisher als Tiere und Sektenanhänger als Geistesgestörte angesehen. Lasserstämme mit Gangs und Sekten in einen Topf zu werfen, weckt bei mir ein Gefühl der … der Verwirrung.«

»Ich verstehe. Wenn du dich umsiehst, wirst du feststellen, daß viele Menschen aus purer Unsicherheit heraus zum Schubladendenken Zuflucht nehmen und alles in feste, strikt voneinander getrennte Kategorien von gut und böse einordnen. Die Industrielle Revolution ist böse, folglich darf es nichts geben, was man vielleicht doch positiv sehen könnte. Gangs und Sekten sind böse, und es darf nichts geben, was man als gut auffassen könnte. Stämme hingegen sind gut, und zwischen ihnen und so bösen Dingen wie Sekten und Gangs darf es einfach keine Verbindung geben. Die Feststellung, daß Lasserstämme sehr gut ohne gesellschaftliche Hierarchie und ohne Privateigentum auskommen, ist zwar erlaubt, aber man sollte nicht vergessen zu betonen, daß sie diese schmutzigen Bücher von Marx und Engels nicht gelesen haben.«

»Ja, das glaube ich durchaus. Aber ich durchschaue immer noch nicht, was das alles mit den Zweckgemeinschaften zu tun hat.«

»Als sich die Behörden bei uns für Jim Jones' People's Temple zu interessieren begannen, ging Jones mit seiner Sekte nach Guyana. Er tat das, weil er wußte, daß seine Sekte unter Regierungsaufsicht gestellt werden und so ihre Funktion verlieren würde. Aber hier ist noch ein anderes Beispiel: 1958 gründete ein trockener Alkoholiker namens Charles Dederich in Santa Monica ein Rehabilitationszentrum für Drogensüchtige. Es wurde Synanon genannt. Zunächst war es nicht direkt eine Gemeinschaft, da die Abhängigen kamen und gingen. Im Laufe der Zeit genügte Dederich sein Modell jedoch nicht mehr. Er wollte eine dauerhafte Gemeinschaft gründen, und bald schon ermutigte er genesene Abhängige, für Kost und Logis in Synanon zu arbeiten. Als nächstes öffnete Dederich seine Gemeinschaft Außenstehenden – Akademikern und Geschäftsleuten, die bereit waren, Synanon Grundbesitz, Autos, Bankkonten und Aktien zu überschreiben, um dafür zu einer einzigartigen Gemeinschaft gehören zu können, die ihnen auf Lebenszeit ein Zuhause bieten würde. Schritt für Schritt wandelte sich Synanon von einem Behandlungszentrum zu einer Sekte – einer kampfbereiten Sekte, die ihre Waffen nicht nur zur Verteidigung, sondern auch zum Angriff einsetzte und Mordanschläge und brutale Überfälle auf ihre Feinde in der benachbarten Gemeinde unternahm. Die Sekte von Bhagwan Shree Rajneesh, die Hare-Krischna-Bewegung und die Alamo Christian Foundation erhielten alle von Menschen Zulauf, die in ähnlicher Weise bereit waren, ihren weltlichen Besitz einzubringen und ohne Entlohnung für die Gemeinschaft zu arbeiten, nur um dazuzugehören. Um Mitglied zu werden und in den Genuß all dessen zu kommen, was die Mitgliedschaft mit sich bringt – Essen, Unterkunft, Kleidung, Verkehrsmittel, medizinische Versorgung und so weiter. Mit einem Wort: Sicherheit.«

»Ich weiß wieder nicht genau, was du mir mit alldem sagen willst.«

»Ich versuche dir deutlich zu machen, daß diese Leute

nicht verrückt sind. Sie sehnen sich nach etwas, was die Menschen über Hunderttausende von Jahren hinweg hatten und dort, wo es noch Lasser gibt, immer noch haben. Sie möchten, daß man sich wie bei den Naturvölkern um sie kümmert, Julie. Sie sind bereit, der Sekte ihre totale Unterstützung zukommen zu lassen – als Gegenleistung für deren totale Unterstützung. Für das Essen, die Unterkunft, die Kleidung, die Verkehrsmittel, die medizinische Versorgung und so weiter – eben für alles, was man als Mensch wirklich zum Leben braucht. Sie haben sich diesen Sekten nicht angeschlossen, weil sie erkannt haben, daß sie stammesähnlich sind. Sie haben sich ihnen zugewandt, weil sie erkannten, daß sie ihnen etwas boten, was sie dringend brauchten und garantiert noch immer brauchen, Julie. Du wirst sehen, daß sich in den kommenden Jahren immer mehr absolut normale und intelligente Leute den Sekten anschließen werden, nicht weil sie verrückt sind, sondern weil die Sekte ihnen etwas bietet, was sie dringend brauchen und was ihnen die Welt der Nehmer verwehrt. Das Paradigma ›Unterstützung für Unterstützung‹ bedeutet mehr als einfach nur zu überleben. Es ist ein Synonym für einen zutiefst befriedigenden Lebensstil. Die Leute leben wirklich gern so.«

»In Ordnung, das habe ich verstanden. Jetzt sag mir, was ich damit anfangen soll.«

»Wem ist es gegenwärtig erlaubt, eine Sekte in unserem Sinne zu gründen?«

»Vermutlich niemandem.«

»Und da es niemandem erlaubt ist, eine Sekte zu gründen, wer gründet dann tatsächlich welche?«

»Verrückte«, sagte ich. »Größenwahnsinnige. Betrüger.«

»Julie, ich versuche dir folgendes klarzumachen: Da bei euch niemand außer Wahnsinnigen und Kriminellen eine Sekte gründen darf, warum überrascht es dich dann, daß alle eure Sekten von Wahnsinnigen und Betrügern gegründet werden?«

»Das ist eine verdammt gute Frage.«

»Ich habe noch eine weitere an dich. Was würdest du mit einer Sekte machen, die nicht von einem Verrückten oder einem Betrüger gegründet wurde?«

»Was meinst du damit?«

»Nun, würdest du sie verbieten?«

»Ich weiß nicht.«

»Weißt du, wer die Amish sind?«

»Ja. Vor ein paar Jahren hat sich Harrison Ford in einem Film bei den Amish versteckt.«

»Glaubst du nicht, daß die Amish verboten werden sollten?«

»Nein. Warum sollten sie das?«

»Weil sie genau wie eine Sekte sind, die sich nicht um einen Wahnsinnigen oder einen Betrüger gruppiert hat.«

Ich schloß die Augen und schüttelte den Kopf. »Ismael«, sagte ich, »du bringst mich ganz durcheinander.«

»Gut. Das ist ein erfreulicher Fortschritt. Ich will, daß du eure kulturellen Tabus erkennst. Ich kenne keinen anderen Weg, wie ich deine Reaktion auf Worte, welche man dir regelrecht einprogrammiert hat, aufbrechen könnte. Wenn du das Wort ›Gang‹ hörst, bist du darauf programmiert zu denken: Schlecht – ich darf nicht darüber nachdenken. Wenn du das Wort ›Sekte‹ hörst, bist du darauf programmiert zu denken: Schlecht – ich darf nicht darüber nachdenken. Wenn du das Wort ›Stamm‹ hörst, bist du darauf programmiert zu denken: Gut – darüber darf ich nachdenken.«

»Was soll ich denn sonst denken, wenn ich die Worte ›Gang‹ und ›Sekte‹ höre?«

»Zunächst einmal könntest du dir denken: Das Wort ist nicht die Sache selbst. Du könntest dir denken: Die Sache selbst wird nicht dadurch schlecht, daß man schlecht über sie redet. Und du könntest dir denken: Die Tatsache, daß diese Sache einen schlechten Ruf hat, bedeutet nicht, daß ich nicht darüber nachdenken darf.«

»Okay. Aber worüber sollte ich in diesem Fall nachdenken?«

»Du solltest darüber nachdenken, daß es keinen funktionalen Unterschied zwischen einem Stamm und einer Sekte gibt. Es gibt keinen funktionalen Unterschied zwischen einem Vergaser, der von einem frommen Republikaner gebaut wurde, und einem, der von einem atheistischen Anarchisten gebaut wurde. Beide funktionieren auf dieselbe Weise. Das ist es, was ich meine, wenn ich sage, daß es keinen funktionalen Unterschied gibt.«

»Das verstehe ich.«

»Dasselbe trifft auch hier zu. Der Stamm und die Sekte funktionieren beide nach demselben Prinzip: Du gibst uns deine ganze Unterstützung, und wir geben dir unsere ganze Unterstützung. Voll und ganz – in beide Richtungen. Ohne Vorbehalt, in beide Richtungen. Dafür haben Menschen ihr Leben gegeben, Julie. Dafür werden Menschen auch in Zukunft ihr Leben geben – nicht, weil sie verrückt sind, sondern weil ihnen dieses Prinzip tatsächlich etwas bedeutet. Sie sind nicht bereit, diese Unterstützung gegen Bürojobs und Rentenschecks einzutauschen.«

(Natürlich erinnerte ich mich dreieinhalb Jahre später an diese Unterrichtsstunde, als die mächtige U.S.-Regierung es für notwendig erachtete, eine kleine Sekte bei Waco in Texas auszulöschen. Es spielte keine Rolle, daß man den Davidianern keine Verbrechen nachweisen konnte – man hatte sie nicht einmal eines Verbrechens beschuldigt. Sie waren Irregeleitete, und das hieß, daß sie ohne Gerichtsverfahren vernichtet werden durften – offensichtlich getreu dem Prinzip, daß unsere Irrtümer kein Problem sind, ihre Irrtümer aber, ganz egal, worum es sich tatsächlich handelt, an sich böse sind und deshalb vom Antlitz der Erde getilgt werden müssen.«

Ich sagte: »Das klingt fast, als würdest du mich dazu bringen wollen, eine Sekte zu gründen.«

Er seufzte und schüttelte den Kopf. »Du bist meine Botschafterin, Julie, und dies ist meine Botschaft: Öffnet die Gefängnisse, und die Menschen werden herausströmen. Schafft etwas, was die Menschen wirklich brauchen, und sie werden in Scharen herbeigeeilt kommen. Und schreckt nicht davor zurück, mit offenen Augen jene Dinge zu betrachten, die die Menschen euch zeigen, weil sie sie brauchen. Seht nicht einfach weg, weil Mutter Kultur sie in Verruf gebracht hat. Versucht lieber zu verstehen, warum sie das getan hat.«

»Das kapiere ich. Sie hat sie in Verruf gebracht, weil sie will, daß wir voller Entsetzen vor ihnen zurückschaudern.«

»Natürlich.«

Wie auf ein Stichwort nahm an diesem Punkt unserer Unterhaltung ein gutgekleideter, gedrungener Mann im Sessel neben mir Platz, und ich wußte sofort, daß mein Unterricht bei Ismael zu Ende war.

Der Mann aus Afrika

Ismael stellte ihn vor: »Julie, das ist Art Owens.« Ich sah mir den Mann genauer an. Von Ismael wußte ich, daß Owens vierzig war, ich hätte ihn jedoch für jünger gehalten. Allerdings bin ich nicht besonders gut, wenn es darum geht, das Alter von jemandem zu schätzen. Sein Hautton war satter, als ich es von Afro-Amerikanern her kannte, wahrscheinlich, weil sich (wie ich später erfuhr) unter seinen Vorfahren kein einziger Weißer befand. Er war sehr geschmackvoll angezogen, trug einen rehbraunen Anzug, ein olivfarbenes Hemd und eine Paisleykrawatte. Es dauerte eine Weile, bis wir uns gegenseitig gemustert hatten, deshalb schildere ich euch das hier auch so ausführlich.

Er hatte die Statur eines Boxers, Typ Mike Tyson: Untersetzt, stumpf und kräftig. Ich weiß nicht, wie ich sein Gesicht beschreiben soll. Er sah weder gut aus noch war er häßlich. Sein Gesicht ließ einen darüber nachdenken, was man mit Gesichtern alles machen kann. Wenn jemand mit einem solchen Gesicht sagte, daß es ab morgen vierzig Tage und vierzig Nächte lang regnen wird, würdest du dich erinnern, daß du dir schon immer ein Boot hattest kaufen wollen.

»Hallo, Julie«, sagte er mit einer volltönenden, dunklen Stimme. »Ich habe schon viel von dir gehört.« Bei jedem anderen Menschen hätte ich das lediglich für eine Floskel gehalten. Ich erklärte ihm, daß ich von ihm noch rein gar nichts gehört hätte, und er erwiderte das mit einem bescheidenen Lächeln – keinem breiten Grinsen, nur einem Zeichen der

Zurkenntnisnahme. Dann sah er Ismael an, da er offensichtlich erwartete, er werde mir erzählen, was ich wissen sollte.

»Du hast im Grunde schon von Art gehört, Julie. Ich habe dir erzählt, daß er ein Fahrzeug besitzt und mir helfen wird, von hier zu verschwinden.«

»Ja«, sagte ich. »Aber das ist auch alles.«

»Du hast deine Hilfe angeboten – und jetzt brauchen wir sie.«

Ich sah Art Owens an, weil ich glaubte, er hätte irgendeinen Fehler gemacht oder etwas versprochen, was er jetzt nicht einhalten konnte. Er nickte. »Etwas ist schiefgelaufen, etwas, das wir vorher als völlig problemlos angesehen hatten.« Dann fragte er Ismael, wieviel der mir von dem Plan erzählt hatte.

»Noch überhaupt nichts«, sagte Ismael.

»Ismael wird nach Afrika zurückkehren«, sagte Art. »Jetzt, da Rachel tot ist, gibt es niemanden mehr, der für ihn aufkommt.«

»Und wohin in Afrika?«

»In einen Regenwald im Norden Zaires.«

»Sie machen wohl Witze«, schüttelte ich den Kopf. Art runzelte die Stirn und sah Ismael an.

»Sie denkt offensichtlich, daß du von ein paar hundert Hektar umzäuntem Land sprichst«, erklärte Ismael.

»Ich spreche von einem noch unberührten Regenwald, Tausende von Quadratmeilen groß.«

»Ihr mißversteht mich beide«, sagte ich. »Als ich sagte, Sie würden Witze machen, meinte ich, daß Sie mir doch nicht weismachen wollen, daß Ismael da draußen wie ein ganz normaler Gorilla leben wird?«

Für kurze Zeit sahen sie beide aus, als hätte ich ihnen einen Kinnhaken verpaßt. Art erholte sich als erster und sagte: »Warum sollte er denn da draußen nicht wie ein Gorilla leben? Er ist doch ein Gorilla.«

»Er ist kein Gorilla, verdammt noch mal, er ist ein Philosoph.«

Sie sahen sich verwirrt an.

Ismael meinte: »Glaub mir, Julie, man wird mir nirgendwo auf der Welt einen Lehrstuhl für Philosophie anbieten.«

»Das kann doch nicht die einzige Möglichkeit sein.« Ismael sah mich stirnrunzelnd an und forderte mich auf, noch weitere zu nennen. Ich erwiderte, daß mir nicht einleuchtete, warum er erwartete, daß ausgerechnet ich ihm Alternativen zeigte, schließlich hatte ich gerade einmal dreißig Sekunden Zeit gehabt, um über das Problem nachzudenken.

»Ich denke schon seit Monaten darüber nach, Julie, deshalb mußt du mir einfach vertrauen, wenn ich sage, daß das für mich die beste Lösung ist. Ich betrachte dies auch weder als Fehlschlag noch als letzte Zuflucht. Zaire bietet mir mehr Freiheit, als sonst ein Platz auf dieser Welt.«

Ich ließ meinen Blick von einem zum anderen wandern. Es bestand kein Zweifel, daß an diesem Entschluß nicht mehr zu rütteln war, also zuckte ich mit den Achseln und fragte, wofür sie mich denn brauchten.

Die beiden entspannten sich sichtlich, und Ismael sagte: »Wie könnte das Ganze deiner Meinung nach über die Bühne gehen, Julie?«

»Nun, ich nehme nicht an, daß du einen Platz in der ersten Klasse eines Flugzeugs buchen willst.«

»Zweifellos. Aber diese Einzelheiten der Reise auszuarbeiten, ist der leichte Teil. Die ersten achttausend Meilen von hier bis Kinshasa sind nicht das Problem. Die nächsten fünfhundert Meilen von Kinshasa bis zu dem Ort, wo man mich freilassen kann, können bei keinem Reisebüro und bei keiner Frachtagentur der Welt gebucht werden. Sie werfen Probleme auf, die aber nur auf afrikanischem Boden gelöst werden können. Und zwar von jemandem, der auf die Unterstützung höchster Regierungstellen zurückgreifen kann.«

»Warum das?«

»Weil Zaire eben nicht Kansas, New Jersey, Ontario, England oder Mexiko ist. Weil Zaire vollkommen anders ist als die Länder, die du kennst. Der Grad der Korruption und das Chaos, das dort herrscht, übertrifft inzwischen alles, was du dir vorstellen kannst.«

»Warum willst du dann um Himmels willen ausgerechnet nach Zaire? Geh doch irgendwo anders hin.«

Ismael nickte und bedachte mich mit einem geisterhaften Lächeln. »Sicher gibt es Orte, die leichter zu erreichen wären. Aber bestimmt nicht viele, wo ein Flachlandgorilla weniger auffällt, Julie. Das Problem besteht allein darin, in die Wildnis zu gelangen. Wenn ich erst einmal dort bin, ist die Korruption in Zaire kein Thema mehr, zumindest nicht für die nähere Zukunft. Unter der Herrschaft der Nehmer gibt es letzten Endes keinen Ort auf der Welt, wo Gorillas eine gesicherte Zukunft haben. Abgesehen davon bietet sich Zaire an, weil wir dort tatsächlich jemanden an Ort und Stelle haben, der Verbindungen zu höchsten Regierungsstellen hat. Das ist etwas, was uns andernorts fehlt.«

Offensichtlich war das Art Owens. Ich sah ihn fragend an, um Näheres zu erfahren.

»Ich nehme nicht an, daß du viel über Zaire weißt«, sagte er.

»Überhaupt nichts«, gestand ich.

»Also kurz: Zaire erlangte vor einunddreißig Jahren seine Unabhängigkeit von Belgien. Ich selbst war damals fünf Jahre alt. Nach einer anfänglich absolut chaotischen Phase fiel die Macht in die Hände von Joseph Mobutu, einem korrupten Diktator, der seitdem das Land beherrscht. Mein richtiger Name ist Makiadi Owona. Mein jüngerer Bruder Lukombo und ich waren viel mit Mokonzi Nkemo zusammen, der ebenfalls in unserem Alter war. Wir waren alle drei Träumer, aber unsere Träume unterschieden sich voneinander. Ich war im Grunde meines Herzens ein Naturforscher und wollte nichts lieber, als im Busch zu leben und zu forschen. Nkemi war ein Aktivist, der Zaire befreien wollte, und zwar nicht nur von Mobutu, sondern auch vom negativen Einfluß des weißen Mannes. Lukombo stand zwischen uns. Ich verkörperte für ihn das Afrika, das Nkemi retten wollte, und so verehrte er uns beide. Verstehst du das?«

»Ich denke schon«, sagte ich.

»Wir waren Teenager, als Nkemi damit anfing, daß wir es uns und dem Volk von Zaire schuldig seien, den weißen Mann mit seinen eigenen Waffen zu schlagen. Das bedeutete, daß wir uns um die bestmögliche Ausbildung bemühen sollten. Es wäre einfach nicht ausreichend, wenn ich in den Busch ging und Zoologe spielte. Ich sollte an die Universität gehen und Botanik oder Zoologie studieren. Er selbst wollte Politikwissenschaft studieren, was für Lukombo auch nicht das Schlechteste wäre. Und so lief das Ganze dann auch ab. Mit viel harter Arbeit und Entschlossenheit gelang es uns schließlich allen dreien, uns an der Universität von Kinshasa zu immatrikulieren. Mit noch mehr harter Arbeit und Entschlossenheit schafften es Nkemi und ich dann Anfang der Achtziger, einen Studienplatz in Belgien zu bekommen. Dort wurde Makiadi dann zu Adi verkürzt. Nach zwei Jahren Aufenthalt konnte ich die belgische Staatbürgerschaft beantragen, und das tat ich auch. Schließlich schaffte ich den Sprung in die Vereinigten Staaten, wo ich an der Cornell-Universität Rainforest Resource Management studierte. Dort wurde Adi schließlich zu Artie, und Artie wurde zu Art. Während meiner Zeit an der Cornell-Universität lernte ich Rachel Sokolow kennen, und sie gab mir den ersten Hinweis auf ihre geistige Beziehung zu einem Gorilla namens Ismael. Inzwischen war Nkemi in Zaire in den örtlichen Parteiausschuß von Bolamba gewählt worden, wo er sich mit Lukombo als Vertrauensmann allmählich Einfluß zu verschaffen wußte.

Ich kehrte 1987 voller Träume von einem Wildtierreservat im Norden – die Gegend, aus der ich stammte und die am dünnsten besiedelte des Landes – nach Zaire zurück. Dies war das Jahr, in dem Nkemi den ersten Einstieg in die große Politik versuchte. Er ließ sich für die Wahl zum National Legislative Council aufstellen. Seine Ideen waren jedoch zu radikal, und Mobutu zog ihm den Boden unter den Füßen weg. Nkemi kehrte nach Bolamba zurück, ging buchstäblich ins Exil, und wir drei – aber vor allem natürlich Nkemi – begannen, unsere eigene Revolution mit dem Ziel einer Abspaltung zu planen.«

Art hielt inne und sah mich nachdenklich an, als wolle er ausloten, wieviel von all dem tatsächlich bei mir angekommen war. Ich starrte unverwandt zurück, und er sprach weiter.

»In Zaire, in dem das Chaos zu einem gewohnten Zustand geworden ist und in dem Korruption und Bestechung das einzige sind, worauf du dich verlassen kannst, wäre schon die kleinste Veränderung eine Verbesserung gewesen. Aber Nkemi hatte eine wunderbare Vision. Der Norden war schon seit langem das Stiefkind der ›zivilisierteren‹ Zentralregion um Kinshasa herum. Mobuto brauchte ausländische Devisen, was bedeutete, daß die Bauern im Norden für den Export produzieren mußten. Da die Bauern ihre Feldfrüchte für den Export anbauten, mußten sie sich ihre Nahrung kaufen wie jeder andere auch. Das gestaltete das Leben sehr schwierig.« Er hielt inne. Offensichtlich wußte er nicht mehr weiter und sah hilfesuchend zu Ismael hinüber.

»Stell dir vor, du bist ein Schuster und hast eine große Familie«, begann Ismael. »Du bist Schuster, aber du darfst nur Schuhe für andere herstellen. Für deine eigene Familie darfst du keine Schuhe machen. Du verkaufst deine Schuhe an einen Großhändler, für fünf Dollar das Paar. Der Großhändler verkauft sie für zehn Dollar das Paar an einen Einzelhändler. Und der Einzelhändler verkauft sie für zwanzig Dollar das Paar an seine Kunden. Das bedeutet, daß du vier Paar Schuhe herstellen und verkaufen mußt, um im Geschäft ein einziges Paar Schuhe für deine eigene Familie kaufen zu können.«

»Es ist sogar noch schlimmer, Ismael. Die Schuhe, die du im Geschäft kaufst, sind nämlich importiert und kosten deshalb vierzig Dollar das Paar. Du mußt also acht Paar Schuhe herstellen und verkaufen, um dir im Schuhgeschäft ein einziges Paar kaufen zu können.«

»Der Mechanismus ist mir klar«, erklärte ich ihnen.

»Der Grundgedanke hinter Nkemis Revolution war folgender: Die Menschen sollten sich zuerst um ihre Mitmenschen kümmern. Wir durften uns nicht mehr an Kinshasa orientieren, weil Kinshasa sich nämlich an Paris, London und New York orientierte. Wir mußten uns auf uns selbst konzentrieren, auf das traditionelle Dorfleben, auf die Stammeswerte. Wir mußten die Fremden loswerden, die versuchten, unsere Aufmerksamkeit woandershin zu lenken – die Missionare, Angehörigen des Friedenscorps und die ausländischen Kaufleute mit ihren Bediensteten, Ladeninhabern, Tavernenbesitzern und Prostituierten. All die Fremden mußten gehen. Unseren Leuten gefiel diese Vorstellung. Ihnen gefielen alle Ideen, die Nkemi hatte.

Am 2. März 1989 brachten wir das Regierungsgebäude von Bolamba unter unsere Kontrolle und riefen die Republik von Mabili aus – ein Name, der sich auf einen den Geist beflügelnden Ostwind bezieht, der die Menschen zusammenbringt. Wie es in derartigen Situationen stets der Fall ist, gab es zuerst jede Menge Verwirrung und Uneinigkeit, da die Besitzenden mit aller Macht am alten System festhielten. Ich werde darauf nicht genauer eingehen. Unser wirklicher Feind war Mobutu. Es würde drei oder vier Wochen dauern, bis seine Truppen zu unserem Stützpunkt vorgerückt waren. Wir bezweifelten nicht, daß das geschehen würde. Selbst wenn es sich nur um einen unwichtigen und abgelegenen Landesteil handelte, konnte Mobutu nicht zulassen, uns einfach in die Unabhängigkeit zu entlassen. Praktisch über Nacht erhielten wir Waffen, die über unsere Nordgrenze zur Zentralafrikanischen Republik in unsere Hände gelangten. Es schien, als wäre André Kolingba, der Diktator dieses Landes, über unsere naive kleine Revolution geradezu entzückt.

Wir bereiteten uns also auf einen Angriff vor. Als dieser dann schließlich Mitte April erfolgte, wurde er überraschend halbherzig geführt. Mobutus Truppen nahmen ein paar Dörfer unter Beschuß, exekutierten ein paar Rebellen, brannten ein paar Felder nieder und zogen dann wieder ab. Wir waren verblüfft. War Mobutu krank? Wurde er durch Unruhen in einem anderen Landesteil abgelenkt? Abgeschottet, wie wir waren, gelang es uns nicht, etwas in Erfahrung zu bringen. Eine weitere Möglichkeit bestand darin, daß er uns einfach nur in Sicherheit wiegen wollte. Ohne die militärische Disziplin einer regulären Armee würden Kolingbas Waffen bald Rost ansetzen. Ein gezielter Angriff ein Jahr später hätte dann verheerende Folgen für uns gehabt. Wir versuchten, unsere Leute in Verteidigungsbereitschaft zu halten, die Bevölkerung hielt das jedoch für eine unnötige Vorsichtsmaßnahme.

Es gab einen anderen Agitator namens Rubundo, der Nkemi vom Typ her sehr ähnlich war. Zum selben Zeitpunkt versuchte er, die Zande-Stämme im Osten von uns zu vereinen. Er kam zu uns und erklärte, daß seine Anhänger ebenfalls bereit seien, sich von Zaire loszusagen und sich der Republik Mabili anschließen wollten, wenn wir damit einverstanden wären. Nkemi entgegnete, das sei genau das Gegenteil von dem, was wir anstrebten. Rubundo konnte das durchaus verstehen – aber wären wir wenigstens bereit, seine Rebellen bei ihren eigenen Unabhängigkeitsbestrebungen zu unterstützen? Nkemi druckste herum und sagte ihm schließlich, daß er sich das überlgen wolle. Rubundo ließ nicht locker, wurde immer wieder bei Nkemi vorstellig und schickte eine Nachricht nach der anderen. Wochen vergingen. Dann erhielten wir eines Tages im November die Nachricht, daß Rubundo einem Attentat zum Opfer gefallen war. In dem Augenblick, als ich davon hörte, fiel es mir wie Schuppen von den Augen. Nkemi hatte offenbar mit Mobutu einen Geheimpakt geschlossen: Laß uns in Ruhe, und wir sorgen dafür, daß es zu keinen weiteren separatistischen Bestrebungen im Norden kommt. Das war die einzig logische Erklärung dafür, daß Mobutu Mabili ungeschoren gelassen hatte. Als ich das zur Sprache brachte, gab es schon sehr bald keinen Zweifel mehr daran, daß ich ins Schwarze getroffen hatte. Lukombo hatte das Ganze zuerst genausowenig durchschaut wie ich, hielt diesen Handel aber für gut – es war einfach normale, ergebnisorientierte Politik. Da ich ihm in diesem Punkt nicht zustimmte, fragte Nkemi mich, was ich zu tun beabsichtigte.

Ich fragte ihn daraufhin: ›Erwartest du von mir allen Ernstes, daß ich darüber Stillschweigen bewahre?‹

Er erwiderte: ›Wenn dir dein Leben lieb ist‹. Also verließ ich Bolamba noch in dieser Nacht. Weihnachten war ich wieder in den Vereinigten Staaten.«

Ich dachte kurz nach, dann sagte ich: »Ich versuche zu verstehen, warum Sie mir all das erzählen. Sie sagten, Sie hätten in Zaire jemanden an Ort und Stelle. Ist das die Person, die Sie Lukombo nennen?«

»Ja, das ist richtig. Es handelt sich um meinen Bruder.«

»Warum haben Sie mir all das erzählt?«

»Damit du die Situation begreifst.«

»Ja, das habe ich kapiert. Aber warum soll ich die Situation begreifen?«

Art Owens warf dem Gorilla einen Blick zu, dann fuhr er fort: »Ismael nach Kinshasa zu bringen ist relativ einfach. Um ihn in den Urwald zu schaffen, sind viele helfende Hände nötig. Es geht um Kooperation, Absprachen, Bestechungsgelder, die sich auf Tausende von Dollars belaufen. Lukombo kann all das regeln, aber nur mit offizieller Genehmigung von Mokonzi Nkemi. Mit anderen Worten: Er braucht dazu nicht nur Nkemis Erlaubnis, er braucht Nkemis direkte Anweisung.«

»Und was ist das Problem?«

»Wie also soll Lukombo Nkemi dazu bringen, daß er ihm die Anweisung gibt, die Sache zu regeln?«

»Ich weiß nicht. Vielleicht ihn einfach bitten?«

Art schüttelte den Kopf. »Lukombo hätte keinen Grund, um etwas Derartiges zu bitten. Ich meine damit nicht, daß er nicht bereit wäre, es zu tun. Ich meine, daß er mit einer solchen Bitte Verdacht erregen würde.«

»Was für einen Verdacht denn?«

»Es reicht schon, daß er Verdacht erregen würde, Julie. Es braucht gar kein spezieller Verdacht zu sein.«

»Sie meinen, es wäre gefährlich, wenn er zu Nkemi ginge und sagte: Ich möchte einen Gorilla aus den Vereinigten Staaten einführen?«

»Wenn er damit zu Nkemi ginge, würde Nkemi annehmen, daß er den Verstand verloren hat. Er würde daran nicht den geringsten Zweifel hegen.«

»Ich verstehe. Und?«

»Und deshalb muß jemand anders Nkemi darum bitten, Lukombo die Anweisung zu geben, diese Sache zu regeln.«

Ismael und Art sahen mich an. Als ich endlich begriffen hatte, mußte ich laut lachen. »Das kann doch nicht euer Ernst sein? Ihr wollt, daß ich Mokonzi Nkemi bitte, Lukombo zu befehlen, Ismael von Kinshasa nach Mabili zu bringen?«

»Nein, Lukombo bräuchtest du überhaupt nicht zu erwähnen. Du müßtest Nkemi lediglich darum bitten, dabei zu helfen, Ismael nach Mabili zu bringen. Er wird die Angelegenheit dann automatisch an Lukombo delegieren.«

Ich sah vollkommen ungläubig von einem zum anderen. Nein, sie wollten mich offensichtlich nicht auf den Arm nehmen.

»Ihr seid verrückt«, erklärte ich.

»Warum, Julie?« fragte Ismael.

»Erstens: Warum in aller Welt sollte Nkemi etwas tun, nur weil ich ihn darum bitte?«

Art nickte. »Du kannst mir glauben, ich kenne Nkemi gut. Du würdest ihn um etwas bitten, was kein anderer Mensch auf der Welt vollbringen könnte. Zu glauben, daß er die

Macht hat, etwas zu tun, was niemandem außer ihm sonst möglich ist, würde zweifellos sein Ego befriedigen.«

»Das ist kein besonders guter Grund.«

»Alles, worum du ihn bittest, Julie, ist, einen Finger zu heben. Mehr Anstrengung nämlich würde es ihn nicht kosten, um einer jungen Frau aus der mächtigsten Nation der Welt einen Wunsch zu erfüllen. Nicht einmal Präsident Bush könnte dir diesen Wunsch erfüllen, aber Nkemi kann es. Er braucht sich nur an Lukombo zu wenden und zu sagen: Erledige das.«

»Mit anderen Worten, er wird es aus purer ... was ist das Wort, das ich suche, Ismael?«

»Eitelkeit.«

»Ja. Sie sagen, daß er es tun wird, einfach um sich selbst eine Freude zu machen?«

»Er kann es sich leisten, sich selbst eine Freude zu machen, Julie«, sagte Art.

»Na gut. Aber das war nur der erste Teil. Der zweite ist: Wollt ihr damit sagen, daß ich tatsächlich dorthin soll?«

»Nichts Geringeres als die Tatsache, daß du derartige Kosten und Mühen auf dich nimmst, würde ihn von der Ernsthaftigkeit deines Anliegens überzeugen.«

»Und wie lange würde das Ganze dauern?«

»Ein normaler Reisender würde mit dem Boot von Kinshasa nach Bolamba fahren müssen, was ohne weiteres zwei Wochen in Anspruch nehmen könnte. Du könntest mit dem Hubschrauber fliegen. Mit Glück würde die ganze Reise von hier nach Zaire und wieder zurück nicht mehr als eine Woche dauern.«

»Eine Woche! Das kommt überhaupt nicht in Frage! Ich meine, wenn ich rechtzeitig am Montag wieder in der Schule wäre, dann könnte ich mir das Ganze zumindest einmal überlegen.«

Art schüttelte den Kopf. »Selbst der Präsident der Vereinigten Staaten, dem alle Mittel zur Verfügung stehen, hätte Schwierigkeiten, einen solchen Zeitplan einzuhalten.«

»Also, eine ganze Woche ist schlicht unmöglich. Warum fragt ihr nicht Alan Lomax? Er ist alt genug. Er kann tun, was er will.«

Es herrschte einen Augenblick Totenstille. Art rutschte unbehaglich in seinem Sessel herum, schlug die Beine übereinander und wartete genau wie ich.

»Alan kommt für diese Aufgabe nicht in Frage, Julie«, sagte Ismael endlich. »Er könnte das einfach nicht.«

»Warum nicht?«

Ismael runzelte die Stirn – er machte ein richtig finsteres Gesicht, wirklich. Offensichtlich war er irritiert, daß man sein Wort in dieser Sache anzweifelte, aber damit mußte er zurechtkommen. »Ich will es einmal so formulieren, Julie. Was immer du auch denken magst, wie immer deine Meinung dazu auch aussieht, ich werde Alan nicht fragen. Aber ich frage dich.«

»Ich bin geschmeichelt, wirklich, aber das ändert nichts an der Tatsache, daß es nicht geht.«

»Warum geht es nicht, Julie?«

»Weil meine Mutter mich nicht fortlassen würde.«

»Würde sie das denn, wenn du bis Montagmorgen wieder zurück wärst?«

»Nein, aber dann könnte ich ein bißchen tricksen. Ich könnte ihr erzählen, daß ich das Wochenende bei einer Freundin verbringe.«

»So etwas würde ich dir niemals erlauben, Julie«, sagte Art feierlich. »Nicht aus moralischen Gründen, sondern weil es zu riskant wäre.«

»Es spielt ohnehin keine Rolle«, sagte ich, »da ich sie niemals dazu überreden könnte, eine ganze Woche bei einer Freundin zu verbringen.«

»Angenommen, wir erzählen ihr etwas, das näher bei der Wahrheit liegt. Wir könnten ihr erzählen, daß du in einer wichtigen diplomatischen Mission ein afrikanisches Staatsoberhaupt besuchst.«

»Dann wird sie auf der Stelle die Polizei rufen.«

»Warum?«

»Weil sie Sie für völlig übergeschnappt halten wird. Niemand schickt ein zwölfjähriges Mädchen auf eine diplomatische Mission zu irgendwelchen afrikanischen Staatsoberhäuptern.«

Art drehte sich langsam zu Ismael um und sagte: »Nach allem, was du mir erzählt hast, hatte ich hier jemand Intelligenteren erwartet, Ismael.«

Ich sprang aus meinem Sessel und schoß aus meinen Augen einen Blitz auf ihn ab, der ihn sozusagen zu einem kleinen Häufchen Asche verbrannte.

Ismael gluckste in sich hinein und gab mir mit einem Wink zu verstehen, ich solle mich wieder setzen. »Julie ist durchaus intelligent. Sie ist nur einfach keine erfahrene Lügnerin und Hochstaplerin.« Während er sich mir zuwandte, fuhr er fort: »Da die Realität unseren Bedürfnissen in dieser Situation nicht ganz gerecht wird, Julie, werden wir etwas nachhelfen müssen. Du könntest im Grunde auch sagen, daß wir uns eine eigene Realität schaffen müssen, in der es gewisse Missionen gibt, mit denen nur ein zwölfjähriges Mädchen betraut werden kann.«

»Und wer soll meiner Mutter diese Realität verklickern?« fragte ich.

»Wenn du einverstanden bist, dann wird das der Innenminister der Republik Mabili tun, Julie – Makiadi Owona, den du unter dem Namen Art Owens kennst. Der Diplomatenpaß, in dessen Besitz er ist, weist ihn noch immer als Inhaber dieses Amtes aus. Das ist doch beeindruckend, denkst du nicht auch?«

Reisevorbereitungen

Ich werde nicht genauer darauf eingehen.

Was wir meiner Mutter schließlich erzählten, war nicht sehr weit von der Wahrheit entfernt, alles andere war jedoch komplett gelogen. Wie ich schon sagte, ich werde nicht genauer darauf eingehen. Art Owens und Ismael konstruierten gemeinsam ein Stück Realität von so lückenloser Beweiskraft, daß meiner Mutter nichts anderes übrigblieb, als zu nicken und zu sagen: »Nun, wenn Julie tatsächlich der einzige Mensch auf diesem Planeten ist, der das tun kann, dann muß sie es wohl tun.«

Ihre einzige Bedingung lautete, daß ich niemals allein von einem Ort zum nächsten fahren oder von einem Flugzeug ins nächste umsteigen mußte.

Natürlich wußte sie, daß es bei der Mission darum ging, einen Gorilla in seine ursprüngliche Heimat zurückzubringen. Mehr brauchte auch Lukumbo nicht zu wissen. Mehr sollten sie beide ja gerade nicht wissen. Warum es so verdammt wichtig war, einen Gorilla nach Afrika zurückzubringen, würde einfach nicht diskutiert werden. Es war ein Akt mit kosmischem Symbolwert, das mußte genügen.

Ismael verschwand am Sonntag morgen um drei Uhr aus dem Fairfield Building. Ich hatte damit nichts zu tun.

Es war Art und Ismael offensichtlich nicht wohl dabei, mir Ismaels neuen Aufenthaltsort mitzuteilen, schließlich aber kamen sie einfach nicht darum herum.

Art hatte sich im Busch jahrelang als Zoologe versucht, und

die Erfahrungen, die er dort gesammelt hatte, lieferten ihm die Grundlage dafür, sich während seiner Studienjahre in Brüssel und Amerika seinen Lebensunterhalt zu verdienen. Er arbeitete als Tierpfleger in Menagerien, Zoos und beim Zirkus und erwarb sich einen guten Ruf als Mann für Problemfälle – Tiere, die sich nicht an das Leben hinter Gittern gewöhnen wollten, Tiere, die nicht fressen wollten, Tiere, die ungewöhnlich aggressiv waren oder selbstzerstörerische Verhaltensweisen zeigten. Als er Ende 1989 nach Amerika zurückkehrte, bekam er mehrere Angebote. Schließlich nahm er eine Stelle beim Darryl Hicks Carnival an, einem Jahrmarkt, der gerade in Florida überwinterte. Wie sich herausstellte, hatte Hicks, der Eigentümer, gesundheitliche Probleme und wollte sich dadurch entlasten, daß er die zum Jahrmarkt gehörende Menagerie auflöste. So verkaufte er sie an Art, der alles andere als mittellos war. Er hatte während seiner Studienzeit in Amerika ein paar geschickte Investitionen an der Börse getätigt und seinen Gewinn in die Hände einer vertrauenswürdigen Freundin gelegt – diese Freundin war Rachel Sokolow. Binnen eines Jahres wollte Hicks dann ganz aus dem Geschäft aussteigen und bot Art den gesamten Jahrmarkt zum Kauf an. Art verfügte über genügend Kapital, wenn auch nicht auf der Stelle. Während der zweiten Hälfte des Jahres 1990 lernte er Rachel wirklich gut kennen – und schließlich auch Ismael. Im Januar 1991 stellte sich heraus, daß Rachel HIV-positiv war. Offensichtlich war sie bei einer Herzoperation durch Bluttransfusionen infiziert worden. Rachel, Art und Ismael begannen bald jene Pläne auszuarbeiten, die jetzt auch mich einschlossen.

Ismael sollte von seinem Büro im Fairfield Building in einen Käfig in der Menagerie des Darryl Hicks Carnival umziehen, der in unserer Stadt gerade ein einwöchiges Gastspiel gab. Bis man seinen Transfer nach Zaire arrangiert hatte, konnte er mit dem Jahrmarkt weiterziehen. Natürlich hatte ich ein paar Fragen, wie zum Beispiel: Warum um Himmels willen muß er in einen Käfig? Weil Panik ausbrechen würde, wenn jemand einen Gorilla sieht, der sich nicht hinter Gittern befindet. In Windeseile hätten wir eine bis an die Zähne bewaffnete Polizeieinheit auf dem Hals. Und: Wenn sie sich all das andere Zeug leisten konnten, warum blieb Ismael dann nicht einfach in seiner Wohnung im Fairfield Building und wartete, bis man ihn in ein Flugzeug verfrachten konnte? Weil der Jahrmarkt über die Lizenzen, Genehmigungen und Beziehungen verfügte, die letztlich nötig sein würden, um ihn überhaupt in ein Flugzeug zu bekommen – Ismael hatte keine Papiere, und er konnte sie auch nicht einfach beantragen.

»Du wirst uns in diesem Punkt vertrauen müssen, Julie«, beruhigte mich Ismael. »Das Ganze ist nicht perfekt, aber es ist das Beste, was unter diesen Umständen möglich ist.« Ich mußte mich damit abfinden. Aber als ich das erste Mal zum Jahrmarkt ging, der am Stadtrand aufgebaut worden war, und Ismael in seinem Käfig sah, brach es mir fast das Herz. Ich hatte das Gefühl, ihm so einfach nicht gegenübertreten zu können, obwohl mir schließlich nichts anderes übrigblieb. Das Ganze war mir peinlich – nicht seinetwegen, meinetwegen. Und obwohl ich wußte, daß das irrational war, hatte ich das Gefühl, ich wäre an seiner Unterbringung dort schuld.

Es mußte, um es vorsichtig auszudrücken, eine Menge erledigt werden. Unser Plan sah so aus: Ich sollte am Montag, den 29. Oktober, in aller Frühe abfliegen, und (wenn durch irgendeine glückliche Fügung alles gutging) am Freitag, den 2. November, gegen Mitternacht wieder zurück sein. Das hieß, daß ich in der Schule eine Woche fehlen würde, aber die Schule mußte das eben akzeptieren. Dieses Abflugdatum gab uns Zeit um:

die Flüge reservieren zu lassen;
Paßfotos machen zu lassen;
einen Paß zu besorgen;
Visa zu beantragen;
mich impfen zu lassen – Tetanus und Diphterie als

Auffrischung, neue Schutzimpfung gegen
Hepatitis-A, Gelbfieber und Cholera (nicht alles am selben Tag!);
mit der prophylaktischen Einnahme von Malariatabletten zu beginnen (zwei Wochen vor Reiseantritt);
medizinische und zahnmedizinische Kontrolluntersuchungen durchführen zu lassen;
Flugtickets und Reiseversicherungen (einschließlich einer Krankenversicherung) zu besorgen;
einen internationalen Gesundheitspaß ausstellen zu lassen;
einen französischen Sprachführer zu kaufen;
Medikamente für die Reiseapotheke zu besorgen:
Aspirin, Antihistamine, Antibiotika, Verdauungshilfe, Durchfallmittel, Salztabletten, Zinklotion, Sonnenschutz, Heftpflaster, Mullbinden, Schere, Antiseptikum, Mückenschutzmittel, Wasserreinigungstabletten, Lippenbalsam, sowie Kosmetikartikel wie Waschlappen und Handtuch, Feuchttücher, Schweizer Offiziersmesser mit Schere, Pinzette und Nagelfeile;
einen Rucksack und einen Bauchgürtel zu besorgen, um das Ganze darin zu verstauen.

Wenn ihr zufällig den Verstand verloren haben solltet und dieses Jahr einen Urlaub in Zaire plant, könnt ihr euch Punkt für Punkt an obige Liste halten, nur daß ihr jetzt ein Deviseneinfuhrformular braucht, das 1980 abgeschafft und in Kinshasa 1992 wieder eingeführt wurde.

Ich benötigte nur ein Transitvisum für acht Tage, das aber weigerte man sich an jemanden meines Alters per Post zu verschicken. Also mußte ich, wenn ich mich im Grunde schon auf dem Weg befand, noch die Botschaft von Zaire in Washington aufsuchen.

Wichtiger als all die Dinge, die ich beschaffen und erledigen mußte, waren die Anweisungen, die mir Art gab und die er drei Wochen lang fast täglich wiederholte.

»Du wirst nach jedem Flug vom Flugsteig abgeholt. Bleib auf jeden Fall dort, bis deine Begleitperson eintrifft. Lauf nicht herum. Bleib gut sichtbar mitten im Flugsteiggebiet stehen.

Man wird sich bei jedem Zwischenstop von deiner Ankunft bis zum Weiterflug die ganze Zeit um dich kümmern, deshalb brauchst du nicht viel Geld mitzunehmen.

Nimm so wenig Gepäck mit wie möglich.

Schlaf im Flugzeug, wann immer du kannst und so lang wie du kannst. Wenn du in Zürich landest, wirst du das Gefühl haben, daß es mitten in der Nacht ist, dort aber fängt gerade ein neuer Arbeitstag an. Wenn du in Kinshasa eintriffst, wirst du glauben, ein ganzer Tag liegt noch vor dir, während man dort gerade zu Abend ißt. In der kurzen Zeit, die dir zur Verfügung steht, kannst du nichts anderes tun, als so viel wie möglich zu schlafen.

Laß dich von Mitreisenden nicht in ein Gespräch verwickeln. Sei höflich, aber nimm ein Buch mit, das dich interessiert und in das du deine Nase stecken kannst.

Wenn du in Kinshasa gelandet bist, dann sei dir im klaren darüber, daß dies wahrscheinlich die gefährlichste Stadt der Welt ist. Dort werden auf offener Straße und am hellichten Tag Menschen ausgeraubt und ermordet – besonders Fremde. Dir wird das nicht passieren, weil man dich sorgfältig bewachen wird, aber du mußt wissen, warum du diese Bewachung brauchst. Werd nicht zu mutig. Spiel keine Spielchen.« Es erübrigt sich zu sagen, daß wir diesen Aspekt der Reise vor meiner Mutter natürlich nicht erwähnt hatten.

»Es wird am Flughafen weder Schilder noch Lautsprecherdurchsagen geben. Du folgst einfach der Menge, die in Richtung Terminal geht. Mein Bruder Lukombo wird dich abholen, bevor du am Terminal angekommen bist. Denk dran, daß du von Lukombo abgeholt wirst und von niemand anderem. Er sieht anders aus als ich, wir hatten verschiedene Väter. Er ist groß und untersetzt und trägt eine dicke Brille. Wenn du irgendeinen Zweifel daran hast, daß es sich um Lukombo handelt, dann laß dir von ihm deinen Namen und den Namen seines Bruders nennen. Kann er das nicht, dann ist es auch nicht Lukombo. Du wirst mit diesem Mann kein weiteres Wort sprechen. Beachte ihn einfach nicht. Bleib erst einmal bei den anderen Passagieren und sprich mit niemandem außer mit Lukombo.

Lukombo wird zwei Männer bei sich haben, einen schwer bewaffneten Leibwächter und einen Fahrer, der draußen im Auto warten wird, damit es nicht ausgeschlachtet oder gestohlen wird, solange ihr euch im Flughafengebäude aufhaltet. Der Leibwächter wird bei dir bleiben, während Lukombo mit deinem Gepäck und deinem Paß durch den Zoll geht.

Trag keine Sonnenbrille. Sonnenbrillen signalisieren ›hohes Tier‹, und damit wirst du automatisch zum Ziel. Trag weder eine Geldbörse bei dir noch irgendwelchen Schmuck – man würde dir beides vom Leib reißen, egal, ob du von einem Leibwächter begleitet wirst oder nicht. Und stopf dir die Taschen nicht so voll, daß sie ausbeulen, sonst schlitzt sie dir jemand mit einem Rasiermesser auf und ist mit ihrem Inhalt verschwunden, bevor du auch nur den Mund aufmachen kannst. Verglichen mit Kinshasa ist der Times Square in New York so sicher wie eine Sonntagsschule.

Kopier all deine Dokumente, und trag die Kopien stets in einem Reisegürtel unter deinem Hemd bei dir.

Erwarte dir keine Hilfe von der Polizei, nicht einmal am Flughafen. So etwas wie Flughafensicherheit gibt es nicht. Niemand sorgt sich um die Sicherheit der Touristen. Banden von streunenden Kindern und Bettlern greifen sich alles, was sie in die Finger bekommen können, und machen sich damit sofort aus dem Staub.

Leute, die Polizeiausweise vorzeigen, sind nicht unbedingt Polizisten. Und selbst wenn, sind sie nicht unbedingt deine Freunde. Sie werden dich beim kleinsten Gesetzesverstoß verhaften, oder auch ganz ohne Grund, bis eine Auslöse gezahlt wird.

Nimm besser keinen Fotoapparat mit – wenn du die falschen Dinge fotografierst, kannst du im Gefängnis landen. Erwarte nicht, daß dich dein Alter davor bewahren würde. In Kinshasa giltst du weder als zu jung, um kriminell zu sein, noch, um dich zu prostituieren. Es sollte dir bewußt sein, daß viele Afrikaner, vor allem jene unter moslemischem Einfluß, alle amerikanischen Mädchen mehr oder weniger für Huren halten.

Während du darauf wartest, daß Lukombo die Formalitäten erledigt, ist es möglich, daß ein Fremder auf dich zukommt und dir ein Päckchen oder einen Beutel in die Hand drückt und ohne ein Wort wieder verschwindet. Er hofft, daß du damit durch den Zoll gehen wirst, ohne daß es jemandem auffällt. Ob du es glaubst oder nicht, das passiert ständig. Die Leute sind normalerweise so verblüfft, daß sie das Schmuggelgut tatsächlich durch den Zoll bringen. Hinterher kommt der Kerl natürlich wieder und nimmt es ihnen wieder ab.

All das gilt natürlich nicht für die Leute, die du treffen wirst. Allen Personen, die Lukombo dir vorstellt, kannst du absolut vertrauen, und sie werden sehr geschmeichelt sein, wenn du zu ihnen so freundlich bist wie zu mir.

Man kann sich durch die Fußsohlen leicht mit Würmern infizieren, also geh niemals barfuß. Geh nicht schwimmen. Wasch dir häufig die Hände. Trink nur Bier oder abgekochtes Wasser. Und trink mehr Wasser, als du Durst hast, aber nur abgekochtes. Verwende auch zum Zähneputzen ausschließlich abgekochtes Wasser. Wenn dir jemand Eiskrem anbietet, lehn sie ab.

Wenn du in Bolamba ankommst, mach dich darauf gefaßt, daß du mit den Fingern essen mußt. Das ist absolut korrekt und entspricht den guten Sitten. Mach dich auch darauf gefaßt, daß dir Speisen vorgesetzt werden, die dir seltsam erscheinen. Vor allem draußen im Busch werden dir die Leute möglicherweise Delikatessen aus Zaire anbieten – gebratene Maden oder Termiten. Mach die Augen zu, wenn es nicht anders geht, und tu so, als würde es dir schmecken. Die Termiten sind knusprig und schmecken wie Popcorn. Ich verspreche dir, daß es dich nicht umbringen wird, wenn du das ißt.

Vermeide es, Aufmerksamkeit zu erregen. Und verhalte dich gegenüber jedermann respektvoll!«

Besonders das letzte gefiel mir!

En Route

Blöderweise ging schon am Flughafen von Atlanta etwas schief. Meine Betreuerin, die mich zum Anschlußflug nach Washington bringen sollte, kam einfach nicht. Ich wartete, bis mir nur noch fünfzehn Minuten bis zum nächsten Flug blieben, der natürlich von einem anderen Terminal abging. Dann machte ich mich allein auf den Weg, wobei ich den Schildern zu einer Art Bahnhof folgte. Meine Erfahrung mit Zügen besagt, daß man nicht einfach wieder abspringen kann, wenn sie einmal losgefahren sind. Sollte ich in diesem kritischen Augenblick einfach in einen einsteigen, um dann vielleicht drei Tage später irgendwo in Montana anzukommen? Nein, ganz bestimmt nicht.

Ich rannte. Ich kenne mich weiß Gott nicht mit Architektur aus, aber ich bin der Meinung, daß der Architekt dieses Flughafens einen ziemlich Haß auf die Fluggäste gehabt haben muß. Vielleicht war meine Methode nicht gerade die eleganteste, aber ich bekam meinen Flug noch.

Ich hoffte, daß nicht die gesamte Reise so ablaufen würde, aber ich hätte mir keine Sorgen zu machen brauchen. Am Flughafen von Dulles wartete meine Betreuerin schon am Flugsteig auf mich, eine kompetent wirkende Frau Mitte Vierzig, die gekleidet war wie eine Anwältin. Ich kam mir mit meinen Jeans und meinem T-Shirt neben ihr wie ein Bettelkind vor, aber schließlich war ich auch auf dem Weg nach Zaire und sie nicht. Wir nahmen ein Taxi, und unterwegs fragte ich sie, ob sie eine Freundin von Art Owens sei. Sie lächelte, es war ein freundliches Lächeln. Dann erklärte sie, daß sie eine professionelle Begleitung sei; sie verdiente sich ihren Lebensunterhalt damit, Menschen von Bahnhöfen und Flughäfen abzuholen und sie dorthin zu bringen, wo sie hinwollten. Die Frau erzählte mir, daß die Mitarbeiter ihrer Agentur in anderen Städten die meiste Zeit damit verbrachten, Autoren auf Publicitytouren herumzuführen. In Washington erwartete man von ihnen, daß sie auch als bürokratische Pfadfinder und Pioniere fungierten.

In der Botschaft von Zaire wußte man weder etwas von meinem Visumsantrag noch von dem Brief, den ich erhalten hatte und in dem stand, daß man mir mein Visum aushändigen würde, sobald ich nachgewiesen hätte, daß ich nicht mittellos sei. Ich zerrte sämtliche Papiere, dazu die Kopie des Briefes der Botschaft und mein Bündel Reiseschecks, die sich auf die Summe der geforderten fünfhundert Dollar beliefen, hervor und wedelte dem Beamten damit vor der Nase herum. Er mußte einräumen, daß nun alles in Ordnung sei und forderte mich auf, ein weiteres Formular auszufüllen und in zwei Tagen wiederzukommen. An diesem Punkt schaltete sich meine Begleiterin ein. Sie erklärte ihm ganz ruhig und höflich, wenn er nicht sofort die gewünschten Papiere herbeischaffen würde, würde sie ihn zu Hackfleisch verarbeiten und an die Hunde verfüttern. Sie sagte es nicht genau mit diesen Worten, aber es lief in etwa darauf hinaus. Fünfzehn Minuten später verließ ich mit meinem Visum in der Tasche die Botschaft. Nach dieser Erfahrung setzte ich »professionelle Begleitung« auf die Liste der attraktivsten Berufe.

Zwischen Washington und Kinshasa lagen für mich nur viele Flugkilometer voller Langeweile, Kinofilmen, Schlaf und Imbissen. Kinshasa aus der Luft gesehen, überraschte mich. Ich hatte einen rauchenden, postapokalyptischen Ruinenhaufen erwartet. Statt dessen sah Kinshasa wie eine ganz normale, große Stadt aus. Bürogebäude, Wolkenkratzer und alles, was eben dazugehört. Es schien sogar die Sonne.

Es war sechs Uhr abends, als wir landeten. Im Njili-Flughafen war es heiß und muffig. Es gab keine vollautomatisierten, klimatisierten Fluggastbrücken, die an die Tür angekoppelt wurden. So mußten wir nicht erst nach draußen gehen, um zu wissen, wie Kinshasa roch: Sobald sich die Türen quietschend geöffnet hatten, kam Kinshasa direkt zu uns herein und gab uns eine Kostprobe. Sie war nicht gerade angenehm.

Wir stiegen die Gangway zum Rollfeld hinunter und liefen über den Asphalt auf das Flughafengebäude zu. Ein gealterter Hippie mit grauem Pferdeschwanz und Bart kam lächelnd auf mich zu und fragte: »Julie?« Ich ignorierte ihn einfach und ging weiter. Verwirrt suchte er die Menge nach einer anderen Zwölfjährigen ab, die er ansprechen konnte. Da aber keine andere zu entdecken war, fragte er wieder: »Julie?«

Ich erklärte ihm entschlossen: »Ich bin hier mit Lukombo Owona verabredet und mit niemand sonst. Und da Sie offensichtlich nicht Lukombo Owona sind, würde ich es zu schätzen wissen, wenn Sie mich in Ruhe ließen, Sir.«

Er lachte gackernd. »Da wirst du aber lange warten müssen, Kind. Luk Owona befindet sich fünfhundert Meilen weit weg in Bolamba.«

Ich schlurfte einfach weiter und dachte fieberhaft nach. Nichts hatte man mir eindringlicher eingeschärft, als niemand anderen als Lukombo Owona zu akzeptieren. Luk holte mich ab – Luk und absolut niemand anders als Luk. Dieser Bursche hatte sich vorhin in der Menge umgesehen. Jetzt tat ich es ebenfalls, wobei ich nach einem großen, untersetzten Schwarzen Ausschau hielt, der Art Owens Halbbruder sein konnte. Neben dem Eingang zum Flughafengebäude stand ein schwarzer Bursche, der wie eine beleibtere Ausgabe von Art wirkte – allerdings war er weder groß noch untersetzt, interessierte sich aber eindeutig für mich. Ich ging zu ihm und fragte: »Lukombo?«

Er runzelte die Stirn und wandte sich an den Hippie, woraufhin die beiden ein paar Worte auf Französisch wechselten.

Dann sah der Hippie zu mir herunter und meinte: »Ich habe Mafuta erklärt, daß du erwartet hast, du würdest hier am Flughafen von Luk Owona abgeholt werden. Und Mafuta hat geantwortet: ›Luk Owona ist der Premierminister von Mabili. Er holt niemanden vom Flughafen ab.‹ Und genauso ist es, Julie. Er schickt höchstens jemanden, um irgendwen abzuholen. Er hat Mafuta und mich geschickt, und ich fürchte, damit wirst du leben müssen. Entweder du akzeptierst das, oder machst auf der Stelle kehrt und fliegst wieder nach Hause.«

So also ging meine wichtigste Direktive den Bach hinunter. Mafuta ging los, um meine Sachen vom Zoll abzuholen, während der alternde Hippie in einem Warteraum auf mich aufpaßte. Überall saßen hier Menschen auf dem Boden, lehnten an den Wänden, schliefen, sahen gelangweilt, müde und resigniert aus, während sie auf Flüge warteten, die irgendwann oder vielleicht niemals eintreffen würden. Der Hippie hieß Glen oder vielmehr Just Glen. Er war Pilot in Vietnam gewesen und hatte seinen Nachnamen für den Helikopter aufgegeben, der draußen auf dem Rollfeld stand und uns nach Bolamba bringen sollte. Mit anderen Worten: Er war mit einem Helikopter voller Ersatzteile und Treibstoff desertiert, hatte die nächsten paar Jahre damit zugebracht, Waffen und Waren zu schmuggeln und sich dann zu einem etwas respektableren Leben in Zaire niedergelassen.

Während Glen das alles erzählte, um die Wartezeit zu überbrücken, bis Mafuta alle notwendigen Bestechungsgelder übergeben hatte, keimte in mir die Hoffnung auf, daß wir vielleicht direkt nach Bolamba fliegen konnten und nicht wie geplant eine Nacht in Kinshasa verbringen mußten. Aber ich wurde enttäuscht. Zu fliegen bedeutete in Afrika etwas anderes als in den Vereinigten Staaten. In den Vereinigten Staaten kann man bei einem Flug seine Position in der Luft Tag und Nacht ständig verfolgen, und zwar mit Hilfe des Loran-Verfahrens, einem Navigationssystem, welches auf ein Netzwerk von Bodenfunkstationen aufbaut. Auch die aktuellen Wetterdaten kann man jederzeit abrufen und so Schlechtwetterzonen einfach umfliegen. In Afrika fliegt man auf Sicht und baut auf die Erfahrung des Piloten. Nach Einbruch der Dunkelheit zu einem Flug über fünfhundert Meilen zu starten, ist deshalb nur etwas für Helden und Idioten.

Eine halbe Stunde später standen wir draußen vor dem Flughafen und zwängten uns in einen Autotyp, den ich noch nie gesehen hatte. Ein amerikanisches Modell war es jedenfalls nicht. Mafuta saß vorn neben dem Fahrer, einen Karabiner gut sichtbar an die Innenseite seines linken Knies gelehnt. Das, erklärte Glen, signalisierte dem Gesindel draußen, daß wir keinen Spaß verstehen würden, wenn man uns belästigen sollte. Falls es tatsächlich Ärger gab, würde Mafuta jedoch eine Handfeuerwaffe benutzen.

Wir fuhren lange durch La Cité, das riesige Elendsviertel, in dem zwei Drittel der Stadtbevölkerung leben. Fuhren an Block um Block niedriger Bruchbuden mit angebauten Küchen vorbei, in denen das Essen über offenem Feuer gekocht wurde. Ich brauchte nicht lange, um zu erkennen, daß dieses Viertel die Quelle des entsetzlichen Gestanks war, der mich am Flughafen empfangen hatte. Als ich von Glen wissen wollte, woher dieser Gestank kam, fragte er mich, ob ich jemals auf einer großen Müllkippe gestanden hätte. Ich mußte zugeben, daß mir dieses Vergnügen bislang nicht zuteil geworden war.

»Nun, um es einfach zu formulieren«, sagte er, »Müll brennt.«

»Und?«

»In La Cité dient Müll als Brennstoff zum Kochen. Wenn so viele Menschen ihr Essen über brennendem Müll kochen, dann erzeugt das einen Gestank, der dir noch lange in der Nase hängt.«

Merkwürdigerweise gab es in La Cité Tausende von Bars und Nachtclubs. Viele davon befanden sich unter freiem Himmel, und in fast allen wurde Live-Musik gespielt, die für meine Ohren wie der allerschärfste Salsa klang. Ich fragte mich, wie die Menschen in solch bedrückendem Elend eine Musik machen konnten, die einfach pure, wilde Lebensfreude ausdrückte. Dann kam ich zu dem Schluß, daß die Musik das Gegengift gegen dieses bedrückende Elend sein mußte. Glen, der sah, daß ich meine Umgebung musterte, bemerkte mit einer Spur Ironie, daß Kinshasa Afrikas Hauptstadt der Live-Musik sei. Ich war allerdings nicht erpicht darauf, auszusteigen und in einen der Clubs zu gehen.

Nach einer halben Stunde Fahrtzeit befanden wir uns zwar noch immer nicht in der Nähe des Stadtzentrums, wo sich die Regierungsgebäude, Museen und Geschäfte in europäischem Stil befinden, aber wir fuhren jetzt durch eine Art gehobenes Elendsviertel, wo Glen wohnte und wo ich die Nacht verbringen sollte. Er und seine Freundin Kitoko bewohnten ein Apartment in einem Haus, das noch aus der Kolonialzeit stammte und früher einmal sehr elegant gewesen sein mußte. Jetzt wirkte es allerdings ziemlich heruntergekommen. Selbst hier gab es vereinzelt Menschen, die über offenen Feuern kochten, und wir mußten über ein paar davon hinwegsteigen, um zu der Treppe zu gelangen, die zu Glens Apartment im zweiten Stock hinaufführte.

Kitoko war mir auf den ersten Blick sympathisch. Sie war ungefähr fünfundzwanzig, hager, keine große Schönheit, hatte aber ein breites, freundliches Lächeln. Wie Mafuta sprach sie nur Lingala und Französisch, aber sie brauchte nicht irgendwelche Bildchen zu malen, um zu wissen, daß ich mich nach einem Badezimmer sehnte, über das ihr Apartment glücklicherweise auch verfügte. Ich war erleichtert, als ich erfuhr, daß es hier einen Kerosinofen gab – es wurde also nicht mit Müll gekocht! Die Wohnung war auch mit Kerosinlampen ausgestattet, es roch deshalb deutlich danach, für den Fall, daß es einen der häufigen Stromausfälle gab.

Kitoko kochte *moambé* – Huhn mit Reis in Erdnuß- und Palmölsoße, und die winzige Küche wurde von einem wundervollen Duft erfüllt. Glen zeigte mir seine Sammlung von Musikkassetten, die Hälfte davon Rock 'n' Roll, die andere Hälfte aktuelle Musik aus Zaire. Dann forderte er mich auf, ich solle mir etwas aussuchen. Ich tue das immer äußerst ungern, also fischte ich einfach wahllos ein paar Kassetten heraus und reichte sie ihm.

Während wir Musik hörten und auf das *moambé* warteten, erzählte Glen mir, daß er Kitoko kennengelernt hatte, als er für die Republik Mabili geflogen war und Gelegenheitsjobs erledigt hatte. Es stellte sich heraus, daß Kitoko die Tochter der Cousine von Lukombos Frau war – ein Verwandtschaftsgrad, den ich zugegebenermaßen nicht ganz nachvollziehen kann. Sie arbeitete in der Stadt für eine Import-Export-Firma, hielt für Lukombo in Kinshasa Augen und Ohren offen und regelte für ihn auch verschiedene Dinge.

Mit einem hatte Art recht gehabt: Ich hatte den ganzen Flug nach Zürich geschlafen und auch den größten Teil des Flugs nach Zaire, und als es in Kinshasa auf neun Uhr abends zuging, wurde ich gerade so richtig munter. Ich hätte die ganze Nacht hindurch pokern können. Nachdem ich jedoch zum Abendessen und danach zwei riesige Flaschen des hiesigen Biers getrunken hatte, bekam ich langsam einen Schwips, und so war ich gegen ein Uhr früh schließlich rechtschaffen müde. Acht Stunden später frühstückten wir Bananen aus Glens und Kitokos geheimem Vorrat und Oreo-Kekse aus meinem. Kitoko drückte uns beide zum Abschied fest an sich. Mafuta wartete unten beim Auto auf uns, und wir schafften es tatsächlich unversehrt zum Flughafen zurück.

Trotzdem hatte jemand über Nacht das gesamte Benzin aus dem Helikopter geklaut, der gut sichtbar auf dem Flughafen geparkt gestanden hatte, und zwar unter der ständigen Aufsicht des Flughafenmechanikers, der eigens für die Bewachung bezahlt worden war. Glen war an derartige Vorfälle gewöhnt, und nach einer halben Stunde Verzögerung konnten wir starten.

Als wir erst einmal in der Luft waren und uns stabilisiert hatten, meinte Glen, ich könnte meinen Freunden zu Hause jetzt erzählen, daß ich einen richtigen, echten Spion kennengelernt hatte.

Zuerst dachte ich, er würde sich selbst meinen, aber das ergab keinen Sinn. Nachdem ich eine Sekunde darüber nachgedacht hatte, sagte ich: »Oh – Sie meinen Mafuta.«

»Nein, nicht Mafuta. Er hat nur Muskeln. Ich spreche von Kitoko. Die wirklichen Spione sind meistens ganz anders als die, von denen du in den Spionageromanen liest.«

Lukombo Owona

Die Flugroute nach Bolamba war ganz einfach: Man folge dem Zaire River fünfhundert Meilen in nordöstlicher Richtung, biege am Mongala nach links ab, und nach fünfzig Meilen ist man da. Dem Zaire zu folgen war nicht schwer – es ist ein breiter Strom, so breit und schlammig wie der Mississippi. Am Mongala nach links abzubiegen wäre ebenfalls nicht schwer gewesen – wenn da als Wegweiser irgendein nettes Monument wie das World Trade Center gestanden hätte. Aber das war nicht mein Problem. Glen wußte offensichtlich, wie er den Mongala unter den vielen anderen Nebenflüssen, die alle paar Meilen abzweigten und im Regenwald verschwanden, finden konnte.

Selbst wenn wir die direkte Luftlinie hätten nehmen können, bin ich froh, daß wir das nicht taten. Sonst nämlich wäre mir der Anblick einer der ungewöhnlichsten Sachen der Welt entgangen; eine Art schwimmendes Dorf, das zwischen Kinshasa und Kisingani hin und her schippert. Soweit ich es erkennen konnte, handelte es sich dabei um ein Dampfschiff, das eine Anzahl von flachen Flußbooten vor sich herschob, die so mit Handelsgütern und Menschen beladen waren, daß man die Boote gar nicht mehr sehen konnte. Da wurden lebende Krokodile, Hühner und Ziegen, ein Polstersofa und Sessel, die in der Zwischenzeit einem Dutzend Leuten als Sitzgelegenheit dienten, Kartons, Bündel, Kisten, Kleiderballen, ein rostiger Jeep, ein Stapel Särge und ein aufrecht stehendes Klavier den Fluß hinauf transportiert. Überall waren

Menschen, Babys und Kinder, Frauen, die irgend etwas in großen Emailschüsseln stampften (später erfuhr ich, daß das Maniok war), Menschen, die kochten, Menschen, die Handel trieben, Menschen, die sich am Glücksspiel versuchten, Menschen, die von Boot zu Boot kletterten. Jedes Flußboot besitzt eine Bar, und es gibt Tag und Nacht ununterbrochen Musik und Tanz. Händler aus den Dörfern im Hinterland paddeln die Nebenflüsse bis zum Zaire hinunter, um dort mit dem Dampfschiff zusammenzutreffen; das kann Tage in Anspruch nehmen. Überall entlang der Strecke fahren Leute zu den Flußbooten hinaus und vertäuen sich dort, um Bananen, Fische, Affen und Papageien zu verkaufen und Emailtöpfe und -schüsseln, Rasierklingen und Stoffe einzukaufen, die sie dann zu ihren Dörfern zurückbringen. Glen sagte, das Ganze sei tatsächlich fast wie ein Dorf, in dem Kinder geboren werden, aufwachsen und diesen Dampfschiff-Boot-Zug nur selten einmal verlassen, der ständig zwischen Kinshasa und Kisingani hin und her fährt. Ich wünschte, Ismael hätte das sehen können. Denn es zeigte auf großartige Weise, daß es nicht nur eine einzig richtige Lebensweise für die Menschen gibt – ganz sicher nicht nach jedermanns Geschmack, aber ich muß zugeben, daß ich das Ganze sehr reizvoll fand.

Erst als wir bereits eine halbe Meile über dem Zaire entlanggeknattert waren, begriff ich, was Glen mit den Nachtflügen über dem Regenwald ohne Loran und Wettervorhersagen gemeint hatte. Der Wald bildet einfach eine feste Wand, die sich von Horizont zu Horizont erstreckt und bis unmittelbar ans Flußufer reicht. Wenn man in ein Gewitter gerät und zum Landen gezwungen ist, gibt es nur zwei Möglichkeiten – sein Flugzeug dem Blätterdach des Waldes zu überlassen oder im Fluß zu landen. Das erste bedeutet, daß man mit fast hundertprozentiger Sicherheit sofort tot ist, und das zweite ist im Hinblick auf die Überlebenschancen auch nicht unbedingt vielversprechender. Bei Tageslicht aber ließ sich das Problem dadurch lösen, daß man in der Lichtung irgendeines Dorfes am Fluß landete. Nachts waren diese Lichtungen jedoch so gut wie unsichtbar.

Wir befanden uns bereits seit ungefähr drei Stunden in der Luft, als wir nach Norden abdrehten und nun dem Mongala folgten. Auf diesem Fluß sahen wir ein Trio von Einbäumen, die auf den Zaire zugesteuert wurden, wo sie an dem schwimmenden Dorf anlegen wollten, wenn es am nächsten Morgen in aller Frühe an der Mündung des Mongala vorbeikam. Glen erklärte, die Einbäume hätten Jamswurzeln und getrocknetes Maniok geladen, eine Wurzel, die zu Mehl zerstampft und zu einer Art tropischem Gegenstück von Kartoffelklößen gekocht wird.

Nach einer weiteren halben Stunde kam Bolamba in Sicht. Zuerst dachte ich, Glen wolle mich auf den Arm nehmen, und das echte Bolamba läge wahrscheinlich noch weitere dreißig oder vierzig Meilen weiter den Fluß hinauf. Aber nein, er meinte es tatsächlich ernst. Dieses lausige kleine Dorf, das etwa die Fläche eines Baseballfeldes einnahm, war die Hauptstadt der Republik von Mabili. Ich weiß, daß das dumm klingt, aber ich war beleidigt.

Glen, der meine Enttäuschung bemerkte, erklärte, daß Bolamba zur Kolonialzeit viel größer gewesen sei und trotz seines zugegebenermaßen wenig beeindruckenden Aussehens auch heute noch ein wichtiges Handelszentrum für die gesamte Region darstellte. Wir landeten auf dem Schulhof, und sofort kamen ein Dutzend Kinder und Erwachsene angerannt, um zu sehen, wen oder was Glen da mitgebracht hatte. Unter ihnen befand sich ein junger Bursche, der sich als Lobi, persönlicher Referent des Ministers, vorstellte und mich aufforderte, ihm zum Regierungssitz einen Block weiter zu folgen. Er schnappte sich meinen Koffer und meinen Rucksack, bevor ich das tun konnte, und fragte: »Ist das dein ganzes Gepäck?«

Ich bejahte, und wir machten uns auf den Weg. Lobi fragte höflich und mit starkem Akzent, ob ich einen angenehmen

Flug gehabt habe und ob mein Aufenthalt in Kinshasa »zufriedenstellend« gewesen sei. Ich bestätigte beides, und damit war die offizielle Konversation beendet.

Der Regierungssitz war eine Ansammlung von Gebäuden, die Compound genannt wurde, ein Überbleibsel aus der Kolonialzeit. Von außen war es sehr schön anzusehen, mit einem Bronzeschild am Tor, das auf seine Funktion hinwies. Das Vordergebäude sah tatsächlich wie eine weniger gepflegte Version der zairischen Botschaft in Washington aus. Wir gingen hinein, und Lobi nickte jemandem am Empfang zu, brachte mich in den zweiten Stock hinauf, zeigte mir, wo ich eine Toilette fand, und forderte mich auf, auf einer Bank Platz zu nehmen.

»Der Minister weiß, daß du da bist«, erklärte er, »und wird dich bald holen lassen. Inzwischen bringe ich deine Sachen auf dein Zimmer. Ist das in Ordnung?«

Ich war zufrieden, und er flitzte den Flur entlang. Zehn Minuten später war er zurück und wirkte überrascht, als er mich noch immer dort sitzen sah.

»Hat dich der Minister noch nicht zu sich hereingeholt?«

Nein, das sei nicht der Fall gewesen, erklärte ich.

Da versprach Lobi, in Erfahrung zu bringen, was den Minister aufgehalten habe, und verschwand durch eine Tür weiter unten im Flur. Nach etwa drei Minuten steckte er seinen Kopf wieder hinaus und winkte mich zu sich.

»Er hat gerade telefoniert«, erklärte Lobi, »aber jetzt hat er Zeit für dich.«

Lobi führte mich durch ein Vorzimmer, in dem wohl normalerweise eine Empfangsdame saß, das gegenwärtig aber leer war. Dann traten wir ins Allerheiligste, wo ein Mann, der unverkennbar Lukombo Owona war, sich aus einem Sessel erhob und sich förmlich vor mir verbeugte. »Willkommen in Bolamba, Miss Gerchak«, sagte er in nicht besonders freundlichem Ton. Dann forderte er mich auf, Platz zu nehmen. Ohne großes Interesse zu zeigen, faselte er das Übliche, dahingehend, daß er hoffe, ich hätte einen angenehmen Flug und einen zufriedenstellenden Aufenthalt in Kinshasa gehabt. Dann kam er zur Sache.

»Ich habe gehört«, sagte er, während er mich verächtlich durch seine dicken Brillengläser musterte, »daß Sie Hilfe brauchen, um ein Zuhause für einen Flachlandgorilla zu finden.«

Während ich dasaß und ihm beim Reden zuhörte, wurde mir schließlich klar, wie sehr Art Owens mit seiner Einschätzung der Situation danebenlag. Das hätte mir eigentlich schon klar werden können, als Lukombo mich nicht vom Flughafen in Kinshasa abgeholt hatte und wahrscheinlich auch nie die Absicht dazu gehabt hatte. Es hätte mir klar werden können, als er nicht einmal die paar Schritte die Straße hinuntergegangen war, um mich vom Helikopter abzuholen, oder in den Flur hinausgesehen hatte oder auch nur hinter seinem Schreibtisch hervorgekommen war, um mich zu begrüßen. Jetzt allerdings war es mir sonnenklar.

Im Gegensatz zu allem, was Art als selbstverständlich voraussetzte, war sein Bruder Lukombo nicht unser Freund. Ich wußte nicht, ob er direkt unser Feind war, aber auf unserer Seite stand er gewiß nicht.

Es dauerte keine drei Sekunden, und ich wurde wütend. teils, weil Art so blind gewesen war, und teils, weil Lukombo war, was auch immer er war. Ich war richtiggehend zornig, und wenn das der Fall ist, kann es sein, daß ich ziemlich dumme Sachen mache. Das, was ich jetzt tat, mag manchem vielleicht draufgängerisch und mutig erscheinen, aber ich mache mir da nichts vor. Es war schlicht und einfach dumm.

Ich sagte unvermittelt, ich habe gehört, daß er und sein Bruder verschiedene Väter hatten.

Es irritierte Lukombo sichtlich, daß ich dieses persönliche Element in unser Gespräch brachte, aber er mußte einräumen, daß das stimmte.

Da bemerkte ich kühl: »Arts Vater hat seinem Sohn jedenfalls Manieren beigebracht.«

Lukombo saß etwa zwanzig Sekunden lang absolut reglos da, während er herauszufinden versuchte, was ich mit dieser Bemerkung gemeint haben mochte. Als es ihm dann endlich klargeworden war, wurde er aschfahl.

Ich wünschte mir, auf der Stelle tot umzufallen. Ich wünschte mir, wieder daheim zu sein oder wenigstens wieder im Helikopter zu sitzen. Ich stellte mir vor, wie man mich jetzt gleich wegschleppte und erschoß. Lukombo starrte mich böse an, als hätte er ebenfalls gerade vor Augen, wie man mich wegschleppte und erschoß. Ich starrte zurück – zumindest wußte ich eins: Wenn du losrennst, greift dein Gegner an.

»Wie kannst du es wagen«, sagte er schließlich kühl, »hierherzukommen und mich zu beleidigen?«

»Wie können Sie es wagen«, sagte ich eisig, »gegenüber einer Freundin Ihres Bruders, die achttausend Meilen weit gereist ist, um Sie um einen Gefallen zu bitten, so wenig Gastfreundschaft zu zeigen?«

War ich wirklich derart inspiriert, daß ich das Wort ›Gastfreundschaft‹ benutzte? Ich möchte es nicht beschwören, aber inspiriert war ich gewiß.

Er starrte mich an, und ich starrte zurück. Mir kam es jetzt aber so vor, als hätten sich unsere Positionen vertauscht. Jetzt war er es, der sich wünschte, auf der Stelle tot umzufallen.

Er senkte den Blick, und ich wußte, daß ich unglaublicherweise gewonnen hatte. Ich mochte vielleicht keinen Freund fürs Leben gewonnen haben, aber ich hatte ihn zumindest einigermaßen im Griff.

Da saßen wir nun. Er wußte offensichtlich nicht, was er sagen sollte, und ich hatte auch nicht die leiseste Ahnung, jedenfalls was mich betraf. Ich hatte soeben einen Mann, der mächtig genug war, mich auf der Stelle erschießen zu lassen, tödlich beleidigt – und ihn gezwungen, diese Beleidigung zu schlucken. Und keiner von uns wußte nun, wie wir jetzt weitermachen sollten.

Schließlich sagte ich verzweifelt: »Ihr Bruder läßt Ihnen

ausrichten, daß er Sie – und Afrika – vermißt.« Das war natürlich eine glatte Lüge. Art hatte einem solchen Gefühl nie Ausdruck verliehen, nicht einmal ansatzweise.

»Das«, entgegnete Lukombo, »ist kaum zu glauben.«

Ich zuckte mit den Achseln, als wollte ich damit sagen: »Was soll man mit jemandem, der so dumm ist, schon machen?«

»Ist er wohlauf?«

»Es geht ihm gut«, antwortete ich zweideutig. Seine Frage und meine Antwort bedeuteten, daß die Gefahr einer offenen Auseinandersetzung fürs erste gebannt war.

Nach einer längeren Pause sagte er: »Bitte akzeptiere meine Entschuldigung … und tu mir den Gefallen und sag mir, worum es in dieser Sache mit dem Gorilla geht.« Ich fand das recht geschickt von ihm. Die Entschuldigung zusammen mit der Bitte vorzubringen, ersparte ihm die Demütigung, dort sitzen und sich von mir vergeben lassen zu müssen.

Trotzdem war an seinem Ton deutlich zu erkennen, daß er annahm, »diese Sache mit dem Gorilla« würde als Tarnung für irgendeine wichtigere Angelegenheit dienen. Das zwang mich, meine Strategie ein wenig zu ändern. Wenn ich Lukombo die Wahrheit sagte, nämlich daß Arts Interesse allein darin bestand, einen Gorilla im Regenwald unterzubringen, war es durchaus möglich, daß Lukombo es unter seiner Würde fand, sich mit dieser Angelegenheit überhaupt zu beschäftigen. Jedenfalls hatte ich diesen Eindruck. Um das zu verhindern, drehte ich die ganze Sache also einfach um und erklärte, daß ich selbst es sei, die daran interessiert war, den Gorilla unterzubringen. Mit anderen Worten: Statt mich als eine Art Werkzeug hinzustellen, das Art benutzte, um ein eigenes Ziel zu erreichen, stellte ich Art als mein Werkzeug hin, das ich benutzte, um mein eigenes Ziel zu erreichen. Es war frech, und möglicherweise machte ich damit alles kaputt. Aber ich hatte nur fünf Sekunden Zeit zum Überlegen. Ich hoffte, daß meine Erfindung wenigstens plausibel klingen würde.

Für Lukombo jedenfalls war es plausibel, und zwar in einem Sinne, den ich nicht einmal dann hätte vorhersehen können, wenn ich sechs Monate Zeit zum Überlegen gehabt hätte. Ich sah eine Erkenntnis in seinen Augen aufflackern. Ich sah, wie sie durch seinen ganzen Körper lief, während sich jede seiner Fasern auf diese neue Realität einstellte. Art, so erkannte er offenbar in diesem elektrisierenden Moment, war verrückt geworden. Genauer gesagt, verrückt nach mir. Im Bruchteil einer Sekunde hatte ich mich in Lukombos Vorstellung von einem schmuddeligen, müden Kind in ein verlockendes Nymphchen verwandelt.

Ich konnte nichts daran ändern, und ich wollte das auch nicht unbedingt. Für Lukombo war damit alles klar. Ich besaß einen Gorilla (weiß der Himmel woher oder weshalb ich ihn hatte), den ich im Regenwald im Westen von Zentralafrika wiederansiedeln wollte. Art konnte mir diesen Wunsch einfach nicht abschlagen. Da er nicht selbst nach Afrika kommen konnte, um das zu arrangieren, war also jetzt ich hier. All die Kosten und Mühen nahm er nicht wegen eines Gorillas auf sich – das wäre absurd gewesen. Es geschah meinetwegen. Das war etwas, was Lukombo verstehen konnte. Also ließ ich ihn in dem Glauben.

Nach meinem Gespräch mit Lukombo zeigte man mir mein Zimmer, über das es nichts Besonderes zu berichten gibt. Ich hängte das Kleid, das ich am nächsten Tag für die Begegnung mit Mokonzi Nkemi anziehen wollte, auf einen Bügel und versuchte, ein paar der auffälligeren Knitterfalten auszustreichen. Es war ein ziemlich fesches Kleidchen von der Art, auf die ich nicht besonders stehe, aber man sagte mir wieder und wieder, daß Jeans und T-Shirt entsetzlich unangebracht seien, wenn man vom Präsidenten der Republik empfangen werde. Am Ende des Flurs befand sich ein Badezimmer mit einer Wanne, die so tief war, daß man darin fast hätte schwimmen können. Ich nahm ein wunderbares, langes Bad, dann legte ich mich zu einem Nickerchen hin.

Da es im Haus nur wenige Leute gab, die englisch sprachen, hatte sich Just Glen für den Abend als mein persönlicher Begleiter angeboten. In dem Raum, der als Ballsaal genutzt wurde, sollte es am Abend ein großes Buffet geben. Es war einfach Nkemis Stil, für seine gesamte Regierung ein abendliches Freßgelage zu geben. Er und Lukombo nahmen jedoch selten an diesen Gelagen teil, da man glaubte, die Anwesenheit der großen Bosse könnte den niedrigeren Rängen die gute Laune verderben. Heute abend wurden, wie sonst auch, dreißig bis vierzig Gäste erwartet – die Eingeladenen mit ihren gesamten Familien, vom Kleinkind bis zu den Urgroßeltern.

Glen machte mich darauf aufmerksam, daß mein Erscheinen, ob mir das nun gefiel oder nicht, großes Aufsehen erregen werde. Und das tat es dann auch, vor allem bei den Kindern und den jungen Erwachsenen. Um mich herum bildete sich eine undurchdringliche Wand aus Fragestellern. Am besten sollte ich gleich die Neugier der ganzen Gruppe auf einmal befriedigen, rief Glen, sonst würden sie mich den ganzen Abend einzeln belästigen und mir immer wieder dieselben Fragen stellen.

Natürlich wollten sie wissen, warum ich hier war. Ich erklärte, daß ich gekommen sei, um mit dem Präsidenten zu sprechen. Woraufhin sie natürlich als nächstes wissen wollten, worüber ich denn mit ihm sprechen wollte. Nachdem Glen die Frage übersetzt hatte, schlug er vor zu sagen, daß ich nicht darüber reden dürfe. Ich beherzigte diesen Rat. Sie wollten wissen, wo ich herkam und wie es dort aussah, und zwar in allen Einzelheiten. Sie wollten wissen, was ich von den zairischen Gerichten hielte, von der zairischen Musik, von den zairischen Straßen und vom zairischen Wetter. Sie wollten wissen, was im amerikanischen Fernsehen lief, und ich kam in fürchterliche Schwierigkeiten, als ich zu erklären versuchte, was eine Comedy-Show ist. Ich fragte sie, was im zairischen Fernsehen so alles lief. Das löste große Heiterkeit aus.

Glen erklärte, daß Mobutu ganz verrückt nach Wrestling war, deshalb bekam man im Fernsehen hauptsächlich Wrestlingveranstaltungen zu sehen. Einige der älteren Fragesteller wollten wissen, ob ich mit der Politik der Vereinigten Staaten in bezug auf Libyen, Israel und Iran einverstanden sei. Ich antwortete, ich würde mich da raushalten und sagte Glen, er solle bei der Übersetzung hinzufügen, daß das ein Scherz sei. Ich machte das damit wieder wett, daß ich für eine Besucherin ungewöhnlich gut über die Geschichte der Republik von Mabili unterrichtet war, was sie offensichtlich sehr freute.

Nach etwa einer Stunde gebot Glen dem Ganzen Einhalt, damit wir etwas essen konnten. Er führte mich um die Tische herum, auf denen ungefähr fünfzig verschiedene Speisen standen. Die meisten Gerichte konnte nicht einmal er identifizieren. Er suchte mir fünf oder sechs Sachen aus, die er kannte und die mir seiner Einschätzung nach schmecken würden, und ließ mich dann noch fünf oder sechs Probierhäppchen nehmen. Darunter war nichts, das sonderbar oder schrecklich exotisch gewesen wäre. Ich kam also nicht dazu herauszufinden, ob gebratene Termiten tatsächlich wie Popcorn schmecken. Alles, was ich probierte, war sehr schmackhaft. Ich meine, es war wirklich ungewöhnlich, etwas zu essen, das tatsächlich nach etwas schmeckte, anders als die meisten amerikanischen Lebensmittel, die keinen Eigengeschmack besitzen, so daß man sie würzen muß, damit sie überhaupt nach irgend etwas schmecken. Bei einem der Gerichte, die ich auf Glens Empfehlung hin probierte, stellte sich heraus, daß es sich dabei um geräucherten Affen handelte. Glen glaubte wohl, ich würde deswegen ausflippen. Es war nichts, was mich in Begeisterungsstürme versetzt hätte, aber ich flippte deswegen auch nicht gleich aus.

Mokonzi Nkemi

Der Zweck meines Gesprächs mit Lukombo Owona am Mittwoch nachmittag war durchaus klar gewesen. Bei der Story, die wir hier zu verkaufen versuchten, bestand seine Rolle darin »herauszufinden, was ich wollte«, damit er Mokonzi Nkemi auf unsere Begegnung am Donnerstagmorgen vorbereiten konnte. Nkemi würde nie erfahren, daß Art Owens, der als persona non grata galt und von niemandem auch nur erwähnt werden durfte, hinter der Sache stand. Das Treffen mit Nkemi würde aller Voraussicht nach deshalb sehr unkompliziert ablaufen: Ich würde das Amtszimmer betreten, wir würden ein paar freundliche Floskeln austauschen, und dann sollte ich mein Anliegen vortragen. Nkemi würde sagen, sicher, warum nicht, ich würde mich höflich bedanken, mich dann verabschieden und auf den Heimweg machen.

Nkemi hatte ein Vorzimmer, in dem eine richtige Empfangsdame saß. Nachdem mich mein treuer Lobi (dessen Name, wie Glen behauptete, auf Lingala sowohl »gestern« als auch »morgen« bedeutete) mich dort abgeliefert hatte, setzte ich mich und wurde nach zehn Minuten vorgelassen. Nkemis Amtszimmer war größer und eleganter als das von Lukombo. Die wirkliche Überraschung aber war für mich Nkemi selbst. Aus irgendeinem unerfindlichen Grund hatte ich jemanden erwartet, der untersetzt, massig und aufrecht war – mit anderen Worten einen Generalissimus. Nkemi war jedoch ganz im Gegenteil ein hochgewachsener, schlaksiger Gelehrter mit hängenden Schultern, dunklem Anzug, weißem Hemd und dunkler Krawatte. Er trug eine Brille, die er aber abnahm, um mich damit zu einem Stuhl vor seinem Schreibtisch zu winken.

»Möchtest du einen Kaffee mit mir trinken?« fragte er. Als er mich zögern sah, versicherte er mir, daß der Kaffee natürlich mit abgekochtem Wasser zubereitet würde. Ich nahm das Angebot dankend an, obwohl ich auf den Kaffee liebend gern verzichtet hätte. Nkemi erkundigte sich noch intensiver als Lukombo Owona, ob ich einen angenehmen Flug und einen zufriedenstellenden Aufenthalt in Kinshasa gehabt habe. Dabei schaffte er es, diesen Fragen noch neue hinzuzufügen, die meine Unterkunft im Compound und das Buffett am vorangegangenen Abend betrafen, das er aus irgendeinem unerfindlichen Grund einen Empfang nannte. Schließlich brachte man uns den Kaffee. Dann kamen wir endlich zur Sache. Nkemi erklärte, daß es ihm leid täte, wenn er den Eindruck erwecke, er würde mich zur Eile drängen, aber er erwarte in wenigen Minuten einen Anruf aus Paris. Ich sagte, daß ich durchaus verstehen würde und daß mir das überhaupt nichts ausmache. Er sagte, Mr. Owona habe ihn in groben Umrissen über mein Vorhaben informiert, und bat mich, ihm die Sache noch einmal genau zu erklären.

Endlich war Showtime.

Der Gorilla Ismael, so erklärte ich, sei in Amerika eine Berühmtheit, genau wie eine Generation vorher der Gorilla Gargantua. Gargantua war schließlich in Gefangenschaft gestorben. Seit dieser Zeit hatte sich unter den amerikanischen Tierfreunden jedoch vieles geändert, und die hatten nun den brennenden Wunsch geäußert, daß Ismael in Freiheit leben können sollte. Seine Eigentümer würden dieses Anliegen unterstützen. Sie seien nicht nur bereit, sich von einem Tier zu trennen, das sehr viel Geld wert war, sie wollten auch sehr viel Geld ausgeben, um es in seine angestammte Heimat im Regenwald von Zentralwestafrika zurückzubringen. Wir brauchten jetzt nur noch Unterstützung, um Ismael von Kinshasa in die Republik von Mabili zu transportieren, wo er freigelassen werden sollte.

Nkemi zeigte höfliches Interesse. Er fragte, ob ich glaube, daß ein Tier, das in Gefangenschaft gelebt hatte, in der Lage sei, überhaupt in der Wildnis zu überleben. Das war eine der vielen Fragen, auf die ich vorbereitet worden war.

»Wenn Ismael ein Raubtier wäre, dann nicht«, erwiderte ich. »Ein ausgewachsener Löwe, der sein ganzes Leben im Käfig verbracht hat, wird mit an Sicherheit grenzender Wahrscheinlichkeit nicht über die Fähigkeiten verfügen, um sich durch die Jagd am Leben zu erhalten. Aber ein Pflanzenfresser wie der Gorilla wird keine Schwierigkeiten haben, in einem geeigneten Habitat zu überleben. Trotzdem werden seine Pfleger bei ihm im Busch bleiben, bis sie sich sicher sind, daß er allein zurechtkommt. Wenn es ihm nicht gelingen sollte, sich einzuleben, können sie sich vor Ort entscheiden, ihn entweder wieder mitzunehmen, oder ihm den Gnadentod zu geben.« Diesen letzten Punkt zu erwähnen gefiel mir nicht besonders, aber es mußte sein.

Als nächstes wollte Nkemi wissen, ob irgendeine internationale Tierschutzorganisation wie der World Wildlife Fund die Schirmherrschaft über das Unternehmen übernommen oder es zumindest gebilligt hatte. Das war ein Punkt für Art. Er hatte nämlich vorhergesagt, daß diese Frage gestellt werden würde. Worauf Nkemi abzielte, war natürlich die Möglichkeit, in der Weltpresse ein paar nette Schlagzeilen zu bekommen. Ich erklärte ihm, daß wir noch um keine derartige Schirmherrschaft oder eine solche Billigung gebeten hätten, daß wir das aber gerne tun würden, falls er darauf Wert lege.

Nkemi fragte, warum man ein Kind auf diese Mission geschickt habe. Das war meiner Meinung nach einer der Schwachpunkte in unserer Geschichte. Ich hatte keine andere Wahl, als das herunterzubeten, was wir uns gemeinsam überlegt hatten: In den Schulen habe es einen nationalen Aufsatzwettbewerb gegeben. Sieger war, wer die überzeugendsten Argumente für Ismaels Rückkehr in seine Heimat vorgebracht hatte. Ich hatte diesen Wettbewerb gewonnen, und der Preis war diese Reise in Verbindung mit der ehrenvollen Aufgabe, den Präsidenten der Republik von Mabili um seine Hilfe zu bitten. Nkemi schien von dieser überaus schwachen Geschichte keine höhere Meinung zu haben als ich, ließ sie aber ohne Kommentar im Raum stehen.

»Sag mir eins, Miss Gerchak«, meinte er nach einer Weile. »Warum sollte ich dir in dieser Angelegenheit helfen?«

»Ich hatte gehofft, etwas Gutes zu tun, sei Grund genug.«

Er bedachte diese diplomatische Antwort mit einem zustimmenden Nicken, damit war die Sache jedoch noch nicht erledigt. »Aber angenommen«, fuhr er fort, »daß die bloße Möglichkeit, etwas Gutes zu tun, nicht ausreichen würde.«

»Dann sagen Sie mir bitte, was ausreichend wäre.«

Er schüttelte den Kopf. »Ich spiele nicht auf Geld an, Miss Gerchak. Ich möchte von dir etwas hören, das mein Engagement wert ist. Denn um ganz ehrlich zu sein, ich sehe bis jetzt noch nichts, das es wäre. Um vollkommen offen zu sein, was springt dabei für mich heraus? Und wenn für mich persönlich nichts herausspringt, was springt dann wenigstens für Mabili heraus – oder für Afrika? Ich bin kein besonders habgieriger Mensch, aber ich erwarte doch, daß meine Hilfe irgendwie anerkannt wird. Du bekommst etwas, was du dir wünschst. Die Besitzer dieses Tieres bekommen etwas, was sie sich wünschen, sonst würden sie es nicht tun, das kann ich dir versprechen. Und wenn das, was du mir erzählst, wahr ist, dann werden alle Tierfreunde Amerikas etwas bekommen, was sie sich wünschen. Warum also sollte ausgerechnet ich als einziger leer ausgehen?«

Das war zweifellos eine gute Frage. Da ich keinen blassen Schimmer hatte, was ich ihm darauf antworten sollte, sah ich meine gesamte Mission schon den Bach hinuntergehen. Ich wurde von purem Entsetzen gepackt. Mein Gehirn schaltete sich einfach aus. »Das Problem ist«, brachte ich schließlich irgendwie heraus, »daß ich nicht weiß, was Sie sich wünschen.«

Er schüttelte wieder den Kopf, ganz genau wie eben – schmerzlich, traurig. »Was ich mir wünsche, steht hier gar nicht zur Debatte, Miss Gerchak. Hätte ich dich hierher eingeladen, nachdem ich von deinem Wunsch gehört hätte, um dich zu überreden, meine Hilfe anzunehmen, dann hättest du sicher eine Erklärung von mir erwartet, warum ausgerechnet ich diese Möglichkeit bekommen sollte. Du würdest wissen wollen, welchen Vorteil es dir bringt, wenn du mir den Zuschlag gibst und nicht jemand anderem. Und ich würde dir das sagen, weil ich mir das von vornherein, schon bevor ich dich hierher eingeladen hätte, zurechtgelegt hätte.«

Ich saß da und starrte ihn mit offenem Mund an wie ein Bauer.

»Du bist eine bezaubernde junge Person«, fuhr Nkemi fort, »und du hast ohne Zweifel einen bezaubernden Aufsatz geschrieben, aber ich fürchte, die Organisatoren dieser Angelegenheit hätten klüger gehandelt, wenn sie jemanden geschickt hätten, der tatsächlich weiß, wie man so etwas macht.«

»Viele Menschen werden sehr enttäuscht sein«, brachte ich kraftlos vor.

»Sie glücklich zu machen ist nicht meine Aufgabe.«

»Aber wir bitten doch nur um so wenig«, sagte ich weinerlich.

Er zuckte mit den Achseln. »Wenn du nur um eine Kleinigkeit bittest, dann brauchst du mir natürlich auch nur eine Kleinigkeit anzubieten. Aber um wenig zu bitten, ist keine Rechtfertigung dafür, überhaupt nichts anzubieten.«

Glücklicherweise kam in diesem Augenblick Nkemis Sekretärin herein, um ihm zu sagen, daß sein Anruf nach Paris durchgestellt worden war. Er fragte mich, ob es mir etwas ausmachen würde, ein paar Minuten draußen zu warten. Mir etwas ausmachen? Ich rannte zur Tür, als hätten meine Schuhe Feuer gefangen.

Ihr werdet eine gewisse Vorstellung von meiner geistigen Verfassung haben, wenn ich euch sage, daß ich mir ernsthaft überlegte, Art anzurufen. Ich rechnete aus, daß es bei ihm gerade halb fünf Uhr morgens war und er also wenigstens zu Hause sein würde. Das Problem war nur, daß ich keine Ahnung hatte, wie lange es dauerte, bis die Verbindung hergestellt war. Ich entschied, daß ich die Zeit besser darauf verwendete, meine Panik niederzukämpfen und mir irgendeine brillante Antwort einfallen zu lassen, von der ich im Augenblick allerdings noch meilenweit entfernt war.

Abgesehen davon wußte ich bereits, was Art sagen würde. Von ihm stammte schließlich das Argument, das ich gerade vorgebracht hatte: Wir bitten nicht um sehr viel, was spricht also dagegen, es uns zu gewähren? Dieses Argument hatte sich als absolute Niete erwiesen. Ismael hatte zu diesem Thema nichts gesagt, aber wenn er es getan hätte, wie würde er dann argumentiert haben? Merkwürdigerweise wußte ich nicht, was für ein Argument er angeführt haben würde, aber ich wußte, wie er es vorgebracht haben würde. Er würde eine Geschichte erzählt haben, eine Fabel. Eine Fabel von einem König und einem ausländischen Bittsteller ... Von einem König, der darum gebeten wird, bei irgendeiner Art von Rückerstattung zu helfen, der aber irgendwie nicht erkennt, daß diese Rückerstattung an sich schon der Lohn ist ...

Ich hatte immer wieder erlebt, wie Ismael binnen weniger Minuten eine passende Fabel aus dem Ärmel zauberte. Grundsätzlich war das also möglich. Das Problem bestand nur darin, die richtigen Elemente zu finden und sie miteinander in Einklang zu bringen. Ich dachte an eine Perle. Ich dachte an eine Goldmünze. Nachdem ich mich mit diesem Gedanken angefreundet hatte, wagte ich mich weiter vor, zu jenem Gebilde im Innenohr, das für das Gleichgewicht verantwortlich ist. Wenn mir nur eingefallen wäre, wie dieses verdammte Ding heißt, wäre ich vielleicht dabei geblieben. Schließlich hatte ich eine Idee, die meiner Meinung nach genauso gut war wie jede andere. Also machte ich mich daran, sie auszuarbeiten. Nach etwa fünf Minuten war ich bereit, und Nkemi ebenfalls.

»Ich würde Ihnen gerne eine Geschichte erzählen«, sagte ich, als ich wieder in seinem Amtszimmer Platz genommen hatte. Nkemi bedeutete mir mit einem kurzen Kopfnicken, daß dies ein interessanter und neuartiger Ansatz sei und ich fortfahren solle.

»Eines Tages wurde ein Prinz an seinem Hof von einem ausländischen Besucher aufgesucht, der gekommen war, um ihn um einen Gefallen zu bitten. Der Prinz zog den Besucher in ein geheimes Zimmer und fragte, um was für einen Gefallen es sich denn handle.

›Ich bitte Euch, das Tor Eures Schlosses zu öffnen, damit ich ein Pferd in Euren Stall bringen kann‹, sagte der Fremde.

›Was für ein Pferd?‹ fragte der Prinz.

›Es ist ein grauer Hengst, Eure Hoheit, mit einem schwarzen Stern auf der Stirn!‹

Der Prinz runzelte die Stirn und sagte: ›Früher, als ich noch ein kleiner Junge war, stand einmal ein solches Pferd im Stall meines Vaters. Dann gab es einen verheerenden Brand, und danach war das Pferd zusammen mit mehreren anderen verschwunden.‹

›Werdet Ihr das Tor öffnen und mir erlauben, das Pferd in Euren Stall zu stellen?‹

›Mir ist nicht klar, warum ich das tun sollte‹, erwiderte der Prinz. ›Verzeih mir meine Offenheit, aber was würde es mir bringen, wenn ich dir diesen Gefallen erwiese?‹

›Ich dachte, es wäre Euch klar, Eure Hoheit‹, sagte der Fremde. ›Dies ist genau das Pferd, das aus dem Stall Eures Vaters verschwand, als Ihr noch ein kleiner Junge wart. Ich bringe nur das zurück, was diesen Palast nie hätte verlassen dürfen.‹«

Nkemi lächelte und nickte mir zu, was zu heißen schien: »Mach weiter.«

»Wir bitten Sie nicht, sich um etwas zu kümmern, was uns gehört«, sagte ich zu ihm. »Wir wollen etwas zurückgeben, das Ihnen gehört.«

Nkemi nickte, immer noch lächelnd. »Siehst du? Ich hätte das mit ein wenig Nachdenken selbst herausfinden können. Aber es war deine Verpflichtung, mir zu zeigen, welchen Vorteil es für mich hat, wenn ich dir helfe. Von mir zu erwarten, daß ich es selbst herausfinde, war mir gegenüber ziemlich unhöflich.

Obwohl mir natürlich bewußt ist, daß du persönlich nicht die Absicht hattest, unhöflich zu sein.«

»Ich verstehe«, sagte ich, »und stimme vollkommen zu.«

»Selbstverständlich werde ich dir bei deinem Anliegen gern behilflich sein. Mr. Owona wird sich der Sache annehmen und die notwendigen Vorkehrungen treffen.«

Damit stand er auf und gab mir zum Abschied die Hand.

Acht Stunden später saß ich im Flugzeug nach Zürich.

Meisterliches Timing

Nach einem endlos scheinenden, langweiligen Zwischenaufenthalt in Atlanta war ich am Freitag noch vor Mitternacht wieder zu Hause – zu Hause, aber buchstäblich vollkommen ausgelaugt. Meine Mutter verfrachtete mich ins Bett. Ich war nicht allzugut aufgelegt, als sie mich am nächsten Morgen um acht Uhr weckte, um mir zu sagen, daß Mr. Owens auf dem Weg sei, um mich abzuholen. Mir hätten weitere sechs Stunden der Bewußtlosigkeit durchaus gutgetan. Aber ich stand auf, duschte, zog mich an und frühstückte, so daß ich Art draußen auf der Straße erwarten konnte und er nicht nach oben kommen und mit meiner Mutter höflich Konversation machen mußte. Zu dem Jahrmarkt, der inzwischen zwei Städte weiter nordwärts gezogen war, sollten wir mit dem Auto ungefähr neunzig Minuten unterwegs sein.

Nachdem ich ihm eine detaillierte Schilderung meines Afrikaabenteuers gegeben hatte, fragte ich ihn, was überhaupt los sei.

»Seit deiner Abreise sind zwei Dinge passiert«, erklärte er. »Das eine ist, daß Ismael eine entsetzliche Erkältung bekommen hat. Ich befürchte, es könnte sich daraus eine Lungenentzündung entwickeln. Es gibt nicht viele Tierärzte, die über das nötige Wissen und die entsprechende Ausrüstung verfügen, um einen Gorilla zu behandeln, aber ich habe einen ausfindig gemacht. Es ist bereits ein Krankenwagen zum Jahrmarktgelände unterwegs.«

Ich wollte fragen: Er wird doch wieder gesund, oder? Aber

ich kannte Art gut genug, um zu wissen, daß er mich bereits beruhigt hätte, wenn er mich hätte beruhigen können. Er wirkte nicht übermäßig besorgt, und damit mußte ich mich fürs erste zufriedengeben.

»Und was ist das zweite?«

Er stieß ein kurzes, bitteres Lachen aus. »Alan Lomax hat uns gefunden.«

»Hören Sie«, sagte ich, »Sie müssen mir sagen, worum es bei dieser Sache mit Alan geht. Ich weiß, daß Ismael nicht darüber sprechen will, aber das sollte Sie nicht abhalten, es mir zu erzählen.«

Art fuhr eine Weile schweigend weiter, während er offensichtlich überlegte. Schließlich meinte er: »Ismael hat immer wieder einmal einen Schüler, der nicht loslassen will. Der irgendwie besitzergreifend wird. Das jagt ihm einfach eine Heidenangst ein. Aus gutem Grund.«

»Warum sagen Sie das?«

»Denk darüber nach. Wenn dir ein Tier erst einmal gehört, dann hast du die völlige Kontrolle.«

»Ja, aber Ismael gehört Alan doch nicht.«

»Aber Alan will ihn haben. Vorgestern hat er mir tausend Dollar für ihn angeboten.«

»Himmel«, stöhnte ich. Ich hätte am liebsten laut losgebrüllt. »Was haben Sie ihm geantwortet?«

Art grinste. »Daß ich zwei fünf haben will.«

»Warum haben Sie das bloß gesagt?« fragte ich entrüstet.

»Was hätte ich deiner Meinung nach denn machen sollen? Schließlich mußte ich so tun, als wäre Ismael für mich in meiner Menagerie nur ein Tier unter vielen.«

»Ja, das leuchtet mir ein.«

»Du darfst nicht vergessen, daß Alan, von seinem Standpunkt aus gesehen, etwas absolut Bewundernswertes tut. Er versucht Ismael aus einer verzweifelten Lage zu retten.«

»Hat Ismael ihm denn nicht gesagt, daß er gar nicht gerettet zu werden braucht?«

»Ich bin sicher, daß er das getan hat. Aber er hat es nicht gewagt, Alan zu erklären, warum das nicht nötig ist.«

»Warum nicht?«

»Denk nach, Julie. Du kommst von allein darauf.«

Ich dachte nach, aber ich kam trotzdem nicht drauf. Darum fragte ich: »Wie, glaubt Alan, ist Ismael in die Menagerie gekommen?«

»Ich habe keine Ahnung.«

Wir fuhren eine Weile schweigend weiter. Schließlich sagte ich: »Was meinen Sie wird er als nächstes tun?«

»Alan? Ich vermute, daß er jetzt nach Hause fahren und versuchen wird, soviel Geld wie möglich aufzutreiben. Wenn er dann erst einmal mit dem Geld vor meinem Gesicht herumwedeln kann, wird meine Gier mich in seinen Händen weich wie Wachs werden lassen.«

»Aber Ismael wird dann nicht mehr dasein, nicht wahr?«

»Oh ja – es sei denn, Alan schafft es, sich sehr zu beeilen. Ismael wird in ein paar Stunden fortgebracht, und auch der Jahrmarkt ist Montag um diese Zeit nicht mehr da.«

In diesem Augenblick erreichten wir eine kleine Stadt, die auf halbem Weg lag, und ich will verdammt sein, wenn ich nicht Alan Lomax persönlich sah, der da vor einer Reparaturwerkstatt stand. Er und ein Mechaniker hantierten gerade unter der Motorhaube eines Plymouth herum, der bestimmt schon seit Carters Amtszeit auf der Straße war.

»Sieht aus, als hätte er Probleme mit dem Motor«, bemerkte Art.

»Ja.«

»Wahrscheinlich ist ein bißchen Kies in den Kühlerventilator geraten.«

»Glauben Sie wirklich?«

»Nun, könnte doch sein«, erwiderte Art.

Ich sah ihn neugierig an. »Wird er einen neuen Ventilator brauchen?«

»Oh ja, ich glaube schon«, sagte er. »Unglücklicherweise ist es nicht leicht, hier draußen Ersatzteile zu bekommen, schon gar nicht am Samstag. Wenn er langsam fährt, kommt er wahrscheinlich auch ohne Ventilator nach Hause. Um ihn heute noch reparieren zu lassen, wird es aber zu spät sein.«

»So ein Pech«, stellte ich fest.

Leb wohl, mein Ismael

Wie er da in diesem gottverdammten Käfig saß, machte er einen entsetzlich elenden Eindruck auf mich. Er schniefte und stöhnte, und sein Fell stand in alle Richtungen ab. Er lag jedoch nicht erschöpft auf dem Boden und zeigte auch ganz gewiß keine Anzeichen dafür, daß ihn seine Kräfte bald verlassen würden. Tatsächlich war er ausgesprochen schlecht gelaunt, was er bestimmt nicht gewesen wäre, wenn er gleich seinen letzten Atemzug hätte tun wollen.

Nachdem er sich alle Einzelheiten meines Afrikaabenteuers angehört hatte, war er verärgert, weil er und Art Lukombo Owona und Mokonzi Nkemi so falsch eingeschätzt hatten. »Die Regel muß lauten: Hoffe auf das Beste, aber plane für das Schlimmste. Aber wir haben nur auf das Beste gehofft«, sagte er. »Kaum bin ich einen Monat hier, schon verliere ich den Überblick.«

Andererseits war er von der Fabel von dem grauen Pferd, die ich mir für Nkemi ausgedacht hatte, sehr angetan. »Du sagtest, du hättest auch eine Idee gehabt, bei der das Innenohr eine zentrale Rolle spielte. Was in aller Welt war das?«

»Du weißt doch, daß da im Innenohr dieses kleine Dingsda herumschwimmt, das einem hilft, die Balance zu halten. Ich dachte mir, ein böser Zauberer stiehlt es dem Prinzen bei seiner Taufe aus dem Ohr, und deshalb torkelt er von da an durchs Leben. Und all seine Kinder und Enkel torkeln ebenfalls. Dann taucht eines Tages der Enkel des Zauberers in dessen Schloß auf und sagt zu dem jetzt herrschenden König:

›Sieh her, ich würde dir gern dieses Dingsda hier geben.‹ Und der König sagt: ›Was soll ich damit? Was bringt es mir, wenn ich dieses Dingsda annehme?‹ Dann erklärt der Enkel des Zauberers ihm, was es für eine Bewandtnis damit hat.«

»Ein bißchen … kompliziert«, meinte Ismael zweifelnd.

»Genau. Deshalb habe ich ja auch die Geschichte mit dem Pferd genommen.«

»Du wirst eine gute Lehrerin sein«, sagte Ismael. Das überraschte mich.

»Ich soll Lehrerin werden?«

»Ich meine nicht Schullehrerin«, erläuterte er. »Ihr alle müßt Lehrer sein, ob ihr nun Rechtsanwälte, Ärzte, Börsenmakler, Filmemacher, Industrielle, Studenten, Köche oder Straßenkehrer seid. Nur eine Veränderung des Bewußtseins wird euch retten. Und das Bewußtsein anderer Menschen zu verändern ist etwas, was jeder einzelne von euch tun kann. Egal, wer oder was er ist oder wie er finanziell gestellt ist. Ich habe Alan gesagt, er solle einhundert Menschen erreichen, aber um die Wahrheit zu sagen, wurde ich ein wenig ungeduldig mit ihm. Natürlich ist nichts daran auszusetzen, wenn man einhundert Menschen erreicht, aber wenn du keine hundert erreichen kannst, dann erreiche zehn. Und wenn du keine zehn erreichen kannst, dann erreiche einen. Weil dieser eine vielleicht Millionen erreicht.«

»Ich werde eine Million erreichen«, versprach ich ihm.

Er starrte mich eine Weile an, dann sagte er: »Das glaube ich dir sogar.«

»Wirst du auch in Afrika lehren?« fragte ich ihn.

»Nein, gewiß nicht. Vielleicht werde ich dir eines Tages einen Brief schreiben, ansonsten aber werde ich mich mit nichts Derartigem beschäftigen.«

»Was wirst du dann machen?«

»Ich werde mich in den dunkelsten, dichtesten, abgelegensten Teil des Regenwaldes begeben und versuchen, mich einer Horde Gorillas anzuschließen, um mit ihr zusammen nach

Nahrung zu suchen. Ich will dich nicht beunruhigen, aber es hat keinen Sinn, die Tatsache zu verleugnen, daß wir Gorillas in freier Wildbahn höchstwahrscheinlich nicht mehr sehr lange überleben werden. Aber natürlich habe ich einige Ideen, wie man mit diesem Problem fertig werden könnte.«

»Das heißt?«

»Das heißt, wenn du hörst, daß es dort draußen immer noch einen listigen alten Silberrücken gibt, den niemand mit einem Netz einfangen kann, dann weißt du, daß ich das bin.«

Es dauerte nicht lange, da kam Art, um uns zu sagen, daß der Krankenwagen eingetroffen war.

Ich fragte Ismael, ob ich ihn begleiten dürfe.

»Es wäre mir wirklich lieber, du tätest das nicht, Julie. Morgen wird es auch nicht leichter sein, auf Wiedersehen zu sagen als heute.«

Ich griff durch die Gitterstäbe, und er nahm meine Hand, als wäre sie so zerbrechlich wie eine Seifenblase.

Das Leben geht weiter

So unglaublich es scheinen mag, aber am Montagmorgen stand ich auf, frühstückte und ging zur Schule. Am Dienstagmorgen machte ich dasselbe.

Ich selbst konnte nicht mit Art in Kontakt treten. Er mußte mit mir Kontakt halten, und das tat er auch. Durch ihn erfuhr ich, daß Ismael sich langsam von seiner Erkältung erholte und im Januar 1991 nach Afrika unterwegs war. Ich erkundigte mich lieber nicht nach den Reisebedingungen. Mir war bewußt, daß es für ihn keine Vergnügungsreise werden würde. Je weniger ich darüber wußte, um so besser. Im März rief mich Art an, um mir mitzuteilen, daß alles geklappt hatte. Ismael war zu Hause.

Aufgrund irgendeiner mir unerklärlichen Tatsache war meiner Mutter offenbar klargeworden, daß die Sache mit Zaire anders gewesen war, als wir ihr erzählt hatten. Sie stellte mich zwar nicht zur Rede und verlangte auch keine Erklärung von mir, aber sie entwickelte in Zusammenhang damit eine Art leisen Groll und machte immer wieder düstere Bemerkungen wie: »Ich weiß, daß du Geheimnisse hast. Nun, ich habe auch welche.«

Im September gastierte der Darryl Hicks Carnival wieder in der Stadt. Art und ich trafen uns. Ich erzählte ihm, daß es mir rückblickend schwerfiel zu glauben, daß die beiden nicht in der Lage gewesen sein sollten, einen anderen Weg für Ismaels Rückkehr nach Afrika zu finden, als ausgerechnet mit meiner Hilfe. Art grinste mich an und sagte dann: »Ich dachte mir schon, daß du inzwischen darauf gekommen bist. Schließlich bist du ja ein kluges Mädchen.«

»Was meinen Sie damit?«

»Wir hatten noch zwei Alternativpläne ausgearbeitet. Beide wären billiger gewesen und viel einfacher in der Durchführung als der Plan, dich nach Afrika zu schicken.«

»Warum haben Sie es dann gemacht?«

»Ismael hat darauf bestanden. Er wollte, daß du es tust und niemand anderes.«

»Aber warum?«

»Man könnte vermutlich sagen, daß es alles war, was er dir noch geben konnte. Es war sein Abschiedsgeschenk: das Wissen, daß du in seinem Leben eine Schlüsselrolle gespielt hast. Die Tatsache, daß wir ihn auch sonst nach Afrika gebracht hätten, ändert nichts daran.«

»Aber wenn ich versagt hätte?«

Art schüttelte den Kopf. »Ismael wußte, daß du nicht versagen würdest. Das gehörte zu seinem Geschenk. Du solltest wissen, daß er dir sein Leben anvertraut hat.«

»Ist Alan wieder aufgetaucht?« fragte ich Art.

»Ja, das ist er tatsächlich. Ungefähr zu dem Zeitpunkt, den ich mir ausgerechnet hatte. Bis zum Morgengrauen hatten wir alles zusammengepackt und waren wieder unterwegs. Ich hatte einen Mann zurückgelassen, der Alan abfangen sollte, wenn er auftauchte, was dann so gegen Mittag auch der Fall war.«

»Warum haben Sie das getan?«

»Weil das Ganze ein Ende haben mußte.«

»Das verstehe ich nicht.«

»Ismael befand sich in einer schwierigen Lage, wenn es darum ging, mit dir über Alan zu diskutieren.«

»Warum?«

Art hielt inne und sah mich nachdenklich an. »Was hast du von Alan gehalten?«

»Um ehrlich zu sein, ich hielt ihn für einen Widerling.«

»Genau das ist auch der Grund dafür, weshalb Ismael mit dir nicht über ihn reden konnte. Du warst nämlich nicht bereit, ihm zuzuhören.«

»Das stimmt vermutlich.«

»Da gibt es nichts zu vermuten, Julie. Aus irgendeinem Grund hast du immer, wenn die Sprache auf Alan kam, einfach dicht gemacht.«

»Sie haben recht. Ich weiß das. Weiter.«

»Die meisten Schüler Ismaels waren dir in einem Punkt durchaus ähnlich: Als die Zeit kam, dich von Ismael zu trennen, hast du auch losgelassen. Du weißt, wovon ich spreche?«

»Ich bin mir nicht ganz sicher. Ich hatte doch ohnehin keine Wahl. Ich mußte ihn gehen lassen.«

Art widersprach. »Nein, du hattest die Wahl, Julie. Du hättest sagen können: Wenn ich nicht mitkommen darf, schneide ich mir die Pulsadern auf.«

»Stimmt.«

»Alan gehörte zu jenen Schülern, die einfach nicht loslassen wollen. Ismael sah die Zeichen schon sehr bald und mußte das in seine Überlegungen einbeziehen.«

»Was meinen Sie damit?«

»Als klar wurde, daß Ismael das Fairfield Building würde verlassen müssen, konnte er dich ohne Risiko in seine Pläne einweihen. Bei Alan ging das jedoch nicht. Deshalb hatte Ismael keine andere Wahl, als einfach zu verschwinden. Alan würde Ismael also den einen Tag noch in seinem Büro antreffen und den nächsten nicht mehr. Er war weg, hatte sich einfach in Luft aufgelöst.«

»Sie meinen, Alan war nicht darüber informiert, daß Ismael das Fairfield Building verlassen würde?«

»Richtig. Was hättest du gedacht, wenn du eines Tages in Ismaels Büro gekommen wärst und es leer vorgefunden hättest.«

»Puh, ich weiß nicht. Vermutlich hätte ich gedacht: Tja, Mädchen, jetzt bist du also ganz auf dich gestellt.«

»Genau so hätten die meisten Leute reagiert, aber nicht Alan. Alan folgerte: Wenn Ismael verschwunden ist, dann muß ich ihn finden. Also machte er sich auf die Suche.«

»Ich verstehe. Es kam ihm überhaupt nicht in den Sinn, daß Ismael vielleicht verschwinden wollte.«

»Ich bezweifle, daß er überhaupt darüber nachgedacht hat, was Ismael wollte. Für Alan zählte nur, was er selbst wollte. Nämlich Ismael wiederhaben.«

»Ja, ich verstehe.«

»Du mußt wissen, daß Ismael Alan nicht einfach versetzt hat. Er hat versucht, Alan wachzurütteln. Er hat versucht, Alan aus seiner Abhängigkeit ihm gegenüber zu lösen. Er wollte nicht, daß Alan immer nur sein Schüler blieb.«

»Was meinen Sie damit?«

»Ismael will nicht einfach nur Schüler haben, er will Schüler, die später selbst einmal Lehrer werden. Hat er dir das nicht gesagt?«

»Doch. Er sagte, all seine Schüler seien Botschafter. Deshalb sei es auch so wichtig, daß sie ›das ernsthafte Verlangen, die Welt zu retten‹ hätten. Ohne dieses Verlangen würden sie mit dem, was sie von ihm gelernt haben, möglicherweise nichts anzufangen wissen.«

»Richtig. Von Alan aber mußte Ismael folgendes hören: ›Ich werde meinem Verlangen, die Welt zu retten, niemals weiter nachgehen. Ich werde niemals ein Lehrer werden wie du, ich werde deine Botschaft niemals in die Welt hinaustragen. Ich will nämlich bei dir bleiben und für immer dein Schüler sein.‹ Und genau das wollte Ismael auf keinen Fall.«

»Jetzt verstehe ich.«

»Als Alan Ismael auf dem Jahrmarkt aufgespürt hatte, wurde die Situation sogar noch prekärer. Denn Alan sagte nicht einfach: ›Ich möchte bei dir bleiben und für immer dein Schüler sein.‹ Er sagte jetzt: ›Ich möchte dich kaufen, dich mit zu mir nach Hause nehmen und für immer dein Schüler sein.‹ Wir mußten dem Ganzen wirklich einen Riegel vorschieben.«

»Ja, das ist mir klar.«

»Aber wie sollten wir das tun, Julie? Was hättest du in unserer Situaiton gemacht? Alan ist nach Hause gefahren, vermutlich, um das Geld aufzutreiben, das er brauchte, um Ismael kaufen und mitnehmen zu können. Ismael aber hatte eine schlimme Erkältung, so schlimm, daß ich ihn sogar stationär behandeln lassen wollte. Wenn Alan am Montag wiederkäme, mußten sowohl der Jahrmarkt als auch Ismael verschwunden sein. Aber ich konnte jemanden mit einer Nachricht für Alan zurücklassen.«

»Verstehe.«

»Und was für eine Nachricht hinterlasse ich ihm?«

»Geh nach Hause und laß uns in Ruhe.«

Art schüttelte den Kopf. »Das wird nicht funktionieren, Julie. Alan will seinen Lehrer aus der Gewalt des Bösen retten. Geh nach Hause und laß uns in Ruhe reicht da einfach nicht aus.«

»Stimmt.« Ich zuckte mit den Achseln. »Ich weiß, wie ich es gemacht hätte, aber ich glaube nicht, daß Ismael damit einverstanden gewesen wäre.«

»Ismael wollte, daß Alan alle Hoffnungen aufgab, jemals wieder sein Schüler werden zu können. Er wollte, daß Alan sich ein für allemal sagte: Ich bin auf mich gestellt – vollkommen und für immer. Es gibt keinen Ismael mehr, auf den ich mich stützen kann. Ismael ist fort, also muß ich jetzt Ismael werden.«

»Dann wäre er vielleicht doch unter diesen Umständen einverstanden.«

»Was für eine Nachricht würdest du Alan also hinterlassen?«

»Ich würde ihm folgende Nachricht hinterlassen: Ismael ist tot. Sein Zustand hat sich rapide verschlechtert. Schließlich ist er an einer Lungenentzündung gestorben.«

»Das war genau die Nachricht, die ich für Alan hinterließ, Julie.«

»Himmel.« Obwohl ich es nicht laut aussprach, fragte ich mich: Ob das wohl funktioniert? Fünf Monate später bekam ich die Antwort.

Alans Ismael

Alan Lomax räumt in seinem Bericht über die Gespräche mit Ismael ein, daß er »nicht der geeignete Schriftsteller« sei, um der Welt Ismaels Botschaft zu überbringen. Als er sich damals jedoch mit Ismaels Tod konfrontiert sah, fand er offensichtlich einen Weg, um ein solcher Schriftsteller zu werden. Ich beglückwünsche ihn dazu.

Ich habe mit vielen Leuten gesprochen, die Alans Buch gelesen haben. Kein einziger davon hat sich jedoch zu der überaus merkwürdigen Tatsache geäußert, daß Ismael das Fairfield Building verließ, ohne Alan ein Wort zu sagen. Alan äußert sich dazu ebenfalls nicht! Genausowenig scheint es irgend jemandem aufzufallen, daß Ismael alles andere als erfreut ist, als Alan schließlich im Darryl Hicks Carnival auftaucht. Alan, dem das sehr wohl auffällt, scheut sich offenbar, sich näher mit dieser Tatsache auseinanderzusetzen.

Sicherlich wird jeder erleichtert sein, daß ich nicht die Absicht habe, einen Punkt-für-Punkt-Vergleich zwischen dem, was Ismael zu mir und dem, was er zu Alan sagte, anzustellen. Meiner Ansicht nach besteht die einzige wirkliche Diskrepanz zwischen uns ohnehin nur in bezug auf das, was Ismael über seine anderen Schüler sagte. Wenn Alan alles wahrheitsgemäß berichtet (und warum sollte er das nicht tun?), vermittelte Ismael ihm den Eindruck, daß er in der Vergangenheit nur sehr wenige Schüler hatte und mit allen gescheitert ist. Das ist sehr merkwürdig, da er mir den gegenteiligen Eindruck vermittelte, nämlich, daß er viele Schüler hatte und bei allen bis zu einem gewissen Grad Erfolg hatte. Das deutet darauf hin, daß Ismael einen von uns beiden bewußt getäuscht hat, obwohl ich mir nicht vorstellen kann, warum er das getan hat.

Ist Alans Ismael mein Ismael? Ich persönlich glaube das nicht, allerdings befinde ich mich nicht in der Position, dies objektiv beurteilen zu können. Alans Ismael erscheint mir immer ein wenig mürrisch und trübsinnig. Er erweckt für mich den Eindruck, als fühle er sich mit diesem speziellen Schüler eher unwohl. Aber wie wird mein Ismael den Leuten erscheinen, die meinen Bericht lesen? Ich habe keine Ahnung.

Durch Alans Buch erfuhr ich – abgesehen von dem, was Ismael ihn lehrte – noch etwas Wichtiges. Ich meine, ich erfuhr etwas über Alan selbst. Es ist nicht leicht in Worte zu fassen. Das liegt zum Teil wohl daran, daß ich dann zugeben müßte, unrecht gehabt zu haben. Durch Alans Buch erfuhr ich, wie leicht es ist, jemanden von Anfang an falsch zu beurteilen und dann alles, was er tut, im Lichte dieses einmal gefällten Urteils zu sehen. Als ich für mich entschieden hatte, daß Alan ein Idiot ist, war alles, was er tat, das Werk eines Idioten. Sein Buch zeigte mir, daß das nicht nur äußerst unfair, sondern auch absolut unzutreffend war. Art Owens beging in gewisser Hinsicht denselben Fehler, nicht aber Ismael. Ismael hat Alan mir gegenüber stets verteidigt. Er war über meine Vorurteile ihm gegenüber verärgert und weigerte sich, diesem Vorurteil noch dadurch Vorschub zu leisten, daß er seine Besorgnis über Alans besitzergreifende Haltung mit mir diskutierte. Ich habe einmal ein Zitat von Sigmund Freud gelesen: »Verstehen heißt vergeben.« In Alans Fall würde ich, nachdem ich vier Jahre lang mit seinem Buch gelebt habe, diese Maxime folgendermaßen abändern: »Verstehen heißt verstehen.« Ich werde auch gefragt, was ich zur Lehre von Charles Atterly, auch einem Schüler Ismaels und bekannt durch das Buch *The Story of B.*, sage. Ich sage folgendes: Ismael hat keine Papageien dressiert, die einfach nur alles nachplappern. B. ist gewiß kein Papagei. Er verinnerlichte das, was er von Ismael lernte, und dachte es in eine Richtung weiter, an der ihm besonders viel lag. Ich bin mir sicher, daß das genau das ist, was Ismael von uns erwartet. Ist das, was B. lehrt, authentisch? Ich will damit sagen, leitet es sich von dem ab, was Ismael lehrt? Aufgrund gewisser Andeutungen, die sich in Alans Buch finden lassen, würde ich das bejahen. Die Tatsache, daß sich in meinem Buch diese Andeutungen nicht finden, hat nicht zu bedeuten, daß dem nicht so wäre. Ismael sagte mir oft, daß jeder seiner Schüler seine Botschaft »durch unterschiedliche Beispiele« erhält.

Als ich dieses Buch schrieb, wußte ich die ganze Zeit, daß ich meine einleitende Feststellung, ich sei im Alter von sechzehn Jahren aufgewacht und hätte gewußt, daß ich reingelegt worden war, nicht einfach würde so stehenlassen können. Ich denke, jetzt ist es Zeit für eine Erklärung.

Als Alans Buch herauskam, erzählte ich Art von meinem Vorhaben, auch ein Buch zu veröffentlichen. Seine Antwort lautete: »Das wäre sicher in Ismaels Sinn, aber du mußt noch eine Weile warten.«

Natürlich fragte ich ihn nach dem Grund.

»Du mußt mir in dieser Sache einfach vertrauen«, antwortete er.

»Ich vertraue Ihnen«, sagte ich, »aber das heißt nicht, daß ich nicht nach dem Grund fragen darf.«

»In diesem Fall schon, Julie. Du wirst mir einfach glauben müssen.«

»Aber worauf warte ich?«

»Auch das darf ich dir nicht sagen.«

»Ist das eine Anweisung von Ismael?«

»Nein.«

»Wie lange soll ich denn warten?«

»Bis ich dir sage, daß du grünes Licht hast.«

»Ja, aber wie lange wird das dauern? Ein Jahr? Zwei Jahre? Fünf Jahre?«

»Es tut mir leid, Julie. Ich weiß es selbst noch nicht.«

»Das ist nicht fair.«

»Ich weiß, daß es nicht fair ist, aber hier geht es nicht um Fairness. Ich mache das, weil es notwendig ist.«

Diese Unterhaltung fand im Sommer 1992 statt. Ich dachte, Art würde im Verlauf des folgendes Jahres weich werden, aber er blieb hart. 1993 dachte ich dann, er würde im nächsten Jahr bestimmt weich werden, aber er blieb immer noch hart.

Im Herbst 1994 belegte ich einen Kurs in allgemeiner Geschichte. Dort wurde Alans Buch von der ganzen Klasse als eine Art Einführung gelesen. Die Anstrengung, die es mich kostete, meinen Mund zu halten, hätte mich fast umgebracht. Ansonsten war es kein schlechtes Jahr für mich. Meine Mutter bekam irgendwie die Kurve und hörte von heute auf morgen mit dem Trinken auf. Sie fing an abzunehmen, trat einer Frauengruppe bei und erinnerte sich wieder, wie man lächelt.

Als ich Art im Sommer 1995 wiedertraf, sagte ich: »Also, es kann doch nicht schaden, wenn ich das Buch schon einmal schreibe, oder? Darf ich wenigstens das, wenn ich verspreche, es nicht aus der Hand zu geben?«

Das erlaubte er, vorausgesetzt, ich schwor auf einen ganzen Stapel von Bibeln, daß ich das Manuskript niemandem zeigen würde.

Also begann ich zu schreiben, aber ich hatte tatsächlich das Gefühl, irgendwie verschaukelt worden zu sein.

Nach sechs Monaten war mein Buch fertig, bis auf dieses Kapitel.

Ich schickte Art eine Kopie. Er kommentierte. »Das Buch ist phantastisch, aber du mußt noch warten.«

Ich wartete ein weiteres Jahr, dann schrieb ich dieses Kapitel.

Art sagte: »Warte«.

Wir haben jetzt den 28. November 1996, und ich warte immer noch.

Das Warten hat ein Ende

Am 11. Februar 1997, zwei Wochen vor meinem achtzehnten Geburtstag, rief Art mich an und gab mir grünes Licht. Er sagte: »Mobutus Tage sind gezählt. In wenigen Wochen ist er nicht mehr an der Macht.«

»Sagen Sie bloß, das ist es, worauf ich die ganze Zeit warten mußte?«

»Genau das ist es, Julie. Wenn Mobutus Tage gezählt sind, dann gilt dasselbe auch für Nkemi.«

»Sie meinen, Sie wollten, daß Nkemi nicht mehr an der Macht ist, bevor ich verraten darf, wo sich Ismael befindet?«

»Nicht ganz. Ich wollte nur nicht, daß Nkemi erfährt, was für einem Gorilla er Unterschlupf gewährt, solange er noch an der Macht ist. Vergiß nicht, daß du ihm Ismaels Namen genannt hast.«

»Aber Alan nennt seinen Namen doch auch. Nkemi hätte aus Alans Buch genausogut erfahren können, was für einem Gorilla er Unterschlupf gewährt.«

»Nein, eben nicht. Laut Alan ist Ismael nämlich tot.«

»Das leuchtet mir allerdings ein. Aber was hätte Nkemi getan, wenn er es erfahren hätte?«

»Ich habe keine Ahnung, aber ich wollte es nicht darauf ankommen lassen.«

»Stimmt.« Ich dachte kurz nach, dann fragte ich ihn, ob er wirklich sicher sei, daß Nkemis Tage gezählt seien.

»Du brauchst an meinen Worten nicht zu zweifeln, Julie. Ich verfüge über Informationen, über die zu diesem Zeitpunkt nicht einmal das Außenministerium verfügt. Bis zum Sommer werden Nkemi und seine Republik Geschichte sein.«

»Ich mochte Nkemi irgendwie. Und Ihren Bruder auch.«

»Um die beiden brauchst du dir keine Sorgen zu machen. Noch vor Halloween werden sie einen guten Job in Paris oder Brüssel haben, wo sie Politikwissenschaft oder afrikanische Geschichte lehren. Viel Geld werden sie wahrscheinlich aber erst damit verdienen, daß sie Geschäftsleute beraten, wie die mit den neuen Machthabern umgehen müssen.«

»Warum wollten Sie mir nicht sagen, worauf ich all die Jahre gewartet habe?«

»Hätte ich das getan, hättest du mich gefragt, wie lange Mobuto noch an der Macht sein würde. Und ich hätte antworten müssen: Das weiß ich nicht. Vielleicht wird er hundert Jahre alt. Ich glaube nicht, daß dir eine solche Antwort gefallen hätte.«

»Stimmt.«

Das Warten ist also vorbei, und ich bin zwei Jahre älter und weiser als das Mädchen, das den allergrößten Teil dieses Buchs geschrieben hat. Ich könnte zurückblättern und ein paar der rauhen Stellen, die es bestimmt gibt, glätten.

Aber ich denke, ich lasse es einfach so, wie es ist.

Danksagung

Viele Menschen, die durch *Ismael* inspiriert wurden, haben wiederum mich inspiriert.

Drei von ihnen ist dieses Buch gewidmet: Rachel Rosenthal, Ray C. Anderson und Alan Thornhill.

Mein besonderer Dank gilt Howie Richey, dem Architekten von Mokonzi Nkemis Revolution, und dem Schriftsteller James Burke, dessen Bücher und Kolumnen mich auf einige der Zusammenhänge aufmerksam gemacht haben, die im Kapitel »Revolutionäre« beschrieben sind.

Leser, die mit dem Werk von Richard Dawkins vertraut sind, vor allem mit seinem Buch *Das egoistische Gen*, werden leicht erkennen, wieviele Ideen ich ihm auf diesen Seiten verdanke – eine Schuld, die ich hier in großer Demut und Dankbarkeit anerkenne.

Anmerkung des Autors

Viele Leser haben mir geschrieben und gefragt: »Was kann ich tun, um zu helfen?«

Ich würde Sie gern ermutigen, eine überaus bewunderns-werte Einrichtung zu unterstützen, die im Text dieses Buchs erwähnt wird, nämlich das

Gesundheit Institute
6877 Washington Blvd.
Arlington VA 22213.

Kontaktadresse für Leser von
Ismael, The Story of B.
und *My Ishmael* unter
http://www.ishmael.org